U0928489

本書屬於“天津歷代文集叢刊”第一辑

本書獲 2018 年度天津社會科學院學術著作後期出版資助

天津歷代文集叢刊　閆立飛　羅海燕　主編

華世奎集　華承彦集

（清）華世奎　（清）華承彦　著
羅海燕　整理

SSAP
社會科學文獻出版社
SOCIAL SCIENCES ACADEMIC PRESS (CHINA)

天津文脈傳承工程指導委員會

主　　任　靳方華

副 主 任　鍾會兵　史瑞傑

執行主任　蔡玉勝

成　　員　施　琪　張景詩　侯曉韌　李同柏

天津文脈傳承工程編纂委員會

主　　任　閆立飛

副 主 任　任吉東　郭登浩

主任助理　羅海燕

委　　員（以姓氏筆劃爲序）

任雲蘭　李國慶　李會富　門　巋　周俊旗

胡　洋　徐　晶　孫玉蓉　張　瑋　張大爲

張永路　張利民　路樹聲　趙沛霖

「天津歷代文集叢刊」編輯委員會

主　編　閆立飛　羅海燕

副主編　任吉東　郭登浩　張大爲

編　委（以姓氏筆劃爲序）

于東新　于廣傑　王興昀　石　玉　成淑君
任吉東　任紅敏　李　卓　李會富　辛　昕
苑雅文　夏秀麗　郭以正　郭登浩　孫玉蓉
許哲娜　張大爲　張永路　楊傳慶　劉嘉偉
魏淑贇　羅海燕

總序

天津社會科學院黨組書記、院長　靳方華

文化是一個國家、一個民族的血脈和紐帶。只有堅持從歷史走向未來，從延續民族文化血脈中開拓前進，才能做好今天的事業。习近平總書記曾在聯合國教科文組織總部的演講中提出：「中國人民在實現中國夢的進程中，將按照時代的新進步，推動中華文明創造性轉化和創新性發展，激活其生命力，把跨越時空、超越國度、富有永恒魅力、具有當代價值的文化精神弘揚起來，讓收藏在博物館裏的文物、陳列在廣闊大地上的遺産、書寫在古籍裏的文字都活起來，讓中華文明同世界各國人民創造的豐富多彩的文明一道，爲人類提供正確的精神指引和强大的精神動力。」如果把中華文化比作一條融匯百川的大河，那麼天津文化就是其中一個不可或缺的支流。大哉天津，居内河外海要衝之地，共五方雜處貨殖之利，歷史肇造久遠，文化底蕴深厚。千百年來，天津人民在這片沃土之上，與時俱進，代代相傳，用自己的智慧和力量，陶鑄出彪炳史册的地域文明，並且還在持續地豐富著令全球矚目的天津精神。

源遠流長的傳統文化，堅實厚重的革命文化，開拓創新的當代文化，共同構成了天津文化的淵源脈絡和完整體系，並由之呈現出文運盛、文脈廣、文緣深、文蕴厚、文氣足的特點。對此，哲學社會科學工作者理應勇於擔當，敢於作爲，充分發揮自身特長和優勢，盡心盡力、盡快盡好地完成兩個重要的時代課題。一是圍繞天津深厚的歷史文化，系統梳理天津歷史文脈，深入挖掘天津文化底蕴，弘揚天津精神，豐富中華文化。二是圍繞天津鮮活的當代實踐，深入解讀天津現象，總結天津經驗，指導天津發展。近年來，黨中央、國務院又先後出臺實施《關於實施中華優秀傳統文化傳承發展工程的意見》和《國家鄉村振興戰略規劃（2018–2022年）》等。正是在這樣的背景下，爲貫徹落實黨中央、國務院與市委市政府的精神和要求，以及達成建設全國一流社科院和國家高端智庫兩面一體的奮鬥目標，天津社會科學院探索實施了天津文脈傳承工程。

開展這一工作，一是要講清楚天津文化的歷史淵源、發展脈絡、基本走向，講清楚天津文化的獨特創造、價值理念、鮮明特色；二是挖掘天津豐厚的歷史文化資源、推動傳統文化産業發展、提升天津文化品格、增强天津文化認同度、展示天津優秀傳統文化魅力；三是全方位搜集、搶救、保存、整理天津歷代典籍，建立起完整的天津地方文獻系統，爲文學、歷史、哲學、民俗、旅游、文化等不同學科的天津研究奠定堅實基礎，促進天津政治、經濟和文化的繁榮發展；四是要發揮天津社科院專業優勢，跨學科跨所整合「兩高」科研力量，打造和樹立天津社科院品牌，擴大和加强在全市全國影響力，在新時代新形勢下充分發揮新型智庫作用；五是要加强天津歷史文化研究、城市文化建設、文化資源開發等領域的學術團隊建設，培養一支多領域、跨學科、跨單位、創新性專業研究隊伍，將天津社會科學院打造成爲天津歷史文化研究、開發的全市基地和中心。

傳承和發展歷史文化的血脈，既要有對歷史遺産的把握，又要有對當下情勢的認識，還要有對未來趨勢的展望。實施天津文脈傳承工程，就是要通過全面、系統、深入地研究天津的歷史文化和當代發展，形成一批具有重大學術影響和社會效益的研究成果。與其他的同類工程不同，天津文脈傳承工程具有兩大特點。一是力求深層次的理論與實踐相結合，在工程實施中，强化實踐策論工作，求實踐中的學問、學問中的實踐，同時注重學科理論工作，興主流中的學理、學理中的主流。二是破除基礎研究和應用研究的學科壁壘，在工程實施中，立足傳統的文史哲等基礎研究，對接前沿的經濟、社會、旅游等應用研究，將基礎性的文獻整理、理論性的學術研究、應用性的調研對策，以及多媒介的傳播交流等環節，打通和接續起來，形成「一條龍」，實現「活化」。

大津社會科學院天津文脈傳承工程屬于人文社科領域大型學術研究與文化普及項目，主要圍繞天津歷代文獻整理、天津歷史人物研究、天津旅游文化資源挖掘、天津優秀傳統文化影視傳播四大板塊，開展「立體化」的整理研究和應用轉化，以期出版一批有品牌效應的叢書並建成可共用的天津文化典籍數字化資源庫，完成多項促進文化旅游深度融合的研究報告，製作系列有影響力的宣傳記録片。

就其基本框架而言，「天津歷代文集整理」板塊，是從現存的近三千種的歷代津人著述中，選取三百種左右社會影響深遠、學術價值較高、旅游資源開發潛力大的稿本、刻本、鈔本，約六千萬字，進行標點、注釋等整理，彙編爲「天津歷代文集叢刊」，並進一步實現天津歷代典籍的全文數字化。

「天津歷史人物研究」板塊，是對有著述留存的衆多天津名人與群體的年譜、生平、思想、業績、貢獻、影響等，進行評傳式研究。爲避免當前某些「坐井觀天」和戲説杜撰現象，在經過整理的文獻基礎上，結合史料，從全國性和歷史性的雙重視角，進行學術性的深入研究，努力推出一批兼具文化厚度和精神高度，並在國内外有一定影響力的「天津歷史人物傳記叢書」，講好「天津故事」。

「天津文化資源挖掘與旅游産業開發研究」板塊，是對傳統文化、革命文化、社會主義先進文化資源挖掘與旅游産業發展良性對接與深度融合等情況，展開全面調查和研究，「陣地前移」，直面新問題、新難點、新趨勢，獲取一手資料，完成《天津文化與旅游産業深度融合系列研究報告》，爲各級政府部門及相關單位的文化旅游規劃、政策和措施的制定、實施，提出具有可行性的參考意見、建議和對策等。

「天津優秀傳統文化影視傳播」板塊，是在整理歷代文獻典籍基礎上，結合天津歷史人物研究、旅游文化資源挖掘的成果，圍繞重大歷史故事和重要歷史人物，創作拍攝以天津優秀傳統文化爲題材的系列紀録片，以此多方位地展示天津豐厚的文化底蘊和優秀的傳統文化魅力，提升天津文化影響力。

天津社會科學院把天津文脈傳承工程當作天津文化發展史上的大事来做，但其内容廣、任務重、難度大、時間長、參與人員多，四大板塊全部完成，需要扎實推進，久久爲功。順利完成這一工程，正確的思想、科學的機制、高效的運作尤爲關鍵。這就需要深化馬克思主義，特別是习近平新時代中國特色社會主義思想的指導，深化以人民爲中心的理念、實踐第一的導向，努力推動，形成政府、學界、大衆跨學科、跨部門、跨區域的聯動運行格局。

文運同國運相牽，文脈同國脈相連。歷史的河流綿延不絕，文化的力量生生不息。相信，天津文脈傳承工程必將不負使命，打造出天津智庫的新高地，不僅能充分發揮認識歷史、傳承文明、創新理論、資政育人、服務社會、對話世界的作用，而且可以爲推動天津經濟社會更快更好發展和實現中國夢，貢獻出更直接更强大的人文力量。

「天津歷代文集叢刊」序

天津這一地名，給人很多聯想。屈原《离骚》説「朝發軔於天津」，那是天上的銀河。地上的「天津」，也總與河流有關。歷史上的天津，也確實與運河的開通、南北航運的發達密切相關。後來有天津開埠，形成「南有上海，北有天津」的中國經濟大格局，這是經濟的天津。人們説天津有六百多年歷史，是從明朝建天津衛算起。從永樂時在此建衛所，天津就成爲軍事重鎮，「天津衛」在人們心中是一個深刻的記憶，這是軍事的天津。那麼人文的天津呢？在人們的印象中，這似乎很淡薄。人文積澱，天津確實沒有豫、魯、苏、浙那麼深厚。但了解天津的人應該知道，天津歷史也一樣悠久。天津所轄薊州，就是一個古老且極具文化積澱之地。「教五子，名俱揚」的竇燕山，「半部《論語》治天下」的趙普，都是天津薊州人。發掘梳理後你會發現，天津的人文積累之豐富，是遠超一般人想象的。清人修《天津府志》，説：「雋、鮑騰聲於天漢，賈、高揚烈於有唐。降自元明，懷文被質者，史不絕筆。彬彬乎邦家之光矣。」近代人所著《天津志略》則説：「歷代之文存詩稿，多如恒河沙數。」民國時天津修志局曾徵書，據説所得頗豐。高凌雯對此感慨稱：「志局徵書，得鄉人詩集最夥，强半未刊之稿，曩所未見者也。藉非有此搜羅，幾何不令前人佳什盡就沉没耶？然既得之矣，更一覽而置之，無所表彰，則沉没者異日仍將難免也！」

爲使這些典籍不至「沉没」，搜輯整理前賢著述，展示天津深厚的文化積澱，傳承天津文化血脈，推動地方學術研究、歷史文化資源開發，了解天津，建設天津，一直是天津社會科學院學者致力的事業。前輩學者中，較早的卞僧慧一輩曾校點天津最大文學總集《津門詩鈔》，之後趙沛霖一代創辦文獻類刊物《天津文學史料》，及門歸等先生又編纂《中華民族優秀傳統匯典》與《中國歷代文獻精粹大典》。今天的天津，已經成爲國內學術重鎮，天津社會科學院又是人才薈萃之地，天津的歷史文獻整理工作必須做得更好。新一代的學者，把做好地方文獻的發掘與整理，全面研究天津歷史文化，藉此爲天津經濟社會之快速發展，提供精神動力與智力支持，作爲自己的重要責任。閆立飛、羅海燕等有情懷、有志向的年輕學者，傾注大量心血，投入極大精力，從現存近三千種歷代津人著述中，選取學術價值高、影響深遠之足本、善本和孤本，匯輯、標點、注釋、補佚，編成「天津歷代文集叢刊」，並力求實現全文數字化。其所涉人物及著述，既有梅成棟等文學之士，也有王又樸等經學大家，更有徐世昌等政治名人，內容則涵蓋政治、經濟、軍事、歷史、哲學、文學、語言，及社會、民俗、文物、醫學、農林、科技等。其重要價值，自不待言。

近些年，各地都在整理地方歷史文獻，浙江有「浙江文叢」，江蘇有「江蘇文庫」，湖北有「荊楚文庫」，河南也在啟動「中州文庫」。與這些大工程相比，「天津歷代文集叢刊」規模没那麼大，却自有特色，自有其不可替代的獨特價值。經過整理者長期辛勤的勞動，成果終於結出，叢刊即將出版，這是一件可喜可賀的大事。在祝賀與喜慶之餘，更殷切祈盼政府與學界各方，能予這一工程以更多支持與援助，使歷代津人著述從歷史塵埃中，更快再現於世，並在傳統文化「創造性轉化、創新性發展」中發揮其作用。

是爲序。

查洪德

己亥年冬於天津

（查洪德，教育部長江學者，南開大學文學院教授、博士生導師）

「天津歷代文集叢刊」整理説明

本叢書計劃從現存的近三千種的歷代津人著述中，選取三百種左右社會影響深遠、學術價值較高、旅游資源開發潛力大的稿本、刻本、鈔本等，加以標點、校注、輯佚等，並分輯出版。

一、以著者爲單位，各自成集。傳世有兩種及以上別集者，均按一種成書，歸於該著者名下。書名統一爲著者姓名加「集」字組成，如《徐世昌集》。

二、尊重底本，基本依據底本順序編排。不同底本，詩文分開者，則由整理者依據文體順序重新編排。

三、選取錯訛最少、收録較全的善本、足本爲底本，以不同源流的他本爲校本。凡改動處，均出校記。

四、底本之古今字、通假字，一般不做改動；異體字、俗體字、簡化字视具体情况或改爲規範的繁體字，或依从底本；筆畫誤刻，或明顯手民誤植者，徑改而不出校記；因避諱的缺筆字，由整理者補足。

五、全書採用繁體竪排，依據《中華人民共和國國家標準 標點符號用法》加以標點。

六、每部書基本包含七項内容，依次爲總序、整理説明、前言、目録、正文、附録、後記。

《華世奎集》序

晚近以來，尤其是民國時期，在中國的歷史舞臺上，天津扮演著難以替代的重要角色。而隨著民國史這一新興學科的逐漸完善，近現代天津的歷史越來越受到學者的關注，很多學者對其經濟、人口、教育、城市、社會生活、新聞傳播、學生運動、租界、宗教、體育等展開研究，推動了天津史研究的深化。相對而言，當今學者對天津民國時期的文學史研究則關注不够。

實際上，自辛亥鼎革之後，天津在中國文學的格局中也占有著重要位置。近代以來，天津有許多其他城市難以匹敵的區位優勢和人文環境，中西交會，經濟發達，吸引了大量的集官紳、學者與作家於一身的重要人物，形成具有影響力的作家群體；當時的天津不僅傳媒盛極一時，成爲文人墨客的交流平臺，還刊行了數百種作家及官僚政客的詩文集。這些不僅是天津文學史的重要組成部分，且頗具特色，亦是中國近代文學史的重要組成部分。遺憾的是，目前與此相關的研究尚未很好地展開，作爲基礎性的詩文文獻整理工作長期以來没有引起足够的重視。天津近代知名書法家華世奎就是被片面認知和評價的衆多「受害者」之一。幾乎在所有的當代人眼中，華世奎是著名的書法家和冥頑不化的遺老，流傳最廣的故事也多是他醉寫「勸業場」和終生不剪辮子，人們对其留存於世的詩文則關注甚少。因此，華世奎僅存的《思闇詩集》成爲我們全面深入瞭解和研究其人其事的必要前提和關鍵之鑰。

天津社會科學院的青年學者羅海燕博士，由古代文學與文獻研究轉而兼攻天津文獻與文學，一直以來孜孜不懈，探求於斯，成果頗多。近年來，他專門對華世奎的《思闇詩集》進行標點和校注，並在附録部分增加了詩文輯佚、師友唱和、華世奎年譜、傳記資料以及研究論著匯目等項，極大地豐富了原來詩集的內容，這對華世奎和天津文化名人研究乃至文學史、文化史皆具有相當重要的意義。究其大端，主要體現在以下幾個方面。

其一，具有普及之功，便於更多的讀者接觸和瞭解華世奎的詩作，並由此重新審視天津近現代文壇。華世奎晚年親自汰選而成的《思闇詩集》，以精楷謄寫，當年僅出版百部，主要用於饋贈師友和教書子侄。此前天津人民出版社影印再版後，學者依然側重其書學價值，爲書法愛好者臨摹與研究。現在對該書加以標點、注釋整理出版，其意義除了豐富文藝研究者和一般讀者之閲讀外，可刷新對華世奎的既有認知：華世奎不僅是一位造詣頗深的書法家，還是一名頗有成就的詩人。如果説書法是華世奎晚年生存的依賴，那麽詩歌就是他在清亡後生活的慰藉，且經過與師友的唱酬吟詠，形成了持續近三十年的「朋友圈」，進而構成了近代天津以及畿輔文壇格局中不可或缺的部分。

其二，有助於客觀全面地評價華世奎的多面人生。華世奎以清朝遺老自詡，人們對其靠鬻書爲生的標籤化評價，加重了其隱士的色彩。其實，他作爲清末閣老退隱之後，一方面甘作遺民，保留長辮，行文以清朝舊規，致力於興辦國學教育，鼓勵慈善，以重建傳統倫理秩序和文化之傳承；另一方面，奔走於軍閥與平民之間，以維持地方社會穩定，甚至拒絶出仕僞滿政府，堅辭日本聘請。這體現了在時局動蕩和社會轉型環境中，舊知識分子群體的時代特徵。

其三，体現出了天津近代文藝家群體在中國社會轉型階段承擔著維持文脉的重要作用。華世奎《思闇詩集》收詩三百一十五首，以壽詩與和詩爲最多，由此會發現將近百人與華世奎有著直接關係，再加上由羅海燕博士整理的附録所勾稽出的弟子或隔代私淑門人，至少有一百三十五人，這些人大多爲詩文與書畫或獨勝或兼擅的文藝作家，聯結成一個非常可觀的文藝家群體。這些人在西方文化强勢東進致使包括詩文在内的傳統文化遭到猛烈衝擊時，依然堅持傳統詩歌創作，其除了具有悲壯的堅守之心外，在某種程度抑或一定意義上是對抗日僞當局推行奴化教育和列强侵略的武器，也具有維護中國文化認同的重要作用。

本人對文化和文學知之甚少，更遑論愛好與研究。應羅海燕博士之邀，盛情難却，就本人已知範圍内抒發歷史學者之情懷，僅此而已。

張利民

二〇一七年一月

（張利民，天津社會科學院研究員、首席專家，南開大學兼職博士生導師）

圖 1　華世奎照

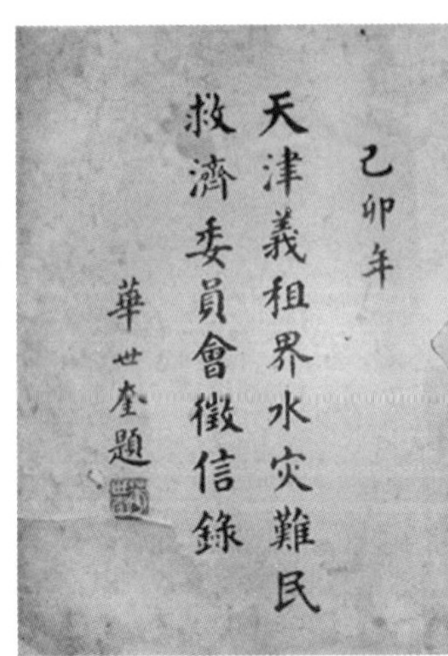

圖 4　華世奎題救濟會徵信録

圖 3 《思闇詩集》

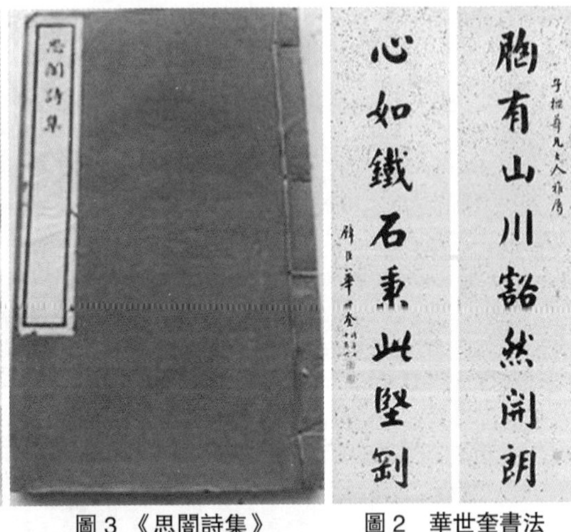

圖 2　華世奎書法

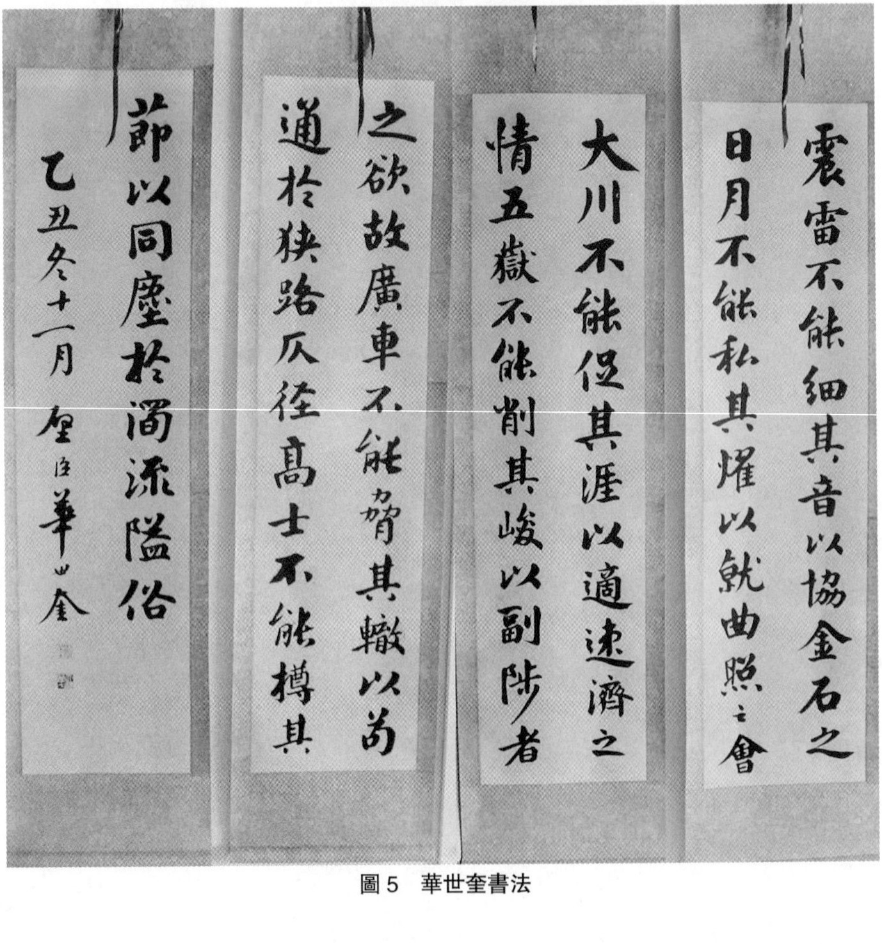

圖 5　華世奎書法

理定而後辭暢此立文之本
源也昔詩人什篇為情而造
麗本於情性故情者文之經而
辭者理之緯經正而後緯成
文辭人賦頌為文而造情何
以明其然蓋風雅之興志思蓄
夫鉛黛所以飾容而盼倩生
於淑姿文采所以飾言而辯
憤而吟詠性情以諷其上此為
情而造文也諸子之徒心非鬱陶
苟馳夸世鬻聲釣名此為文
而造情也　丙寅冬至日華世奎

圖 6　華世奎書法

圖 8　華世奎之母、華承彥之妻小像

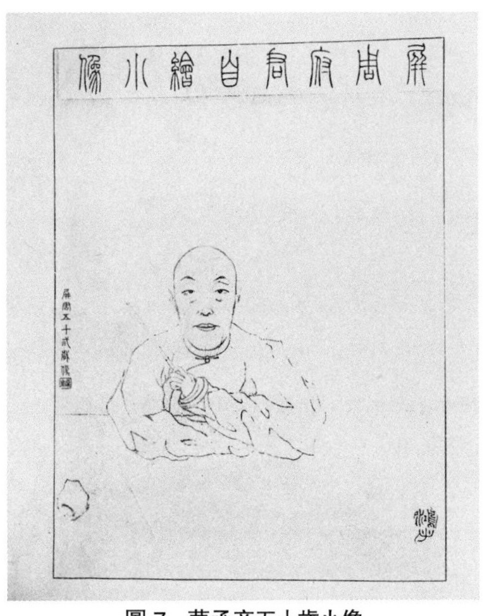

圖 7　華承彥五十歲小像

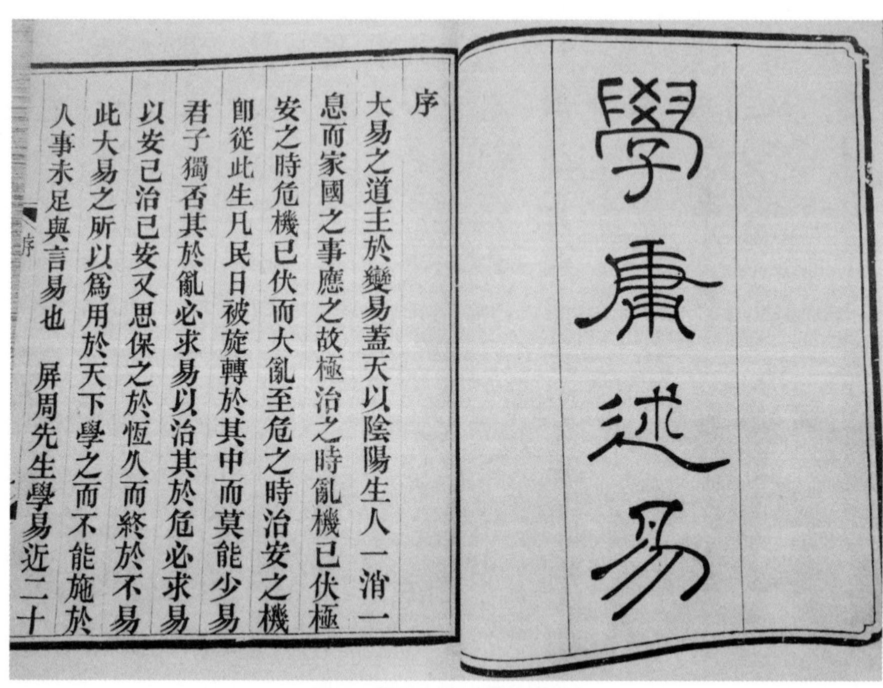

學庸述易

序

大易之道主於變易蓋天以陰陽生人一消一息而家國之事應之故極治之時亂機已伏極安之時危機已伏而大亂至危之時治安之機即從此生凡民日被旋轉於其中而莫能少易君子獨否其於亂必求易以治其於危必求易以安已治已安又思保之於恆久而終於不易此大易之所以爲用於天下學之而不能施於人事未足與言易也　屏周先生學易近二十

序

圖 9　華承彥著《學庸述易》

目録

華世奎集

思闇詩集卷下……〇五二

華承彦集

附録

前言

華世奎（一八六四至一九四二），字壁臣，一作璧臣、弼臣，天津人。自署天津華七、思闇居士、北海逸民等。父華承彦，字屏周，號屈齋、無須子，營鹽爲業，富藏書且精於易學。華世奎幼承庭訓，一生學業，尤其是書學造詣，得於家教者甚多。後又師從津門詩學大家楊光儀，並奉手於晚清名士張佩綸。受他們影響，華世奎不僅工書法，而且擅詩文。

清光緒十九年（一八九三），華世奎中恩科舉人，升翰林院編修，自此踏入仕途。次年任内閣中書，後選爲軍機處章京，旋升軍機章京領班。溥儀即位，華世奎頗受隆裕太后倚重，常被召問事。及「皇族内閣」成立，任閣丞。後袁世凱入内閣，爲内閣總理大臣，華世奎出任閣丞，並被擢爲軍機處章京領袖，同時兼政治官報局局長。清帝退位，華世奎在謄寫退位詔書後，便遁隱津門，自此以遺民自居，而愈加肆力於書法與詩作。著有《祖父母遺事存略》、《先考屏周府君、先妣田太夫人行述》以及《思闇詩集》等。其次子華澤傳在《思闇詩集跋》中曾叙及《思闇詩集》的結集出版經過：華世奎在晚年手自删定，後經門人王文光編次，並由齊燮元石印以傳世。

現檢覽《思闇詩集》可知，其中收録諸體詩作凡三百一十五首。以七律最多，達二百〇八首；七絶次之，共七十一首；其他依次爲：五律三十二首，歌行九首，五絶三首。筆者又輯得集外佚詩十七首，多爲五律。究其内容，以壽詩最多，和詩次之，自述詩（包括感時詩）與題畫詩復次之。就其風格來説，其不墨守盛唐，以師法江西詩派爲主，講求錘煉，意藴曲折，盡管不乏寫閑適之情者，但更多的是以鏘金之句寫遺民之思，故往往言語悲壯而風旨微渺。

華世奎雖自幼學詩，但集中之詩均作於清亡之後，是他五十歲後的作品。現經考證，華世奎在清光緒年間曾與孟廣慧等組織過詩星閣詩社，並結集刻印有《詩星閣同人試律鈔》。此外，筆者又輯得華世奎佚詩數十首。可見，《思闇詩集》是由華氏汰選删定而成，所收僅爲其在清亡後的部分詩作，並非其全部創作。值得一提的是，高毓浵在《思闇詩集序》中提到這部詩集有一大獨特之處，即華世奎既爲書學大家，詩集則均經其親自以精楷謄録，可謂書詩合璧。

一

華世奎的社會交際網絡比較廣泛。現查檢那桐、賀葆真、許寶蘅、徐世昌、袁世凱、馮國璋等政治要人的日記或著作之後，可以發現華世奎在其中頻繁出現。這可以稱爲華世奎的政治「朋友圈」。它的形成與華世奎一度位居晚清朝廷中樞部門有關，不過，在其晚年的詩集中，這些人物除嚴修等數人外，大多没有出現，故可推測，他們在詩歌方面的交往唱和不多。此外，在《思闇詩集》中，華世奎也曾前後與百餘人有過詩歌酬答，往來與之吟詠最多者爲長蘆鹽綱總鄒廷廉，達八次，其次爲同僚凌福彭，復次爲同年高凌雯等。這百餘人，就文學創作而言，往往文章師桐城派，詩作效同光體；就身份來看，他們大多爲全國各地寓居或退隱在天津的商紳與書畫家；若就政治態度來説，他們中有相當一部分人具有較强的遺民傾向。這百餘人通過家族血緣、姻戚網絡、師弟授受、同年交誼、同僚往來、會社組織等方式，以華世奎爲核心，共同構成了一個規模可觀的詩人「朋友圈」。

中國士人的婚姻向來注重門第，講求門當户對與人物相當，婚姻與仕宦往往相輔相成。華世奎子女的婚姻偶配亦是如此。華世奎與妻浦氏育有二子四女。其中，長子華澤宣娶嚴修次女嚴智舒，三女嫁晚清兵部尚書孫毓汶之孫，四女嫁北洋政府總理錢能訓次子。在華世奎的交游對象中，作爲姻親的嚴修與錢能訓占據了重要的位置。華世奎寫給嚴修者，如《壽嚴範孫親家六十》云「少小知交老更親」；寫給錢能訓者，如《輓錢幹臣同年親家五首並序》嘗叙「昔余與幹臣一見如故，既結鄰而居，益稔其學識才力足與有爲，而緩急可倚仗，遂訂生死之交，又重以兒女婚姻之好」。

大地君親師。在儒家倫理中，師生關係與君臣、父子並列，相當重要。在士人社會交往中，師生交往可謂最基本也最經久的一環。華世奎自家塾而縣學，由府學再到中舉，在其問學生涯中，結交了衆多情誼深厚的師長與同學。師輩中，除楊光儀、張佩綸等外，還有祁世長、翁同龢、孫毓汶等座師。與之相關的就是同門與同年。清代，優貢、拔貢及鄉試、會試等同時中式者亦皆稱同年。正如王夫之《宋論》所説，座主與同年之間「揄揚名目，至於終身，敦尚恩記，子孫不替」。座師與同年構成了華世奎朋友圈的重要基礎，並且，這些同年往往又是同僚，故他的詩集中，與師友同年的唱和之作占有很大比重。

晚清民國時期，天津出現了很多會社。宋藴璞《天津志略》嘗云：「天津之會社，所在多有，其性質雖有不同，然爲意趣相同人士之組合則一也。」其中關於學術者，有崇化學會、國文觀摩社；而關於文藝者，有城南詩社、九老會等。華世奎均曾參與，並是其中重要分子。會社的目的一般有二：一是，集興趣相同的人士，作學問上之研究；二是，合志同道合的朋友，興情感之聯絡。同樣，出於這樣的目的，華世奎跟會社成員多有唱和應答，因此他的《思闇詩集》中存有大量的次韻、步韻、和韻、疊韻、分韻、依韻等賡酬之作。

華世奎與他的詩人「朋友圈」，彼此之間，往往壽以詩賀，病以詩慰，臨節以詩慶，出游以詩告，雅集以詩興，亡則以詩挽悼。因此，不僅創作了大量的詩歌，並且形成了一個不容忽視的詩人群體。

華世奎作詩有著較强的自寫心迹與感時存史意識，所以在他的詩集中存有不少自題與感時之作。除此之外，他還作有大量與友朋唱酬應答詩類的詩歌。尤其是後者，可以説是華世奎與其朋友圈詩歌群體的活動的直接産物。究其大端，他們之間的群體性詩歌活動主要有以下幾方面。

其一，賡和迭唱。他們借助詩歌唱和來進行對話，既是爲了切磋詩藝，提高作詩水平，又爲了傳遞信息，增進感情。這從一些詩題中便可見出，如與高凌雯臨别時作有《贈别彤皆步仲佳韻》，屬於以一詩呈多人，即分别的對象有高凌雯與另一位好友張克家。不僅如此，他隨後又作一首《疊前韻寄彤皆》，則屬於以多詩贈一人。再如《偕朱經田凌潤台同游京西岫雲寺次潤台韻並爲經田壽》與《自岫岩歸潤台又以紀游詩見示即席依韻和之》，也是華世奎與朱家寶、凌福彭等好友就一事而往復唱和之作。

其二，游園聯詩。晚清尤其是辛亥革命之後，作爲通商口岸與京畿門户的天津，成爲不少政治要人和文化名士的寓居之地。他們在天津興建園邸，招徠友朋，又往往以詩酒唱酬。華世奎也經常與志同道合者，在這些園林府邸之中賞花宴飲，聯詩吟詠。他與曾任天津府知府的凌福彭既是同年又是同僚，之前曾在軍機處共事，後來又比鄰而居。凌福彭幾乎年年都會在重陽節邀請華世奎等人同來賞菊。華世奎《戊辰九月潤台約賞菊與潤台馨庵仲遠韻唱和》曾紀云：「又來賞菊小園中，此會年年總不空。」此外，《王懋宣園中觀牡丹歌》、《周孝懷善培約中原公司六樓登高賞菊設酒讌作重九即席唱和步孝懷韻》、《戊寅上巳潘園修禊分得先韻》等，則是在京畿衛戍總司令王懷慶、川省勸業道總辦周善培、國務院總理兼交通總長潘復之父潘守廉等人的府邸花園的唱和之作。

其三，結社賦詩。華世奎一生曾加入多個文藝會社。辛亥革命之前，曾入天津的詩星閣詩社，並與朱家寶等人經常參與北京宣南的詩社活動，後來則入嚴修主持的城南詩社與喬保衡牽頭的九老會等。他曾在《輓朱經田同年四首》序中道自己入社的經歷：「初京朝僚友，聯同志結酒社宣南。余與經田與焉。賓主莘莘，頗極一時之盛。至是又與同社諸子隱於津者重起消寒社，身閑而迹益密，人少而情愈親，然强作達觀，無復當年興趣矣。」其中，他與城南詩社諸友詩歌往來最多，如《乙亥重陽李琴湘金藻招飲水西莊爲風所阻步山字韻却寄》、《丙子重九水西莊雅集因病未赴分韻得黃字》等堪爲其中代表。

其四，題詠「雙烈女」。一九一六年天津發生了轟動全國的「雙烈女案」。南皮張紹庭客居天津，以賃車拉夫爲業，與妻金氏育有二女，長名立姑，次名春姑。無賴戴富有蓄妓爲業，趁危誘騙春姑許於其長子，並在張紹庭死後，强留金氏母女在家，時常加以淩辱。後金氏與立姑逃歸，戴富有於是僞造婚契，詭稱張家二女均許配於戴家。當時法院據僞契而判，兩女誓不相從，同時服毒身亡。消息傳出，輿論嘩然。華世奎等人對此感憤不已，與他詩人朋友圈中的徐世昌、嚴修、劉嘉琛、韓蔭楨、喬保衡、高淩雯、張克家、趙元禮、林兆翰、劉道原等人，聯合社會力量極力爲二女申冤，最終迫使員警廳改判，並厚葬張氏姐妹。華世奎就此專門作《雙烈女一百韻並序》，並爲徐世昌所撰《南皮張氏兩烈女碑》書丹。此外，林兆翰（墨青）、王國維、朱家寶、章梫、胡思敬、勞乃宣、張人駿等，也紛紛爲此撰作詩文聯等呼籲詠嘆。影響之下，此事被編成新劇、評劇、歌謠等公開上演。

二

在歷史上，華世奎的政治生涯在清末的最後數年達到巔峰，他以漢人身份先後出任清廷「皇族内閣」與「完全内閣」的内閣閣丞，直接聽命於總理大臣奕劻與袁世凱，又戛然而止於清帝退位。之後，華世奎便隱遁天津，以遺民自居，他將種種思緒、時時慨嘆與遭際的處處悲感等，宣之以詩，最後經汰選而結集爲《思闇詩集》。可以説，他的詩作就是他心路歷程的真實寫照。通過他的這三百餘首詩，可以窺見華世奎以及以他爲代表的一代士人的心靈世界，從而也會對中國的近現代歷史有更爲深刻、真切的把握和體認。

辛亥革命爆發後不久，飄摇已久的清王朝終至覆亡。與此同時，華世奎由京退居天津，並委托許寶蘅向袁世凱辭職，從此自號北海逸民。辛亥鼎革對華世奎而言，不啻於一場狂飆驟雨。他的《思闇詩集》開篇第一首爲《驟雨》，應是有意安排。詩云：「大雨來何驟，須臾溝澮盈。風狂無定向，雷啞不聞聲。驚走檐前雀，深藏樹底鶯。」他借驟雨、狂風以及驚飛之雀與遁藏之鶯，象徵性地抒寫了當時政治的劇變及其對包括自己在內的時人的震動。第二首爲《病足》，詩云：「千秋高士陶元亮，一代詩人陸放翁。愧我望塵都弗及，胡天降沴與相同。坦途盡化荆榛域，上藥難收尺寸功。斯世料無容足地，閉門藉此隱墻東。」他借陶淵明與陸游的遭遇來寫自己的人生之變，即故國淪亡而空懷圖存之志，最後則表明心志：既然自己難以見容於世，於是學漢代王君公，決心隱居於市井。

退隱天津後，華世奎肆力於詩，而字裏行間往往充盈著窮愁困苦。「愁」、「憂」、「窮」、「痛」、「牢騷」等詞語，頻頻出現在他的筆下。他還曾在《壽渠母喬太夫人八十四首》詩中自注稱：「昔人云『詩筆窮而後工』，今余所處之境窮之極矣。」造成其詩多窮愁困苦之氣的原因主要有二。一是國家政局使然。作爲晚清朝廷位高權重的内閣臣，清亡君退後，自然不免遭受社會的譏諷與鄙夷。政治前途自此斷送，而社會權威也不復往昔。二是個人性格促成。華世奎人如其字、詩如其人。其字專宗顔真卿，端方硬直而少變化，他爲人也是如此，在他的不少同僚好友在清亡後很快轉爲再仕新朝或興辦實業之時，他則貧賤不移，專守不改，寧爲「縛繭可憐蠶」。也正如他在《和趙楚江毓南八十述懷原韻》中所言「陵谷屢遷心不老，寸丹總是向楓宸」，甘願窮苦。郭則澐在序中亦曾提到：華世奎「嘗與先太保同掌内制，國變後完發遁居。當道雖摯交莫能落網致之。」

不過，在相當長的一段時間内，息影津門的華世奎依然對清朝存有幻想，心有所待。溥儀在他的《我的前半生》中曾寫道，復辟活動「可以説從頒布退位詔起到『滿洲國』成立止，沒有一天停頓過」。我們現在無法確證華世奎是否參與了這一系列的復辟活動，但是可以肯定的是，他一直在爲維護清廷而努力。他隱退天津後，不僅多次返回京城覲見溥儀，他的《甲寅九月入都有感》、《壬戌三月自京返津早起登車途中作》等，都記寫了入都之事，而且還直接參與了多起有關清室的事件。一九一四年徐世昌應袁世凱之邀出任國務卿，華世奎便借宴請之際在席間勸説徐世昌不要辜負清室。在張勛復辟鬧劇結束之後，華世奎與徐世昌同到北京，爲開脱溥儀復辟罪責以及保住清室優待條件等事宜，積極充當説客。溥儀大婚時，華世奎再次入都，並接受封賞，而且在溥儀賜其「望闕高華」時更是興奮不已，連作數詩以記之。及溥儀被驅逐出宫，華世奎聞訊後垂涕號哭。溥儀到天津後，華世奎每逢朔望必定到張園去恭請聖安，並接受溥儀之聘以教授楷書。

在溥儀被驅逐出京以及中華民國政府成立之後，華世奎的心態出現改變。他在《自遣》詩中曾自道心迹變化：「前覩後顧兩茫茫，猿鶴蟲沙枉自傷。爲問何時天雨粟，慣看變態海成桑。讀書自有千秋想，飲酒能教萬事忘。除却達觀無一可，早將身命付穹蒼。」世事不可爲，只能强作達觀，而將命運委任於大化之中。從這時起，他的人生逐漸開始從以下兩大方面著力。

一方面，以遺民之高節不斷自勉並與好友相互砥礪。他幾乎在生辰與除夕或元旦之日都有詩作，而每次下筆，必然以遺民自警，以志不忘。如一九二八年除夕，他作《和潤台戊辰除夕偶成四首律即次其韻》其四云：「無根小草隨風靡，有節孤松守歲寒。莫怪陳咸遵漢臘，都由新莽壞周官。傷心十七年前日，神武門頭正桂冠。」詩中提及清亡之痛，並對隨風而倒的無根之草加以嘲諷，而對挺立嚴寒之中的孤松守節不屈予以褒揚。他的《壽陳筱石制軍夔龍七十四首》則表彰陳夔龍，詩云：「名教綱常委劫塵，古稀世界古稀人。東山望峻崧維嶽，南極輝長星拱辰。時遇疾風知勁草，天留一發繫千鈞。」

另一方面，在政治上不得已做出妥協之際，在傳統文化上則更多堅守，從某種程度上來説，華世奎在這一時期，已逐漸由政治遺民變爲文化遺民。與陳三立、梁鼎芬、沈曾植、康有爲、王國維等清遺民一樣，華世奎在內心深處認爲清朝被民國推翻，「民國乃敵國也」，再加上蔣介石曾主導「天津五綱總被綁事件」直接侵害了華世奎家族營鹽事業的經濟利益等，故他對中華民國政府懷有難以消除的抵觸情緒。華世奎一生終其所執，歷久不變其宗，心有必不去者，口有必不言者，而去留之標準，就是對清廷的態度如何。但是，在大勢所趨之下，華世奎從民族利益考量，也做了一些妥協。最具代表性者就是他曾作詩痛悼並頌揚隸屬於南京國民政府的東北陸軍殉國將領韓光第。韓光第，字斗瞻，任東北陸軍第十七旅旅長。一九二九年「中東路事件」爆發後，他率部與蘇聯軍隊作戰，最後中彈陣亡，全軍覆没。次年，南京國民政府於雙城爲其舉行國葬，蔣介石與張學良等有題詞。華世奎則作長詩《讀韓君斗瞻遺墨並附小傳有感而作八十韻》，不僅滿含深情追記了韓光第抗禦外敵的英雄事迹，認爲其捐軀爲國，足以炳耀史册，稱「事已筆於書，名亦垂諸竹。是否後之人，列入正史讀」，表達了他對東北軍維護國家利益行爲的肯定。

這一時期，由官而紳的華世奎在維護傳統文化和社會公益等方面積極擔當。他致力於興辦國學教育，重建傳統倫理秩序和維持地方社會穩定。先後參與興辦崇化學會與國學觀摩社，還持續舉辦數届天津縣「周濟文貧」活動以獎掖好學的貧困青年，並捐助多所貧民學校；還在「長蘆五綱總事件」、「禁舞風波」、「復建水西莊」、「公祭黎元洪」、「請求天津土草房免捐」、「張自忠訪日」等多個曾引起全國震動的大事件中發揮著不可或缺的作用；從北洋政府到南京國民政府時期，天津前後遭奉系軍閥、閻錫山部隊、國民革命軍第二十九軍等占領和控制，每次更代必然伴隨著天津社會的動蕩，幾乎每次交際板蕩之時，華世奎都會參與善後維持，他奔走於軍閥與平民之間，爲維護社會秩序而不辭苦勞。

一九三七年盧溝橋事變爆發，不久平津淪陷，華世奎的生活自此陷入了更大的困苦與危難之中。他與大多數國人一樣，直接承受著民族淪亡與自身存活的逼迫。在病足、耳聾之後，華世奎風痹舊症又犯，手足作痛不已。髮妻也别他而去，其他好友諸如嚴修、林兆翰、嚴智怡、王守恂、張志譚、陳寶泉、趙元禮等，都先他而亡。悲傷痛苦之餘，華世奎每每作挽詩以追悼親友，《哭遠伯》等詩可謂其中代表。精神悲痛之外，在經濟上，華世奎也越來越窘迫。但是，華世奎對社會民生、國家前途與斯文傳承等却始終關念，心懷悲憫。

在爲趙元禮所作的壽詩中，他寫道「中原之亂亂成絲，烽火連年羽檄馳」，抒發了對亂世征戰的極大不滿。甚至在友朋雅集的修禊宴會上也抑制不住對世事艱難的感慨，如《戊寅上巳潘園修禊分得先韻》云：「蘭亭修禊永和年，嘉會敢云今勝前。論世迥非太平日，感時又到暮春天。勉循故事聯觴詠，安有歡情寄管弦？」在中日關係日趨緊張、戰爭一觸即發之際，華世奎依然爲維護傳統文化盡心竭力。尤其是，自一九三八年起，天津日僞政權通令學校徹底取締舊教科書，改用修改課本。不僅不准使用舊版中國地圖，還改用東京時間作息，添授日語課，派日本教官到中學任教。這使得華世奎更加擔心儒家斯文與天津文脉就此而絶，所以，他不僅極力維持崇化學會的運行，而且誓死抵抗各路軍閥勢力對天津文廟等地的侵占。如果説前者是他晚年的心血所在，後者則是他的精神信仰。他在《己卯三月重游泮水感賦十首》詩中就曾注云：「丁祭廢後，屢聞有毁廟改作他用之議，經誓死力争乃止。」

淪陷之後的天津，偏又遭逢兩次罕見的大水灾。整個天津，物價飛漲，瘟疫流行，民衆病餓交加，浮尸漂蕩。同樣遭灾的華世奎，却心憂黎民，不顧年邁病痛，與陳夔龍、章梫等人，積極籌備捐款以賑灾。他的《和庸庵尚書天津水灾感賦韻並謝寄賑款千元》、《章一山梫交來庸庵尚書賑款千元並以寄詩見示依韻和之》詩，即作於此時。前者云：「憫我灾黎禍降天，仁漿義絮媵詩篇。遠紓飢溺千重浪，上繼謳歌廿八年。米少端資舟泛粟，粥多只惜竈分煙。」尤其是「米少端資舟泛粟，粥多只惜竈分煙」兩句，真切寫出了當時民衆受灾的嚴重，以及賑灾情况的複雜。

華世奎心態的轉變必然投射於他的詩作上，進而影響他詩歌的整體風格。對於華世奎詩歌的風格，郭則澐曾指出：華世奎「其詩如高峰出雲，舒卷成綺，閑適之致，雅近泉明」。高毓浵則認爲，華世奎由於辛亥鼎革而遂多鏘金之句，既有如屈原《涉江》諸詩的故國之嘆，也有如梁鴻《五噫》等詩的黍離之悲。不過，他們兩人也只是分别道出了華世奎詩的一個方面。除此之外，因爲身罹困惡而心懷悲憫，所以華世奎的詩歌還充盈著一種超越政治與文

（接上頁）又值時勢泯棼，偷生視息，故罕粉飾升平、導揚盛美之作。每一舉筆不覺悲憫窮愁之意自然流露。」

化的悲憫情懷。他曾解釋過這種詩風的成因。在《壽渠母喬太夫人八十四首》詩自注中，他説：「余不喜諛人，又值時勢泯棼，偷生視息，故罕粉飾升平、導揚盛美之作。每一舉筆不覺悲憫窮愁之意自然流露。」

清亡後的華世奎，甘作遺民，固窮自守，不僅保留長辮，而且在詩集中絕不以民國紀年，文字上也均避清帝諱，且凡提及清廷處必平抬提行或挪抬空格，以示尊敬。再加上他詩名爲書名所掩，所以，在後世人眼中，華世奎極具「標籤化」：近代學顏的宗師和冥頑不化的遺老。實際上，就心路歷程而言，華世奎在歷經北洋、民國、天津淪陷等時期後，出現了變化：由屬於一家一姓的政治遺民逐漸變成爲國家民族的知識分子。他拒絕出仕僞滿，堅辭日人聘請，而積極參與社會公益事業和竭力於傳統文化的傳承。華世奎其實代表著當時一大批所謂舊時代知分子。他們對傳統政治、古典文化以及道德倫理終生信仰並堅守，這本身是一種值得學習的人格精神。

三

華氏之詩具有一個突出的特徵，即以陶淵明爲尊。尤其需要注意的是，華世奎詩歌對陶淵明的接受，既不同於以往，也不同於時人，形成了陶淵明接受史上的三大「別調」，分別爲：一是重陶詩精神而輕陶詩形式；二是重遺民高節而輕田園逸興；三是東籬之趣中寓有東山之志。

郭則澐在《〈思闇詩集〉序言》中一語道出華世奎詩作的整體風格：「其詩如高峰出雲，舒卷成綺，閑適之致，雅近泉明。」確實，華世奎盡管没有專門的擬陶和陶之作，却在不同層面對陶淵明的詩學精神予以承繼。

辛亥革命之後，甘爲遺民的華世奎常以陶淵明自比：一方面，他在詩文中直接以陶淵明代指自身；另一方面，在生活方式上則經常擬效陶淵明詩意化的行爲。其《賀喬亦香保衡重葺廳事落成四首》其四云「安得工詩有高適，可憐止酒到淵明」，把好友高凌雯比作高適，而徑以陶淵明指代自身。陶淵明嗜好飲酒，甚至愛酒成癖，似乎一日不可無酒，且常形諸詩文，幾至於篇篇見酒，更有《飲酒》組詩，動輒云「漉我新熟酒」，「有酒斟酌之」，「揮杯勸孤影」。華世奎也常耽於酒，不僅家裏多備有好酒以自斟自酌，還每每有同好招飲，必一招即去，而一飲輒醉，一醉則歌哭，並往往有詩作焉。郭則澐於此感會最深，曾在《思闇詩集序》中道：「公嗜飲，於泉明爲近。每中酒縱談興廢事，輒痛哭不能自制。」他的三百餘首詩中，約有八十首提到了「酒」。除嗜酒之外，華世奎與陶淵明一樣也喜愛賞菊。在華世奎眼中，菊已非僅僅爲庭院之花木，也並非重陽登高之需，而更多是一種高潔之士、忠貞之節的象徵。如其《潤台約賞菊即席以詩問示依韻和之》云：「縱然花比人還瘦，晚節常存鐵石心。」借詠花而褒揚人之高節。再如《和李愷園封翁重游泮水四首即次其韻》云：「秋園晚菊霜中艷，冬嶺孤松物外春。」將松菊並舉，贊其孤倔的精神。陶淵明自謂羲皇上人，其《與子儼等疏》曾自道：「少學琴書，偶愛閑静，開卷有得，便欣然忘食。見樹木交蔭，時鳥變聲，亦復歡然有喜。常言：五六月中，北窗下卧，遇凉風暫至，自謂是羲皇上人。」華世奎也愛高卧遲起。據華世奎之侄華澤咸回憶，退隱之後的華世奎每天幾乎都是近午才起床，求字訪問者都被安排在午後。其《次韻和芝洲長夏感懷》也曾自道北窗高卧的逸致：「坐隱閑棋度日長，丁丁餘韻繞空梁。静垂粗竹簾三尺，倦卧輕藤簟一方。座上論文今李白，枕旁試扇女黄香。」再如《壽高彤皆同年凌雯六十》，不僅贊揚高凌雯「静卧雲壑閲人世，山中歲月何逍遥」，更求與其同享羲皇之樂，「但聞有無酒與肉，請君早餉我一饕。兀然共醉窮檐下，羲皇之樂樂陶陶。」

除此之外，就是華世奎在詩中大量且頻繁借用、化用、引用與陶淵明有關的典故，或以此來表達對陶淵明的欽慕，或藉以書寫自身的感受、情緒與意志。尤其是，他將桃花源意象賦予新的意蘊。陶淵明在其《桃花源記》中虚構了一個與世隔絶的樂土，之後形成了中國文學史上影響深遠的桃花源意象。後世往往以桃花源喻指隱居勝境或仙境。華世奎詩集中直接提及「桃花源（桃源）」者近二十處，但是，在華世奎筆下，「桃源」不僅是躲避兵禍之地，而且是亡國遺民理想的精神家園。清帝退位，華世奎堅定決心不仕二朝，但是，與華世奎同仕清廷者大多復出成爲北洋政府或民國政府官員，正所謂「君如來去盤空鶴，我似浮沉貼水鷗」。華世奎對此雖不反對，在内心深處却還是希望他們最好能隱退不仕。段書雲是華世奎平生三知己之一，兩人曾同任軍機處章京，但段書雲後來又任民國北京安福國會參議院議員。華世奎《贈别段少滄同年書雲歸徐州四首》其四就委婉規勸段書雲：「好將謝墅安排定，早向桃源來問津。」希望他能早日作回逸民。

讀華世奎的詩，很容易感受到，在他的詩集中形成了一個相對密集的「陶淵明意象群」。這一意象群以陶淵明爲中心，將飛鳥意象、菊意象、田園意象、酒意象、羲皇意象以及桃源意象等凝聚在一起。在中國文學史上，這些意象群寓意著田園之樂、和平之地、自由之境。不過，在華世奎的詩裏，更多是藉陶淵明意象群來張揚遺民不仕二朝的忠貞之節。《宋書・陶淵明傳》載：陶淵明「自以曾祖晋世宰輔，耻復屈身後代，自高祖王業漸隆，不肯復仕。所著文章，皆題其年月，義熙以前，則書晋氏年號，自永初以來唯云甲子而已。」在華世奎看來，陶淵明「不仕二姓」與「唯云甲子」的行爲，直可爲遺民的楷則。感於此，他終其一生奉之爲自己爲人與爲文的底線。

究其生平出處，華世奎在選擇做遺民之後，堅拒出仕中華民國政府，此外，也絶不肯接受僞滿與日僞的聘請。在天津淪陷日人之手後，曾有人以維持地方局面爲名，邀華世奎出面事之，却遭其當面拒絶。其作於五十一歲時的《甲寅冬十一月自題小照二首》其二曾云：「田園株守作閑人，文物衣冠付劫塵。惟此弁髦難割愛，留同彩服壽雙親。」不僅如此，他還勸好友保留辮髮，其《馬景含家桐三十一歲小像二首》其二即云：「弁髦到老休輕弃，同向荒山作逸民。」

究其詩歌，凡紀年月處，華世奎都不用民國紀年，而「唯云甲子」，又凡「玄」字皆缺筆以避康熙諱。於此，足可見出華世奎乃誠以陶淵明爲典範，不僅托文字以見遺民之志，而且有意向世人展示其惓惓故朝的孤臣之情。在華世奎六十歲時，清朝已亡多年，但是太平之世却遲遲不見，相反，北洋諸軍閥連年混戰，民不聊生。感於時局，他作有《六十生日述懷四首》，其四云：「一年睡夢一年酣，六十年來百不堪。心似喪家無主犬，身如縛繭可憐蠶。撫松元亮空三徑，刻木丁蘭剩一龕。忠孝我今都已矣，泣題齋額曰思闇。」全詩語句悲涼，華世奎更是自比喪家之犬與縛繭之蠶，但是，他却借陶淵明「三徑就荒，松竹猶存」之典，向世人標明自己一直未曾愧負忠孝大義。他在寫給張之洞之孫張豫駿的《題張翼桐豫駿遜盧詩思圖》詩中，也題道：「太尉有孫羞仕宋，不圖並代遇淵明。」以陶淵明耻於仕宋的事迹，來褒揚並勉勵自己的好友。

陶淵明在他的《飲酒》其五中寫道：「采菊東籬下，悠然見南山。」自此，「東籬」不僅成爲菊花和種菊之處的代名詞，並具有了重要的文化内涵，即喻指隱士的莊園，而「采菊東籬」則喻隱士高尚的情趣，是爲東籬之趣。華世奎詩集中「東籬」或與之相關的「籬」出現了十餘處。其中，不少是藉此書寫其遺民隱逸閑適之趣。如其《周孝懷善培約中原公司六樓登高賞菊設酒讌作重九即席唱和步孝懷韻》云：「有酒不妨籬下醉，尋詩端向個中宜。」

不過，與陶淵明的悠然自得、不問世事的東籬之趣不盡相同，華世奎並非甘心退隱，而是不得已而爲之。他曾在日記序言中寫道：「當國變突起，既無力撥亂反正，又不甘憂辱以死面見先顔，以至於今。今世何世？所與並世者何人？必履清道潔，堅堅然獨尊其身……雖古道存亡，匹夫有責，向爲世所迫，必不得已然後出此最下之途。」退隱天津後，他與溥儀保持著密切聯繫。他爲吕海寰所作有《吕鏡宇尚書海寰丁卯重逢鄉舉賀詩四首》，其三云：「南内月沉天寶曲，東籬花醉義熙觴。莫論畫餅充飢否，數典猶能祖不忘。」道出了他對張勛復辟一事的支持態度。張勛復辟時，吕海寰曾出任弼德院顧問大臣。華世奎心裏清楚，大清不可能再生，復辟之舉不過是畫餅充飢罷了，但是，在他看來，張勛與吕海寰這種知其不可而爲之的態度仍值得褒揚。

華世奎還頗用心於社會事業，堪爲天津士紳的代表。在文學方面，他曾爲天津影響一時的城南詩社的重要成員，與當時的朝野名流、息影遺老或其他地方縉紳詩酒酬唱頗多；在文化教育方面，他又是當時崇化學會的主講人員，嚴修死後，則由華世奎主持學會事務，在提倡國故與研究講授經史方面貢獻甚大，他還主持天津每年的文廟祭祀；在社會事務方面，他積極捐資賑濟受灾民衆，上書政府請求免除百姓土房與草房的税捐。此外，有兩件事也可見他在當時社會上的影響力。一是，積極參與天津「雙烈女事件」，並最終迫使當局改判，一時間轟動全國。二是，他參與了天津的「禁舞風波」，造成了全國性的大争論。華世奎如此的經歷和心態，體現在詩歌中，就是他的東籬之趣時時伴隨著東山再起之志和務有爲於世之心。如其《壬申十月初十日遠伯生日次日又爲其長子夷介完婚賀以四律》所云：「籬邊送酒親元亮，座上圍棋伴謝公。」此外，《次韻和張協卿鄂中見寄之作》也道：「北海無文舉，東山有謝安。」這兩首詩中，遠伯爲張志譚，段祺瑞執政時，曾任國務院秘書長，一直對國民政府持反對態度，甚至不惜參與策劃建立華北僞政權；協卿爲張克一，光緒間舉人，曾任直隸固安縣教諭，現在無法確考他赴湖北所爲何事。但是，華世奎的態度很明顯，即勸其不做直接反對曹操而被殺的孔融，而做暫時隱居而日後東山起事的謝安。而他的《秋夜述懷》一詩云：「未必陶潛真愛酒，亦非商皓樂投冠。早知闇淡能藏拙，免被人呼亡國官。」則更是認爲，陶淵明愛酒是因爲面對晋亡而不能有所作爲的消遣。於此也可以見出，華世奎確實飽含有所作爲的用心，只是時勢不容，不免如失水蛟龍。

晋唐以來，歷代尊陶者共同構建了一部豐富綿長的陶淵明接受史。袁行霈曾將陶淵明詩歌的主題歸納爲五類：徘徊回歸、飲酒、固窮安樂、農耕、生死。這也成爲後世詩人中以陶爲尊者予以繼承的主要方面。華世奎對陶淵明的接受，也包括了這幾方面，但同時也形成了他的獨特性。要之：一是，對陶淵明的接受同時體現在人格與詩歌兩個方面；二是，尤其推揚陶淵明作爲遺民的忠貞之節；三是，跟多數的易代之際的尊陶者不同，華世奎存有東山再起之心，因此他在詩中常將「陶謝」並用，不過這個「謝」不是池塘春草的謝靈運而是東山再起的謝安。

一九四九年新中國成立以來的文學史，在不同程度上忽視了當時傳統詩文大量存在的歷史事實，再加上華世奎詩名爲書名所掩，故其詩歌方面很少有人關注。而經過對華世奎的詩歌創作加以重新審視，很容易發現當前近代文學史類著作中存在的缺憾，並體認到華世奎在文學史方面的重要意義。可以説，一方面，盡管胡適在一九二二年冬發表的《五十年來中國之文學》宣稱：「文學革命已過了議論的時期，反對黨已破産了。從此以後，完全是新文學的創造時期。」但是，實際上傳統詩詞並未斷絶，相反其保持了旺盛的生命力。華世奎以及他「朋友圈」中的詩人，大多終生從事傳統詩文創作，不僅在當時社會有著很大影響，而且留下爲數可觀的著作。這些詩人與詩作，本身就是近代文壇的重要組成部分。另一方面，面對西方文化的强勢東進，包括詩文在内的傳統文化遭到了猛烈衝擊，華世奎等人依然堅持傳統詩歌創作，無疑具有不乏悲壯的堅守意義。而且，尤其是在日本入侵，平津等地淪陷之後，日僞大力推行奴化教育，他們的詩歌更是成爲對抗侵略的武器。在這樣的語境之下，華世奎的詩作，在很大程度上可謂淪陷時期天津傳統文化傳承的主要形式，並且承擔著凝聚中國文化認同的重要角色。

此外，華世奎之父華承彦，營鹽業爲生，而好詩書，工書法，富收藏，又精通易學。他與詩學大家楊光儀等過從甚密，又同劉錫九等結爲九九消寒社，雅集唱酬。在易學方面，他强調以誠爲本，以實用爲歸，著有《學庸述易》、《衛道編》、《讀易隨筆》等。晚清社會面臨劇變，而華氏家道亦自盛而至於敗落，華承彦感於此，遂究心易道，一方面廣搜諸家之説以考辨，同時又施之於家事以驗證，因此其爲學帶有强烈的致用色彩。晚年，他更以《大學》、《中庸》與《周易》互證，由之反對朱熹從《禮記》中析出《大學》、《中庸》的做法，提出《大學》、《中庸》皆出自《周易》，並「節節疏通而證明之」。華承彦的易學，代表了清代學術的一種新趨向，即反對程朱理學對儒家經典的割裂，而通過科學考據在復古還原的同時，進一步尋求融會貫通和經世致用。這種思想和做法，在今天依然有著重要的借鑒意義。

華世奎集

《思闇詩集》序言

靡靡之世，庸夫淪焉，哲士卓焉，其遺世孤迋，蟬蜕於塵壒之表，芳馨悱惻，菀結於中，傫肰〔一〕罔可告語。奚以宣之？亦宣之於詩而已。陶集尚矣，然泉明〔二〕未嘗自書，賴坡翁書之。宋元以來，遺民恒以詩鳴，而手稿傳者終鮮。讀者憾之。年丈華〔三〕貞節公，並世之泉明也。嘗與先太保〔四〕同掌内制，國變後完髮遯居。當道雖摯交莫能落網羅致之。則澐〔五〕居海津，屢接談讌。公嗜飲，於泉明爲近。每中酒縱譚興廢事，輒痛哭不能自制。其惓惓君國，深憂隱痛，有泉明所不及者。嗟乎！當舉世波靡之會，倫紀名教蕩軼殆盡，而猶有君子焉。排隤俗，厲高節，存一髮於垂絶之傾，是可敬已。公之殁也，則澐爲草遺疏，且會諸舊臣請謚於行朝。度公有知，庶幾少慰。獨念其數生忠讜，三十年來芳悱菀結，莫能自宣者，惜不尋遺集傳之。此嗣君〔六〕於遺篋中獲其手書詩卷，曰《思闇詩集》。公之女夫撫萬軍督〔七〕，將謀印行，出以示則澐，且督爲之序。乃嘆公遺世孤迋，其傾抒積抱以昭示後世者，固已自計及之矣。其詩如高峰出雲，舒卷成綺，閑適之致，雅近泉明；書則效法魯公〔八〕，尤見風骨。世衰道否，即求之文字亦往往蕩軼法矩，以浮囂相尚。如公之沉實精嫥者，有幾人哉？然則是編出，使後之才彦讀其詩，覩其書，因以想見其爲人而得所矜式焉。其亦末流之鍼石也歟。歲在昭陽協洽如月〔九〕。年愚侄郭則澐拜序。

【校注】

〔一〕肰：古同「然」。

〔二〕泉明：即晋陶淵明。唐時爲唐高祖李淵諱而作「泉明」。

〔三〕羅按：底本正文中「華」、「先」、「公」、「君」諸字前挪抬。

〔四〕先太保：即郭則澐之父郭曾炘。郭曾炘，字春榆，晚號匏庵。光緒六年（一八八〇）進士，改庶吉士，授禮部主事，官至典禮院掌院學士。民國二年（一九一三），曾與陳寶琛同修《德宗實録》，書成，加「頭品頂戴」、「太子太保」銜。

〔五〕羅按：底本正文中「則澐」側書。則澐，即郭則澐。郭則澐（一八八一至一九二二）字嘯麓，號蟄雲，又號蟄園，别署遁圃老迂、龍顧山人、雲淙花隱等。清末歷任温州、處州兵備道道員。辛亥革命後歷任北洋政府總統府秘書長、銓叙局局長、僑務局總裁。退職後寓居天津，曾入須社。著有《龍顧山房詩集》等。

〔六〕此嗣君：即華世奎長子華澤宣。

〔七〕撫萬軍督：即華世奎次女婿齊燮元。

〔八〕魯公：即顔真卿，又稱魯公、魯國。

〔九〕昭陽協洽如月：即一九四三年二月。

《思闇詩集》序

杜陵忠愛，詩篇存敦厚之風；魯國孤貞，書法具堅剛之氣。六體最崇於鐵畫，八音首冠以金聲。其奮百世而可興者，必貫四時而不改者也。吾鄉華〔一〕貞節公蚤翔清禁，潤色龍綍；晚息邁槃，寄情鷗舫。裙題白練，争求鶴口之書；詩繡弓衣，已重鷄林之價。昔者，四箴之卷，雙烈之銘，久已播在書林，資爲墨範。戲海游天之妙，鶩换難求；瀟風晦雨之晨，鷄鳴不已。《思闇詩集》成於晚年，蓋自改玉以還，遂多鏘金之句。梁鴻五噫，猶餘過洛之悲；屈平九章，獨寄涉江之感。風旨微渺，楷法精妍。落煙雲而疊衍牋，積日月而成巨帙。思肖《心史》，何須秘以鐵函；率更手書，原自寶同金薤。公婿寧河齊督帥，以爲幽光必發〔二〕，終爲石室之藏；正氣堪師，實足壯金湯之色。借家珍以公一世，付景印以壽千秋。後之覽者，見縣針垂露之姿，憶緩帶輕裘之度。哲人已遠，古今未墜斯文；歷劫不磨，天地長留此卷。癸未仲春，静海高毓浵謹序。

公手書詩集，每題自爲一紙，都二百餘葉。兹編排比聯接，厘爲上下二卷。卷首標題以及署簽、封面，皆刺取集中之字，放縮綴合成之。緣公書法之精，雖當代善書者，見之亦爲之閣筆也。附贅數語，以告讀者。毓浵又識。

【校注】

〔一〕羅按：底本中「華」字平抬。

〔二〕發：古同「發」。

思闇詩集卷上

驟雨

大雨來何驟，須臾溝澮〔一〕盈。風狂無定向，雷啞不聞聲。驚走檐前雀，深藏樹底鶯。是誰撥雲霧，轉瞬月輪明。

【校注】

〔一〕溝澮：泛指田間水道。澮，田間水渠。

病足〔一〕

千秋高士陶元亮，一代詩人陸放翁。愧我望塵都弗及，胡天降沴與相同。坦途盡化荆榛域，上藥難收尺寸功。斯世料無容足地，閉門藉此隱墻東。

【校注】

〔一〕羅按：據繆志明先生所發現由華澤宣與華澤傳爲其父華世奎所撰《哀啟》云：「逮出仕京朝，……惟時患足跟腫痛，出入禁中，甚或需人扶掖。辛亥歸里，身已安閑，而斯疾轉劇，每歲一發，輒累日經旬，不能動轉。及年過六十，漸減於前。」

送別彤皆〔一〕游幕江寧步芰洲〔二〕韻

富貴浮雲豈所求，悤悤橐筆賦南游〔三〕。車輪碾碎千重夢，月色平分兩地秋。桃葉渡頭漁夫棹，杏花村外酒家樓〔四〕。眼前多少新詩料，拓我胸襟寫我憂。

【校注】

〔一〕彤皆：即高凌雯，華世奎摯交。高凌雯（一八六一至一九四五），字彤皆，一作彤階，直隸天津人。擅詩文，能書。清光緒十九年（一八九三）舉人。歷任國子監候補博士、學部普通司主事等。早年留意興學，與林兆翰等人，創辦新式學堂，並任天津社會教育廣智館董事。曾參加嚴修所主持城南詩社，並爲崇化學會主要成員。辛亥革命後，閉門著述，從事天津地方史志工作。曾應徐世昌倡議，與嚴修、華世奎諸輩商定，修訂天津地方志。纂有《天津新縣志》、《志餘隨筆》與《續志餘隨筆》等。頗有補缺匡謬，索隱闡微之功。此外，尚編著有《過江集》、《氈椎記》、《天津士族科名譜》、《一瓻録》、《天津文匯》、《天津詩人小集十二種》、《剛訓齋詩集》、《剛訓齋文集》、《天津鹽業紀略》等。

〔二〕芰洲：即韓蔭楨，華世奎好友。韓蔭楨（一八五八至一九二八），字濟周，號芰洲，直隸天津人。貢生，曾任光禄寺署正。其《冬青館詩存自序》云：「賦性迂疏，行能無似。綺歲略同蕩子，中歲又作酒人。壬午以後，漸識迷途。丙申以還，更逢家難。妖氛繼起，斧資全抛。冤獄繁興，門楣盡喪。」著有《冬青館詩存》一卷，計百五二首，高凌雯爲之題詞，並刊刻行世。

〔三〕羅按：高凌雯曾作掾南京。王揖唐《今傳是樓詩話》：「天津高彤皆……辛亥以還，無意榮進，中曾作掾金陵。游幕之暇，恣情游覽，成《過江集》一卷，多攬勝吊古之作。」

〔四〕杏花村：桃葉渡與杏花村，均爲金陵名勝。《金陵四十八景》有所謂「杏村沽酒」與「桃渡临流」。

大風

葵扇〔一〕焦衫爛漫游，大風倏忽起林陬。天旋地轉心無主，石走沙飛勢愈遒。入望都迷争合眼，欲行不得且回頭。最驚人是灘頭浪，頃刻清流换濁流。

【校注】

〔一〕葵扇：用蒲葵葉制成的扇子，俗稱芭蕉扇。

次日風仍未息又成一絶

徹夜狂風吼不休，披衣强起續前游。誰知巽二〔一〕偏貪飲，僕僕〔二〕隨人上酒樓。

【校注】

〔一〕巽二：傳説中風神名。《易・説卦》有「巽爲本，爲風」之説，故借巽爲名。

〔二〕僕僕：繁瑣、頻繁之意。

甲寅九月〔一〕入都有感

又御風輪入帝閶〔二〕，凄凉天氣近重陽。秋林紅葉純争艶，昨日黄花今又香。何處樓臺尋舊夢，誰家兒女唤新娘。夕陽無語空惆悵，姑向黄壚醉一場〔三〕。

【校注】

〔一〕甲寅九月：即一九一四年。

〔二〕羅按：詩中原文「帝閶」二字平抬提行。

〔三〕黄壚醉一場：典出劉義慶《世説新語・傷逝》：「王濬冲爲尚書令，著公服，乘軺車，經黄公酒壚下過，顧謂後車客：『吾昔與嵇叔夜、阮嗣宗共酣飲於此壚，竹林之游亦預其末。自嵇生夭、阮公亡以來，便爲時所羈紲，今日視此雖近，邈若山河。』」

甲寅冬十一月自題小照二首時年五十一歲

荏苒年華五十强，渾如一夢熟黃粱。本來面目存真我，猶是兒時華七郎〔一〕。

田園株守作閑人，文物衣冠付劫塵。惟此弁髦〔二〕難割愛，留同彩服壽雙親。

【校注】

〔一〕華七郎：華世奎，行七，故又稱華七爺。

〔二〕弁髦：弁，黑色布帽；髦，童子眉際垂髮。古代男子行冠禮，先加緇布冠，次加皮弁，後加爵弁。三加後，即弃緇布冠不用，並剃去垂髦，理髮爲髻。因以「弁髦」喻弃置無用之物。《左傳·昭公九年》云：「豈如弁髦，而因以敝之。」

壽張母武太夫人〔一〕八十二首太夫人，協卿、仲佳昆仲母〔二〕

比鄰累世挹清芬，賢母風徽自昔聞。五夜機聲墻外月，四時炊影樹頭雲。茹貧不廢禮兼法，到老仍持儉與勤。積厚天應增福算，大齡八秩重鄉枌。

海宇秋澄繡嵏光，嘉辰半月過重陽。金虀玉鱠羅珍錯，風瑟雲璈協羽商。晋國精神松柏健，燕山佳話桂枝芳。策瑜〔三〕况是同年侶，攜手登堂捧壽觴。

【校注】

〔一〕張母武太夫人：即津門通儒張芝庭妻。

〔二〕協卿、仲佳：張氏兄弟，均爲天津人。張克一，字協卿，光緒二十三年（一八九七）中舉，與華學涑等同科，曾任直隸固安縣教諭，卒於一九二五年。張克家，字仲佳，號志齊，生於清咸豐十一年（一八六一）。光緒十七年（一八九一）中舉，與韓蔭楨等同科，歷任直隸督練處總參議、探訪局提調、直隸警務公所顧問與禁煙處處長等職。幼承家學，工詩詞古文。以詩風超邁，聞名於津門詩壇。王守恂贊其「奇縱似青蓮」。著有《如法受持館詩》、《如法受持館詩續》、《如法受持館詩餘》各一卷，《如法受持館文集》四卷。

〔三〕策瑜：指三國孫策與周瑜。典出《三國志・吴書》：「初，孫堅興義兵討董卓，徙家於舒。堅子策與瑜同年，獨相友善，瑜推道南大宅以舍策，升堂拜母，有無通共。」

次韻和張協卿鄂中見寄之作

滿紙牢騷語，開緘正酒闌。旅愁攖疾易，時事愜心難。北海無文舉，東山有謝安。一枝栖尚穩，暫此寄江干。

閑居

避弋冥鴻脱餌魚，田園三載賦閑居。臨池墨雨償新債，滿室塵香理舊書。冷眼静觀時事變，冲懷漸與世情疏。窮愁不作牢騷語，菽水晨昏樂有餘。

贈别彤皆步仲佳韻

飆輪輦到大江春，别久相逢笑語新。幾日還鄉同過客，憐君作嫁尚依人。偷閑姑了向平願，守道不辭原憲貧。聞説南行期又迫，奈余拚與病魔親。

疊前韻寄彤皆

屈指剛逢婪尾春〔一〕，賣花聲裏客愁新。遥知歸夢常千里，可與論心有幾人。詩酒情懷應不減，蒓鱸滋味尚宜貧。書來莫怪遲相答，人到無言情愈親。

【校注】

〔一〕婪尾春：芍葯別名。陶穀《清異録·花》：「唐末文人有謂芍葯爲婪尾春者。婪尾酒乃最後之杯，芍葯殿春，亦得是名。」

足疾又作〔一〕

舉步無端不自由，一年一度困床頭。幽囚似縛蠶身繭，痛楚真攖蠆尾鈎。未老山濤先策杖，已歸王粲懶登樓。人言縱飲斯爲累，無酒誰澆萬斛愁。

【校注】

〔一〕羅按：前有《病足》一詩。

賀喬亦香保衡〔一〕重葺廳事落成四首

一從攜手返林泉，嘯月吟風異昔年。愧我貧無園半畝，余歸家後僦屋而居。羨君舊有屋三椽。榛蕪翦拂當階草，桑土綢繆未雨天。門外紅塵誰管得，北窗瀟灑日高眠。

滿架圖書滿院花，人生何樂不歸家。清風爲掃高賢榻，曲徑難通俗客車。子玉座銘懸百字，髯蘇齋額榜無邪。亦香中年學東坡書，收藏蘇帖甚夥。如何粉白新泥壁，一任書顛亂點鴉。亦香不時促余爲書先賢格言懸之床壁間，幾遍。

燕雀無勞賀厦成，二三知己悄飛觥。交情松鶴寒方見，鄉味莼鱸手自烹。亦香善烹飪。安得工詩有高適，可憐止酒到淵明。彤皆時客姑蘇，余因足疾戒飲。窗前月色凉如水，好待宵深送客行。

禮樂詩書付劫塵，家風依舊重儒珍。候門稚子能勸業，捧硯童孫大可人。夏鼎商彝三代器，蘭芳菊秀四時春。

而今堂構規模具，慎守箕裘慰苦辛。

【校注】

〔一〕保衡：喬保衡，字亦香，道號素苞，直隸天津人。清光緒十七年（一八九一）中舉，與張克家、韓蔭楨等同科。歷任内閣中書、巡警部警政司主事、警政司員外郎、改民政部承政廳員外郎、衛生司郎中、四川順慶府知府，並任世界紅卍字會副會長。曾與王守恂共同編定《庚子京師褒恤録》四卷，並參纂《天津县新志》。

雙烈女〔一〕一百韻並序

南皮張紹庭挈妻金氏來天津，挽車自給，有女二。北里戴富有者，聞其貧，謀誘致二女，詭遣媒爲長子求婦。會紹庭喪所賃車，聽媒言聘金所得償所失也，許之次女。無何，紹庭死。戴遣妻馬往説金，迎與同居。居數月，金洞燭其隱，他徙。戴止長女弗遣，而相遇益虐。尋奪歸。戴訟金悔婚於官曰：「長女，長婦也。次女，次婦也。」官判屬次於次，長則否。戴不服，僞爲婚券，二上訴，乃一依僞券行判定。二女同飲毒死，時丙辰三月十七日也。爰次其事紀之以詩。

世運有升降，天理無盈虧。大堅終不磷，大白終不緇。張家有二女，寄居沽水涯。幼者十四齡，長祇長三春〔二〕。父死家益貧，貧無地卓錐。佐母以十指，聊此忍寒飢。湫隘門近市，曾未逾閾嬉。生小慕芳潔，懿德乃秉彝。方其父在時，迂懦爲人欺。誤以季女〔三〕身，輕許戴家兒。孰知所業賤，出言駟莫追。孰知所望奢，得隴蜀並窺。何物膽彌天，鬼蜮馳陽曦。助有長舌婦，簧鼓鳴村鸝。乘人〔四〕孤又寡，巧誘言如飴。枯鱗難得水，馴虒〔五〕易受羈。果然入我彀，嗒焉寄人籬。薰蕕儼同器，鄭雅終異宜。禮貌猶未衰，形迹已可疑。鬱鬱久居此，心顔殊忸怩。雪來柳已往，脱身出險巇。險巇不可脱，幽閉我伯姬。一朝母返顧，面目枯且黧。女哭向母訴，苛虐匪所思。强揉直使曲，欲削觚就規。喜則餌粱繡，怒則威鞭箠。須臾勢難忍，有計宜早施。不然白蓮花，將落淤泥池。女言恨切齒，母聞痛刺肌。行行重行行，奔命何辭疲。河東獅忽吼，追我攫我頤。幸纓冠而救，乃突圍而馳。黄鶴去不返，鼠雀牙角楮。一訟情猶平，再訟冤已滋。亦曰婚有據，證有媒可咨。孰一而二之，孰虚而實之。胸無秦王鏡，何以爲士師。舉世談新理，官箴久駢枝。愈變法愈壞，愈尊心愈私。敢犯千夫指，而徇一面詞。謬使苕與華，順協塤與篪。是非一顛倒，鐵案山不移。有天無日月，全局皆盲棋。既以翼附虎，遂欲珠探驪。鳩媒前致詞，克期雙結縭。先禮後兵繼，不從庸有裨。賢哉小姊妹，鐵石盟心脾。誓與玉同碎，不甘金有疵。匣有然〔六〕燈磷，瓶有濃酒脂。背母和以飲，一飲人一卮。晨興執炊爨，從容猶昔時。亭午母出歸，神色頓支離。母始恍然悟，往復覓藥醫。女曰母毋然，好醜争毫厘。妹渴偶呼水，姊猶恐死遲。正色懍難犯，兩心堅共持。攜手九重泉，其樂也怡怡。姓字滿城香，萬口齊聲吹。此曰無源醴，彼曰無根芝。一爲考世系，宗派出南皮。南皮舊勛閥，代有簪纓貽。或登宰輔録，或紀表忠碑。玉堂或金馬，保障或繭絲。一人遠離鄉，輾轉喪其資。將車已寧戚，恤緯又周嫠。藉非二女賢，孰爲聯宗支。丈夫豈爲聯宗支，益以壯門楣。無亦祖德懋，埋久發愈奇。嗟嗟世俗人，所見一何卑。每爲育男喜，多因生女悲。墨翟悲絲素，楊朱泣路歧。芳不千古流，臭或萬年遺。有女今若此，巾幗雄鬚眉。是以古有云，閨門王化基。禮重内則篇，志四方，若是大有爲。國家幸無事，得地皆皋伊。即遇滄桑變，何物不龍虁。不義富且貴，大戒垂宣尼。風黜桑中詩。我邑濱大海，繁庶百臨淄。民風義以俠，女德純無漓。昔者費宫人，袖刃屠凶魑。孅行踵相繼，旌節花紛披。一自海禁弛，頓使禮俗衰。無問南山妹，或爲北山姨〔七〕。手挾一束書，衣巾雜縞綦。逐隊游街衢，有如雲祁祁。翻謂行多露，腐説隔宵糜。雨雪霰光集，涓流成漫瀰。防身甚防川，胡爲澤不陂。砥柱峙中流，雙峰何嵚崎。

爲天留正氣，爲國張四維。森森貞女墓，巍巍節烈祠。觀者如墻堵，趾錯肩爲隨。高官薦俎豆，武夫搴旌旗。誄歌磬竹帛，瞻禮來羌夷。豐碑矗原野，青史昭來兹。榮莫榮於斯，慘莫慘於斯。表揚吾有責，風化誰之司。罪人不可得〔八〕，此恨無窮期。

【校注】

〔一〕雙烈女：即一九一六年天津「雙烈女」案中飲毒自盡的張立姑、張春姑姊妹。「雙烈女」案當年轟動一時，影響頗大。關於此案的記載，細節處多有齟齬。徐世昌曾撰寫《南皮張氏兩烈女碑》，並由華世奎書丹，張壽篆額。據碑文所載：直隸南皮縣張紹庭，客居天津，賃車拉夫爲生。妻金氏，生二女：長名張立姑，次名張春姑。張紹庭因將所賃車丢失，無以償還。津門土豪戴富有以蓄妓爲業，垂涎張氏二女，故通過地痞王寶山游説將次女許於戴家長子。不久，張紹庭卒，戴家提婚約，並邀金氏母女同居。金氏察覺戴富有險惡用心後離開，但長女被强留，且遭凌虐。不久，立姑尋機回母處。戴富有僞造婚契，訟於法庭，詭稱張家姊妹，立姑許以長子，春姑聘之次子。法院據僞契而判。兩女誓不相從，服毒身亡。是時長女十七歲，次女十四歲。消息傳出，輿論嘩然。《大公報》、《社會教育星期報》等先後報道，津門士紳徐世昌、嚴修、劉幼樵、韓蔭楨、喬保衡、高凌雯、高澤畬、張克家、趙元禮、林墨青、劉道原等人反對法庭審判結果，爲之伸冤。警察廳迫於壓力而改判，並厚葬張氏姊妹。出殯之日，士紳輓送，民衆圍觀，千餘人送葬，隊伍繞城一周，並建祠立碑。華世奎、王國維等人先後以詩題詠記之，並且此案還被編成新劇、評劇等上演。

〔二〕朞：即「期」，一周年。

〔三〕季女：小女儿。唐韓愈《唐故朝散大夫商州刺史除名徙封州董府君墓志銘》云：「長安嫁吴郡陸暢，其季女後夫人之子。」

〔四〕乘人：欺侮人。《國語・周語中》：「佻天不祥，乘人不義。」

〔五〕蹏：即「蹄」。

〔六〕然：即「燃」。

〔七〕北山姨：典出元末楊維楨《老客婦謠》：「老客婦，老客婦，行年七十又一九。少年嫁夫甚分明，夫死猶存舊箕帚。南山阿妹北山姨，勸我再嫁我力辭。涉江采蓮，上山采蘼。采蓮采蘼，可以療飢。夜來道過娼門首，娼門蕭然驚老醜。老醜自有能養身，萬兩黄金在纖手。上天織得雲錦章，繡成願補舜衣裳。舜衣裳，爲妾佩，古意揚清光，辨妾不是邯鄲娼。」

〔八〕罪人不可得：此案改判時，戴富有與王寶山出逃未歸案。

贈别段少滄同年書雲〔一〕歸徐州四首

錦囊玉珮紫貂裘，共步鑾坡聽曉籌。回首五雲成昨夢，傷心九載又中秋。君如來去盤空鶴，我似浮沉貼水鷗。差幸歲時常晤聚，天涯淪落幾同舟。

一燈相對話羲炎，左有長髯右短髯。管鮑交情貫終始，邴張性格本莊嚴。如何琨玉秋霜質，竟受瓜田李下嫌。毁譽有如蚊過耳，任他黑白混形鹽〔二〕。

游讌歸來日未晡，琴尊灑落集賓徒。歡留叔皮〔三〕方三日，又送鴟夷〔四〕去五湖。錦繡河山秦帝鹿，蒼茫雲水步兵爐。長安居久原非易，薪貴烏銀米貴珠。

唱罷驪歌欲展輪，南行一步一荆榛。游魚唯唯初歸壑，猛虎眈眈殊畏人。遍地已無乾净土，何時重作太平民。好將謝墅安排定，早向桃源來問津。

【校注】

〔一〕書雲：段書雲，字少滄，江蘇蕭縣（今屬安徽）人。清光緒三年（一八八五）乙酉科拔貢。歷任刑部員外郎、郎中，軍機部章京，北京外城巡警廳丞，廣東提學使，直隸清河道道員，徐淮海清鄉事宜督辦，湖北巡按使，北京安福國會參議院議員。書法功底深厚，尤工楷書。華世奎嘗言平生有三知己，號稱「歲寒三友」，段書雲是其中之一。此外二人爲錢能訓、朱家寶。

〔二〕形鹽：特制成虎形的鹽，供祭祀用。《周禮·天官·籩人》云：「朝事之籩，其實麷、蕡、白、黑、形鹽，膴、鮑、魚、鱐。」

〔三〕叔皮：即叔皮。東漢史學家班彪，字叔皮。

〔四〕鴟夷：即鴟夷子皮，春秋范蠡號。《史記·貨殖列傳》云：「范蠡乘扁舟，浮於江湖，變名易姓，適齊爲鴟夷子皮。」

楊筱坪丈〔一〕光瑢有海天放鶴圖遺照次君冠如〔二〕葆益重摹改裝長卷屬題

關西自昔重伯起，我邑亦有楊夫子〔三〕香吟先生。鱣堂危坐六十年，凡附門墻皆桃李。夫子有弟曰筱坪，早歲黌序蜚英聲。莘莘同學諸年少，尊稱其弟因其兄。始則一門聲相屬，久乃道路耳而目。無問白叟與黄童，人人呼之楊老叔。老叔之名親耳尊，老叔之人和而温。萬事俱以一笑置，胸中無復城府存。三世論交泯形迹，與我忘年尤莫逆。小樓呼酒春燈紅，静院敲棋秋月碧。我謀禄養去京華，君游海上浮秋槎。惟士爲能無恒産，舌耕筆耨成生涯。海上名流走相望，風景流連互酬唱。有人爲寫放鶴圖，海闊天空肖其狀。泛棹歸來計愈窮，老馬將以鹽車終。微聞名駒伏轅下，才可千里非凡庸。一日襆被來京洛，曰有一事重相托。譽兒古有王雍州，拔陋今惟范孟博。四門廣闢方求賢，焚香薦之王公前。簿書錢穀姑小試，爛然聲譽馳遼燕。蒸蒸日上騰光彩，湫隘囂塵更爽塏。可憐椿老蔭先凋，子欲養親親不待。親不待兮可若何，思親涕泗空滂沱。重摹畫像作長卷，闡揚舊德徵新歌。我啟琅函披錦軸，一見故人心凄惨。彼何時兮此何時，俯仰不勝今昔感。吁嗟乎！世局至今危復危，問君是否丁令威。倘能化鶴來栖華表上，應嘆人民猶是城郭非。

【校注】

〔一〕楊筱坪：楊光瑢，字筱坪，直隸天津人，清末津門詩文大家楊光儀之弟。生平不詳。吴昌碩有《畫竹贈筱坪二首》。其一：「筱坪索畫江干竹，別意蕭蕭動歲寒。那及阿兄吟嘯處，海雲遥護碧瑯玕。」其二：「石氣苔痕護竹根，好攜歸去種當門。年年新笋穿林出，頭角崢嶸對抱孫。」此外，王樾《雙清書屋吟草》中亦存《秋夜聞雁初度感賦題楊筱坪表弟小照》與《題楊筱坪表弟小照》諸詩。

〔二〕冠如：楊葆益，字冠如，號觀如居士，别號冠道人，直隸天津人。師從趙撝叔。工山水花鳥。精鑒賞，富收藏。曾加入「中國畫學研究會」。晚年寓居北京。代表作有《紅榴萱花》、《紅梅水仙》、《松鷹》、《三羊圖》等。徐世昌曾作詩《爲楊冠如題其先德海天放鶴圖》：「我本蓬壺一散仙，滄桑過眼幾千年。披圖恍遇元真子。招鶴同騎上九天。」

〔三〕楊夫子：楊光儀（一八二二至一九〇〇），字香吟，又字杏農，庸叟。清咸豐壬子（一八五二）科舉人，選授河間府東光縣教諭，以母年高，不就。以授徒爲生。曾主講輔仁書院，又組織九老會、消寒社等詩社，弟子衆多，如嚴修、華學瀾、陳驤、胡浚、王守恂、徐士鑾、徐漢澄等，皆有時名。其工詩能文。爲詩遠宗杜甫，近師王士禛、張問陶。工近體，氣勢沉雄，時有新意，於國事多有反映，與史夢蘭（字香崖）並稱「二香」。於文推重劉大櫆、曾國藩。著有《碧琅玕館詩鈔》、《碧琅玕館詩續鈔》、《碧琅玕館文鈔》、《有餘齋詩鈔》、《津門續詩鈔》、《髦學齋啐語》、《消寒集》等。

和諸葛篤我〔一〕錫祜八十自述原韻三首

比來耆舊曙星稀，獨有寒松耐歲時。養壽今爲生世佛，明倫昔是救時醫。霜髯雪鬢淮陽侶，竹杖芒鞋務觀詩。多少故園舊桃李，介眉人各一杯持。

烽火年年羽檄遲，河山視等小兒嬉。滄桑幾見經多難，籩豆空存廢所司。失馬塞翁閑是福，觀魚濠上樂誰知。人間秖有長生好，攘利争權總是痴。

芝蘭玉樹影交加，彩戲春燈玩物華。膝下兒孫都有造，眼前富貴漫相誇。琴尊〔二〕斗室乾坤大，風雨空山歲月賒。倘是太平猶有望，姜璜〔三〕應自上魚叉。

【校注】

〔一〕諸葛篤我：諸葛錫祜，字篤我。生平未詳。

〔二〕琴尊：亦作「琴樽」。琴與酒樽爲文士悠閑生活用具。樓辛壺《詠山川雨露圖書室》：「室静琴樽古，窗明木葉疏。」

〔三〕姜璜：代指人類文明初期的風物。姜指炎帝。相傳炎帝神農氏姓姜；璜，半璧爲璜，古代貴族朝聘、祭祀、喪葬等禮器，也作爲佩飾。

謝許生鶴舫〔一〕桐自江南寄贈蘭草

開緘一讀一參詳，陋室乃聞王者香。曾近九天承雨露，肯偕群艷競丹黄。栽如得地誰能伍，生不逢時亦自芳。勝似一枝春遠贈，長留空谷伴疏狂。

【校注】

〔一〕鶴舫：許桐，字東生，一字韻琴，浙江嘉興人。擅花鳥、翎毛，以畫蘆雁最爲知名。據天津社會科學院圖書館所藏《華世奎存札》，許桐自稱爲華世奎門生。

壽嚴範孫〔一〕親家六十〔二〕己未三月十二日

少小知交老更親，共投林下齒齊民。我無遠志甘藏拙，君有雄懷勇作新。足迹遍經中外海〔三〕，心傳奚止萬千人。但期天不斯文喪，珍重期頤百歲身。

【校注】

〔一〕嚴範孫：嚴修（一八六〇至一九二九），字範孫，號夢扶，别號静遠、偍屚生，原籍浙江慈溪，先世移居天津。清光緒九年（一八八三）癸未科進士，散館後授翰林院編修。歷任貴州學政、直隸學務處總辦、學部右侍郎、左侍郎。宣統三年（一九一一）被任命爲度支部大臣，未就。

一九一四年二月，任北京政府教育部總長，亦未到任。同年五月，任參政院參政。辭職後，退出政界，居天津，創辦學校。曾赴美國考察教育，回國後籌辦南開大學，人稱「南開校父」。能詩擅文。書法秀逸雄渾、功力深厚，與華世奎、孟廣慧、趙元禮等被譽爲「津門四大書法家」。倡組城南詩社、崇化學會，講授義理、訓詁之學。著述存稿中有日記、函札、詩、文等多種。今存《嚴修日記》、《嚴範孫先生遺著》、《蟫香館手札》、《嚴範孫先生古近體詩存稿》等。

〔二〕羅按：這一年即一九一九年。

〔三〕足迹遍經中外海：華世奎與嚴修少小相知，後又結爲兒女親家。辛亥革命後，華世奎隱退天津，以書法自娱；嚴修則立志興學，欲有所作爲，曾多次出國考察與游歷。其《嚴範孫先生古近體詩存稿》中留存一百六十餘首以域外爲題的詩作。

和趙楚江毓楠〔一〕八十述懷原韻

朱顔緑鬢氣如春，太守當年第五倫。衹以風雲時有變，故教猿鳥日相親。中原文獻群倫望，古處衣冠一个臣。陵谷屢遷心不老，寸丹總是向楓宸〔二〕。

【校注】

〔一〕趙楚江：趙毓楠，字楚江，直隸青縣人。生卒年未詳。歷任武昌、利川、潛江、應山等縣知縣，以德才兼備，薦升知府。甚得鄂督張之洞賞，又曾調任安陸、武昌、漢陽、宜昌等地，所歷各官，興學、清訟、弭盜、救荒，無不熱心。辛亥革命後，退隱家居，八十八歲而終。著有《退思餘録》詩稿。

〔二〕楓宸：指宫殿。宸，北辰所居，指帝王的殿廷。漢代宫廷多植楓樹，故有此稱。原文「楓宸」二字平抬提行。

疊前韻題楚江撫松圖小照

獨占人間不老春，蒼松品概罕同倫。送雲歸岫意何暇，呼月入林清可親。一木恨難支夏社，五封恥復作秦臣。

百花盡逐番風去，常與丹楓拱帝宸〔一〕。

【校注】

〔一〕帝宸：指帝王的宮殿。原文比二字平抬提行。唐李商隱《贈華陽宋真人兼寄清都劉先生》詩：「淪謫千年別帝宸，至今猶識蕊珠人。」

偕朱經田〔一〕凌潤台〔二〕同游京西岫雲寺〔三〕次潤台韻並爲經田壽

又過湖園百感生，梯山聊向上方行。秋林已報霜前信，好鳥飛來天外聲。共策筇枝探勝境，閑敲棋子答疏更。此間信有桃源樂，恨學淵明記未成。

在山泉比出山清，曲水流觴倍有情。寺有曲水流觴亭。誰是學仙誰是佛，幾人醉眼幾人明。那能塊壘澆多許，最好瞢騰過一生。況對高岡松柏茂，雄拚大斗續前盟。

【校注】

〔一〕朱經田：即朱家寶（一八六〇至一九二三），字經田，又作金田，雲南寧州（今華寧）人。清光緒十八年（一八九二）中進士，後授庶吉士、翰林院編修，再授禮部司祭司。歷任直隸平鄉、南和、新城知縣，灤州府知州，保定知府、江蘇按察使、吉林巡撫、安徽巡撫。安徽宣布獨立後，避居天津。受袁世凱賞識，嘗薦舉爲參議院議員、直隸省民政長、直隸總督等。張勛復辟，授民政部尚書，旋亡命日本，後回天津，病亡。精於公牘，尤工書。學黄庭堅。著有《海藏園序》、《廷尉天下之平論》、《審樂和政疏》等。

〔二〕凌潤台：凌福彭（一八五九至一九三〇），字潤台，廣東番禺人。清光緒乙未科進士。歷任七品小京官，户部主事，兼軍機章京、同郎中。光緒二十七年（一九〇一）任天津府知府，兼天津工藝所督辦。後又任天津普通學堂（後改爲官立中學堂）總辦、保定府知府、長蘆鹽運使、天津府知府、代理順天府尹、直隸布政使。辛亥革命後，任政治討論會副會長，約法會議議員、參政院參政等。工於詞章書畫。息隱後，以書畫自娱。

〔三〕岫雲寺：在北京西山潭柘山腰，始建於西晉，名嘉福寺。清康熙三十一年（一六九二）賜金重修，改稱岫雲寺，俗稱潭柘寺，爲北京附近佛寺中最古者。

自岫岩歸潤台又以紀游詩見示即席依韻和之

長策全無用，人人杖短筇。來游雲裏寺，愧食飯前鐘。倦鳥栖幽谷，飛猱據上峰。可憐銀杏子，寺有銀杏樹，俗所謂帝王樹也。寂對後凋松。

世亂知何極，偷生天地間。琴尊陪北海，薇蕨滿西山。明月自今古，閑雲時往還。滄桑經幾變，種種不相關。

服闋祭墓歸途中作

手澤桮棬〔一〕尚寢門，數年心事向誰論。一生惟有晨昏樂，萬死難酬顧復恩。入夢音容終蜨〔二〕幻，無情日月似駒奔。麻衣脱後休輕弃，上有孤兒血淚痕。

【校注】

〔一〕桮棬：亦作「杯圈」、「桮圈」。《禮記·玉藻》：「母没而杯圈不能飲焉。」鄭玄注：「圈，屈木所爲，謂卮匜之屬。」孔穎達疏：「杯圈，婦人所用，故母言杯圈。」後因用作思念先母之詞。北齊顏之推《顏氏家訓·風操》：「父之遺書，母之杯圈，感其手口之澤，不忍讀用。」

〔二〕蜨：亦作「蝶」。

董翔周〔一〕玉麐購得文恭師相〔二〕書畫各一方共裝一直幅屬題報以七絶二首

二十年前老帝〔三〕師，洛陽片紙重當時。宫墻美富窺難盡，游憂何能贊一辭。

匡時良策屬江都，餘技兼通畫與書。自是雅人有深致，心香一瓣禮瓶廬。

【校注】

〔一〕董翔周：董玉麐，亦作董玉麟，字翔周。生平未詳。

〔二〕文恭師相：即翁同龢，謚號「文恭」。翁同龢（一八三〇至一九〇四），字聲甫，號叔平、韻齋、瓶生、瓶廬、瓶廬居士、瓶庵居士、松禪、松禪老人、松禪居士等，江蘇常熟人。清咸豐六年（一八五六）中頭甲頭名進士，即狀元及第，授翰林院修撰。歷任甘肅學政、右春坊右贊善、弘德殿行走、翰林院侍講、内閣學士兼禮部侍郎。光緒元年（一八七五）受命爲光緒帝師，於毓慶宫朝夕授光緒學業。此後歷任户部侍郎、都察院御史、刑部尚書、工部尚書、軍機大臣等。能詩擅文，學問淵博。書法自成一家，爲世所宗。取法董其昌、米芾、顔真卿，風格淳厚寬博，晚年沉浸漢隸，稱爲同、光間書家第一。擅山水、木石、雜畫，用書家筆法寫文人意境，隨意點染，古趣盎然，更自題詠，彌覺雋逸。宣統元年（一九〇九）詔復原官，追謚「文恭」。著有《瓶廬詩文稿》、《翁文恭公日記》等。

〔三〕羅按：原文「帝」字前挪抬一格。

題馬景含家桐〔一〕三十一歲小像二首

幼小相親日往還，而今滄海幾桑田。披圖似不曾相識，何處翩翩一少年。

竹笠芒鞋伴此身，人中畫聖畫中人。弁髦到老休輕弃，同向荒山作逸民。

【校注】

〔一〕家桐：馬家桐（一八六一至一九二七），又名佳同，字景含，或字景韓，號署檄澹園丁、樂思居士、井觀、井絲、醒凡、迥凡，又號廂東居士、廂東夷士，書齋名鳳凰來舍，直隸天津人。清同光年間津門畫家四子之一。早年學畫於名畫家孟繡村，與張兆祥等同門。工山水、花卉，筆法之妙，獨步於一時。尤精於臨摹古迹，幾可亂真。與孟廣慧（字定生）最爲友善，一書一畫，時稱「津門二甲」，即雙關二「假」之意。精於鑒賞，尤善刻印，亦善書篆隸。

清明上墓

五十餘年襁褓身，哀哉三載哭雙親。今生無復瞻依望，地下誰爲侍奉人。點點酒漿和淚滴，年年榆柳逐愁新。紙錢一路風吹盡，回首天涯萬丈塵。

次韻和芝洲長夏感懷

坐隱閑棋度日長，丁丁餘韻繞空梁。静垂粗竹簾三尺，倦卧輕籐蕈一方。座上論文今李白，枕旁試扇女黄香。次女澤愉侍奉周洽，夏夜驅蚊捕蟗，恒達旦不眠。只今莫問興亡事，雪藕冰桃取次嘗。

壽張協卿克二六十二首

世守青氈作德鄰，與君少小便相親。往還文字無虚日，終始交情有幾人。散步酒壚時話舊，驚心棋局屢翻新。乘田委吏姑安命，人有恒言仕爲貧。

昨朝戲彩拜萱堂，太夫人壽辰先協卿一日〔一〕。今日東籬又舉觴。遍插茱萸兄弟樂，環羅蘭玉子孫昌。祇因親健難稱老，不允人來賀杖鄉。家慶如君貧亦樂，况饒紅袖夜添香。

【校注】

〔一〕羅按：注見《壽張母武太夫人八十二首》詩。

壽高彤皆同年凌雯六十〔一〕

矯矯高子人中豪，胸羅墳典揚風騷。出游國庠尋墜緒，歸輯邑乘研毫毛。一燈一硯坐相對，口吐絲出心爲繅。百忙之中抽一暇，吉祥文字時捉刀。今逢華誕周甲子，争獻瓊玖報投桃。况我早與聯桂籍，卅載重以金石交。侑觴胡可無一字，覥顔持鼓雷門敲。删去諛詞放直筆，一寫磊落之清標。瑰材雋思姑弗論，禮義廉恥中流篙。居身白不圭玷璧，律人如己無寬饒。一語不合掉頭去，怒髮上指衝雲霄。綺羅豈入阮咸目，斗米難折陶潛腰。所以十出九不遇，草草空嘆勞人勞。有時儒生亦談命，金寒水冷相笑嘲。金經百煉寒不鑠，水到成冰冷不濤。在天爲道地爲竇，愈寒愈冷愈堅牢。國綱一墜人心壞，群趨炎熱逐羴臊。涓涓不寒江漢廣，方寸之木山樓高。竊鈎者誅竊國賞，群虎噬盡人脂膏。連雲甲第森棨戟，燕姬越女黄金巢。樓上笙歌夜達旦，樓下百萬哀鴻嗷。豈無仁漿義粟至，飽我囊橐充我庖。富貴豪華古無匹，轉瞬烈焰煙塵消。老儒依然一寒素，百變千變此綈袍。春花萎盡秋樹禿，獨有蒼松冬不凋。静卧雲壑閲人世，山中歲月何逍遥。我懷此意急欲吐，篆刻不暇摹沈曹。有如乞兒沿户唱，薈萃村語成歌謡。但問有無酒與肉，請君早餉我一饕。兀然共醉窮檐下，羲皇之樂樂陶陶。

【校注】

〔一〕羅按：此詩作於一九二〇年。

無錫族叔祖母朱太夫人八十壽詩

朱太夫人，族叔祖子才公〔一〕配。族弟繹之〔二〕之祖母也。子才公諱鴻模。繹之名士巽。

我與繹之弟，均栖碧公後。溯自元以來，爲世十有九。錫山宗派繁，譜牒盈尺厚。我已作北人，徙居天津久。有弟守宗祊，世世家蕩口。舊德食詩書，先疇服畎畝。朱氏太夫人，實爲弟祖母。含飴弄孫枝，康强占無咎。屈指到今年，太歲在辛酉。正月廿一日，正值八十壽。方擬張賓筵，徵歌以侑酒。太夫人聞之，連呼曰否否。北地旱太甚，飢民疲奔走。虛擲有用錢，何若散灾藪。弟以錢授我，我爲分而剖。一活千萬人，人人咸額手。舉世競功利，民命夫何有。慈惠出閨門，多福允膺受。君獻祝釐篇，室壁羅瓊玖。我無翼南飛，奉觴趨左右。迢迢二千里，郵寄詩一首。但得情意真，不顧文字醜。爲我獻堂前，用以祈黄耇〔三〕。

【校注】

〔一〕了才公：華氏爲無錫巨商大族。華鴻模，又名子隨，字範三，號子才，一號咨垂，無錫金匱縣人。生於清道光癸卯年（一八四三）九月二十四日。娶朱氏。一生興辦實業，創建學校。嘗與父華存寬編修《華氏通四三省公支宗譜》等。

〔二〕繹之：華繹之（一八九三至一九五六），又名士巽。華鴻模長孫。近代實業家、藏書家。能書，學顏真卿。曾與馮翰章編著《密勒氏養蜂法》等。

〔三〕耇：亦作「耈」、「耉」。年老；高壽。《詩·小雅·南山有臺》：「樂只君子，遐不黄耇。」《毛傳》：「黄，黄髮也；耇，老也。」

壽朱年伯母陸太夫人九十十六首

太夫人爲喆丞黻〔一〕、雲甫同年錦〔二〕、永叔綸〔三〕之母。

五九名宗女德純，結衿來作紫陽嬪。兩家同隶東南秀，又種枌榆北海濱。朱陸均浙人，曉蕖年伯游幕北方，子孫遂入天津籍。

不逮尊章展敬忱，庭幃積憾與年深。蘋蘩親試羹湯手，藉慰南陔孝子心。

生計艱於挽鹿車，自安荆布黜鉛華。家貧事事親操作，入夜鷄聲破曉鴉。

三珠寳樹蔭團圝，世事無如教子難。斗室篝燈勤夜課，勝歐畫荻柳和丸。

槃槃才略數元方，侍直西垣翰墨香。手捧五花官誥下，錦囊玉珮紫微郎。喆丞關中書科中書。

一年春事集南漕，兼佐神倉出納勞。策馬大通橋上過，桃花流水映宫袍。喆丞兼充大通橋監督。

日下聯吹仲氏篪，木天清望冠當時。龍門一秉量才尺，網得珊瑚答主〔四〕知。雲甫己丑翰林，充甲午會試同考官。

外擢黄堂試吏才，板輿迎上鬱孤臺。陶廉隽恕馳嘉譽，都自慈闈訓誡來。雲甫截取知府，分發江西。

馳驅海上苦胝胼，將作群推季子賢。少小登堂同拜母，有如瑜策恰齊年。永叔與余同歲生，曾充海上機器局差。

憶昔聯鑣走上都，款賓截髮屢相呼。金昆玉友擎杯待，爲道公榮是酒徒。

交非管鮑亦陳徐，下榻高齋歲有餘。最是主人情誼重，鵲巢佳兆讓鳩居。余自庚子十月主喆丞家，至壬寅四月入軍機，迎眷入都始移居。都人以鵲巢樹上爲吉兆，庚子冬有鵲營巢喆丞府樹上，如斗大。喆丞戲謂余曰：「此君入軍機之兆也。」

無端荆棘闇銅駝，桑田未成海又波。世變無常家慶永，角亢兩宿朗秋河。

七十從來説古稀，老萊猶此舞斑衣。龐眉白髪皆兒輩，如此修齡不可幾。

廣開女學萃釵裙，紗幔高懸騁異聞。閱歷未深陳義淺，幾人上首邁宣文。

樓臺歌管濫呼嵩，鼙鼓聲中門愷崇。獨屏繁華開雅讌，依然儒素舊家風。

闡揚懿德祝長生，制錦連篇酒滿觥。自愧孫山無妙筆，故應名字殿群英。京中舊同官以各體詩制壽屏十六幅，銜接而下，余一人書之，故名居末。

【校注】

〔一〕喆丞瓛：朱瓛，字喆丞，直隸天津人。廩貢。歷任中書科中書、大通橋監督。

〔二〕雲甫同年錦：朱錦，字雲甫，直隸天津人。生於清咸豐八年（一八五八），光緒十二年丙戌（一八八六）科進士。歷任翰林院編修、光緒甲午（一八九四）科會試同考官、江西南康府知府、贛州府知府、廣信府知府等。

〔三〕永叔綸：朱綸，字永叔，直隸天津人。生於清同治三年（一八六四）。監生。曾任江蘇縣丞。

〔四〕羅按：原文「主」字前挪抬一格。

壽郭春榆前輩〔一〕曾炘夫婦二首

出入承明曳紫緋，昔曾共傍五雲飛。突如海蜃沉朝市，剩有銅駝冷夕暉。萬丈荒塵温室樹，孤臣老淚首陽薇。寸丹耿耿觚棱月，雲譎風狂不肯歸。

福壽齊眉豈偶然，伯鸞節介孟光賢。芝階舞彩娱今夕，竹墅圍棋話舊緣。別四五年秋愈健，歷千萬劫月常圓。瓊樓玉宇高寒地，一曲霓裳會衆仙。

【校注】

〔一〕郭春榆前輩：郭曾炘（一八五五至一九二八），原名曾炬，字春榆，號匏廬，晚號福廬山人。福建侯官縣（今福州）人，祖籍山西汾陽。清光緒六年（一八八〇）進士，改庶吉士。散館，授禮部主事。後歷任軍機章京、禮部郎中、内閣侍讀、光禄寺卿、通政使、新設政務處提調等。歷署工部、户部、禮部侍郎，入值軍機。宣統元年（一九〇九）充實録館副總裁，既禮部改典禮院，又授副掌院學士。清亡後，追隨溥儀，每歲時趨朝。工詩，多追憶往事，悼懷故人，與諸遺老唱和。著有《匏廬詩存》、《匏廬剩筆》等。

壽林墨青〔一〕兆翰六十四首〔二〕

安排酒琖數詩篇，耳順吟成白樂天。恰是上元前一日，霓裳雅奏會群仙。

祥雲靉靆日迷離，木鐸剛逢徇路時。扶杖静觀鄉俗變，一年一换竹枝詞。
綱常名教唾灰塵，一髮千鈞勸孝文。蘭玉庭階先作則，萊衣彩絢海天雲。
玉山朗朗絶塵埃，龍馬精神矍鑠哉。愧我祇輸君一歲，早經弃甲笑于思。

【校注】

〔一〕林墨青（一八六二至一九三三）：名兆翰，又字伯嘿，晚年號更生。直隸天津人。歷任直隸學務處參議、津郡學務總董、勸學所總董，並經直隸總督袁世凱專折奏獎内閣中書銜。一生興學，前後成立官、公、民立小學數十處。曾創立廣智館，晚年與嚴修等組織崇化學會、城南詩社、國文觀摩社。精於訓詁輿地之學。著有《函札珍存》等。

〔二〕此詩作於一九二二年。

壽鄧振宇〔一〕崇光七十二首

小隱魚鹽物望收，時振宇爲長蘆總商。身雖將種薄王侯。振宇爲鄧善卿總戎啟元之子。五湖煙月鴟夷舸，卅載風霜晏子裘。高誼不辭山負重，坦懷常似水平流。知君定享期頤壽，閱盡滄桑未白頭。
社鼓聲喧七二沽〔二〕，銅山舊閥慶懸孤。荆釵偕老眉齊案，花萼聯吟書滿厨。松柏岡陵天保頌，蜻蜓蛺蝶古稀圖。同堂更有孫曾慶，滿地蘭芽長鳳雛。

【校注】

〔一〕鄧振宇：鄧崇光，生平不詳。曾任長蘆鹽運使訓令綱總，又爲林墨青所創崇儉會社員。

〔二〕七二沽：天津古稱七十二沽。七十二沽分布於今天津市區及寶坻與寧河區境。清同治《續天津縣志》卷七嘗載：「天津有七十二沽之名，寶坻二十一沽，曰丁字沽、西沽、東沽、三汊沽、小直沽、大直沽、賈家沽、邢家沽、鹹水沽、葛沽、元沽、草頭沽、桃源沽、盤沽、四里沽、鄧善沽、郝家沽、東泥沽、中泥沽、西泥沽、大沽，此二十一沽從西潞河名也。西潞河一名西沽河。在寶坻者二十九，曰剪子沽、南寨沽、五道沽、小塔沽、又小塔沽、王家沽、曹家沽、葫蘆沽、青秤沽、于家沽、梁家沽、貂子沽、西魯沽、東魯沽、菱角沽、矼石沽、塔沽、半截沽、大淘沽、瑪瑙沽、大駱里沽、小駱里沽、大沽、灘沽、北李子沽、南李子沽、八道沽、傍道沽、西壯沽。在寧河者二十二，曰齊家沽、南沽、江石沽、大麥沽、傍道沽、捷道沽、麥子沽、東槐沽、中興沽、北澗沽、盤沽、南澗沽、釣樓沽、漢沽、馬杓沽、李家沽、又李家沽、蟶頭沽、寧車沽、塘兒沽、田家沽、豐家沽。此二縣五十一沽從東潞河名也。東潞河一名東沽河。」現大部分沽，已淤積爲平地，沽名成爲地名。

壽楊敬林〔一〕以德五十

我與楊仲子，締交二十年。生小同里閈，初無一面緣。邂逅始相遇，僕僕長途間。君方駕輕車，一日千里還。我乃就熟路，來聽太液泉。閑時一往復，每見輒欣然。酌我以杯酒，烹我以小鮮。臨歧問後期，雅意殊殷拳。妖氛忽東起，畿甸尋蔓延。白刃挺在手，紅巾垂及肩。昌言鋤異類，不憚釁開邊。血染使星車，風發將軍船。怒挾海濤來，一鼓擣幽燕。我邑首當衝，玉碎無瓦全。賴君通款曲，壺簞相周旋。風定柁爲轉，巢覆卵復完。那堪大兵後，繼以盜如蟓。胠篋莊生篋，偷及王郎氈。君曰吾有責，衆惡必察焉。大開擇能院，才畯羅滿前。識途豢老馬，擊惡騰霜鸇。鏡因物爲照，針無孔不穿。一無漏網夫，衆乃安枕眠。論功邀上賞，畀以司虦權。一官逾十稔，國人皆曰賢。慨自周鼎移，法紀淪深淵。苛政南山虎，民命西風蟬。誰歟重蒙養，蓬巷聞歌弦〔二〕。誰歟恤灾黎，一擲千萬錢。誰歟飭路政，王道無黨偏。誰歟振商業，貨隧羅通廛。卓哉人中杰，狂流障百川。出民水火中，奠之衽席安。種德自收福，瑶芝産瓊田。清和夏四月，華誕開樱筵。行年方五十，日月懸中天。群獻詩爲壽，璀璨霞光箋。我性素愚戇，恥以諛取妍。忝長君數歲，掬誠進一言。四維久不張，惟君其勉旃。

【校注】

〔一〕楊敬林：楊以德（一八七四至一九四四），又名楊以儉，字敬林，行二，回族，直隸天津人。歷任京奉鐵路總稽查、直隸候補知府、候補道、探訪局總辦、巡警局幫辦、直隸巡警道、天津員警廳廳長、直隸全省警務處處長兼天津員警廳廳長、天津特别區市政管理局局長、兼代直隸省省長等。楊以德曾從華世奎與張仲嘉習字。

〔二〕羅按：原文「弦」字避諱缺筆。

壬戌〔一〕三月自京旋津早起登車途中作

隱隱宫墻曙色低，十年前事莫重提。莊周有夢都成蝶，祖逖無鞭懶聽鷄。幾點疏星猶拱北，一鈎冷月漸沉西。是何到耳聲凄楚，橋上春鵑不住啼。

〔一〕羅按：即一九二二年。

和李惺園〔一〕封翁〔二〕重游泮水四首即次其韻

封翁，廣東駐防漢軍，旗人，光緒乙亥舉人，侍郎李柳溪家駒〔三〕之尊甫也。余與柳溪曾同任憲政編查館差。

滄桑世局屢翻新，非復承平雅頌辰。文字横罹無量劫，典型尚有老成人。秋園晚菊霜中艷，冬嶺孤松物外春。鄉校不容隨俗毁，尼山應許作功臣。

早歲芹香擷泮宫，儒衿豈有濫竽充。遥遥華胄承唐後，鼎鼎才名擅粤東。吹籥瞬周花甲子，斫輪群拜老宗工。回瞻鼓篋横經地，衹此靈椿不染風。

俎豆冠裳縱渺然，餼羊禮意重當年。開元故事從頭説，長慶新詩遍口傳。天爲膠庠留碩果，人將文獻付耆賢。

藝林從此添佳話，已占箕疇五福全。

鯉庭詩禮冠巍科，家學淵源語不訛。柑酒今隨安道隱，梅羹誰起傅巖和。同爲北海遺民久，獨得南陔樂境多。歲歲老萊衣獻彩，行看重譜鹿鳴歌。

【校注】

〔一〕李惺園：李思敬，字惺園，奉天鐵嶺縣人，寄籍廣東省番禺縣。生於清道光二十三年（一八四三），光緒乙亥年（一八七五）舉人。清覃恩晋授一品封典。曾入清季十老真率會。

〔二〕封翁：或作封君，指封建時代因數孫顯貴而受封典的人。清梁章鉅《歸田瑣記·李文貞公逸事》：「時公方九歲，隨其封翁雜立稠人中。」

〔三〕侍郎李柳溪家駒：李家駒（一八七〇至一九三八），字昂若，號柳溪，廣東駐防漢軍正黄旗人。清光緒二十年（一八九四）甲午科進士，授翰林。歷任湖北學政、东三省学政、京師大學堂監督、學部右丞、内閣學士、學部左侍郎、學部右侍郎、資政院副總裁、法制院院使、署理資政院總裁、資政院總裁、參政院參政等。著譯有《歐洲新志》、《武學》、《大中華》等。

題余秋室二喬觀兵書圖畫卷並序

是圖余秋室〔一〕集，昔爲平寬夫〔二〕恕作，一時海内名流題詠殆遍，後爲濟寧孫文恪師〔三〕所有，南海張樵野侍郎〔四〕蔭桓爲之記，番禺凌潤台同年福彭爲之書。時師方爲樞相凌樞曹也。余與潤台乙酉同貢成均，師主試。癸巳秋闈又同領鄉薦。洎壬寅余入樞曹，潤台已來守吾郡，師則下世三年矣。師既歿，長君孟延同年〔五〕梃，尤精鑒賞，能世其藏。乃弟嗣子宎與析産，無巨細，割其半以去，孟延鬱鬱旋歸道山，遺孤雲生〔六〕照纔九齡耳。未幾國體變更，中原糜沸，物無常主，人有異心。是圖遂輾轉入他人手。往歲潤台游都門遇之廠肆，喜名寶重逢而當年手迹宛然也，斥重金易以歸。余自壬子旋里，潤台亦築墅津門，詩酒過從，每共晨夕。一日欣然出圖索題，受而讀之。名作燦然列於前，蓋已無義不搜，無體不備，後有作者莫能外已。是時雲生已爲余家婿，頗能讀書，識大體，與談往事，輒欷歔泣下。昨忽覩圖几上，若不勝其慼者。因追念師門舊誼，俯鑒甥館歆然不釋之情，爲述是圖去來顛末，悉抛題中之意而爲畫外之詩，庶幾稍免刻畫唐突之誚也夫。

濟寧尚書我之師，宏收精鑒羅珍奇。中有二喬觀書圖一卷，我友番禺凌子爲題辭。凌子凌子綸綸手，温室涵育春風久。縱然桃李一時栽，南枝先花北枝後。無端曳杖聞悲歌，人亡其如政息何。落日白雲莽蒼狗，西風黃葉埋銅駝。我急收韁卸簪笏，我友亦此營詩窟。忽出長卷索句題，詫是程門舊時物。坐而叩以所從來，黄金重價收燕臺。畫者題者卓卓皆巨手，中有爪痕真快哉。我聞斯言亦稱快，楊柳風流又見當年態。方爲得者喜，旋爲失者慨。依然璧是相如完，有誰餅學公羊賣。尚書之孫我館甥，幼丁家厄田斫荆。祖硯楹書半星散，脛珠翼玉成飛行。不遠摳衣昨來覿，相與披圖話疇昔。曉露蘭苕淚欲流，彌滋木壞山頹慼。吁嗟乎，乾坤寥廓日月長，離合聚散物之常。君不見塞翁之馬歧路羊，一去渺如黃鶴黃。又不見木蘭之櫝翡翠裝，楚人寶移鄭人藏。何如此圖亡未亡，衣鉢傳諸弟子行，煙雲供養一瓣留心香。

此詩既書於原卷，還之潤台，更録一通以貽女婿雲生，以慰其歉仄之情，亦以證明故物之亡非其罪也。

【校注】

〔一〕余秋室：余集（一七三八至一八二三），字蓉裳，號秋室，浙江仁和（今杭州）人。清乾隆三十一年（一七六六）進士，候選知縣。嘗與邵晉涵、周永年、戴震、楊昌霖同薦修《四庫全書》，授翰林院編修，人稱「五徵君」。累官至侍讀學士。歸後，出主大梁書院八年，好引掖後進。集博學多藝，尤擅畫仕女，有「余美人」之稱。晚年唯寫蘭竹，風神瀟逸。書法古秀，曾手書孫承澤《庚子銷夏記》，精刊行世。亦工詩詞古文辭。詩文書畫有三絶之稱。著有《梁園歸棹録》、《憶漫庵剩稿》、《秋室詩鈔》以及《絶妙好詞箋續鈔》一卷、《遺山先生年譜略》一卷。

〔二〕平寬夫：平恕，字寬夫，又號餘山。浙江山陰人。卒於一八〇四年。乾隆三十七年壬辰科進士，授編修。歷任翰林院侍讀學士、少詹事、內閣學士，遷兵部右侍郎。工書法。著有《留春書屋詩集》。

〔三〕濟寧孫文恪師：孫毓汶（一八三三至一八九九），字萊山，亦作來衫，室號敦本堂。山東濟寧（今濟寧市）人。清咸豐六年（一八五六）丙辰翁同龢科以一甲二名進士，授翰林院編修，同年六月充實録館協修官。後歷任侍講學士、日講起居法官，四川正考官，武英殿纂修官、侍讀學士、工部左侍郎，兼署刑部左侍郎、總理各國事務大臣、刑部尚書，户部尚書，兵部尚書，加太子太保銜。歷典會試，順天分試。謚號「文恪」。

〔四〕南海張樵野侍郎：張蔭恒（一八三七至一九〇〇），字樵野。廣東南海人。以書吏幕僚起家，一應鄉試不遇，遂弃舉業，納資爲知縣，詮選山東。爲先後巡撫所器重，數薦至道員。清光緒二年（一八七六）權登萊青道，轉山東鹽運使，授安徽寧池太道，遷按察使。後詔入京，命值總理各國事務衙門，遷太常寺卿，稱知達外交事務。因爲同官所忌，劾降直隸大順廣道。曾任出使美國、日斯波尼亞（西班牙）、秘魯三國大臣，辦理二百餘華工被害等案，堅持索賠。又奏設古巴學堂，籌建金山學堂、醫院等。回國後，復值總理衙門，歷遷户部侍郎。甲午戰爭之初，奉命偕湖南巡撫邵友濂爲全權大使赴日，行前上折表明必「力持大體」，請國內「一意籌戰」。後奉使英國，歷英、美、法、德、俄諸國，歸後條陳聞見，累疏請勿恃外援，宜自固防。維新變法時，主管京師礦務鐵路總局。戊戌政變後，遭徐桐等嚴劾入獄，幾死，以英、日公使營救，改爲革職流戍新疆。庚子事變時，被剛毅處死於戍所。雖非科舉出身，亦嫻風雅，官安徽時嘗與譚獻商榷文藝，後與李慈銘、王懿榮等交尤密。喜繪畫，尤好收王翚（字石穀）畫，以「百石」名其齋。能詩，今存詩多謫戍後所作，感事書憤。著有《鐵畫樓詩文集》六卷、《續集》二卷等。

〔五〕長君孟延同年：孫梃，字孟延，孫毓汶子，清光緒十一年（一八八五）舉人。善收藏。

〔六〕遺孤雲生：孫照，字雲生，孫毓汶孫，孫梃子，華世奎三女婿。精鑒書畫。

翁弢夫〔一〕斌孫以文恭師相所擬倪雲林〔二〕江南春畫卷屬題謹題七絶二首

林泉清勝古今同，一葉扁舟兩袖風。江上峰清人不見，千秋心事畫圖中。

茫茫浩劫幾經年，是否桃源別有天。流水斜陽無限恨，一番展卷一潸然。

【校注】

〔一〕翁弢夫：翁斌孫（一八六〇至一九二二），字弢夫，室名「一笏斋」，翁同龢孫。光緒三年（一八七七）進士，改庶吉士，授檢討，充乙酉順天鄉試、甲午會試同考官。曾任翰林侍讀，山西大同知府攝總兵，直隸提法使。嘗將翁同龢藏書移皮於津沽間。著有《笏齋覆瓿集》等。此外尚存鈔本晉郭璞《穆天子傳注》、《五國故事》、明錢古訓《百夷傳》，稿本則有《翁弢夫日記》、《湖楚行踪》、《春闈小記》、《笏齋所藏物》等。

〔二〕倪雲林：即元代畫家倪瓚。倪瓚，字元鎮，號雲林子、幻霞子等。無錫（今屬江蘇）人。擅畫水墨山水，宗董源，參以荆浩、關仝技法，創「折帶皴」寫山石，畫樹木則兼師李成。所作多取材於太湖一帶景色，作品題材多爲山水和竹石，多用水墨，極少賦色，喜作枯筆墨色，意境淡泊荒疏，多表現江南平遠開闊的自然景色。畫簡風格，對明、清文人水墨山水畫頗有影響，與黄公望、吴鎮、王蒙，合稱「元四家」。

壬戌十月〔一〕恭遇大婚入都朝賀蒙賞朝馬紀恩二首〔二〕

蜷伏蓬茅十一年，趨朝暫附舊班聯。正風端自雎麟始，故王猶垂犬馬憐。年未六旬舊例，二品官未滿六十歲者不列賞馬單。〔三〕恩破格，時方多難禮從權。鞭絲裊入雲深處，又見光明一綫天。

白頭宮監笑相迎，車過承明萬感並。千里雄心塵踏碎，一條頑骨鐵生成。據鞍顧盼誰家將，攬轡澄清此日情。無路馳驅餘感激，何時昂首一長鳴。〔四〕

【校注】

〔一〕羅按：即一九二二年十二月一日（夏曆十月十三日）。是日溥儀大婚，迎娶婉容爲后，納文繡爲淑妃。

〔二〕羅按：題中原文「大婚」、「賞」、「恩」等字均平抬提行。

〔三〕羅按：原詩注「賞」字前挪抬空一格。

〔四〕羅按：詩中原文「朝」、「故」等字均平抬提行。

大婚禮成蒙頒賞家祠御筆望闕高華匾額一方紀恩四首〔一〕

樂獻周南第一詩，寵頒宸翰壯宗祠。喜看鵠峙鸞回勢，彌憶龍飛鳳噦時。家祭至今遵漢臘，鄉居依舊沐皇慈。有何風節侔蕭復，四字褒題愧汗滋。

庭訓諄諄戒勿忘，葺成棟宇奉烝嘗。書丹敢擬顔家廟，飛白如登陸氏堂。感徹九泉煙結篆，歡騰三族篳生光。便存俎豆千秋想，子子孫孫永寶藏。

曾掌絲綸侍禁庭，飫聞聖學懋冲齡。雲煙灑落勤書暇，黍稷涵濡明德馨。宏啟孝思詩錫類，妙通祭義禮觀銘。涓埃庸有酬恩地，惟祝單心古六經。

玉宇瓊樓寒且清，每逢令典賞猶行。深仁厚澤超前代，春露秋霜慰下情。萬樂晨昏餘簋簠，十年魂夢繞璣衡。舉頭君父皆臨上，拜倒氍毹涕泗横。〔二〕

【校注】

〔一〕羅按：題中原文「頒」、「御」、「恩」等字平抬提行。

〔二〕羅按：詩中原文「寵」、「宸」、「鵠」、「龍」、「皇」、「庭」、「絲」、「禁」、「聖」、「冲」、「雲」、「明」、「宏」、「妙」、「恩」、「單」、「玉」、「令」、「賞」、「深」、「厚」、「年」、「璣」、「君」等字均平抬提行。

癸亥上元鄒學勤〔一〕廷廉招飲席間以詩見示次韻和之〔二〕

鶴發霜髯簇簇新，呼朋共醉上元春。昇平點綴今猶昔，矍鑠精神主勝賓。閲盡人情誰厚薄，飽嘗世味忘酸辛。

老來能享清閑福，便是羲皇以上人。

【校注】

〔一〕鄒學勤：鄒廷廉，字學勤，直隸天津人，生於清咸豐元年（一八五一），曾任長蘆綱總，嘗與李頌臣等創辦天津殖業銀行，並與寧世福、王賢賓等創辦天津教養院。

〔二〕羅按：此詩作於一九二三年。

和學勤原韻

詩情酒興兩無厭，逸趣翻隨鶴算添。依枕卧游山入座，圍爐夜話月窺簾。台州豈爲深杯困，吏部偏將狹韻拈。賞罷春燈還賞竹，從知蔗境老來甜。

和學勤大風原韻

夜深燈炧酒初闌，捲地聲來勢渺漫。空是大風誰漢祖，苦無深雪卧袁安。蟾輝吹落千林闇，蝶夢驚回一枕寒。料理春耕農望澤，爲驅旱魃淬吴干。

和學勤春雨原韻

連日濃雲布四郊，釀成膏雨潤枯梢。天開淑景催花柳，人祝豐年樂酒肴。流水聲中鳩學語，清風林下鶴歸巢。胸無一事扃門睡，不許人來夢裏敲。

和學勤喜雨原韻

緩步登輪趁曉陰，初猶微雪漸成霖。樓頭應有詩人聽，亭下曾無太守臨。草帶泥香縈屐齒，風含水氣撲車心。歡聲一路騰阡陌，歸扣柴荆漏未沉。余適自京歸。

和學勤原韻

天外冥鴻早見機，經時漸覺網羅稀。聯吟今日開陶徑，單騎當年突楚圍。滄海横流淘不盡，黄粱好夢醒全非。故園尚有蒼松健，壽相清姿共鶴依。

張仲炤〔一〕志潛屬題何詩孫〔二〕維樸所畫幼樵師〔三〕江寧故宅雪中雙松圖相傳此宅〔四〕

大好園林江水濱，興亡閲遍幾千春。老松終古此顔色，不管誰來作主人。

絳帳摳衣憶昔時，棱棱風骨繫人思。即今故宅餘喬木，猶是臨風挺勁姿。

菽水晨昏去不還，緑蔭濃處蘚成斑。不知多少思親淚，灑向寒青淡翠間。

老筆縱横蒼且堅，披圖如見氣森然。歲寒何處尋三友，相對無言雪滿天。

【校注】

〔一〕張仲炤：張志潛（一八七九至一九四二），字仲炤，直隸豐潤縣人。晚清名臣張珮綸子，現代作家張愛玲叔父。清光緒二十八年（一九〇二）補行庚子辛丑恩正並科舉人。歷任内閣中書、憲政編查館總務科科員、招商局董事。又爲德國漢學家、傳教士衛禮賢所創「尊孔文社」會員。曾校訂張珮綸《澗于文集》。

〔二〕何詩孫：何維樸（一八四二至一九二二），字詩孫，或作詩蓀，號盤止，又號盤叟、秋華居士、晚遂老人。湖南道縣人。何紹基孫。清同治六年

（一八六七）副貢，官内閣中書，後改浙江知府，曾任上海浚浦局總辦。精鑒别，富藏古印。工書法，善畫山水，治印宗秦、漢人。輯有《頤素齋印存》八册、《頤素齋印影》四册。著有《何詩蓀手書詩稿》四卷等。

〔三〕羅按：題中原文「幼樵師」挪抬一格。幼樵即張珮綸。張佩綸（一八四八至一九〇三），字幼樵，一字繩庵，又字簣齋。直隸豐潤人。清同治十年（一八七一）進士。官至侍講學士。著有《澗于文集》、《澗于日記》等。

〔四〕底本題後空一行，疑脱字。

王子銘〔一〕廷楨奉御賜〔二〕三秋圖直幅屬題恭題七絶一首

雨露無私沾溉寬，遥頒宸翰〔三〕下雲端。春花撩亂迷人眼，且把秋容仔細看。

【校注】

〔一〕王子銘：王廷楨（一八七六至一九四〇），字子銘，亦作子明。直隸天津人。曾考入北洋武備學堂、講武堂學軍，後保送日本士官學校炮兵科第一期。畢業後，任清廷陸軍教習營教習。不久，任陸軍第五鎮騎兵統帶。後破格提入御林軍（後改名禁衛軍），歷任管帶、標統、協統，並被任命爲鑲黄旗漢軍都統。繼而派往法國任軍事考察專使，參觀法國軍事大演習。回國後升任禁衛軍統領。清廷退位後，禁衛軍改編爲馮國璋所屬陸軍第十六師，任師長。後歷任天津鎮守使、江蘇省江寧鎮守使、長江巡閱副使、察哈爾特别區都統，授陸軍上將、北京政府大總統府高級軍事顧問。曾授楨威將軍銜，並入將軍府。嘗任吴佩孚十四省討賊聯軍運輸司令。弃職後閑居天津。多次捐款興辦教育，被聘爲南開大學校董。

〔二〕羅按：題中原文「御賜」兩字平抬提行。

〔三〕羅按：詩中原文「宸翰」兩字平抬提行。

六十生日〔一〕述懷四首

落蓐剛逢遏密辰，是日孝恭仁〔二〕皇后忌辰。生來即是不祥人。年方及冠憂家乏，戊寅年十五值家中落〔三〕。學未通經讀

禮頻。重嶺大椿沉晚照，丙戌冬，祖父〔四〕見背，丁承重憂。分庭慈竹隕貞筠。庚寅夏，復丁兼祧母〔五〕憂。最長久是含飴樂，

巨密依劉度九旬。祖母〔六〕壽九十一歲。

五十懸車鳥倦還，白頭堂上幸雙全。無端風雨驚殘夜，有限晨昏感逝川。父故浹辰七長夏，丙辰六月初五日，吾父

〔七〕弃養。母喪兩日四周年。乙未五月二十五日，吾母〔八〕弃養。春秋霜落皆悲境，獨到今朝倍惘然。

烽火連天鬼夜鳴，那堪子午溯雙庚庚午，天津焚教堂。庚子，拳匪焚津城教堂。均五月二十三日。況從問鼎移周祚，動輒操

戈薄漢京。榴結巾紅花濺血，蒲抽劍緑草皆兵。俗稱惡月今爲烈，多少人家哭祭聲。壬子以後，京津一帶戰事多在五月。

一年睡夢一年酣，六十年來百不堪。心似喪家無主犬，身如縛繭可憐蠶。撫松元亮空三徑，刻木丁蘭剩一龕。

忠孝我今都已矣，泣題齋額曰思闇。

【校注】

〔一〕羅按：華世奎生於清同治三年（一八六四）夏曆五月二十三日。此詩作于一九二三年。

〔二〕羅按：詩中原注「孝恭仁」三字挪抬一格。孝恭仁皇后（一六六〇至一七二四）姓烏雅氏，蒙古人，護軍參領威武之女，入宫爲康熙妃。初封德嬪，爾後晋封德妃、德貴妃，生雍正。雍正即位後，尊奉爲皇太后。卒於雍正元年（一七二三）夏曆五月二十三日。

〔三〕戊寅年十五值家中落：華氏營鹽，至光緒初年，家道中落。光緒四年時，家族積債達四十萬緡，近於破産。華承彦四十歲左右時，被族人推舉主持家政。後苦心孤詣經營多年，家道中興。

〔四〕羅按：詩中原注「祖父」前挪抬一格。華世奎祖父華長治，字醒兮，曾因侍奉患病父母而研讀醫書，頗有心得，後以醫行世。卒於清光緒十二年（一八八六）十一月二十一日。

〔五〕羅按：詩中原注「母」字前挪抬一格。

〔六〕羅按：詩中原注「祖母」前挪抬一格。華世奎祖母爲長蘆蔣氏之女，工織繡山水大文花鳥蟲魚小品，擅長繪畫，尤喜畫蝶。曾繪制《百蝶圖》，

爲時人珍藏。

〔七〕羅按：詩中原注「父」字前挪抬一格。華世奎父華承彦（一八三九至一九一六），字屏周，號屈齊，因微跛無須，晚年又號無須子，齋名格屈軒。家族行五，故又被稱爲「老華五爺」。精於周易。著有《學庸述易》。是書首有蔣藺畬序、杨光儀序、華承彦自序，旨在以《大學》、《中庸》通《易》。另撰《周易篇第考》等，又曾續輯《華氏晴雲派天津支宗譜》。工書，能篆，又擅詩。好金石、書法、繪畫等。嘗與楊光儀等成立「九老會」。每逢春秋佳日，輒呼童載酒，登舟上樓。或高歌會飲，或推窗遠眺。歲暮冬初，則相次爲九九消寒雅集。且富收藏，廣交游。家藏書達二萬餘卷，更有金石、書畫、陶器、碑帖等文玩古物。與李鴻章、李鴻藻、張之洞、翁同龢、潘祖蔭等過從甚密。吴昌碩曾作詩《華屏周承彦贈詩即答》：「君問苦中樂，我彈弦外音……七十二沽水，交情同此深。古硯渾不淺，講《易》聽森森。」華承彦訓子嚴苛。對獨子華世奎寄予厚望，而嚴格督促其學書習字。

〔八〕羅按：華世奎母田氏，生於清道光二十二年（一八四二）八月二十七日，卒於一九一九年五月二十五日。天津津南鹹水沽田家嘴人。清廷封孺人、覃恩誥封宜人、恭人、夫人等，並恩賞一品封典、誥封一品夫人。

潤台以詩箋爲壽和韻書箋報之〔一〕

市地塵霾晝不明，蓬茅蜷伏暫偷生。茫茫蜃樓雲千變，點點熒光月五更。豈是綺黄能養壽，愧非沮溺尚知名。白頭忍説開天事，聯與帝公續酒盟。

【校注】

〔一〕羅按：此詩作於一九二三年。

輓朱經田同年四首並序

經田名家寶，雲南寧州人。光緒壬辰庶常散館，以主事分禮部，改知縣，除直隸平鄉知縣。值庚子拳匪之亂，獨具卓識，主剿不主撫，境内肅然。山是名譽隆起，不數年累遷至吉林巡撫，調安徽巡撫，所至有誦聲。壬子後一爲直隸民政長官。丁巳五月以受復辟嫌疑去位，僑寓津門，遂不復問世事。初京朝僚友，聯同志結酒社宣南。余與經田與焉。賓主莘莘，頗極一時之盛。至是又與同社諸子隱於津者重起消寒社，身閑而迹益密，人少而情愈親，然强作達觀，無復當年興趣矣。經田爲人清勤樸慤，卓有古風。比以民困國危，輒思撥亂而反之正。顧事與願違，抑鬱成疾，一旦暴發，不須臾而逝。蓋其口不能言而其憂之積於内者深也。溯自與經田訂交以來，相愛如手足，遇事則互相倚仗，無欺無隱，終始不渝，乃年未七旬遽焉。哀謝。情不自已，哭〔一〕之以詩。稱之曰同年者，乃兄家霦乙酉拔貢也。

莽莽秋原塞草黄，日中驚隕大星芒。北門昔種萊公柏，南國今餘召伯棠。破碎河山家萬里，凄凉風雨節重陽。菊花籬落清如洗，回首當年夢一場。

大地狂流勢渺漫，相從林下作黄冠。豈云日可戈揮返，終恨天難石補完。入地料無今世黑，蓋棺不變此心丹。中原底定何年事，空有詩留後代看。

昆季交情老更深，亂離中幸聚朋簪。寒消謝墅新棋局，酒酹黄壚舊竹林。萬事不容一轉瞬，百年能得幾知心。朅來儔侣凋零甚，空谷跫然誰足音。

三日前猶笑語温，竟無文酒可重論。不祥生壙成幽記，何意家庭著瑣言。大筆淋漓君魯直，俗書慚愧我平原。經田六十歲著《家庭瑣言》，歷述生平。自書付印。屬余爲書《生壙記》，章式之〔二〕代周玉山年伯〔三〕作也。多情是贊先君像〔四〕，一讀遺箋一斷魂。經田爲吾父作像贊，其卒之前三日猶道及久未書成爲歉。今讀遺稿爲之潸然。

【校注】

〔一〕羅按：詩序原文「哭之」字前挪抬一格。

〔二〕章式之：章鈺（一八六五至一九三七），字式之，又字堅孟、堅夢、茗理，號蟄存、負翁、晦翁、北池逸老、長孺、老式、全貧居士、充隱、悉輶、曙戒學人、鷗辺等，晚年自號霜根老人。江蘇長洲人。近代藏書家、校勘學家。少孤力學，十餘歲時即傭書養母，又節衣縮食用以購書。光緒二十九年（一九〇三），歷任刑部湖廣清吏司行走，南洋、北洋大臣幕僚，京師圖書館編修等，官至外務部主事。辛亥革命後，久寓天津，以收藏、校書、著述爲業。一九一四年聘爲清史館纂修。撰修有清乾隆朝《大臣傳》、《忠義傳》及《藝文志》等。家有藏書處爲「四當齋」，取宋尤延之以書籍「飢當肉、寒當裘、孤寂當友朋、幽憂當金石琴瑟」之語。儲書萬册。著有《四當齋集》、《錢遵王讀書敏求記校正》、《胡刻通鑒正文校字記》等，世稱校勘精審。

〔三〕周玉山年伯：周馥（一八三七至一九二一），原名玉山，字蘭溪，後因李鴻章保薦軍功誤寫爲馥，遂以馥爲名。曾入李鴻章幕，協辦洋務三十餘年。任直隸按察使、四川布政使、直隸布政使，署直隸總督兼北洋通商大臣。後又任兩江總督、閩浙總督。張勛復辟時，授協辦大學士。晚年寓居天津。一生爲李鴻章所倚重，多次受到清廷嘉獎。政務之餘喜以詩自遣。著有《玉山詩集》、《玉山文集》、《易理匯參》、《治水述要》、《阿防雜著》等，曾匯刻爲《周愨慎公全集》行世。

〔四〕羅按：詩中原文「先君」兩字前挪抬一格。又，華承彦五十二歲時曾作自畫像。章鈺等人曾爲之作像贊。

壽王仁安表弟〔一〕守恂六十癸亥十一月初三日〔二〕

今歲我六十，君壽我以詩。君今亦六十，豈我闃無詞。矧屬中表戚，閲五世於兹。弱冠便相習，雉圄争雄雌。既博甲乙科，連袂游京師。我直紅藥階，君贊白雲司。大策董江都，清才雋不疑。被命巡河洛，偶焉傷别離。文周忽再世，揖讓成戎衣。中原盡糜沸，先後歸林栖。吸來西湖水，泠泠清心脾。遂發千秋想，不輟丹鉛披。萬言日可試，一字人難移。著作等身當，窺測非管蠡。舉國醉新學，變夏將用夷。經訓等弁髦，村嚨尊鼎彝。自古文字劫，不數秦燔奇。君亦識時杰，而懷存古思。顛君挽狂瀾，百川障東之。一如君行文，快刀斬亂絲。上以承絕學，下以覺後知。勿畏蛙聒耳，勿任羊亡歧。國有識字人，天有見日時。如是信足傳，奚止壽期頤。

【校注】

〔一〕工仁安表弟：王守恂（一八六四至一九三七），字仁安，又字紉庵、號筱槐、阮南，嘗自署拙老人，直隸天津人。清光緒二十四年（一八九八）戊戌科進士，授刑部山西司主事。歷任巡警部警法司員外郎、郎中，民政部警政司郎中、總辦兼掌印參議上行走、河南巡警道。辛亥革命後，曾任內務部顧問兼行政諮詢特派員、內務部僉事、考績司第二科科長、浙江錢塘道尹、直隸煙酒事務局會辦等。早年即負有詩名，學問文章見重於時，晚年與嚴修等組織城南詩社與崇化學會。著述有《王仁安集》、《天津政俗沿革記》、《天津崇祀鄉賢祠諸先生事略》等。

〔二〕羅按：此詩作於一九二三年。

壽張仲佳克家六十癸亥十二月二十八日

衣冠塗炭詩書亡，吾黨乃有堂堂張。太邱三世締交久，綠楊城郭衡相望。憶昔年皆十五歲，橫肱並坐校士場。君才大我且十倍，文壇酒陣聲雷硠。百戰不避晉三舍，一飲欲盡堯千觴。如是又經十五歲，羽毛漸滿鑣分揚。我學干祿去京國，君設帳爲群兒王。有時把臂不終夕，相見難於參與商。咫尺之間千里遠，蒹葭一水橫秋霜。如是又逾十五歲，花花世界淪滄桑。弃甲歸來重相會，孤琴冷硯栖僧房。自古才士多不遇，奇氣盡發爲文章。雲開霧闔天地眩〔一〕，山呼海吸涓塵香。文字愈老造愈妙，交情愈老味愈長。太息幼時皆重慶，五十後猶親在堂。陰晴瞬息千萬變，風吹木落東西墻。夢魂顛倒莊蝶幻，心神枯敗吴蠶僵。舉目可親餘朋友，一日一面傾虀腸。我苦君無煖老術，君投我有却病方。如是又將十五歲，光陰荏苒咸杖鄉。我欲勉步同甲會，遠難訪杜〔二〕子丹咨韓〔三〕伯鵬楊〔四〕蘭坡。歲寒三友此相守，中有一人王漁洋仁安。以上四人皆同邑故交，同甲子生。兩君卓卓斫輪手，互舉歌詞祈壽康。木桃愧乏瓊瑶報，瓦缶敢羼鐘鏞行。南村淵明方止酒，舍此奚由誠意將。祇期再過十五又十五，看君投餌狂流釣上姜公璜。

【校注】

〔一〕羅按：詩中原文「眩」字缺筆。

〔二〕羅按：即杜彤，字子丹，號仰兹。直隸天津楊柳青人。清光緒十八年（一八九二）壬辰科進士，授翰林。歷任湖廣、四川等道監察御史。嘗奉調甘肅、新疆，爲提學使並署布政使。善行楷。於時翰林皆館閣體，唯杜彤能魏書，拔俗出衆。

〔三〕羅按：韓某，字伯鵬，生平不詳。

〔四〕羅按：即楊鳳藻，字蘭坡。直隸天津人。舉人。國子監學正、學録。著有《星辛庵賦》、《星辛庵雜著》等。

壽曹梅訪同年〔一〕廣楨六十癸亥十二月十五日

同膺貢舉生同歲，同直承明又有年。余與梅訪同歲生，光緒乙酉舉貢，同年壬寅先後入軍機。十畝陰濃鷄省樹，兩心清印鳳池蓮。軍機故無薪俸，以收受外官賂遺爲固然，余入直後，首建議籌給堂屬及供事月薪，盡却苞苴不納，奏入，報可，梅訪奉行最力。輸君筆溯鐘繇上，梅訪書法追步諸城。愧我鞭超祖逖先。余自小班公超擢幫領班，故先梅訪領班。今已白頭宫女似，那堪故事説開天。

風骨棱棱不鑠金，一朝典學出鷄林。梅訪因與鄉人共圖挽回株昭鐵路事，忤當道，出爲吉林學使。詩書共沐文翁化，道路先知司馬心。每私議某有逆志。麥秀黍油驚物换，雲耕月釣與年深。辛亥以後，與乃兄東寅同赴寶應墾水田，遂家於蘇。東寅名廣權〔二〕，余癸巳同年也。遺懷惟有詩兼酒，都入香山耳順吟。

芳訊迷離南北枝，佳辰兩地倍相思。人間春早改王臘，天上月圓仍夏時。居洛昔聞同甲會，吹豳今譜介眉詩。中原文獻摧殘甚，珍重千鈞髪一絲。

亦曾今日舞萊裳，回首當年欲斷腸。是日爲吾父〔三〕壽辰，今見背八年矣。自是湘衡鍾氣厚，梅訪，長沙人。定知松柏得春長。同舟江上尊坡老，梅訪事兄最謹，能人所不能。賃廡吴門挈孟光。最羡兒孫都一領，山林中有郭汾陽。

【校注】

〔一〕曹梅訪同年：曹廣楨，字梅訪，又字蔚叟，湖南長沙人。生於清同治三年（一八六四），光緒十八年（一八九二）壬辰科進士。曾入值軍機處，又任吉林提學使、學政等。工書。宗二王、顔真卿，藴厚遒麗。善詩文。

〔二〕廣權：曹廣權（一八五九至一九三五），字東寅、東瀛，號南園、南園老人。湖南長沙人。曹廣楨兄。清光緒十九年（一八九三）癸巳科舉人。知禹州，任淇縣知縣。曾創設禹州三峰山煤礦公司，建立罪犯習藝所、鈞興公司、實業學堂等。又東游日本，歸國後授四品京堂，任禮部參議，累遷至典禮院學士。能詩善文，工書。著有《明倫通義録序目》、《淇縣輿地圖説》、《瓷説》、《植楮説》、《南園詩集》。

〔三〕羅按：詩中原注「父」字前挪抬一格。

輓錢幹臣同年親家〔一〕五首並序

幹臣，名能訓。浙之嘉善人。故刑部侍郎湘吟先生寶廉〔二〕子也。幼慧而才，凡事耻居人後。既受恩蔭〔三〕，及歲秘不報，仍應童子試，冠其曹，爲諸生，乃入都就廕生。例試内用主事，分刑部。光緒癸巳，與余同舉順天鄉試。戊戌成進士，就原職。癸卯以員外典試廣西。未歸，擢御史，凡所陳奏，悉中時弊，尤以劾崇文門右翼監督溥善聽從俄國領事榮輝等盜賣東陵〔四〕地畝朦蔽税契一疏，爲詞義嚴正，卓著直聲。樞相徐公世昌由是器其人。巡警部立，徐爲尚書，欲引余爲助，余方領袖樞曹，不遑兼顧，却之。問有能代君者否，首以幹臣對。徐曰：「善！是又勝君多矣。」立調爲左參議。改民政部，擢左丞，部章警制悉出其手。區畫井然，徐實倚爲左右手。及東三省改官制，徐以欽差〔五〕大臣總督三省，薦爲右參贊自隨，旋兼攝左參贊。三省吏政窳敗已久，其積弊之深，十百腹地且千萬焉，風氣閉塞不通尤甚，幹臣爬梳震蕩，務刮其垢而破其扃。不二年，舊習以次革新，政以次舉，而强鄰逼處，不可剛柔，猶能遇事據約争辯。終其任，百不獲一逞。由是名譽大起而謗亦隨之。官既裁，返京一攝順天府尹，旋簡陝西布政使護巡撫。值辛亥之亂，爲變兵所困，憤甚曰：「吾不以清白之身死暴徒手。」疾引手槍自擊，腹受二彈。不殊兵亦不加害，創漸平。密募敢死士若干人，制錢字大旗若干，乘閑遣健僕齎書潼關，與官軍主帥約期，馳師夜襲咸陽城，預伏敢死士，城中爲内應，未及行而共和詔〔六〕下，頓足於地曰：「大事去矣！」明年挈眷歸，築室天津，奉母以居。居無何，當道以佐理需才徵之起，余亟止之，至再三。泫〔七〕然曰：「吾幼孤，賴吾母苦撫而嚴教之，族人之我凌者，吾母又順承而曲喻之，備嘗艱險以有今日。天既不吾死，吾亦隱忍不敢復死者，以老母故耳。今不出，如無以爲養何？」遂應其徵。徐又秉國鈞，乃參知政事，迨徐正位白宫，則以揆席畀之。幹臣志盛氣鋭，富有濟變之才，至是益以天下爲己任。乃上下左右洶洶以功利相攘劫，一傅而衆咻之，沮其志，不得行。積劬茹憤，成咯血疾，遂退休。知事不可爲，溺心佛老，猶思假神道濟人力之窮，然氣已垂垂暮矣。癸亥三月，太夫人卒，幹臣哀毁過情，觸發舊證，面槁骨立，幾不勝喪，仍力疾奉匶歸葬。葬畢，北旋，病益甚，行不百步輒氣逆作喘，五十許人羸弱若八九十者，頗爲之危。促之醫，則曰：「吾事畢矣，死生可也。」病且亟，余入都往視之，談笑如平時，神智湛然，於甲子五月初四日卒於京邸，去太夫人之喪年餘耳。皓皓乎衰絰猶在身也。嗚呼，昔余與幹臣一見如故，既結鄰而居，益稔其學識才力足與有爲，而緩急可倚仗，遂訂生死之交。又重以兒女婚姻之好，情日益篤，契日益深。蓋三十年來無事不相謀，無時不相助也。豈區區文字所能道其一二哉？哭之以詩，聊以志吾哀耳。幹臣豪於飲，宣南酒社中健將也。故詩並及之。

癸巳秋闈後，翩翩始識君。金張承舊澤，班馬號能文。朗抱水中月，高情天外雲。有時宣酒戰，餘勇冠三軍。

白與芳鄰接，彌欣茅塞開。閉門商諫草，越嶺網英才。遼海參籌久，秦關仗節來。忽驚天日闇，大地莽凶埃。
拚盡忠臣節，難戕孝子生。重勞伊尹割，爲瞻潁封羹。負土事方畢，蓋棺心乃明。悠悠十三載，誰與訴衷情。
熱血都傾盡，狂瀾不斷流。厭看人逐鹿，頗羡客騎牛。道德原無忝，神仙豈所求。依然飢溺志，不死不干休。
舊雨凋零甚，頻年淚欲枯。幾人餘白社，勝迹邈黄壚。樹老蟬聲苦，天高鶴影孤。斯文方墜地，名教共誰扶？

【校注】

〔一〕錢幹臣同年親家：錢能訓（一八六九至一九二四），字幹丞，又作幹臣，浙江嘉善人。清光緒二十四年（一八九八）戊戌科進士，翌年留館，與傅增湘爲同科翰林，散館後授編修，歷任湖北、廣東鄉試考官，廣西學政，刑部主事，員外郎，監察御史丞，巡警部左參議，巡警部左丞，奉天右參贊，順天府尹，陝西布政使。辛亥革命後，任北京政府内務次長、約法會議議員、袁世凱總統府政事堂右丞、禮制館副總裁、中卿、平政院院長兼文官高等懲戒委員會委員長、平政院院長，内務部總長兼代國務總理、善後討論會會長兼内務總長、外交部顧問，華盛頓會議中國後援會主席等。編有《浙江公會事實記》。華世奎四女嫁錢能訓次子爲妻，故兩家爲姻親。

〔二〕寶廉：錢寶廉，原名寶衡，字平甫，號湘吟，浙江嘉善人。清道光三十年（一八五〇）庚戌進士，改庶吉士，授編修，由翰林至吏部右侍郎，六曹領其五，歷事道光、咸豐、同治、光緒四朝，從未詿誤或遭吏議，爲同輩中罕有。後歷任提督湖南學政、刑部侍郎。一生屢掌文衡，總裁禮部試、省試、分校鄉試與會試等。

〔三〕羅按：詩序原文「恩蔭」兩字前挪抬一格。

〔四〕羅按：詩序原文「東陵」兩字前挪抬一格。

〔五〕羅按：詩序原文「欽差」兩字前挪抬一格。

〔六〕羅按：詩序原文「詔」字前挪抬一格。

〔七〕羅按：詩序原文「泫」缺筆。

李采蘩〔一〕文沼爲余畫扇藤蘿一枝頗饒生趣題二絶句其上

輕紈淡抹一枝斜，妙筆生春潤紫霞。扇小終嫌風力弱，何時吹遍萬千花。

高藤逐架引枝長，獨此垂垂作醉妝。要學低頭低到地，不階聲耀自生香。

【校注】

〔一〕李采蘩：李文沼，字采蘩。學畫於張兆祥，善折枝花卉。又善書，私淑劉墉。陸文郁《天津書畫家小記》稱其志不在書畫，因年老貧困，不得已鬻畫終其生。與劉竺生友善，畫上題詩，多爲竺生所作。與李叔同友善，擅没骨牡丹，畫面以粉紅色牡丹爲主，另有紅、黄、藍三色牡丹花朵，皆以緑葉相襯，大富大貴，但艷而不俗。

題馮夢韓〔一〕滉孫雲生照兩女婿爲余書畫紈扇

六十衰翁眼未花，喜看雙玉耀瓊華。筆端都有清靈氣，一是書家一畫家。

【校注】

〔一〕馮夢韓：馮滉，直隸涿州人，能書。娶華世奎長女。

題王儼如〔一〕守恪所得鶴舟先生〔二〕山水畫幅並序

鶴舟先生名玉璋，滄州籍，儼如從高祖也。先生昔官廣東雷州守，以畫名於時，有「南戴北王」之譽。先高祖與先生爲中表兄弟。先叔高祖全椒公，亦擅長山水，有兩直幅藏於家，頗與先生筆意相近。先生罷官後久客姑蘇，津人藏其畫者甚尠。一日，儼如得先生山水直幅於友人家，喜不自勝，屬爲題句。因念兩家舊誼，經百數十年之久，親好一如昔時，而一二手澤留貽，又皆五世，流遠源邇，曲異工同，洵一時佳話也。爰本此意，發之爲詩。

雷州太守全椒令，舊是南宗兩畫禪。顧陸百年成絶藝，蘇程五世證前緣。君家手澤相如璧，敝簏精華子敬氈。犀軸錦囊共珍重，好同琴鶴永流傳。

【校注】

〔一〕王儼如：王守恪，字儼如。生平不詳。

〔二〕鶴舟先生：王玉璋，字鶴舟，别號松巢外史，齋名「涷云館」。直隸滄州人。嘗官秋曹，爲雷州太守，又調署瓊州。罷後僑寓吴門。工書畫，解音律。長於「六法」，遠宗董源，近師王原祁。

輓段少滄前輩同年

海内餘有三知己，君與浙錢滇朱〔一〕而已矣。朱以去秋亡，錢以今夏死。一猶未葬一甫殯，悲風又自東南起。卅有餘載金石交，歲不一周山嶽同傾圮。我思君之言氣充而味旨，我思君之貌顔渥鬚髯美。我思君之意態雄雄若天馬空中駛，我思君之丰裁峻峻若長松千丈峙。懍懍乎照人肝膽之清清於秋，淵淵乎與我交誼之深深於水。是乃人中杰，胡遂止於此。昔我有過君爲規，今後畏友誰能爲。昔我有善君爲勸，今後再難謀一面。嗚呼，彼蒼者天兮何不仁，惟歲寒之三友兮不我遺一人。傷麟兮誄鳳，晨聽漏而夜聯床兮，乃恍惚其若夢。滄海横流兮白晝陰霾，三綱墜兮百爲乖，吾爲吾友痛兮，吾爲吾國哀。倘塵寰有可托足兮，奚爲紛紛避地乎泉臺？

【校注】

〔一〕君與浙錢滇朱：分别指錢能訓與朱家寶。

午睡初醒緩步中庭頗饒閑趣

炎空夏景長，睡起步回廊。雲送鳥歸樹，風吹花過墻。緑階看蟻鬥，逐隊笑蜂忙。月上群囂息，池蓮自在香。

壽郭春榆前輩夫婦七十

昔年弧帨耀汾陽，曾貢蕪詞作壽觴。轉瞬又聯真率會，介眉咸集樂存堂。開天故事鎔新史，梁孟高風冠舊行。從此稀齡臻大耋，一年一度詠霓裳。

無錫宗侄衍升〔一〕蔭椒六十生日適來天津賦此贈之

二十餘傳譜可披，錫山分派衍裘箕。淵明著録歸田早，魯直殊鄉識面遲。締袂竹林來北海，侑觴梅蕊綻南枝。天懷沖澹年相若，共守家風清白遺。

【校注】

〔一〕衍升：即華蔭椒，字衍升。華世奎宗族人。生平不詳。

壽楊子若〔一〕鴻綬五十四首

同是先民九老遺，吾父〔二〕與子若之祖香吟先生，曾結天津九老會〔三〕。締交三世友兼師。余受業於香吟先生之門，子若又師事吾父〔四〕，並授長兒澤宣〔五〕讀。喁喁鄉望公卿長，肅肅家風孝弟慈。自識之無聯管席，早儲經緯副韓絲。當年同學君惟少，今已關西就仕時。

心地慈祥志趣牢，屢經試割不操刀。子若以優貢知縣，改部後又授某縣，却之。石苞豈是風塵吏，阮瑀難逃著作曹。此腹只應文字飽，微官無礙品流高。瓊厨金穴今多少，蓮出污泥亦足豪。

交遍東西南北人，布衣昆季老彌親。詩懷不減高常侍，酒伴時尋賀季真。燭影紅摇窗外雨，杯光緑泛甕中春。眼前莫問興亡事，一醉都成懷葛氏。

剛過中秋放睡天，門前今又慶弧懸。無多賓客惟風月，聊藉詩書當管弦〔六〕。寂静鱣堂真樂地，清寒鶴骨小癯仙。我無他物爲君壽，人瘦詩葩述舊聯。香吟先生七十時自集「人瘦乃壽，詩正而葩」聯語，屬余書小篆懸壁間。

【校注】

〔一〕楊子若：楊鴻綬，字子若，直隸天津人。優貢，曾爲山西知縣。與華世奎等人同爲天津崇化學會董事。二十世紀三十年代曾繼李金藻擔任河北省立第一圖書館館長。

〔二〕羅按：詩中原文「父」字前挪抬一格。

〔三〕九老會：華世奎之父華承彦廣交游，與楊光儀爲文字交，過從甚密，嗜酒唱和。又與鄉中耆老於天津會文書院内成立「九老會」。除華承彦與楊光儀外，尚有于振之、李策勛、劉桂生、李淩舟、陳挹爽、婁允孚、李仕林等。九人被稱爲「詩壇九老」。

〔四〕羅按：詩中原文「父」字前挪抬一格。

〔五〕澤宣：華世奎生二子，長曰華澤宣，次曰華澤傳。華澤宣娶嚴修長女爲妻，天主教徒，曾捐七品小京官，後任北京天主教堂司鐸。

〔六〕羅按：詩中原文「弦」字缺筆。

壽渠母喬太夫人八十四首

板輿久駐帝王鄉，去去鵷鴻海上翔。家有賢聲騰冀野，外無曠禮慰齊姜。熊丸舊勖千秋業，鳳誥榮留一品裳。

慈竹春長松壽永，孫曾羅列已成行。雛鳳翩翩盡象賢，含飴舞彩戲堂前。三千珠履門如市，一曲霓裳月在天。欲借笙歌暖鋒鏑，須知富貴即神仙。

燕居依舊崇勤儉，荆布釵裙似少年。風風雨雨弄陰晴，八十年中百不驚。晋國允推生壽佛，韓公無愧女耆英。介眉桂醑香初洌，繞膝蘭芽氣自清。

小築桃源娱歲月，何煩李密表陳情。初謁慈顔日尚中，卅年興廢感沙蟲。喜瞻萱草北堂北，幾見滄田東海東。醞酒昔曾留范式，執籌今益重王戎。

義方母教詒謀遠，長此歌呼拜下風。

太夫人，祁縣渠楚南學士本翹〔一〕母也。楚南善飲，昔與余同官内閣，杯酒過從，殆無虚日，固宣南酒社中健將之一。國變後，奉母隱居津門租界，游讌歡洽如昔時。一日釀飲於明湖春酒肆，甫就席大呼頭痛，語未終而氣已絶。舉座震駭，同聲悼嘆。忽忽今六年矣。乙丑八月，值太夫人八十慶辰，賦詩爲壽，追念故友，情不自禁，侑觴之什中雜商音，亦壽詩之變格也。思闇自注。

比來讀書人少，而因壽徵文詩者益多，勢難遍應，僅擇交誼素厚及事有可述者爲之。然十數年來所作壽詩已不爲少。余不喜諛人，又值時勢泯棼，偷生視息，故罕粉飾昇平、導揚盛美之作。每一舉筆，不覺悲憫窮愁之意自然流露，其中非惟渠母壽詩爲然。附注於此，閲者諒焉。余〔二〕素不能詩，非第壽詩不成壽詩，即他詩亦並不成爲詩，聊以寄意而已。昔人云詩必窮而後工，今余所處之境，窮之極矣。詩猶不工，何也？可見文字美劣仍視其學問閲歷何如。倘謂窮則必工，則乞兒人人李杜矣。雖然窮不必工，不窮必不工，坐擁高貲，日奔走乎勢利之場，摇筆即作牢騷之語，以冀掩其酒肉鄙俗之氣，則是披孟嘗之裘而吹伍員之簫。吾未見其成聲也。古人之言豈欺我哉？乙丑十月又注。

【校注】

〔一〕本翹：渠本翹（一八六二至一九一九）原名本橋，字楚南，祁縣城關人。清光緒十一年（一八八五）中秀才，後中舉人，十八年（一八九二）進士及第，任内閣中書。留學日本時，任清政府駐日本横濱領事。回國候補分省盡先補用道臺。光緒二十八年（一九〇二）與喬雨亭合資接辦太原火柴廠，更命爲雙福火柴公司。次年以清政府外務部司員任駐日本横濱總領事。後歷任山西保晉礦務總公司首任總理、典禮院直學士、山西大學堂監督。辛亥革命後，被任爲清廷宣慰使，未應命。袁世凱稱帝後，寓居天津。曾捐資創辦祁縣中學堂、蒙養學堂、光華女校等。

〔二〕羅按：詩中原注中「余」字前挪抬一格。

思闇詩集卷下

壽凌潤台前輩同年福彭七十四首乙丑十月三十日〔一〕

日下聯歡契四同，余與潤台乙酉癸巳同年，先後同軍機、户部。黄堂旋復隸䑽幪。潤台初次外任天津知府。北門昔布棠蔭遍，由天津府擢天津道、長蘆運司，順天府尹、直隸藩司。宦轍未離順直。東道今仍菊徑通。世外煙霞誰是主，國變後寄居天津租界。少年綦履盡成翁。驚鴻幸未風吹散，長寄沽雲海月中。

豈爲桃源避鼓笳，去天不遠勝還家。潤台，番禺人。偷閑元亮腰難折，已老香山眼未花。題句幾曾凌翠巘，揮毫猶似草黄麻。每當夜話開天事，月落參横北斗斜。

龍馬精神海鶴姿，用句。懸弧正及小春時。年疑絳縣三朞早，律轉黄鐘一日遲。屈指久經更漢臘，介眉依舊叙豳詩。梅花更是心如鐵，歲歲先開嶺上枝。

底事潢池又弄兵，閉門謝客罷稱觥。不圖蠻觸新時局，猶有羲皇古性情。風雨三更雙酒琖，江山萬古一棋枰。黄河終有澄清日，容與彭聃樂太平。

【校注】

〔一〕羅按：此詩作於一九二五年夏曆五月三十。

潤台和詩至即本其意疊前韻奉寄四首

淪落天涯感慨同，珠宮貝闕草幪幪。飲牛自昔疑巢父，歌鳳於今識陸通。往事已成浮海蜃，達觀强作信天翁。魯陽空有揮戈力，幾見雲開日再中。

中原遍地動悲笳，日落黄昏何處家。一片模糊雲裏樹，百般妖艷鏡中花。有心振轡追前軌，無力揮刀斬亂麻。毁室鴟鴞飽揚去，可憐乳燕受風斜。

嶺上松高含古姿，一年一遇歲寒時。調和玉燭前塵遠，搗碎金甌後悔遲。甘苦飽嘗陶令酒，干戈戰老杜陵詩。春回萬彙無生氣，半是風枝半雨枝。

鶴唳風聲草木兵，震雷驚落子雲觥。嗷嗷亦子終何罪，漠漠蒼天太不情。鼎到沸時須息竈，棋無勝算且推枰。倘非早厭人心亂，何日方隅似砥平。

輓張協卿〔一〕

少小聯交伯仲間，蟾宫競爽最欣然。不甘苜蓿盤中味，引作芙蓉闕下仙。萬里狂風吹斷雁，一天冷露咽寒蟬。埍篪地下重相會，憶否墻東舊酒顛。

【校注】

〔一〕 羅按：此詩作於一九二五年。

乙丑除夕〔一〕

守歲年年樂友朋，今宵兀坐對孤鐙。不勝知己凋零感，詩酒情懷冷欲冰。壬子後，每逢除夕，偕亦香、彤皆，聚於仲佳寄廬。今年仲佳病殁。

刁斗聲中一歲除，桃源鷄犬樂何如？老頑羞寄人籬下，風雪寒氈一草廬。

産薄丁繁政又苛，一年負債一年多。已穿茅屋終須補，歲暮能牽幾處籮。

猶未登門先鞠躬，是何禮貌太歉冲。防戎户户皆圭竇，微露桃符一角紅。

闤闠三更静掩門，燈昏月黑路無人。如何冷却通宵景，貔虎威高氣不春。

【校注】

〔一〕羅按：此詩作於一九二五年。

丙寅元旦〔一〕

曈曨初日海東懸，照遍灾鴻幾萬千。爆竹有聲喧外界，時因戰事戒嚴，禁放花炮。租界弗禁。燈花無語入今年。强斟螘緑迎新酒，權寫猩紅獻歲箋。去歲乘輿〔二〕播遷津邑，元代權用紅箋進賀。百丈債臺剛避過，何人又攫買春錢。

【校注】

〔一〕羅按：此詩作於一九二六年。

〔二〕羅按：詩中原注「乘輿」兩字前挪抬一格。

春陰

緑楊城郭又春陰，天地無聲萬籟沉。院静窗昏惟睡好，苔痕草色共愁深。風煙直欲迷人眼，雲霧難遮向日心。幾見光華歌復旦，葱籠佳氣滿園林。

三月三十日與友人夜酌

世局懵如醉，光陰迅似飛。乘時開夜宴，呼酒送春歸。萬事三杯淡，千金一刻微。曉鐘猶未動，相守莫相違。

趙孝陸〔一〕録績爲其母太夫人作夜紡授經圖屬題

自來節母善教子，舍此恨海無由填。亦惟孤子善承教，早能稼穡和艱難。我友趙子五經笥，當年薇省聯清班。公餘之暇縱酒讌，每聞君述賢母賢。曰余幼孤失所怙，惟與老母守青氈。母身苦於敬姜績，母教嚴於柳郢丸。機聲書聲夜相答，孤燈耿耿恒不眠。既長幸博升斗禄，恭奉板輿來幽燕。我聞此語長太息，信哉慈孝能兼全。滄桑一變玉步改，母偕子隱東山田。我亦歸釣沽水上，一别忽忽二十年。昨者介弟遠相過，手出一圖光燦然。述君雅意索我句，持歸以博堂上歡。我敬授圖披且覽，情景宛如前所言。稱名一依錢氏舊，遭際惜不如文端。理亂本難同日語，所喜堂北榮金萱。崇封雖出晋國下，大壽將軼宣文前。君不見老萊七十衣舞彩，蒙山大隱輕朝官。天倫之樂乃真樂，此外富貴皆雲煙。我學荒陋君所諗，如蠡測海管窺天。謹貢蕪詞爲母壽，聯當九如詩一篇。

【校注】

〔一〕趙孝陸：趙録績，字孝陸，號模𠷈，山東安丘人。清光緒三十年（一九〇四）甲辰科進士，官考授内閣中書，歷宗人府主事，民政部警務司主事。博通經史，尤精「三傳」。擅詞，精鑒賞，富藏書。嘗作《丁丑秋詞》，傷時感事。

遷居後作余決意不住租界，竟不得已而出此，傷哉

肌髓全空骨似柴，此身端合委蒿萊。事皆數定天誰問，人到才窮鬼亦猜。枯樹豈能禁雪虐，好花悔不趁春開。問心忍作叢中爵，争奈鷹鸇逐逐來。

贈陳誦洛〔一〕中嶽

我不喜諛人，更畏人諛己。己本無可諛，人則美難紀。陳子不世姿，天葩散瓊綺。行年未三十，著作富無匹。太白號酒仙，杜陵信詩史。其筆卓如山，其才清似水。近自新學盛，舊聞輕敝屣。胡不投時好，而斤斤於此。獨鶴立鷄群，丈鱗旋尺沚。人多笑其愚，我乃爲之喜。涵養到功深，即是中流砥。

【校注】

〔一〕陳誦洛：生於一八九七，卒於一九六五年，名中嶽，字誦洛，又字頌洛、嵩若，號俠龕、俠堪，浙江省紹興市人。畢業於浙江省立法政專門學校法律本科，歷中華民國政府直隸省内磁縣、肅寧、玉田、天津等縣縣長。以詩知名，曾爲天津城南詩社社長。與嚴修等過從甚密，嘗編輯嚴修《蟫香館別記》，搜集、編校、整理出版《嚴範孫先生古近體詩存稿》與《嚴範孫先生遺墨》。抗日戰爭爆發後，陳誦洛離開政界，在鹽務總局屬下歷任四川、河南、兩廣、福建等地鹽務局局長。抗戰勝利後，曾任鹽務總局派駐京滬、華北專員。其間與書法家于右任，太虚法師，書法家、詩人蕭鍾美多有酬唱，在甘肅時與王劍平、王新令、馮仲翔等人組建「雍社」，編有《偕梅集》，著有《俠龕詩存》、《俠龕隨筆》、《轉蓬集》、《今雨談屑》、《南歸志》、《陳中嶽信稿簿》等。

壽徐友梅〔一〕世光七十四首

龍馬精神健，林泉歲月閑。清風高北海，零魚溯東山。世味酸鹹外，交情伯仲間。長爲猿鶴侶，華發對朱顏。

獨抱清和氣，平躋耄耋行。十年新甲子，一榻古羲皇。圖史充腸富，煙雲繞腕忙。中原方逐鹿，洗眼看滄桑。

坐隱陶宏景，居鄉馬少游。桃源橫釣艇，花萼起詩樓。座有清談麈，門無俗客騶。芝蘭栽滿地，燕翼此詒謀。

久著龔黄績，旋宣鄭白勞。即今成豹隱，依舊拯鴻嗸。大厦千間廣，修齡五嶽高。自成仁者壽，悉取朔偷桃。

【校注】

〔一〕徐友梅：徐世光（一八五九至一九二九），字友梅，號少卿，又號健廬，直隸天津人。徐世昌之二弟，清光緒壬午（一八八二）科舉人，捐同知。在濟東泰武臨道、糧道、河防局、營務局等任職。袁世凱巡撫山東，爲補青州知府，旋調濟南知府。宣統時簡授登萊青膠道，兼東海關監督、交涉員，駐煙台。辛亥革命後，先攜眷至青島，蓄辮，以清朝遺臣自居，後遷返天津。袁世凱任爲濮陽河工督辦。袁世凱死後，寓天津皈依道院，辦「道德社」，曾充天津世界紅卍字會會長。善行書，尤擅畫梅。

壽陳筱石制軍〔一〕夔龍七十四首丙寅五月初三日

一自萊公去北門，狂流捲地海天昏。召棠郇黍留歌誦，渭樹江雲繞夢魂。停棹桃源花揖客，散襟竹閣酒留痕。人間盡有商山皓，不及淮陽齒德尊。

草閣臨江江自寒，披裘意釣老江干。十年甲子從頭數，萬變滄桑洗眼看。杜甫每將詩作史，王琨不以壽爲歡。海榴開向天中近，分得葵心一寸丹。

一線清光透遠嵐，最關懷是月初三。遥遥漢臘傳家久，寂寂唐宫忍淚談。晚節森然今卓茂，舊人憶否老何戡。

名教綱常委劫塵，古稀世界古稀人。東山望峻崧維嶽。南極輝長星拱辰，時遇疾風知勁草。天留一髮繫千鈞。

向非舉步皆荆棘，千里應隨客餉柑。

逢時再借收京箸，珍重汾陽百歲身。

【校注】

〔一〕陳筱石制軍：陳夔龍（一八五七至一九四八），又名陳夔鱗，字筱石、小石、韶石，號庸庵、庸叟、花近樓主，貴州貴築人。清光緒元年（一八七五）中舉，爲解元。光緒十二年（一八八六）中進士。歷任兵部主事、總理各國事務衙門章京、内閣侍讀學士、順天府尹、大理寺卿等。八國聯軍攻陷北京，爲留京辦事八大臣之一。又再任順天府尹，後又調任河南布政使，升漕運總督，歷河南巡撫、江蘇巡撫、湖廣總督、直隸總督兼北洋通商大臣。辛亥革命後，寓居上海。陳夔龍關心桑梓，曾前後印鄉賢楊龍友《山水移》與《洵美堂詩集》、鄭珍《巢經巢詩集》。善詩、工書法。詩作頗多，結集有《松壽堂詩抄》、《花近樓詩存》、《鳴原集》、《吴楚連江詩存》、《五十三參樓吟草》、《丙子北游吟草》、《江皖道中雜吟》、《把芬廬存稿》、《夢蕉亭雜記》、《游廬紀程雜記》等。書法嚴謹精湛。民國年間《近代名人書林》和《民國時期書法》，均收陳夔龍書法作品。

潤台約賞菊即席以詩間示依韻和之

賜書樓對野人扉，時余與潤台對門而居。延賞秋芳步夕暉。幾度白衣來送酒，今宵又得乞詩歸。

獨挺寒條罥冷絲，生來傲骨本難欺。豈真願寄人籬下，無限深情訴與誰。

夜不成眠坐擁衾，西風簾幕冷難禁。縱然花比人還瘦，晚節常存鐵石心。

此老精神清且遒，狂吟花下氣横秋。天寒多蓄延齡酒，坐看群芳次第收。

閑步

閑步空庭不自聊，西風颯颯動林梢。鄰鷄方繞樹争食，秋燕猶銜泥補巢。秫酒但謀今日醉，柴門曾有幾人敲。多情最是天邊月，夜夜清光顧草茅。

春郊閑眺

春雨郊原足，游人趁夕暉。新桃舒萼早，嫩柳吐芽肥。岸曲帆隨轉，途平車欲飛。歸來猶未暝，獨自掩柴扉。

楊味雲〔一〕壽枏重修無錫惠山貫華閣〔二〕落成屬題

我家舊住惠山腳，輾轉遷徙南而朔。恨未一飲故山泉，空聞山有貫華閣。當年四海清無塵，聯吟閣上羅嘉賓。誰主詞壇倡風雅，退老江湖顧舍人〔三〕。舍人結交多麟鳳，納蘭公子〔四〕尤心重。紆尊千里尋鷗盟，結契三生縈蝶夢。百歲光陰指一彈，鶴去巢空山月寒。華屋零落山邱易，平地再起樓臺難。楊子曰惡是何説，人皆破壞我建設。生平不惜有用錢，何事不可追前哲。我聞其地清可圖，一副煙波范蠡湖。我聞其事多可記，桃源寫出淵明意。干戈擾攘幾經年，釣游舊址完如前。長留異日弦〔五〕歌地，重結名山香火緣。鳳池伴侣晨星少，羨君占斷林泉好。何時歸謁孝祖祠〔六〕，登高共數雲中鳥。

【校注】

〔一〕楊味雲：楊壽枏（一八六八至一九四八），初名壽棫，字味雲，號苓泉居士，江蘇無錫人。清光緒十七年（一八九一）辛卯科舉人，報捐内閣中書，考取商部主事。後歷任農商部主事、通藝司幫掌印上行走、商律館編修等。曾在無錫主辦業勤紗廠，又任商部保惠司行走，並隨載澤等五大臣出洋考察，任參贊。之後擔任商部員外郎公司注册局總辦、商標局總辦、鹽政院參事、度支部參議、天津長蘆鹽運使、總統府顧問兼財政委員、財政次長、參議院議員兼天津紗廠經理、參議院財政理事、全國棉業督辦、無錫商埠局督辦、財政次長及鹽務署署長、天津華新紗廠專務董事長、中國實業銀行協理等，專治史學，尤精於財政一門，曾取「九通」中錢幣、賦税、鹽法、漕運等門，提要鈎玄，分類纂録，成數巨册。並以詩文知名，尤擅駢體，頗爲時人推崇。晚年寓居天津，息影林泉，常與故友結社唱酬。曾自輯所作古文、詩詞以及筆記與書札，成《雲在山房類稿》、《雲在山房駢文詩詞選》、《雲邁漫録》、《雲邁書札》等。

〔二〕貫華閣：無錫惠山黄公澗章家塢有始建於元代的忍草庵。忍草庵中有貫華閣，是當地「八景」之一。文人墨客、僧侶煙徒嘗聚于此唱和吟詠。貫華閣幾經興廢，到民國時期亦頹敗不堪。一九二三年楊壽枬南返，奉令督辦無錫開闢商埠，感慨於忍草庵及貫華閣之破敗，而倡議修復。遂於一九二五年冬，規度貫華閣遺址，鳩工重建，並請畫家吴觀岱繪圖記之。閣成之後，游者旋衆。不少文人名士以詩文詠載此盛事。楊壽枬曾作《重修貫華閣記》，丁闇公作《貫華閣圖序》等。

〔三〕顧舍人：即顧貞觀（一六三七至一七一四），字華峰，一字遠平，號梁汾。江蘇無錫人。康熙十一年（一六七二）中舉人，官内閣中書，遷秘書院典籍。擅詞，與納蘭性德友善，互贈詩詞多首。晚歲以疾引歸，建「積書岩」爲藏書樓，坐擁萬卷。與陳維崧、朱彝尊稱「詞家三絶」。著有《清平遺調》、《彈指詞》、《楚頌亭詩文集》、《宋詩删》、《積書岩集》等。顧貞觀與同邑雅士，常於忍草庵貫華閣結社賦詩。

〔四〕納蘭公子：即納蘭性德。納蘭性德（一六五五至一六八五），原名成德，避太子保成諱改性德，字容若（故又稱納蘭容若），號楞伽山人，滿洲正黄旗人，大學士明珠長子。善騎射，好讀書。經史百家無所不窺，諳悉傳統學術文化，尤好填詞。清康熙十五年（一六七六）進士，授乾清門三等侍衛，後循遷至一等。隨扈出巡南北，並曾出使梭龍考察沙俄侵擾東北情況。詞以小令見長，多感傷情調，間有雄渾之作，詞集名《納蘭詞》。與陽羨派代表陳維崧、浙西派掌門朱彝尊鼎足而立，並稱「清詞三大家」。亦能詩，有《通志堂集》。曾與顧貞觀合選《今詞初集》，又與徐乾學編刻唐以來説經諸書爲《通志堂經解》。康熙二十三年（一六四八）十月，納蘭性德（納蘭容若）隨駕南巡到無錫，曾到忍草庵旁桑榆墅看望顧貞觀，並同登忍草庵貫華閣竟夜長談，玩月吟詠，成爲一段佳話。貫華閣上懸兩人對詠圖，並有懸額，後之名士常於此讀書吟詩，僧人常於此唱和酬答，名噪一時。

〔五〕羅按：詩中原文「弦」字缺筆。

〔六〕 孝祖祠：即惠山孝子祠。世傳無錫華氏係南齊華寶之後。華寶恪守孝道，終於無錫惠山，被稱爲「華孝子」。齊高帝蕭道成曾詔賜「孝子第」旌表華家。唐代建「華孝子祠」，代有興廢，而留存至今。

題渠楚南所遺顧西津〔一〕畫麓臺招隱圖〔二〕卷子

我生未見麓臺山，玲瓏妙筆開心顔。清泉繞屋雲在天，此中真是桃花源。故人倦游還未還，峰巒變滅有無間。天地逼仄酒杯寬，一醉不醒山根眠。回首春明三十年，坐對好景生悲嘆。所喜鳳毛都象賢，庶幾此圖長共楹書傳。

【校注】

〔一〕 顧西津：即顧麟士。顧麟士（一八六五至一九三〇），字鶴逸，别署西津、鶴廬、筠鄰，元和人。清道光二十一年（一八四一）進士，官浙江寧紹道臺。歸里後，築怡園，建「過雲樓」，富藏古代金石書畫，名迹甲天下，著譽海内外。擅丹青，所作山水多逸氣，自成高格。初學「四王」，後追宗元明諸大家。至晚年，喜用枯筆皴擦，可與王麓臺、王石穀相頡頏。著有《過雲樓讀書畫記》、《鶴廬畫贊》、《鶴廬印存》等，而《因因庵石墨記》未竟完成。

〔二〕 麓臺招隱圖：據章鈺《四當齋集》，渠本翹曾通過章鈺向顧麟士求麓臺招隱圖一副。章鈺亦曾題詩其上，是爲《麓臺招隱圖題句》。又，喬尚謙曾撰《清授資政大夫典禮院直學士渠君楚南暨元配趙夫人合葬志銘》稱渠本翹「曾丐林琴南爲繪《麓臺招隱圖》，索同人題詠」。今又據林紓（字琴南）所撰《清故資政大夫典禮院直學士祁縣渠公墓表》，其云「得渠公楚南書，囑余寫《麓臺招隱圖》，知公所藏書畫至富」。故知，《麓臺招隱圖》非林紓所繪，而是渠本翹請林氏題辭其上。

韓芰洲冬青館詩集題辭

讀未終篇涕泗横，感人深處在多情。風詩辭每托男女，不必淫奔是鄭聲。

大好園林自在身，無端平地起荆榛。回頭多少傷心淚，迴異床頭無病呻。
把盞含毫意渺然，前追靖節後青蓮。吞雲吐月皆天籟，自古詩仙半酒仙。
莫認郊寒島瘦吟，麗辭艷語戛璆琳。君家自有香奩集，千百年來此嗣音。

張乾若〔一〕國淦屬題所藏明熊襄愍〔二〕獄中致其鄉人滿朝薦〔三〕顛倒行詩真迹殘本

忠良結局竟如斯，嘔盡心肝此一詩。功罪分明遼海月，古今哀艷楚江詞。縱經久蠹無完楮，猶有長蛟表勁姿。
驪歌一曲氣縱横，筆走黄沙月有聲。自古忠奸分黨派，幾人生死見交情。英雄肝膽錚錚鐵，文字菁華片片瓊。
至死不忘堯舜主，令人讀罷淚成絲。
獨惜囧卿無諫草，倘留手迹二難並。
黄昏風雨黑漫漫，一任鴟鴞侮鳳鸞。熱血慘埋秋草碧，壯心炯照雪藤丹。何年晦劍衝塵出，終古晨鐘警夜闌。
世事至今愈顛倒，莫將龜鑒等閑看。
滔滔江漢水流東，文獻飄零耿寸衷。萬里秦關齎璧返，千秋鄴架抵紗籠。抱殘守缺吾儒責，敬梓恭桑太古風。
不是楚宫矜楚得，行看遍印雪泥鴻。

【校注】

〔一〕張乾若：張國淦（一八七六至一九五九），字乾若、潛若、仲嘉、促嘉，號石公，湖北蒲圻人。清光緒二十八年（一九〇二）壬寅科舉人。歷任考察政治館（後改憲政編查館）館員，黑龍江撫院秘書官、調查局總辦、財政局會辦，内閣統計局副局長。辛亥革命後，任南北議和北方代表唐紹儀隨員。後歷任北京政府國務院銓叙局局長、國務院秘書長、政治會議副議長、政事堂參議、參政院參政、教育總長、農商總長、黑龍江省長、國務院秘書廳秘書長、農商總長兼全國水利局總裁、文官高等懲戒委員會委員長、平政院院長、司法部總長。退出政界後，居於北京、天津及上海，從事著述。抗日戰争爆發後，由津遷滬。抗戰勝利後，任《文匯報》董事長。中華人民共和國成立後，任上海文史館館員、中國科學院近代史研究所特約研究員、北京市人民政治協商委員會委員、全國政協委員。著有《歷代石經考》、《俄羅斯東漸史略》、《中國古方志考》、《〈永樂大典〉方志輯本》、《蕪湖鄉土志》、《黑龍江旗制輯要》、《黑龍江志略》、《西伯利亞鐵路圖考》、《續修河北通志》、《湖北書徵》、《湖北獻徵》、《辛亥革命史料》、《潛園文集》、《潛園詩集》等，又參編《湖北文徵》。

〔二〕熊襄愍：即熊廷弼。熊廷弼（一五六八至一六二五），字飛白，亦作非白，號芝岡，江夏人。明神宗萬曆二十六年（一五九八）進士，授保定推官，後升御史。萬曆三十六年（一六〇八）巡按遼東。曾以兵部右侍郎經略遼東，力主守禦，整肅軍紀，調兵遣將，扼守要隘，使後金軍不敢輕進。熹宗初立，封疆議起，熊廷弼爲言官所劾，求去，袁應泰代之。後升兵部尚書，復任遼東經略。明政府另以王化貞爲遼東巡撫，因「經撫不和」，致使明軍在廣寧大敗，熊廷弼與王化貞俱被逮下獄。時宦官魏忠賢專權，向熊廷弼勒索賄賂不遂，誓速斬廷弼。著有《遼中書牘》、《熊襄滑公集》等。

〔三〕滿朝薦：字震東，麻陽人，苗族。明神宗萬曆三十二年（一六〇四）進士，授西安府咸寧知縣，有廉能聲。抑制豪强除貪腐，屢遭誣陷，下獄。明光宗時，起任南京刑部郎中，遷尚寶卿。天啟初，遷太僕少卿。時邊患日益嚴重，朝中朋黨不斷，屢次上疏請用良臣，去奸人，抑宦官，爲權閹魏忠賢所嫉恨，削職爲民。史稱「健令也」，敢以死抗凶殘，身系囹圄而無悔。以敢言、反宦官名聞當世。著有《孤松吟》、《邋遢集》、《滿朝薦遺作》等。熊廷弼曾作《送滿震闐囧卿南歸詩並序》與《顛倒行送滿囧卿南歸詩序》等。熊廷弼在獄中作《顛倒行送滿囧卿南歸詩序》予滿朝薦。此手書真迹初爲張廣建（字勛伯）所藏，後轉贈張國淦。張國淦將其影印，廣爲流傳，並請樊增祥、左紹佐、周樹模、寶熙、朱益藩、鄭孝胥以及華世奎等題跋於後。

題冠如西安擁畫圖

凡物聚所好，畢雨箕風相感召。凡事皆可傳，片鱗寸甲能延年。吾友楊子今顧陸，揮灑淋漓胸有竹。門外塵飛白丈紅，筆端秀奪千山緑。惟珀拾芥磁引針，南宗北派羅璆琳。豈必伯牙子期生，並世千載上下皆許爲知音。知音易得不易得，摩挲常置琴書側。好與海天放鶴圖〔一〕傳之，子子孫孫綿世澤。

【校注】

〔一〕羅按：注見前詩《楊筱坪丈光瑢有海天放鶴圖遺照次君冠如葆益重摹改裝長卷屬題》。

吕鏡宇尚書〔一〕海寰丁卯重逢鄉舉賀詩四首

和樂且湛天錫福，鹿鳴遺韻動詩謳。笙簧洞耳重陽節，席帽離身六十秋。一代文章關氣運，少年科第想風流。生生自是磻溪後，早卜公卿到白頭。

一從發軔出蟾宮，觀政京曹職典戎。被繡恩流江上雨，乘槎威讋海天風。仰瞻台曜三霄碧，普渡慈航十字紅。時閱一周花甲遍，新猷舊績數難終。

棘院荒蕪丹鼎涼，想從拄杖話槐黄。壯心不減秋盤鶚，古禮何堪朔去羊。南内月沉天寶曲，東籬花醉義熙觴。莫論畫餅充飢否，數典猶能祖不忘。

小小桃源亦避秦，年來魚水倍相親。又逢小捷鄉書歲，况是能全晚節人。雨露有情榮老桂，風霜無力撼靈椿。但期壽並彭聃永，同抱丹心夜拱辰。

【校注】

〔一〕吕鏡宇尚書：吕海寰（一八四二至一九二七），字鏡宇，又字鏡如，號敬輿，又號又伯，晚年號惺齋，山東掖縣人。清同治三年（一八六四）應鄉試，中舉人。旋教家館，再捐主事，爲清政府兵部車駕司行走，後升兵部車駕司幫總辦。曾應總理各國事務衙門考試章京，獲取第一名，任該衙門幫總辦章京，旋充司務廳收掌，兼管美國股事務。之後歷任兵部員外郎、兵部車駕司總辦兼則例館提調、總理各國事務衙門總辦章京兼聖典館協修官、清檔房提調、經理各國事務衙門國文館提調、萬壽聖典總辦隨員、總理各國事務衙門司務廳領班兼管理銀庫事務、兵部武選司員外郎、江蘇省常鎮通海道、駐德國兼荷蘭國大臣、工部尚書兼條約改訂委員、外務部尚書兼參預政務大臣、會辦税務大臣、督辦津浦鐵路大臣、中國紅十字會會長。袁世凱任大總統後，聘其爲總統府高級顧問。張勛復辟，爲弼德院顧問大臣。晚年退居天津，與靳雲鵬等人組織山東旅津同鄉會，任會長。病逝於天津。著有《奉使金鑑》等。

觀劇

承平雅頌久淪亡，來聽琵琶倚夕陽。閲世盡多新傀儡，登臺僅見舊冠裳。歸根兒女雙行淚，自古河山一戰場。靈桂已凋秋菊老，争看桃李殿群芳。

羅雲章〔一〕以其夫人孫夢僊〔二〕昔日所繪祝親百蝶圖卷子屬題

昔我祖母善畫蝶，享壽九十有一齡。我今造盧訪我友，忽覩此圖心爲驚。羅母壽亦登九秩，夫人妙筆追元嬰。平居奉姑敬且篤，時時默祝金萱榮。剛是稱觴逢吉日，走筆一寫中心誠。栩栩欲活漆園夢，多多益善淮陰兵。稱名也小取類大，指事會意兼諧聲。璇闈一顧大歡喜，彩衣五色相鮮明。有女多才爲之記，字則金鑾文應貞。高堂幸得百歲近，子孫交慶人同情。胡乃西山日易落，兩家墓木蒼煙横。我友羅子本純孝，我亦觸景百感生。况君圖存記者渺，而我重慶今煢煢。萬事不堪一回首，對坐無言雙淚傾。

【校注】

〔一〕羅雲章：即羅朝漢，字雲章，直隸天津人。善繪朱蘭石，精於鑒賞。曾與孫洪伊創辦天津電報學堂。一九一四年升爲北京電話局局長。

〔二〕孫夢僊：孫雲，字夢僊，直隸天津北倉人。擅詩文，工書畫。著有《夢僊詩稿》、《夢僊詩稿續集》等。林紓、鄭孝胥、蔣蘭畬、王新銘等人爲之題簽、作序。女羅真如、羅沛如等，皆能詩工書畫。

題宋節母潘孺人篝燈課讀圖閩人宋通三真母〔一〕

我讀篝鐙圖，我爲孝子哭。昊天殊不仁，待母一何酷。母德久著聞，鸞膠托名宿。前子子字之，門庭和且肅。已作未亡人，一家誰骨肉。堂有未斫荊，斗無可舂粟。稚子色淒涼，兩餐艱一粥。母心日以悴，母恩日以篤。孟杼慰朝飢，柳丸助夜讀。愁添千丈絲，淚落三更燭。君子不畏貧，教必謀式穀。志士不争産，祭必徵魚菽。大義何懔然，是亦閨門獨。如何善不報，灾害慘相屬。既而小草滋，未午春暉促。子養親不待，臯魚泣風木。歲月去如流，俯仰乾坤蹙。妙哉荊關筆，爲寫圖一幅。有山亦有水，有松兼有竹。有月樓之顛，有田峰之麓。非必景生情，精誠結丹緑。當年一片心，昭昭人耳目。南樓夜紡圖，北江燈影軸。一紙各千秋，得此成鼎足。

【校注】

〔一〕羅按：宋真，字通三，福建莆田人，嘗官郵傳部主事。

秋夜述懷

月落星明夜欲闌，桐凋菊艷歲將寒。連雲樓閣驚秋早，失水蛟龍作雨難。未必陶潛真愛酒，亦非商皓樂投冠。早知闇淡能藏拙，免被人呼亡國官。

王竹林〔一〕賢賓屬題其尊翁研農〔二〕臨塼塔銘

柳公昔有言，心正則筆正。少陵論書法，通神貴瘦硬。古訓今蕩然，務以怪取勝。花木空無根，妍醜皆爲病。我邑瑯琊翁，一衿勵清行。寫帖喜臨池，小窗烏几凈。古刻羅滿前，矩矱先民證。大唐塼塔銘，風韻抑何盛。心摹而力追，歲時積朝暝。遂奪敬客席，字字相與並。露流荷氣清，風動松姿勁。孰謂述者明，不及作者聖。惟士耻自炫，標榜鄉所輕。韞櫝年復年，玉黯珠塵凝。有子人中豪，新官舊布政。鼓棹當狂流，輟鞅歸荒徑。家學自淵源，工書精鑒定。手澤幸猶存，九牛一毛剩。珍如子敬氈，照以秦王鏡。廣結文字緣，四海徵題詠。枚馬振笙簧，蘇黄列姬媵。埋久發益光，燦若星日映。雖曰一技長，顯晦亦有命。設無賢子孫，誰識舊名姓。世俗重顯揚，昔惟對與贈。簪紱亦虚榮，毫楮見真性。外以闡清芬，内以壽家乘。上以篤孝思，下以開聰聽。熇熇秦火烈，汹汹楚氛横。故紙有鑽研，即是家之慶。

【校注】

〔一〕王竹林：王賢賓（一八五七至一九三九），字竹林，直隸天津人，王硯農子。善花卉，尤喜畫梅。亦善書。晚年習養身術，遇狙卒。曾爲長蘆鹽務綱總，後捐補爲河南候補道，任河南試用知府。袁世凱曾舉其爲天津商務公所主席、商務總會總理。後又曾出任察哈爾財政廳長。嘗任日僞「天津物資對策委員會委員長」，被刺。著有《益氣功詳解》，闡述益氣功法沿革、具體練法以及防治病機理。

〔二〕研農：王某，字研農，王賢賓之父。生平不詳。

壽王郅卿仁治〔一〕六十二首

不受詩書束縛嚴，起家闤闠勢炎炎。乘風穩泛鴟夷舸，賦海無遺猗頓鹽。天津鹽業銀行經理。劫局多君棋一著，生涯笑我字三縑。馮驩緩責田文券，百結鶉衣愧汗霑。

櫻笋園林夏景舒，一堂和氣樂誰如。有兄曾識蟾宫記，教子能通象譯書。四座簪裾觴客遍，百年歲月杖鄉初。安仁趁未絲侵鬢，煖老方宜早日儲。

【校注】

〔一〕王郅卿：王仁治（一八六八至一九二九），字郅卿，直隸天津人。世代經營南北土産雜貨，十六歲時在宮北錢莊學徒，歷任志成銀行會計、裕津銀行董事、直隸省銀行營業主任、天津鹽業銀行經理。曾加入由林墨青倡辦的崇儉學會。

寓盧

兩歲家三徙，桃源聊避兵。縱横園半畝，上下屋三楹。夜静無驚犬，春深不聽鶯。淵魚復叢爵，賓主不分明。

感懷

困守寒氈十七年，當年悔否飲廉泉。春衣典盡餘塵桁，破硯磨穿亦石田。獨恨此身窮不死，盡多同病苦誰憐。覺來又是晨炊近，檢點囊中無一錢。

錢新甫同年〔一〕駿祥以八十自述詩四首屬和詩用文端韻依韻和之〔二〕

梁孟齊眉六十年，雙扶鳩杖樂陶然。名門又見懸孤帨，盛事真堪被管弦〔三〕。卮酒重温花燭夜，衣香猶帶御鑪煙。翰林院侍讀。輸贏莫問新棋局，坐享春秋歲八千。

空山碩果此遺留，倘是斯文運未休。世受國恩龍補衮，家傳經學燕詒謀。綺黄卷迹丹心在，南董成書素願酬。爲問後凋松有幾，同聲相應氣相求。

向榮雅愛木欣欣，弄竹移花四體勤。有似神仙行陸地，早將富貴付浮雲。西薇東菊心相印，鐵雨金風耳不聞。素患耳聾，近已一無所聞。最是脱身從虎口，羽毛曾未損毫分。往歲自湖州省墓，旋京，路經山東臨城，遇匪乘夜劫火車，倉皇奔伏墟莽間一晝夜之久，遇救得免。

耆齡碩學繼文端，簇簇新詩秀可餐。今日山林樂猿鶴，當年臺閣伴鵷鸞。琴鐘偕老延家慶，翰墨生香結古歡。雖已久停千叟宴，此身未認去長安。

【校注】

〔一〕錢新甫同年：錢駿祥（一八四八至一九三〇），字新甫，號念諼、耐庸、耐庵、瞶叟，浙江嘉興人。光緒十五年（一八八九）己丑科進士，選翰林庶吉士，授檢討，出爲山西提督學政，充會典館纂修、編書處總校、文淵閣校理，遷教習庶吉士，轉日講起居注官，累升翰林院侍講。後歸鄉，曾任嘉興府學堂總理。富收藏，收書專重鄉先哲批校本，家藏宋岳珂《棠湖詩稿》，曾印行傳世。著有《晉軺集》、《孑影集》、《微塵集》等。

〔二〕羅按：此詩作於一九二七年。

〔三〕羅按：詩中原文「弦」字缺筆。

戊辰九月潤台約賞菊與潤台馨庵〔一〕仲遠〔二〕疊韻唱和〔三〕

又來賞菊小園中，此會年年總不空。餐到落英憐屈子，炊成熱釜勸梁鴻。醉吟酒有驅愁力，夜話茶兼破睡功。

自是主人情誼重，不教冷落卧秋風。

滔滔人世横流中，萬事浮雲過眼空。春夢無痕酣睡蝶，閑身隨處作冥鴻。耐寒果具冰霜骨，造物難施雨露功。

試看東籬花自若，任教桃李鬥春風。

萬丈光芒寸簡中，驚人不是浩書空。潤台詩筒又至。詩情駘蕩盤空鶴，書法翩翻戲海鴻。老筆定偕花並壽，弱絲難策藕同功。苦吟每觸雷頭疾，時正患頭風，頭骨時凹時凸，痛徹心脾，醫家謂之雷頭風。安得陳琳檄愈風。

【校注】

〔一〕馨庵：即張鎮芳（一八六三至一九三三），字馨庵，河南項城人。袁世凱表弟。清光緒三十年進士，授翰林院編修、户部主事。後歷任永七鹽務總辦、北洋陸軍糧餉局總辦、長蘆鹽運使兼署直隸按察使。辛亥革命後，袁世凱出任内閣總理大臣，調其辦理後路糧臺，繼被清廷委署直隸總督兼北洋大臣。袁世凱任大總統後，出任河南都督，設立開封軍警聯合會，後調回北京，任參政院參政。次年創辦鹽業銀行，任總理。曾參與張勛復辟，任内閣議政大臣、度支部尚書。事敗被捕判無期徒刑，旋保外就醫，並在天津任鹽業銀行董事、董事長。

〔二〕仲遠：即言敦源（一八六九至一九三二）。言敦源，字養田、仲遠，江蘇常熟城區人。諸生，從袁世凱小站練兵。與段祺瑞等參加《訓練操法詳細圖説》纂校。光緒末任鎮守大召，順德、廣平等處地方總兵兼練軍統領，保定軍械局總辦，熱河練軍統領，直隸長蘆鹽運使。辛亥革命後歷任北京政府内務部次長、中國實業銀行董事長、代理總長。去職後，閑居天津。工詩、書法，並喜愛京劇。與嚴修、李叔同、華世奎等津門名士唱和往來。曾資助興建南開女中。著有《喁於館詩草》、《言母丁太夫人榮哀録》、《何求老人》、《兢莊存稿》、《南行紀事詩》、《用甲贈言》等。曾與妻丁毓瑛合撰《喁子館詩草》。

〔三〕羅按：此詩作於一九二八年。

某處不戒於火和潤台韻

茫茫浩劫苦無邊，爛額焦頭十五年。孰爲昆岡留片玉，每看武庫起驚煙。狂風叫斷南歸雁，夜月啼殘北向鵑。

不戢自焚兵即火，須臾庭樹失葱芊。

棨戟臨風想玉珂，孰干天怒奪人和。樓臺今日餘灰燼，襦袴當年感誦歌。噀酒可能千里遠，燎原只是一星多。

車薪杯水終無濟，殃及池魚可若何？

李君仲平〔一〕屢有書來屬題所藏曾左諸公〔二〕手札報以三絶句

臺閣文章邁等倫，零縑片楮亦通神。筆端别具莊嚴相，仍屬中興佐命臣。

雙鯉迢迢水一涯，殷勤雅意重瓊華。我雖未識荆州面，當是風流鑒賞家。

禮樂詩書久弁髦，雲煙誰復羡揮毫。連天風浪無邊闊，古調獨彈山月高。

【校注】

〔一〕李君仲平：李仲平，字秩堂，附貢，生平不詳。

〔二〕曾左諸公：即晚清重臣曾國藩與左宗棠等人。

和潤台戊辰除夕偶成四首律即次其韻〔一〕

禍變相尋直到今，縱然無病亦呻吟。驚聞竹爆連天響，空抱葵花向日心。几上寒燈昏欲睡，瓶餘臘酒懶重斟。今宵穩度猶堪幸，多少哀鴻失舊林。

月黑天昏又歲除，最凄凉是上燈初。未揮坡老宜春帖，猶作顔公乞米書。擾擾中原忙逐鹿，茫茫後顧倒騎驢。安危都是明年事，酣睡床頭莫問渠。

流水滔滔去不停，尼山鐘鼓亦無靈。從頭學語我鸚鵡，攘臂鬩墻誰鶺鴒。玉石炎岡秦火熾，憑蠵鼓浪海風腥。祇期天意隨春轉，默誦觀音般若經。

閉户惟甘苜蓿盤，神儺鬼戲忍相看。無根小草隨風靡，有節孤松守歲寒。莫怪陳咸遵漢臘，都由新莽壞周官。傷心十七年前日，神武門頭正挂冠。

【校注】

〔一〕羅按：此詩作於一九二八年。

己巳正月範孫以病小差〔一〕自輓詩見示步原韻陸續和四首

喜聞靈藥回春早，剛是新正過二旬。珞琭有書同説夢，少陵著句太驚人。是真大木風難拔，誰謂西河日易淪。吾道存亡一人任，應留文獻久相親。

一詩不盡纏綿意，堅却騷壇賀七旬。當與王琨同抱戚，緣何衛賜屢施人。奉觴兒女猶知敬，墜地綱常未盡淪。爲問老萊賢父母，曾無戲彩禁娱親。

垂老精神宜静養，况經示疾已兼旬。無風大海自生浪，有味青燈時惹人。要使一心無罣礙，盡將萬慮付齋淪。春寒莫作尋詩想，枕上惟宜夢寐親。

形影相依休戚共，願生同處死同旬。倘君竟協楹間夢，攜我從爲地下人。安見魯陽揮日返，免隨微子痛殷淪。十年久缺晨昏奉，趁入黄泉面二親。

【校注】

〔一〕小差：疾病小愈。時嚴修病重，逝於是年（一九二九）三月十五日。嚴修曾作《舊曆正月二十一日病小差預作自輓詩》：「小時無意逢詹尹，斷我天年可七旬。向道青春難便老，誰知白髮急催人。幾番失馬翻僥幸，廿載懸車得隱淪。從此長辭復何恨，九泉相待幾交親。」此詩發表於《廣智星期報》一九二九年三月第十一期，同時還刊登有王守恂《輓嚴範老聯》、劉寶慈《哭輓嚴範翁老先生》、趙元禮《趙君幼梅輓嚴範老聯》、李金藻《李君琴湘輓嚴範老聯》等。

陳逵九前輩同年〔一〕鴻翼昔年同值樞曹朝夕謀面自辛亥前丁優歸里南北暌隔二十餘年不通音問昨忽得其自武昌來書並詩一首喜極和韻覆寄

風雨聯床有幾人，那堪魚雁渺音塵。尺書忽自天飛下，喜見龍蛇字字新。

【校注】

〔一〕陳逵九前輩同年：陳鴻翼（一八五七至一九三六），字逵九，湖北黃安人。清緒十一年（一八八五）乙酉科拔貢，二十三年（一八九七）丁酉科舉人。歷任軍機處員外郎、軍機章京、禮部主事。辭官歸鄉後，又累任黃安縣高等小學堂長、黃州府中學監督、啟黃中學校長、黃安學社社長，湖北省通志館館員。著有《官途紀事》、《從教摘録》等。

壽吴閏生〔一〕歎七十二首己巳三月十二日

東山喬木鬱蒼蒼，恪守清芬久退藏。藥省當年同聽漏，蘭亭今日衍流觴。一編金石傳家久，萬變滄桑閱世長。

看竹賞花塵慮遠，古稀歲月樂徜徉。

曾留棠蔭遍西泠，寄迹丁沽歲幾經。花徑愧爲東道主，草堂共托北山靈。衣冠古樸追商皓，芝玉繽紛滿謝庭。

幾朵紅雲争絢彩，春宵捧出老人星。

【校注】

〔一〕吴閏生：即吴均金，字閏生，生於一八五九年，嘗官至内閣中書。

王懋宣〔一〕懷慶寓中牡丹盛開置酒約觀花步馨庵韻二首

報道花開富貴春，瓊筵坐遍詠花人。不堪回首塵千劫，如此歡游歲幾旬。無酒愧爲東道主，有錢難買北山鄰。羨君占得林泉勝，但盼時清宴賞頻。

香夢方酣春欲闌，好花更是得春難。怕隨別酒斟婪尾，爲祝芳齡喚壽安。召伯棠應同愛護，座有潤台。陶潛菊漫詡高寒。天津小隱清貧甚，每到人家看牡丹。

【校注】

〔一〕王懋宣：王懷慶（一八七六至一九五三），字懋宣，直隸寧晋人。畢業於天津北洋武備學堂。入淮軍聶士成部，爲教官。後投奔袁世凱，被任爲教官曾任北洋常備軍騎兵第二协协統。隨徐世昌出關，任東三省總督署軍務處會辦兼奉天巡訪中路統領。後歷任淮軍統領、通永鎮總兵、灤州都督、天津鎮總兵、密雲鎮守使、薊渝鎮守使、多倫鎮守使、冀南鎮守使兼管外火器營事務兼清理京城官户處督辦、大名鎮守使、幫辦直隸軍務，北京政府授爲將軍府慶威將軍、總統府高等顧問、步兵統領兼陸軍第十三師師長。直皖之戰起，奉派爲督辦近畿軍隊收束事官，又兼京畿衛戍總司令，後任熱察綏巡閲使兼熱河都統，仍兼陸軍第十三師師長、京畿衛戍總司令等職。第二次直奉戰争中，任討逆軍第二軍總司令。吴佩孚委爲陸軍檢閲使，兼西北邊防督辦。後被奉系排擠，辭去本兼各職，寓居天津。抗日戰争爆發後，返回原籍居住，日軍擬任爲京漢路「治安軍」總司令，未就。逝於天津。

壽高澤畬〔一〕凌霄六十四首己巳八月十七日

匆匆俱是杖鄉人，童冠春嬉歲幾旬。初共大馮膺鶚薦，旋偕小宋掌龍綸。花間待漏時方謐，日下聯鑣誼倍親。回首五雲成昨夢，開天重話白頭新。

別開道路騁驊騮，冠蓋飄揚鸚鵡洲。自昔書家宗北海，有時詩興動南樓。魯侯芹布青衿化，召伯棠留緑野謳。

怪底無情江漢水，狂流驚散濟川舟。

雲出無心鳥又還，桃源同泛釣魚船。傅岩調鼎抛殘夢，謝墅圍棋續舊緣。充棟但餘青簡富，出泥不染白蓮鮮。

定知人壽河清俟，龍馬精神似昔年。

霓裳夜夜譜歌詞，吟到香山耳順時。偕老笄珈親上酒，聯歡鼎鑊共餔糜。三珠樹色參天秀，九畹蘭芽帶露滋。

最是一樓花萼好，東坡有壽潁濱詩。

【校注】

〔一〕高澤畬：高凌霨（一八六八至一九三九），字澤畬，晚年別號蒼檜，直隸天津人。清光緒二十年（一八九四）甲午科舉人。歷任湖北武備堂監督、提學使、布政使等職。辛亥革命後，累任直隸民政司長、財政司司長、内務總長，曹錕當選總統後，任代國務總理。後居天津日租界，入中日同道會，並任中日密教研究會副會長、冀察政務委員會委員。北京、天津淪陷後，出任僞天津治安維持會委員長、「中華民國臨時政府」議政委員會委員、「天津特別市」市長兼「河北省」省長。一九三八年被刺，次年卒於北京。

自遣

前觀後顧兩茫茫，猿鶴蟲沙枉自傷。爲問何時天雨粟，慣看變態海成桑。讀書自有千秋想，飲酒能教萬事忘。

除却達觀無一可，早將身命付穹蒼。

題張翼桐〔一〕豫駿遜廬詩思圖

小園半畝屋三楹，錦繡才華古性情。勁竹初生先有節，疏桐未削已成聲。清人骨覓蘇州句，寫我心標水部名。

太尉有孫羞仕宋，不圖並代遇淵明。翼桐，南皮文達公孫。

心源不受俗塵污，如此清才世所無。風雪五更灞橋夢，雲山一角輞川圖。少成天性孰能伍，明德達人洵不誣。萬古興亡詩一卷，倒戈何用問前徒。

【校注】

〔一〕張翼桐：張豫駿，字翼桐，直隸南皮人，張之洞孫，張瑞蔭子，後過繼給叔父張同蔭，能詩，曾參加城南詩社唱和，並參與纂修一九三二《南皮縣志》，任總纂。

和王吟笙〔一〕新銘六十自述四首並步原韻己巳十月初八日

介壽家家春酒爲，獨耽酬唱耻趨時。黄粱舊夢温從昔，白雪高歌和有誰。無已閉門艱索句，竟陵擊鉢只催詩。盧前尚復居君後，吟未能工莫我疑。

少時心醉管城公，早著蟾宫織作功。棼尾倘非餘晚宴，床頭定許霸春風。一罏就冶終騰采，八事分曹逐典戎。科舉停後，會考舉貢一次，吟笙得以主事分兵部。郎署浮沉三十載，馮唐攬鏡已頭童。

君非短李我迂辛，世世論交毅劭倫。粉署衣冠情不隔，布衣昆季老彌親。不圖華髮婆娑日，同作窮途落拓人。莫畏歲寒霜雪酷，天留松柏待回春。

矍鑠精神亦杖鄉，驚心歲月去堂堂。官清每見魚生釜，齒長仍隨馬服箱。名士風流終不減，文人結習總難忘。詩書畫已成三妙，况有清氈繼世長。

【校注】

〔一〕王吟笙：王新銘（一八七〇至一九六〇），字吟笙，直隸天津人。清光緒二十三年（一八九七）丁酉科舉人。工書法。繪畫取法明人沈周。書則以行楷見長。輯有《理石山房印譜》。

陳誦洛自浙紹歸席間出示其途中遇險之作不日又有易州之行原韻步和三首

戎馬關山少定居，秋南春北半年餘。馮驩同是悲彈鋏，温嶠何嘗忍絶裾。談虎有聲都色變，驚鴻無路莫凌虚。且將濁酒澆胸下，醉裏乾坤懷葛初。

風送詩聲五柳居，典型猶守晉唐餘。醉歸想見頭濡墨，讀罷真堪泣掩裾。多少意中言不盡，果然名下士無虚。可憐道敝文將喪，非復承平雅頌初。

猶未平原十日居，驪歌音復繞梁餘。海門浪急催征棹，易水風寒動客居。獨坐莫嫌徐榻冷，慰情聊勝阮囊虚。黄金駿骨誰輕重，惆悵荒臺落照初。

翁母蔡夫人七十壽詩己巳十一月翁弢夫斌孫配

玉堂歸娶羨當年，才勝文姬淑且賢。累葉韋平綿世澤，一門鐘郝述家傳。授經坐紡南樓月，投畚來耕北郭田。到老精神松柏健，海籌添向板輿前。

瑶島星騰繡婺光，古稀歲月喜稱觴。曾窺嵇阮穿松牖，偶避馮蠵屈草堂。丁巳大水，弢夫曾攜眷自英租界避水余家樓上。幾日綫添慈母手，頻年彩舞老萊裳。程門自是多餘慶，行見榮徽晉國揚。

己巳除夕二首時厲行西曆，嚴禁夏曆〔一〕。

正朔何人定，新年暗地過。用夷由我便，向晦奈天何。比户戒歡宴，高樓酣醉歌。罔知同樂意，何術止操戈。

小民苦終歲，趁此博蠅頭。一令劈空下，萬家同淚流。淫威宣桀犬，殘喘搤吴牛。不寐坐達旦，燈花暗結愁。

【校注】

〔一〕羅按：孫中山曾於一九一二年一月一日就職時發布《改用陽曆令》。一九二七年南京國民政府成立，發起國曆運動，宣稱徹底廢除舊曆，正式將陽曆定爲國曆。次年國曆運動進入强制執行階段。

題菊人〔一〕畫松直幅朱君慶瀾〔二〕屬題攜赴東三省募賑得重價而歸

松以節自見，無節亦崢嶸。人以善爲寶，非善難成名。東方有仁人，素抱飢溺誠。新獲松一幅，重價溢連城。畫者本無意，贈者殊有情。儼對流民圖，囊篋爲之傾。物賤民命貴，義重金錢輕。一活千萬人，蒼赤無愁聲。具此歲寒心，貞柯宜獨榮。

【校注】

〔一〕菊人：即徐世昌。徐世昌（一八五五至一九三九），字卜五，號菊人、東海、弢齋，别署水竹邨人，直隸天津人。清光緒八年（一八八二）壬午科舉人，十二年（一八八六）丙戌科進士，爲翰林院庶吉士。散館後，授翰林院編修。繼任順天鄉試磨勘官、國史館武英殿協修官等。後入新建陸軍，參與袁世凱戎幕，充新建陸軍營務處總辦，旋擢國子監司業。後歷任商部右丞、兵部左侍郎、軍機大臣上學習行走兼政務大臣、會辦練兵大臣、巡警部尚書、軍機大臣、方略館副總裁、經筵講官、清廷改巡警部爲民政部後，專任民政部尚書。又任東三省總督兼管三省將軍事務，仍兼領政務大臣，後兼署奉天巡撫。之後累官郵傳部尚書、督辦津浦鐵路大臣、協辦大學士、憲政編查館大臣、軍機大臣、體仁閣大學士、慶親王奕劻皇族内閣協理大臣、奕劻内閣總辭、軍諮大臣。辛亥革命後，任北京政府國務卿。一九一八年任北京政府大總統，同年法國巴黎大學授予名譽博士學位。辭大總統職後，寓居天津英租界私宅。後成立編纂處、詩社，以編書、賦詩、寫字遣興。著有《退耕堂政書》、《大清畿輔先哲傳》、《書儲樓藏書目》、《歐戰後之中國》、《水竹邨人集》、《將吏法言》等。又輯有《清儒學案》、《東三省政略》等。

〔二〕朱君慶瀾：即朱子橋。朱子橋（一八七四至一九四一），字慶瀾，浙江紹興人。出生軍旅，曾任中東鐵路護路總司令兼地方長官，後轉信佛教，成爲居士，嘗協助倓虚法師興建哈爾濱極樂寺、長春般若殿、營口楞嚴寺等。又創辦佛學院。九一八事變後，率部抗日。陝西大荒時，三次入陝，賑救饑民。還曾出資修繕道宣、鳩摩羅什、不空道場，重修諸祖寶塔及玄奘舍利塔和窺基、圓測二人墓塔，並創組華北慈善聯合會，及設立火區醫院、養老所等。一九三〇年遼寧水灾，朱子橋曾聯繫天津「遼寧水灾急賑會」籌集灾款。

題夔州楊端品〔一〕之楷遺像楊醒愚〔二〕之尊甫

傲岸鬚眉古，紛綸著作賒。秋風陶令菊，初入戎幕，保授黄州府經歷，旋歸隱。春雨邵平瓜。以種果木致富。砥柱中流峙，孤城落日斜。典型今倘在，清白好傳家。

【校注】

〔一〕楊端品：楊之楷，字端品，四川夔州人，生平不可考。

〔二〕楊醒愚：楊某，字醒愚，生平不可考。

王懋宣園中觀牡丹歌庚午四月〔一〕

一年花比一年好，一年人比一年老。人老且經數十年，好花開到兼旬少。最難保是富貴家，最難養是富貴花。獨此花無驕人態，故爾博得人人愛。主人愛花更愛客，每至花時忙相約。非爲人忙爲花忙，恐不崇朝花便落。花落明年花又開，人過青春不再來。但祝人與花長好，年年拚醉花前來買一回老。

【校注】

〔一〕羅按：此詩作於一九三〇年。

雲章將嫁女以與其夫人及其女三人合筆屏四幅屬題雲章畫石其夫人花卉其女翎毛草蟲爲題七絶四首

美命初傳敬戒箴，鏡屏圖畫壯鞶衿。炎宵對案忙揎染，要識雙親愛女心。

大似南樓設色妍，旋移靈石補媧天。鳥皆比翼枝連理，宛轉相生妙自然。

新妝妙詠出容華，學有淵源亦畫家。不忍高年揮汗苦，閑從錦上自添花。

百兩彭彭門盛妝，何如翰墨結緣長。一門三妙真希世，子子孫孫永寶藏。

壽劉幼樵〔一〕嘉琛七十四首庚午正月初八日

偕隱滄桑後，論交昏冠前。温文一儒者，舉貢四同年。家學傳藜火，才名噪木天。長安聯騎久，羨煞玉堂仙。

不作風塵吏，恒爲士子師。披榛虞坂路，訪柏武鄉祠。鶴俸培新學，龍門拓舊規。即今雙鬢白，猶是擁臯比。

時事雲千變，伊人水一方。有花香晚節，無石壓歸裝。點易研未熟，雍書落墨忙。居貧仍好惠，義聞滿枌鄉。

生晚商瞿子，名高洛社賓。玉鳩新杖國，彩燕舊鞭春。松柏寒經歲，芝蘭秀出塵。河清應可俟，珍重百年身。

【校注】

〔一〕劉幼樵：劉嘉琛（一八六一至一九三六），字幼樵，號矗南，直隸天津人。清光緒十一年（一八八五）乙酉科舉人。二十一年乙未科進士，殿試二甲，朝考第一，選庶吉士，授編修。後充湖南鄉試副考官，旋改赴西安，旋簡放山西學政，捐廉購書育材，任滿回京。又授四川提學使。辛亥革命後，爲民軍舉爲臨時大都督，未就，返津。曾與林墨青等人發起崇儉會，並與華世奎、嚴修、高凌雯、王守恂、趙元禮、李金藻、杜彤、楊鴻綬等人，同在國文觀摩社授課。嘗於静海北區獨流鎮創辦女校。參與纂修天津縣志。能詩，爲城南詩社社員，唱和頗多。善行楷。

庚午五月生日承潤台馨庵仲遠懋宣虞生〔一〕諸君招飲虞生寓中馨庵即席出詩二首依韻和之

忍垢偷生浩劫餘，何堪每食屋渠渠。海濱久謝添籌鶴，客舍頻叨彈鋏魚。鐃有詩篇吟白傅，苦無筆力門專諸。年來豪氣都消盡，辜負郇香盎酒車。

異鄉朋好共傾壺，獨我家居七二沽。羊曼愧難供客饌，蔡經偏得飫行厨。林泉自古無賓主，燕雀何人較兩銖。一飯雖微漫輕視，慘呼庚癸遍寰區。

【校注】

〔一〕虞生：即朱邦獻。朱邦獻（一八七八至一九三二），字虞生，淮安府山陽人。光緒二十六年，中舉候補内閣中書。赴日歸國後，以精通經濟學爲李鴻章賞識，薦户部供職。後奉調户部銀行視事，任大清銀行總辦。鹽業銀行成立，任副總經理。主張並推動金城、大陸、中南以及鹽業銀行四行聯合發展，並成立「四行準備庫」、「四行儲蓄會」，建成獨立金融體系。後調鹽業銀行上海分行經理，繼遷为盐业银行天津分行經理。

張馨庵同年以余鬻字爲生贊之以詩步韻寄和

一從歸隱學求羊，班馬離群蜂失王。門似翟公羅雀冷，年如蘇武牧羝長。菊杯誰復尋彭澤，竹簡猶堪插洛陽。但得辛勤謀一飽，不隨鷄鶩共争糧。

我愧東坡字换羊，先生詩筆駕盧王。一言奬借關輕重，無本生涯任短長。秋雨連宵蘿補屋，春風何日草回陽。硯田縱是無豐歲，差勝多藏供盗糧。

老友曹雲階〔一〕錫甯貧困一生今年庚午始得買宅而居九月十七日適值其六十九歲生辰爲賦四律志慶

家有遺經守甕盎，硯田歲歲費心耕。青衿舊是箕裘業，白屋今逾冕黻榮。古處衣冠周柱史，中原文獻魯諸生。飽經秦火詩書熟，腹笥便便未可輕。

有子奇方海外探，諸孫功績著戎驂。當年備歷荆床苦，到老方回蔗境甘。元亮讀書五柳宅，少陵買屋百花潭。只求地小能容膝，好聚良朋一室談。

三世論交道義深，春風噓拂竹成林。尊翁峻峰先生〔二〕爲吾邑大師，曾設帳吾家，吾諸叔諸兄皆從而受業。鯉庭詩禮聞從昔，鹿洞淵源傳至今。伏處久韜毛遂穎，知音獨有伯牙琴。輩行較長年相若，共勵歲寒松柏心。

籬菊經霜花又黄，佳辰恰近展重陽。開當晚節香彌永，生與同時氣自剛。人共耆英聯洛社，天留碩果峙周庠。明年正是古稀壽，鞠跽升堂再舉觴。

【校注】

〔一〕曹雲階：曹錫甯，字雲階，生於清同治元年（一八六二）九月十七日，直隸天津人，生平失考。

〔二〕尊翁峻峰先生：曹錫甯父，字峻峰，名字不詳，其曾設帳於華世奎家族，教育華氏弟子，生平失考。

庚午除夕

餞臘方今夕，鞭春已浹辰。十二月十六日立春。帷燈潛守歲，扃户暗迎神。厲禁時行夏，急驅人避秦。桃源真樂土，畢竟是流民。

辛未元旦〔一〕

報曉鄰鷄喔喔鳴，又從舊臘入新正。桃符比户偷春色，竹爆連宵飾太平。天意倘從今歲轉，河流果有片時清。今年禁令不行，家家燃放爆竹，租界外久不聞此聲矣。報載〔三〕黄河清七時許，清在此時，吉凶禍福不敢定也。

行園〔二〕朝罷歸來後，總有依依不盡情。

【校注】

〔一〕羅按：此詩作於一九三一年。

〔二〕羅按：詩中原文「行園」兩字前挪抬一格。

〔三〕羅按：詩中原文「報載」兩字平抬提行。

題羅沛如〔一〕女史梅花瓦雀畫扇

群芳次第委蒿萊，一樹寒梅冒雪開。愧我不如枝上雀，冷雲堆裏獨飛來。

【校注】

〔一〕羅沛如：羅沛如（一九〇六至一九五〇），羅雲章與孫雲女，能詩善畫。曾與母孫雲及姊羅真如合著《夢僊詩稿續集》。嫁於袁世凱第十二子袁克度。

自題小照〔一〕

行年六十八，百事無一成。少壯不如人，老矣益無能。幽居近廿載，負國負家庭。昂然七尺軀，五官亦具形。有目短於視，有耳懵於聽。有鼻日常掩，有口不善騰。處此亂離世，濟變資群英。閉門不敢出，處士慚虛聲。疏頑盡如我，天地誰支撐。草木未同腐，面目先可憎。不信觀吾相，何異蚩蚩氓。

【校注】

〔一〕羅按：此詩作於一九三一年。

雲章爲余扇畫一石如人趺坐然題二絶句於上

大筆何淋漓，寫出一拳石。可能心比堅，對之顔滋赤。

峭石瘦於人，坐此清涼界。翹首意昂然，静待米顛拜。

齊母魏太夫人九十壽詩二首

鷄林望閥鬱葱葱，四海群欽賢母風。曉陌車聲桓挽鹿，夜窗燈影柳九熊。一門鼎鼎科名盛，八座巍巍福禄崇。更喜登堂近咫尺，板輿長駐直沽東。

長君共織蟾宫記，仲氏同司鳳閣綸。殊寵昔聞孫晋國，大年今見郄夫人。當階寶樹三株茂，繞院叢蘭一簇新。轉瞬百齡登上壽，北堂萲草樂長春。

張馨庵絅庵〔一〕七十六十生日徵詩贈以二律辛未十二月

往事休論菀與枯，喜看棠棣共懸弧。清談娓娓東西晋，妙譽隆隆大小蘇。花萼聯吟樓百尺，荆枝合抱樹雙株。十年先後生同月，宴啟行厨七二沽。

小住桃源避甲兵，客居彌篤友于情。家山不斷梁園夢，歲事仍遵漢臘行。鄉國一時鳩飾杖，賓朋四座兕稱觥。

庭階芝玉森森秀，戲彩争娱老弟兄。

【校注】

〔一〕絅庵：張錦芳（一八七二至一九四二），字絅庵，河南項城人。張鎮芳弟，張伯駒生父。清廩生。曾任順直賑捐報捐道員，後改度支部郎中。歷仕庫藏司、鹽務處、兩淮司科員等。辛亥革命後，選爲衆議院議員。能詩，與津門士人多有唱和，著有《修竹齋引玉詠》等。

讀韓君斗瞻〔一〕遺墨並後附小傳〔二〕有感而作八十韻

慨自寶鼎淪，中原忙逐鹿。擾擾十九年，一年一變局。虎兕盡出柙，龍蛇同起陸。國步抑何艱，天命抑何促。風雲方叱咤，水陸咸讋伏。慣倒前徒戈，瞬已獨夫獨。豈無敢死將，死亦無榮辱。師出貴有名，嗜殺非人牧。徒感鴞毁室，遑問蟲生木。自伐人必伐，不待蓍龜卜。東北接强俄，始亦敦信睦。同筑東路軌，近逼龍江澳。洪流汩汩來，赤幟森森矗。窺伺我邊疆，蹂躪我民族。朘削我脂膏，淆亂我耳目。喧賓既奪主，得寵更思蜀。不圖蔓乃滋，欲除根難劚。劈空一令下，姑快須臾欲。權在楚必撓，客非秦盡逐。未免急無擇，焉有怒不觸。雄師壓境來，兵精械又毒。我馬已瘏矣，未戰勢先蹙。軍中有一韓，年少戎機熟。韜略祖陰符，詩書敦郤縠。英謀班定遠，心香岳武穆。在昔任偏裨，屢因功受禄。暫處囊中錐，待推閫外轂。邊候忽傳烽，頓感髀肉生。高鳥需良弓，遂建元戎纛。陳師海拉爾，七旬苗不服。戎幄復前移，札蘭諸爾宿。重地扼咽喉，堅壁嚴約束。時方議弭兵，義不先發鏃。狡寇撼山難，昏夜紛來撲。釁既自彼開，難稽鯨鯢戮。邊關朔氣寒，手足皆皸瘃。士激身命忘，氣盛冰霜燠。人馬咸一心，有前無後縮。彼衆我雖寡，我直彼則曲。周旋兩日夜，殺賊十五六。惟獸困益鬥，惟鳥窮善啄。况彼來有源，而我員無輻。積羽欲沉舟，數米仍炊粥。愈殺賊愈夥，愈戰兵愈衄。果有可救藥，何慮多熇熇。乞援援又絶，進退胥維谷。百折終不回，收燼身親督。誓爲睢陽巡，恥學街亭謖。敵勢益披猖，彈落山噴瀑。一彈穿我臂，一彈斫我足。塞創起再戰，戰至全軍覆。馬革裹尸還，毒丸猶在腹。觀者人塞途，哭者聲震屋。壯志瘞沙塵，嘉言留簡牘。所上利病書，字字皆忠告。短札與長箋，精湛若語録。臨陣有格言，平居有訓勗。甲胄已在身，圖書不停矚。赳赳一武夫，如此信道篤。哀哉生非時，遠征竟不復。爲問死何所，禿尾山之麓。爲問死何時，己巳冬令肅〔三〕。同死將幾員，林湯二張續〔四〕。從死兵幾何，殆難數更僕。雖然功未成，千古留芳躅。春秋無義戰，此戰殊驚俗。五季多枉死，此死庸非福。無乃人心壞，惟恐禍不速。外侮猶未平，内亂益加酷。縱兵數十萬，左排而右蹴。揮金不如土，民命輕鷄鶩。曩歲動邊塵，發謀亦當軸。胡未援一卒，亦無助一粟〔五〕。名爲驅豺狼，實以絆驥騄。取便戈操室，一任玉毁櫝。何地不困窮，何人不怨讟。死者若有知，亦在九泉哭。捐軀爲報國，畢竟國屬誰。事已筆於書，名亦垂諸竹。是否後之人，列入正史讀。

【校注】

〔一〕韓君斗瞻：即韓光第。韓光第（一八九二至一九二九），原名玉樓，字斗瞻，吉林雙城（今屬黑龍江）人，畢業於吉林省立警官高等專門學校，旋赴日留學，入東亞高等預備學校。歸國後，入中央講武堂，未幾，轉入東三省講武堂。畢業後，歷充排長、上尉副官。至奉天，任東三省陸軍軍士教導隊步兵科第二連中尉連副，又改充中尉副官，升第五連連長，又改任鎮威軍第一補充團第五連連長，後調充鎮威軍十三聯合衛隊軍士連連長，晋授少校。一九二五年擢升鎮威軍第三軍第三補充團第三營營長。同年任東北第七師第五旅第八十四團第三營營長，後調充東北陸軍軍士教導隊第四期步兵第一營營長，又由教導團改編爲鎮威軍第四補充隊，改充步兵第七團中校團副，兼領機關鎗第一營中校營長，並擢升爲鎮威軍步兵第二十七旅第四十一團團長。第二十七旅改編爲鎮威軍第二十四師後，升任少將師長。及第二十四師縮編爲東北陸軍第十七旅，改授中將旅長。「中東路事件」爆發，率部與蘇聯軍隊作戰，全軍覆没，中彈陣亡。後追贈爲陸軍中將。

〔二〕羅按：韓光第陣亡後，次年南京國民政府於雙城舉行國葬，蔣介石、張學良等爲之題詞，並印行《韓旅長斗瞻遺迹》一書，張學良撰序，張作相等東北軍政要員均有題詞。其中保存韓光第遺墨，包括致張學良、萬福麟、王以哲，以及其兄長、夫人的信函十九件。同時，書末附有韓光第傳略。華世奎所稱「韓君斗瞻遺墨並附小傳」應即指此輓録。

〔三〕羅按：即一九二九年。是年七月十日爆發「中東路事件」，東北陸軍第十七旅韓光第部進駐海拉爾。

〔四〕林湯二張續：即時陣亡的林選青、湯海泉及張季英與張德元。林選青，字松喬，黑龍江望奎縣人。肄業於講武堂，初爲東三省陸軍第二旅步兵第四十一團一營三連見習，累升爲第十七旅第十四團團長。湯海泉時任東北陸軍第十七旅連長。一九二九年十月十八日拂曉，蘇軍發動衝擊，湯海泉以手槍彈炸蘇軍坦克，但因車身堅固而無損。復冒彈火登坦克車頂，以手鎗向車孔射擊，中彈陣亡。張季英（一八九〇至一九二九），字善培，江蘇蕭縣人。肄業於東京陸軍士官學校炮兵科。初任東三省陸軍講武堂兵器學教官及炮兵科區隊長。後累升爲東北陸軍第十七旅第十三團團長。時重傷自殺。張德元時任韓光第副官長，搏鬥中被刺身亡。

〔五〕羅按：「中東路事件」爆發後，蘇軍數次越境，時黑龍江省邊防副司令長官萬福麟下令梁忠甲與韓光第應戰，但是對兩旅不增援，也未補充彈藥。十一月十八日，韓光第等孤軍奮戰，身中數彈而陣亡。華世奎語指此事。

壬申十月初十日遠伯〔一〕生日次日又爲其長子夷介〔二〕完婚賀以四律〔三〕

楊柳風流憶昔時，同司鳳誥集龍池。催人歲月如流水，過眼河山思弈棋。朽老久慚師伯筆，英華亦斂達夫詩。乾坤旋轉終非易，隨我灘頭理釣絲。

鎮日回旋翰墨叢，林泉樂事有誰同。籬邊送酒親元亮，座上圍棋伴謝公。梅蕊含香春有信，松陰匝地日方中。行年五十難稱老，晉國夫人福正豐。

雛鳳聲如老鳳清，鏗鏘方繞玉階鳴。向平婚嫁今開始，王建羹湯句詠成。良月剛逢今日吉，壽星况是昨宵明。山林高曠竹梧秀，行見蘭芽次第生。

立雪程門五十秋，瓊芝玉樹滿庭陬。籍咸每與公榮飲，軾轍常偕巢谷游。好借兕觥稱母壽，還欣燕翼裕孫謀。從知詩禮傳家久，一領青氈萬户侯。

【校注】

〔一〕遠伯：即張志譚。張志譚（一八七七至一九三五），字遠伯，直隸豐潤人，張珮綸侄子，舉人。曾充陸軍部候補郎中，歷任綏遠道尹、内務部次長。段祺瑞執政時，任國務院秘書長，不久出任參戰事務處機要處長。後任陸軍次長、内務總長、交通總長。皖系失敗後，隱居天津英租界。「九一八」事變後，在日本駐屯軍特務石井嘉穗操縱下，天津成立中日密教研究會，其與孫傳芳、王揖唐、齊燮元均爲會員，並參與策劃建立華北僞政權。一九三三年任行政院駐平政務委員會委員。工書。其弟張志徵整理出版其《蠹園遺墨四種》，華世奎題簽。

〔二〕夷介：即張允僕。张允僕，字夷介，張志譚長子，畢業於南開大學。曾任工商部專員。娶羅雲章六女羅廉如爲妻。

〔三〕羅按：此詩作於一九三二年。

贈針醫孫瑞麟〔一〕絶句三首

瑞麟，天津范莊人，少時與兄祥麟〔二〕均隸戎行，洊躋要職。比以同室操戈，混戰不已，殃民禍國，目擊心傷，兄弟乃相率解甲還鄉，以祖傳針法濟世。所用針純金質，其軟如綿，其細如髮，其醫病則其效如神。余自中年染患風痹，一經觸犯，手足環痛，動輒兼旬，迭經中西醫診視，一切服藥、敷藥、洗藥類，皆奏效遲緩。久且纏綿至一兩月，困卧床褥間，不勝痛苦。自遇瑞麟，每犯，一針即愈，洵絶技也。瑞麟懸壺津市，祥麟則在北京應診，每日求診者均絡繹於門，不絶其家。子女亦皆能世其傳。俗呼爲神針孫氏云。

投筆從戎自少年，幡然改計賦歸田。殺人奚似活人好，况有神針是祖傳。

昆玉聯翩去戰場，還家重理舊青囊。依然醫法藏兵法，戰勝西來海外方。

金針細與髮絲同，應手回春一瞥中。抛却武功談技術，精能不讓狄梁公。

【校注】

〔一〕孫瑞麟：直隸天津人，近代針灸醫師，生平失考。

〔二〕祥驎：即孫秉彝。孫秉彝（一八六九至一九四一），原名孫慶書，字祥麟，直隸天津人。北洋武備學堂畢業後，入西北軍閻錫山部，曾崇任獨立騎兵二團團長。駐軍山西雁門關時，與與趙熙、王秉禮合著《針灸傳真》。後曾任《北京醫藥月刊》編輯及北京針灸醫師執照考試主考官等。

賀母蘇恭人〔一〕八十壽詩 松坡先生〔二〕詞

不作才名絶異人，閨門庸行最堪珍。幽閑久博公姑賀，禮法彌章娣姒親。妙織紈縑償董永，免教稼穡累周彬。

穿針不減耽書樂，老眼無花到八旬。

冷署曾調苜蓿羹，又聞讞獄在求生。鴻妻本出姬姜族，滂母能成軾轍名。東海桑經三變後，北堂萲有百年榮。

介眉同詠霓裳曲，好借笙歌祝太平。

【校注】

〔一〕賀母蘇恭人：即賀濤之妻，賀葆真、賀葆良之母蘇氏，直隸河間交河人，生於清咸豐元年（一八五一）。蘇氏生子三人：長賀葆初，早卒；次賀葆真；三賀葆良。賀葆真（一八七八至一九四九），字性存。著有《賀葆真日記》（自題爲《收愚齋日記》）十六册。賀葆真與賀葆良曾輯有《賀母蘇太夫人八十徵壽集二十二卷附目一卷》。是書内收華世奎與徐世昌、李永福、王雪濤、李苦禪、胡佩衡等近五百位名家恭賀八十壽辰所作繪畫、書法、詩文、賀詞等。

〔二〕松坡先生：即賀濤。賀濤（一八四九至一九一二），字松坡，室名授經堂，直隸武强人。桐城文派大家。先世三代皆以文學有聲於時。幼承家學，勤學不輟。年十六，補博士弟子員。同治九年（一八七〇），舉於鄉。因考國子監學政，改官大名縣教諭。光緒十二年（一八八六）成進士。以學使按郡至大名，未殿試而歸。時吴汝綸知冀州，聘其主講信都書院，並署冀州學政。十五年（一八八九）殿試，以主事分刑部，仍兼信都書院講席。吴汝綸辭保定蓮池書院教職，薦賀濤以代。後袁世凱假保定蓮池書院地址，創建文學館，請賀濤主講，而以目疾辭。賀濤文章，宗姚鼐義理、考證、詞章三者不可偏廢之説，而以詞章爲徹始終。又受知於吴汝綸、張裕釗，研稽文藝。著有《賀松坡文集》、《尺牘》等。

題某劇社

禮樂衣冠幾變更，黄鐘息響釜雷鳴。現身惟到氍毹上，猶有承平雅頌聲。

傀儡登場亦偶然，感人深處在歌弦[一]。緇衣巷伯都顛倒，恃此來操勸戒權。

【校注】

[一] 羅按：詩中原文「弦」字缺筆。

壬申花朝亦香約集同鄉舊好年六十以上者九人爲十老會酒罷攝影爲圖爰作長歌以紀之並録同人姓字年歲於左

鄒學勤[一]廷廉年八十二。喬亦香保衡年七十四。高彤皆凌雯年七十二。林墨青兆翰年七十。高星彩[二]增奎年七十。華璧臣世奎年六十九。王莘農[三]仁沛年六十九。王仁安守恂年六十九。羅雲章朝漢年六十五。高澤畬凌霨年六十三。

古者七十乃曰老，香山洛社安排好。今我十人成高會，惜有五人未及歲。喬子曰然豈其然，古人容易今人難。太平之民多大耋，亂離之世無苟全。死者身葬鋒鏑下，生者命懸刀俎間。釜魚幕燕不終日，一亂矯逾二十年。九法淪廢三綱弛，詩書餘孽無多子。及時呼酒引朋儔，飲罷聯翩步東市。市有泰西攝影徒，寫真不假丹青摹。四人序坐六人立，瞬成一副天然圖。首席鄒叟老益壯，次則喬子神仙樣。三高氣局何堂皇，二王恂雅兼清曠。善畫於今有羅陽，學禮自昔推林放。不才亦得厠其間，我相人相壽者相，鬚眉歷歷在鏡中。神情躍躍騰紙上，衡以古例微不同。俯仰身世都成翁，風吹木葉紛紛落，耐寒即是南山松。吁嗟乎，故國衣冠委塗炭，浩劫餘生經百變。同是望衡對宇人，居無定所時驚竄。幾見鶴歸巢，但聞鴻避篡。此圖非復耆年行樂圖，應與鄭俠流民一例看。

【校注】

〔一〕羅按：注見前詩《癸亥上元鄉學勤廷廉招飲席間以詩見示次韻和之》。

〔二〕高星彩：高增奎，生於清同治二年（一八六三），字星彩，直隸天津人。優貢。曾任山西襄垣县知事、山西提法使司總務科科長等。曾教授於天津府官立中學堂（今天津市鈴鐺閣中學）。

〔三〕王莘農：王仁沛，字莘農，一作心農，直隸天津人。生於清咸豐十一年。光緒二十年（一八九四）甲午科舉人，與高凌霨同科。長於書。歷任國子監學正、學録、學部國子監衙門典籍等。曾與華世奎等人發起天津崇化學會，任董事。

陳筱石制軍寄示壬申重游泮宮七律四首用趙甌北〔一〕重游泮宮詩韻依韻和之

犴蝸夜夜吠芹塘，久閟黌宮俎豆香。氣節於今推老輩，才名自昔噪童場。一衿騰達周花甲，四韻鏗鏘出錦囊。我亦游庠年十六，可能再度作劉郎。

幾人泮水得重游，畢竟清流勝濁流。鄉校了無新雀頂，家山彌憶舊鰲頭。不圖累歲驚風鶴，猶見祥光射斗牛。如此斫輪真老手，高吟松下一亭幽。

北門一去視聽殊，此老難留枉折繻。數典總緣羊愛禮，斷章戲取馬爲駒。富公勛業全基此，司馬淹遲幸恕吾。最悔去年江上過，未遑一面遽登途。

亦如釋菜例難循，語語不忘君與親。徙舍辛勤懷母訓，觀光次第篚王賓。天留碩果膠庠地，世重耆英忠孝人。

杏苑桂宫何足算，會看三度泮林春。

【校注】

〔一〕趙甌北：即趙翼。趙翼（一七二七至一八一四），字雲崧，號甌北，江蘇陽湖人。清乾隆二十六年（一七六一）進士。入翰林院，預修《通鑑輯覽》。后外放，任廣西鎮安府、廣東廣州府知府、貴州貴西道兵備道等職。乾隆三十七年（一七七二）朝旨以違紀降職調用，遂稱母病回里奉養。其後再未出仕，以詩文著述終其生。著有《廿二史札記》、《陔餘叢考》、《皇朝武功紀盛》、《甌北詩鈔》、《甌北詩話》、《檐曝雜記》等，後合編爲《甌北全集》。嘉慶十年（一八〇五）曾作《余年十九補弟子員今年七十有九又屆乙丑院試之期作重游泮宮詩紀事》。其一云：「佳話爭傳泮水塘，一周花甲又芹香。阿婆迴憶新婚夕，老將重經舊戰場。殘墨尚留題字柱，銛鋒早脱處錐囊。耆年不獨迂儒幸，彌見昇平景運長。」其二云：「黌門裾屐記前游，又見誂誂出後流。便合膝行觀壁上，漫勞足曳跂壺頭。舊痕久掃離巢燕，陳迹難追踏魔牛。惟有秀才餘習在，一編仍守夜窗幽。」其三云：「一彈指頃盛衰殊，曾記初程便弃繻。犢是新生寧畏虎，馬今漸老反爲駒。房公入寺遺前世，波匿觀河認故吾。爲語少年諸譽髦，故須及早奮修途。」其四云：「先後同年例可循，一般蘭譜誼相親。舉場應唤新先輩，鄉飲漸叨舊大賓。坡老纔如一場夢，劉郎真是再來人。也虧頑健能堅耐，初地重游六十春。」

題溥新畬〔一〕儒山水畫幅

畢竟天潢多儁才，筆端不著點塵埃。石濤本是明宗室，書畫均從此脱胎。

【校注】

〔一〕溥新畬：溥儒（一八八七至一九六三），字心畬，號西山逸士，直隸宛平人，清恭親王之後。畢業於北京法政大學。曾在青島威廉帝國研究院專攻西洋文學史，後隱居北京西山戒檀寺，潛心研究書畫藝術，又遷頤和園專攻經史小學。嘗入德國柏林大學研究院，獲博士學位。後應邀任日本東京帝國大學教授，復任北京師範大學、北平國立藝術專科學校教授。一九四九年遷居臺灣。善畫山水、人物、花鳥、走獸，山水學北宗，花鳥畫亦清逸雅静。動物畫生動多趣。長於草書，風格秀逸，兼得剛健婀娜之致。學識淵博，詩文亦佳。著有《四書經義集證》、《金文考略》、《陶文存》、《爾雅釋言經證》、《華林雪葉》、《慈訓纂證》、《經籍擇言》、《寒玉堂論畫》、《寒玉堂類稿》及詩文集等。

題任瑾存〔一〕傳藻家藏明代誥命

忝掌絲綸二十春，芝泥慣捧五花新。不圖鐘鼓銷沈後，又見朱明舊告身。

曩時宮錦厚於錢，博得榮封世世傳。傳到廉明賢令尹，迢迢五百有餘年。

【校注】

〔一〕任瑾存：任傳藻（一八八六至一九五三），字瑾存，號劍盧、豁父，閑翁，江西豐城人。附貢生。入直隸法政學堂。畢業後，歷任山東省長公署秘書長，館陶縣厘金局局長，參議院秘書，直隸省大名道尹公署科長，冀南鎮守使署軍法處長，北平市官産局科長，河北省政府單行規章委員會委員，直隸廣平、曲周、肥鄉、大城等縣代理縣知事，河北定興、邢臺、東明、蒿城等縣縣長。後客居天津。能詩。曾於榕湖結社談詩聯詠。參與城南詩社活動。除《劍廬詩存》、《劍廬筆記》外，尚編有《嶺外題襟集》，又主持纂修《藁城縣志》、《東明縣志》等，並撰有《從政心得》、《治匪紀略》等。

壽林墨青七十七絶句四首〔一〕

獨尊瞻視正衣冠，律己方嚴待物寬。多少貧儒齊下拜，萬間廣厦庇孤寒。

廣闢新知紹舊聞，茫茫墜緒振斯文。子陵一去無知己，魯殿靈光剩有君。

是誰數典祖先亡，軍旅分屯俎豆場。不愧膠庠稱碩果，長留美富在宮墻。

春正斗柄甫回寅，介壽欣逢攬揆辰。長我一年清健甚，讓君先作古稀人。

【校注】

〔一〕羅按：此詩應作於一九三一年。

陳筱莊〔一〕寶泉六十壽詩癸酉五月〔二〕

憶昔風雲起八州，君方騰達我歸休。居高亦有驚鴻恐，造士嘗深害馬憂。忝長十年慚樹木，同生五月獨披裘。願擕元敬來林下，一俟河清再放舟。

【校注】

〔一〕陳筱莊：即陳寶泉（一八七四至一九三七），字筱莊，直隸天津人。清附生。曾入嚴修創辦的蒙養學塾任教員，後經嚴修派赴日本留學，入弘文學院師範科。畢業回國不久，因周學熙籌設天津教育博物館，再被派赴日本參觀調查及辦理采購。歸國後，隨直隸學務處督辦嚴修入處辦事。清光緒三十一年（一九〇五）隨嚴修入學部供職，由主事升至郎中，又任實業司司長。辛亥革命後，與祝椿年等組織通俗教育會。奉派接辦原優級師範學堂，創辦北京高等師範學校（後改稱國立北京師範大學）並任校長。一九一五年參加創辦全國師範教育研究會。後奉派與黄炎培、郭秉文等考察菲律賓、日本、香港教育事業。又與袁希濤、金曾澄考察歐美教育。一九二〇年調任教育部普通司司長。次年被舉爲天津縣教育會會長。後歷任天津特別市政府參事、教育部名譽編審、天津市貧民救濟院院長、市立通俗教育會會長、北京通俗教育會會長、整理海河委員會總務處處長、河北省政府委員兼教育廳廳長。參與改組河北大學，分設醫、農學院於保定，而將其他科系并入天津河北省立法商、工業等學院。著有《退思齋詩文集》。曾編《直隸教育雜志》、《格致教科書》、《國民必讀》等。又與胡適、陶行知合著《中國近代學制變遷史》。

〔二〕羅按：此詩作於一九三三年。

依韻奉和陳筱石制軍重宴鹿鳴紀事四首

寵賚駢蕃拜賜忙，老人星象曜氐房。科名歷歷文猶赤，元老休休髮已黄。舊夢無因尋棘院，笑顔當日動萱堂。鹿鳴幾見詩重賦，况有嘉賓鼓瑟簧。

簪筆年時逸興飛，三條銀燭戰秋闈。名經自昔尊千佛，喬木於今大十圍。故國淒凉餘雪涕，荒江蕭瑟負荷衣。

只從夢草池邊過，應感題名映夕暉。

河自難清壽自長，白頭却憶少年場。懷鄉望斷登樓粲，遯世音存擊磬襄。景運倘真天雨粟，閲時會見海生桑。

貞元舊侣今餘幾，獨立蒼茫費忖量。

同飛天外作冥鴻，每憶扶輪大雅風。鄉貢遂無新舉子，部民應念舊兒童。天娱晚景茱萸紫，杯泛流霞琥珀紅。

老去白慚無麗藻，詩成終遜郢斤工。

周孝懷〔一〕善培約中原公司六樓登高賞菊設酒讌作重九即席唱和步孝懷韻

老圃秋容不入時，埋頭霜夜少人知。料能楚澤同蘭佩，况是周京嘆黍離。有酒不妨籬下醉，尋詩端向個中宜。

祇今一涉繁華地，彌動瓊樓高處思。

【校注】

〔一〕周孝懷：周善培（一八七五至一九五八），字孝懷，號孝懷，原籍浙江諸暨縣，隨父宦游成都定居。清光緒二十二年（一八九七）丁酉科舉人。曾任駐日本使館參贊，考察日本學校、警校、實業等。返川不久，又奉命帶學生赴日本留學，並聘日本教習於成都開設私立東文學堂。後赴瀘州任川南經緯學堂學監，繼任員警傳習所總辦。再赴粵仕督署副總文案兼廣東將弁學堂監督。回川後，又以道員身份候補。錫良任四川省總督時，委其爲警察局總辦，設巡警教練所，繼在成都實行新警政，建幼孩教育工廠，設乞丐工廠、老弱廢殘院，並力戒鴉片煙，改造監獄，對娼妓進行管理，預防火災及破除封建迷信等。後任川省勸業道總辦，籌劃農工商礦事業。辛亥革命後，在上海掩護梁啟超去廣西和蔡鍔去日本轉昆明。此後不聞政事，潛心治學。抗戰初期，在天津爲劉湘設秘密電臺，負責對外聯絡。新中國成立後，被推爲民生輪船公司董事長，任全國政協委員。著有《周易白話注》、《周易雜卦正解》、《虚字使用法》及《回憶録》等。

哭慈約〔一〕

慈約爲範孫次子，乃吾鄉後起杰才。每遇地方應興應革之事，能言人所不敢言，爲人所不敢爲，致爲北方當道所忌，抑鬱成疾。〔二〕一日腹大痛，赴某醫院就診，至則醫者閉諸室内，不知施以何種手術。少頃出，語人曰：「氣已絶矣。」冤哉！慘哉！突聞凶耗，驚悼不已，輓以三聯，意猶未竟，復以新悲牽動舊感，用再哭之以詩。

輓言重疊寫悲思，尚有餘悲未盡詞。學會至今無發展，宫墻誓死必維持。謀生計拙家仍乏，斷毒心堅藥早離〔三〕。

都是若翁期望我，此行爲告九泉知。

【校注】

〔一〕慈約：即嚴智怡。嚴智怡（一八八二至一九三五），字慈約，一作次約、玭玥，直隸天津人，嚴修次子。畢業於日本東京高等工業學校。後任北京政府農商部秘書、司長，直隸商品陳列所所長等。一九一五年曾出席巴拿馬萬國博覽會，並考察教育及博物館事業，攜回印第安人民俗文物。次年籌備天津博物院，繼任院長兼天津公園董事長。一九二五年任天津廣智館董事，後兼董事長。後任直隸省實業廳廳長、南開大學董事、河北省政府委員兼教育廳廳長等。編著有《巴拿馬賽會直隸觀會叢編》、《直隸農商會詉親會紀》、《東美調查録》等。

〔二〕羅按：應指嚴智怡離職河北省教育廳長事。嚴智怡曾被任命爲河北省府委員兼教育廳長。不久被河北省黨務指導委員會以「不諳教育、不明黨義」爲由，報請國民黨中央委員會後，撤銷河北省教育廳，嚴智怡因此而不得不離職。

〔三〕羅按：嚴智怡於一九三五年住院割治盲腸，雖衆親友勸阻，但以爲西洋視盲腸爲人體贅疣，堅持割治。手術中，發生醫療事故，卒。能詩。曾參與城南詩社活動。

乙亥重陽李琴湘金藻〔一〕招飲水西莊爲風所阻步山字韻却寄〔二〕

少時路出西郊外，猶見查園疊石山。不謂滄桑經世變，僅餘瓦礫在人間。補裘賴集狐千腋，握管重窺豹一斑。只恐大風垂帽落，未陪菊讌話秋閑。

【校注】

〔一〕金藻：李金藻（一八七一至一九四八），字芹香，又署琴湘，别號擇廬，直隸天津人。十八歲入縣學。後任喬氏蒙養學堂、民立第一小學及師範講習所教員。曾赴日入弘文學院師範科。歸國後，任直隸省學務處省視學與總務等課副課長。嘗以北洋會員名義參加在美國召開的萬國漁業會，並游歷歐美考察教育。後受南洋勸業會之聘，爲專門研究員，赴漢、滬、蘇、杭各地調查學務。一九一二年任直隸巡按使公署教育科主任。後再赴日考察，歸國後任職直隸社會教育辦事處。後歷任天津大營門中學校長，鐵路扶輪教育會顧問、教育部編審員、江西教育廳長、河北省教育廳義務教育委員、教育廳主任秘書及廣智館館長、省政府秘書。一九三五年改任河北省第一圖書館館長、天津市教育局局長。次年任河北省政府委員兼教育廳長。晚年致力社會教育，改良戲曲。工詩，能書，曾主持城南詩社。著有《擇廬詩稿》、《詩緣》、《重陽詩史》、《擇廬聯稿》、《五雀六燕集》、《天津鄉賢贊》等。

〔二〕羅按：此詩作於一九三五年。

哭遠伯〔一〕

林下重逢日舉觥，公才公望萬心傾。卧龍羽扇關家國，公瑾醇醪見性情。果使天心真厭亂，定教名世不虚生。東山未起身先死，四顧徬徨老淚横。

【校注】

〔一〕羅按：此詩作於一九三五年。

秦伯秋〔一〕華五十生日有詩自述喜其武人能詩步韻四首爲壽〔二〕

幾度滄桑眼底過，無情歲月奈君何。少年得志功名早，平日向人肝膽多。排難魯連胸有竹，滑稽方朔口懸河。將軍用武非無地，息影蓬廬且放歌。

里仁里中昕夕過，伯秋新起樓屋若干所於大王莊一帶，自名所居之地曰里仁里。有時談笑入無何。庾園花竹游踪遍，謝墅琴棋雅趣多。不惜借乘車似水，每逢招飲酒如河。慰余寂寞憐余老，如此高情可誦歌。

日日章臺走馬過，縱游不問夜如何。天空海闊愁顔少，翠倚偎紅艷福多。獻壽麻姑停翠幰，錫齡織女渡銀河。盡多惜玉憐香意，不必來聽北里歌。

梅開嶺上暗香過，五十懸孤喜若何。應有箕疇陳五福，定符華祝集三多。崧生争仰高維嶽，人壽何難清俟河。芝玉滿前齊獻彩，幾人抃舞幾人歌。

【校注】

〔一〕秦伯秋：即秦華（一八八五至一九五三），字伯秋，蒙古族，奉天鳳城人。畢業於保定陸軍速成學堂。後任東北陸軍講武堂教官。一九一四年考入陸軍大學第四期。畢業後任東北軍少校參謀，升少將參謀。曾受張作霖委派任中日共同出兵軍事協定委員會委員。退出軍界後於天津經商。一九二八年東北易幟，任東北軍駐南京辦事處處長。後回北平協助張學良參謀軍務。不久，閑居天津。一九三七年出任「華北冀東防共自治臨時政府治安部」參事，後調任總務局少將局長。一九四三年春受汪精衛政府委派，任「華北政務委員會治安總署」署長兼「防共委員會」委員。後改任汪精衛陸軍軍官學校中將校長。一九四五年抗戰勝利後，國民黨北平行轅軍法處以「漢奸罪」逮捕，後判有期徒刑七年。

〔二〕羅按：此詩作於一九三五年。

丙子重九水西莊〔一〕雅集因病未赴分韻得黃字〔二〕

頻年招飲水西莊，籬菊花開今又黃。有意登高隨衆步，無端抱病到重陽。秋燈夜語圖猶在，舊藏朱導江〔三〕爲查儉堂〔四〕繪秋燈夜雨讀書真迹〔五〕，一時海内題詠甚富，範孫曾假去倩人照臨一幅。範孫故後，慈約繼志，擬重建水西莊，即以此圖歸之。斗酒霜螯願未償。爲問諸君高會處，有無詩吊小蟫香〔六〕。慈約今逝世年餘矣。

【校注】

〔一〕水西莊：水西莊爲清朝雍正、乾隆年間天津知名私家園林。在天津城南運河南岸，始建於雍正元年（一七二三），於十一年建成。第一代園主查日乾，字天行，號惕人，又號慕園。曾任天津關書辦，後經營鹽業，遂成津門巨富。水西莊地周百畝，水木清華，爲津門園之冠。其建築豪華，含有攬翠軒、枕溪廊、數帆臺、藕香榭、花影庵、碧海浮螺亭、泊月舫、繡野簃、一犁春雨諸勝。查爲仁後於乾隆四年（一七九三）又在園内建築南小築。查爲義繼於水西莊之東修建「芥園」，是爲水西莊較大規模的一次擴建。乾隆三十六年（一七七一），高宗東巡路過天津，曾駐蹕於此，正當園内紫芥盛開，賜名「芥園」，故水西莊亦稱「芥園」。庚子之役後，芥園被毀。水西莊是天津學人文士經常雅集吟詠的重要場所。嚴修等人曾倡議組織恢復水西莊。城南詩社多次在園中舉辦詩社活動。

〔二〕羅按：此詩作於一九三六年。

〔三〕朱導江：即朱岷。朱岷，字崙仲，又字導江，號客亭。祖籍江蘇武進，定居歷城。工山水，得米芾之法。書畫與查士標、翁嵩年等人相頡頏。又擅指畫。書法以隸書尤精，多作隸書卷軸，行楷亦善，宗法蘇軾、王鐸。

〔四〕查儉堂：即查禮。查禮（一七一三至一七八〇），又名學禮，字恂叔，號儉堂，又號榕巢、鐵橋。曾官户部主事、南巡撫等。工吟詠，喜賓客，廣交游名士，詩書酬唱。性嗜古，好金石、書、畫，富收藏。能書法，學黃庭堅。善畫山水、花鳥、墨梅。有印癖，輯所藏印爲《銅鼓書堂藏印》四册。著有《銅鼓書堂遺稿》。

〔五〕羅按：清乾隆二年（一七三七）秋，朱岷曾拜訪水西莊，查爲仁當時以園主盛情待之，朱岷留居多日，後作《秋燈夜雨讀書圖》。查禮則爲之作《題秋莊夜雨讀書圖》。今藏天津藝術博物館。

〔六〕小蟫香：嚴智怡又號小蟫香。

和趙幼梅〔一〕元禮七十自述原韻二首丁丑十二月朔〔二〕

下筆疾於陣馬馳，王風感慨楚騷悲。苦無日月銷兵氣，欲縮乾坤入酒卮。鶴骨不嫌今日瘦，松心終到歲寒知。河清惟有君能俟，呵筆年年和壽詩。

中原之亂亂成絲，烽火連年羽檄馳。如此河山如此局，幾人伶俐幾人痴。病非休養空求藥，語不牢騷豈是詩。珍重此身留有用，莫教空嘆黍離離。

【校注】

〔一〕趙幼梅：趙元禮（一八六八至一九三九），字體仁，又字幼梅，號藏齋，直隸天津人。清優廪生。二十歲起，以教家館爲業。曾任天津育嬰堂堂董，工藝學堂董理、庶務長。嘗以勞績得保知縣，赴日本考察實業。後歷任灤州礦地公司經理，開灤礦務局交際員、秘書，並協助周學熙、學輝兄弟創辦北京自來水公司、唐山華新紗廠。一九一八年當選爲直隸省國會參議員。此外，還任直隸省銀行監理官、天津造胰公司經理、中國紅十字會天津分會會長。晚年則與嚴修、林墨青等組城南詩社，與郭嘯麓、方地山等組星二會，與韓補庵、劉孟揚等組增福社，與楊味雲、章一山組儔社，詩酒唱酬。擅長書法，宗蘇軾，與華世奎、嚴修、孟廣慧並稱爲當時津門四大書法家。著有詩集，以《遼東集》、《寅卯集》、《辰巳集》、《無味集》等結集爲《藏齋集》。另有《藏齋詩話》、《藏齋隨筆》等。

〔二〕羅按：此詩作於一九三七年。

戊寅上巳潘園修禊分得先韻〔一〕

蘭亭修禊永和年，嘉會敢云今勝前。論世迴非太平日，感時又到暮春天。勉循故事聯觴詠，安有歡情寄管弦。

差勝前人惟一事，九旬大老領群賢。潘潔泉守廉〔二〕今年九十三歲。

【校注】

〔一〕羅按：此詩作於一九三八年。

〔二〕潘潔泉守廉：即潘守廉（一八四五至一九三九），一作守濂，字潔泉，號節園、對鳧居士，濟寧直隸州人。清光緒十六年（一八九〇）庚寅恩科進士，選任鄧州知州，兩任南陽知縣。曾任濟寧州知州、長葛知縣等。曾修纂《濟寧直隸州志》、《南陽縣志》等。撰有《養蠶要述》、《栽桑問答》等，並刊《椿蠶繭法》、《椿蠶撚線法》等。外撰有《作新末議》、《對鳧緣景》、《論語鐸聲》、《千叟鐸聲》、《聖迹圖聯吟集》、《木鐸千聲》等書。其子潘復（一八八三至一九三六），原名貞復，一作潘馥，字馨航，清末舉人。曾任財政部總長、國務院總理兼交通總長。卸職後寓居天津。

己卯三月重游泮水感賦十首〔一〕

發軔黌宮六十年，光緒五年己卯科試，取入天津縣學，爲附學生。迭經世變早歸田。宣統辛亥歲杪，挂冠歸里。洛陽已溷耆英會，博士遑論弟子員。藉此本來存面目，其他過去盡雲煙。舊游之地重回首，獨幸靈光尚巋然。天津府縣兩學均在東門内大街路北，近二十年來各府縣學宮毁改殆盡，如天津兩廟俱存者僅矣。

少荷陶成老不忘，前己卯閏三月，蒙學政壽陽祁文恪〔二〕師取古人學，後仕京朝，備承奬掖，藹顔莊訓，至今感念不忘。當年頖壁此聯芳。津邑新生題名册籤題「頖壁聯芳」。千秋史筆標垂隴，古試賦題「鄭伯享趙孟於垂隴」。一代文宗拜壽陽。是歲喜逢三月閏，古試詩題「春兼三月閏」。於今留得幾分狂，正場首題「今之狂也」。縱經觀海難爲水，正場次題「故觀於海者難爲水」。總覺春風入骨香。

輶軒傳馬入城來，津郡貢院舊址在縣城内東南隅，俗呼曰學棚。學使例馳驛按臨曰下馬。謁廟分棚取次排。學使按臨次日謁文廟，拈香畢，至明倫堂，宣生員一人，登臨時所設講臺立講，學使指定四書一段，並宣讀卧碑所刊聖諭。學使席地敬聽，繼即開棚，分期考試。警夜鼉更宣號礮，凡正場試期，均預牌示幾更幾點，舉放頭、二、三礮，三礮齊集，瞬即開門點名。入門魚貫順燈牌。津中自昔應試人多，點名擁擠，族伯義堂先生光煒〔三〕，因創立燈牌會，推定執事若干人，收貢院西偏隙地爲一院落，起屋三間，容執事人。東西敞棚各十數間，爲士子休憩之所。製木牌若干面，各籠兩燈於上下，録應試士子各五十名。先期序牌棚柱外，試士視名在某牌，夜即來憩某所，候點名入場。届時執事人各擎一燈前導，牌丁捧牌，士子隨牌而進，秩序井然。千人軍掃風前陣，時津邑應試者將及千人。一席地分堂下階。府縣兩試前十名院試。坐次例編列堂上，東西向，謂之堂號。又從大號内酌提年較幼者數名坐之堂階下，謂之挑堂號。余以身材短小與焉。文止兩篇詩六韻。童試正場試四書文兩篇，試帖詩一首，限六韻。昔年辛苦總縈懷。

一堂濟濟列青衿，賦藥王笏衆所歆。時年十六。歲久桑榆淪晚景，春殘桃李幻清陰。津郡貢院龍門額題「桃李清陰」，今毁。遠尋故轍重重浪，光緒庚子前後，兩次廢八比文。甲辰以後停科舉。近數晨星點點金。四十五人同榜盡，天津縣學額最終增至三十一名，府學二十一名，由七州縣新生分撥，每届津縣共取四十五六名不等。本届撥府十四名，共取四十五名。獨余苦伴謫仙吟。同榜今存者僅李穉湲鍾璘〔四〕及余二人，均縣學。

鵲報初聞噪曉扉，洋洋喜氣動重闈。時祖〔五〕父母均健在。文章馳騁名場始，風雨漂摇家境非。獨力大椿撑夏屋，光緒初年，家中圮，積債纍纍。己卯春，諸伯叔委家事於先嚴，一力支撑，數十年不懈。猶憶放榜之日，索債人方在室内喧呶，適報喜人歡呼而至，聲相掩也。情景宛然，如在目前，思之泣下。向榮小草煦春暉。今餘一髮難從割，梳櫛曾經慈手揮。幼時衣履均先慈手製。每日晨起梳髮，尤必手自理之，不忍傷一絲，以至成人。值考試前一夕，輒徹夜不眠，爲之聽鼓，料理一切，至次日出場歸來，始就寢，鞠育之恩，曷其有極。

游庠兩載始完姻，光緒辛巳完娶。近作鰥魚恰兩春。前年丁丑喪偶。老矣羲鸞餘翰墨，孑然嵇鶴遠風塵。樽空北海心常醉，薇冷西山道不貧。觸處都成門外漢，回頭仍是箇中人。

洪流浩蕩莽坤輿，不減清光水一渠。光緒辛卯，邑人黄雲孫雋賡〔六〕獨貲捐修兩廟泮池。橋與欄均易以白石，今無恙。舊夢迷離蕉覆鹿，仙橋變化藻藏魚。明成化乙酉，天津衛泮池有雙鯉躍橋過，是科舉於鄉者二人，因名橋，曰魚化橋。泮池原在欞星門内，天津升府設縣後，就衛學爲府學，增建縣學於西，兩廟並峙，泮池均改欞星門外，舊橋名遂廢。逼人妖焰秦燔熾，滿地兵戈夏社墟。祇此一方乾净土，禮門義路且停車。

大祀隆於中祀隆，宣統初元，升文廟大祀。歲時展拜禮從同。百年身病股肱惰，自上年六月觸犯風痹舊證，手足循環作痛，間以他疾，迄今十閱月，始漸可痊。九叩首虞筋力窮。升降從容皆坦步，規模宏整竟誰功。藉非舉任曹交力，恐累人扶瓦礫中。前因兩廟年久失修，十九傾頽，鄉議集貲修葺適。鄉人曹健亭鋭〔七〕主省政，堅主落地重修，凡鳩工、庀材、捐款、監造，均一身任之。癸亥四月興工，丙寅歲杪落成。迄今廟貌莊嚴，未至淪爲鞠草之場者，曹之力也。

學校培材外六經，學校廢經不讀有年矣。廟堂與祭輟雙丁。昔年津中學人立有與祭灑掃社執事若干人，分任春秋兩丁駿奔之事。十年前廢丁祭，社中執事人仍前朔望輪流拈香。謁言幾奪宫墻美，丁祭廢後，屢聞有毁廟改作他用之議，經誓死力争乃止。明德終升俎豆馨。比年逐漸恢復丁祭。鼉鼓鸞旂新焕彩，廟中祭器及一切陳設，迭遭兵亂，損失大半，近經陸續修補，至今年春，丁府廟燦然大備矣。樂舞亦復舊觀。藍衫雀頂杳無形。初，生員公服，冠頂鏤花銀座，上銜銀雀，袍藍綢，爲之緣皂，載在通志會典諸書。生員公服、袍式，似與唐宋史書所稱士子襴衫不甚相同。我北遷二世祖昆弟，均康熙初諸生，所遺繪像，冠服即如通志諸書所載。藍袍雀頂，後加青褂，權用金頂。學使每届取定新生冠頂之日，仍各頒給雀頂一座，存舊制也。衣冠任是遭塗炭，性道依然炯日星。

幾非經營幾折磨，明倫堂復起弦〔八〕歌。十年人樹園中木，一旦風掀海上波。丁卯之秋，範孫與余約同鄉耆創立崇化學會，招集生徒講經課史，先假嚴氏蟫香館設講席，聘長洲章式之主講。範孫故後，輾轉遷徙。至乙亥秋，始將指定之府廟東偏明倫堂前後一段地基房舍，收回遷入，作爲會址。先後十年，頗有成就。丁丑三月，式之逝世，夏間兵事起矣。成就事難分散易，承平時少亂離多。何堪重展芹香宴，津俗，新生謁廟日，行禮畢，醵飲於學宫，名曰芹香宴。今者科舉久停，無從與宴。世亂愈亟，杯酒不歡，僅於月之二十八日，與穉蔆兩人謁廟行禮，並攝影於泮池橋側，藉存説而已。但祝斯文伏萬魔。

【校注】

〔一〕　羅按：此詩作於一九三九年。

〔二〕祁文恪：即祁世長（一八二五至一八九二），字子禾，一字子和、念慈，號敏齋，謚號文恪，山西壽陽人。祁寯藻之子。清咸豐元年（一八五一）以蔭生授户部員外郎。咸豐十年（一八六〇）中進士，改翰林，授編修。歷任禮部侍郎、左都御史、工部尚書兼順天府尹。光緒中，先後督安徽、順天、浙江學政會試。著有《翰林書法要訣》、《祁文端公年譜》等。

〔三〕光煒：華光煒，字義堂，直隸天津人。生於清道光、咸豐年間，曾仕光禄寺署正，候選奉天府治中。篤於鄉誼，慈善爲懷。修學宫、修考棚、繕登牌、刊方制藥，凡有益閭里之事，知無不爲焉。

〔四〕李穉蔆鍾璘：李鍾璘，字穉蔆，直隸天津人。曾與弟李鍾瑨補修《延古堂李氏族譜》。生平不詳。

〔五〕羅按：詩中原注「祖」字前挪抬一格。

〔六〕黄雲孫雋賡：黄雋賡，字雲孫，直隸天津人。生平失考。

〔七〕曹健亭鋭：曹鋭，字健亭，直隸天津人，曹錕之弟，清監生。曾任陸軍第二鎮執法官。辛亥革命時任兵站總辦。一九一二年初任直隸提法使，後歷任直隸布政使、直隸省省長等。

〔八〕羅按：原詩中「弦」字缺筆。

張少元〔一〕鴻來博學善教乃士之有恒者茲值其六十生日贈以長歌己卯六月二十日

莘莘學子如雲屯，弦誦聲滿海王村。卓哉吾邑張夫子，卅載坐擁皋比尊。珊瑚盡入漁人網，杞梓争出大匠門。迭易滄桑不改轍，偶有鑿枘無留痕。妖星貫日狂飆起，詩書六籍秦火焚。收拾餘燼吾儒責，寸鱗片甲皆奇珍。死灰既有復燃日，尤賴木鐸行孟春。本是博士舊弟子，駕輕就熟勤復勤。晝則諄諄講新學，夜則孜孜搜舊聞。一簣積成山萬仞，燦然著作已等身。博物群推李守素，絶學遠紹沈休文。一簞一瓢居陋巷，身外名利輕錙塵。學既不厭誨不倦，六十年惟載籍親。北方學者今有幾，經師人師當屬君。每惜楚材爲晋用，教育原無畛域分。衹是私心常默祝，春風風我枌鄉人。

【校注】

〔一〕 張少元：張鴻來（一八九〇至一九六二），字少元、邵元，亦作邵園，直隸静海人。清末光緒年秀才，曾赴日本留學，入東京高等師範學校博物學專科。回國後任北京五城中學教導主任兼教師、天津廣智館副館長。一九四〇年任北京高師附中主任，後又任師範大學秘書與國文系講師、教授。又擔任北平大學工學院講師。平生藏書甚富，以清人文集、聲韻、文字、考據諸書及鄉邦文獻爲多。著有《應用文》、《廣告學》、《今文十弊》、《婚喪禮雜説》、《書法》、《丙辰東游視察記》等書。

和庸庵〔一〕尚書天津水灾〔二〕感賦韻並謝寄賑款千元

憫我灾黎禍降天，仁漿義絮勝詩篇。遠紓飢溺千重浪，上繼謳歌廿八年。米少端資舟泛粟，粥多只惜竈分煙。指天津救灾，市縣分界而言。愧無好句酬嘉惠，病久枯腸亦可憐。

【校注】

〔一〕 庸庵：即陳夔龍。

〔二〕 天津水灾：一九三九年八月天津水灾，當時百分之八十市區被淹，灾民達數十萬。一個月後洪水方退盡。因爲天津地區被劃分不同的政治區域，因此賑灾情況尤其複雜。

章一山棂交來庸庵尚書賑款千元並以寄詩見示依韻和之賑款分交天津救灾市分會、縣分會，各五百元，以市縣分界甚嚴，不相統屬也

酬唱新詩清且雄，遥知二老壽無窮。不辭航渡芸芸衆，定許籌添漠漠中。萬里傳書催錦鯉，一山每以詩歌代作將伯之呼，並時以快函接洽賑款。一方被澤息嗸鴻。吟牋稠疊仁風迺，筆墨真參造化功。

思闇詩集跋

先君貞節公亮節孤忠，四方欽矚。辛亥歸田後，杜門却埽，不問世事。執友過從，時時見志於詩。晚年手自删訂，精楷録成巨帙，未嘗示人。易簀之前乃以屬門人王君文光俾爲編次，先後得三百十五首。姊丈寧河齊公爲付景印，以廣流傳。復倩郭、高兩太史爲之序。伏念先君文章、政績，彪炳一時，餘事臨池八法，群推絶詣，零縑斷楮，得者視爲瓌寶。兹集尤精意所存，不敢自閟，布諸文林。當亦先君在天之靈所深許者。與澤傳析薪，未克負荷，明發有懷，愴然欲絶。得諸先生提倡品題，庶幾永獲流傳。定能曠代相感，俾誦詩觀書者，識晚節之堅貞，見清時之矩矱，亦小子所藉爲繼述之資也乎。謹贅數言並志感悃。癸未孟春，男澤傳謹跋。

先考屏周府君行述

府君姓華氏，諱承彦，字屏周，號屈齋，晚更自號無須子。先世自無錫遷會稽，明季北遷。康熙初，定籍天津。七傳至府君。世以篤善稱於鄉里。曾祖諱申，贈昭武都尉，妣氏陳，贈恭人。祖諱岑，妣氏王。父諱長治，妣氏姜。兩世皆誥贈榮禄大夫，妣皆一品夫人。兄弟六人，府君序三，國子監生，候選司務，誥封奉政大夫，疊晋中憲大夫、資政大夫、榮禄大夫。配，田夫人。不孝子世奎，光緒乙酉優貢，癸巳舉人，内閣閣丞，先以軍機領班三品章京，叙勞，恩賞三代一品封典。孫二：澤宣，三品廕生，郵傳部七品小京官；澤傳。孫女四：澤忻，適祥符馮涀；澤愉、澤怡，適濟寧孫照；澤恂，字嘉善錢承祜。曾孫女一。府君以道光十九年己亥十二月十五日辰時生，年七十有八，以丙辰年六月五日亥時卒，即以是年八月四日葬於汪莊之原祖塋之次，縣城西南十五里。嗚呼！府君見背今二年矣。始焉哀痛，不可以文，然遲之久，坐視嘉言休行，泯焉就滅，是重不孝之罪也。爰即所聞於宗族耆長與及身親見者，啜泣述之。

府君頎身癯貌，昂眉廣口，無髭髯，目短視有神，聲清而亢。其爲人也，天資聰朗，志行堅卓，思精而能博，外肅而内慈，蓄權略而準於經，好奇而不詭於正，原始要終而歸於一誠。事無洪纖劇易，苟視爲應爲，雖刀鋸在前，爲之，不底於成不止；不應爲，威脅利誘弗爲也。人無貧富，王公士庶，非心所謂可，弗與通，非深信於心，不謂可。然有一而可，傾身披肝膽相向，言聽而諫，從聚千百人非之不爲動。果有失行，則直斥曲諷，至無自容餘地。既其改也，親善如初。故人皆敬之、畏之、愛之、慕之、倚仗之，往往終其身以及其子孫。方在髫齡，踽行默處，言笑以時，即翹然異於衆。先曾祖妣王太夫人馭家嚴，爲兒嬉戲之具，如紙鳶、竹馬之屬，舉不得徵諸市，日授小食費，不及歲者，人二錢。府君故不食，儲以易麻、縷、楮、箋諸當於用者，睨所好，於市引短几坐墻下而手制之，惟妙維肖，精巧且有過焉。席累世勤儉之遺，又拳拳有惜物意。一衣履必謹，一絲粟無泛弃者。尤善伺王太夫人喜惡，日用瑣屑，凡尺薪、銖、炭，有恣取不中度者，輒默省以聞。王太夫人恒指以示人曰：「異日保吾家者，必此子也。」年十二，居王太夫人喪，哭至不能聲，旁觀咸爲動容。比長，以體弱善病輟讀，尋事商賈，有億則中，有獲則豐，月增歲益，浸餘裕矣。家素業鹽，祖遺長蘆引岸二：曰安，曰容城。自咸豐季年，先祖榮禄公務以醫活人，久不問家事，一主於伯祖薌樵公，輕財好施與，産薄而齒益繁，志贏力絀，頗有稱貸。府君盡傾所蓄，以塞其虧，復百計以營，附益之天津武清行鹽口岸，以豐其殖而已，遂出而謁選於吏部，八年不除。微聞薌樵公爲人所紿，任取其肥者而擇噬焉。府君慨然於官之不可卒得、家之不可久恃，告歸。租借他姓東光引岸，躬自理之，三年甫就緒。光緒四年戊寅，家乃中落，積債達四十萬緡，罄産不足當十之二。津、武口岸，例以諸商輪選，亦受代於人。闔室老幼，近百口，恃質物爲食，貰薪爲炊，每至日西，不得一飽，而官追其逋者急如火入，責其償者往來如蟻，存亡呼吸間。時薌樵公已先卒，屬在期功伯叔諸父，飛書東光，趣府君歸謀所處。府君至，笑謂諸父曰：「何爲是皇皇也？」曰：「未之知耶？」曰：「固知之，有我在，毋恐。」問故，曰：「無他，家我一人，債我一人，禍福我一人，上不貽我父母憂，下不爲兄弟累。如是而已。」諸父肅然起請於榮禄公而授受焉。府君簿稽銖覈，如入叢棘而引亂絲，爬梳抉剔，條爲分而類爲別之，首輪其急者曰官債，次理其貧者曰民債，又次則括其富且豪者皆曰商債。其目繁，其數巨，則徐議以析期歸母之法。含垢忍辱，日奔走呼號於主券者之門，人人以爲難，而以其言爲信。前俞後唯，舉無異辭，大勢定。是役也，外舅浦公忻齋向辰實左右之兩姓，尚未締姻也，既内有謀而外有助，乃迎榮禄公避囂東光鹾館，而屬吾母善事祖妣姜太夫人於家。府君於是殫精疲慮，委身鹽業，於所有事，罔弗究悉。東光租滿，而交河、阜城，而祥符、鄢陵，不久而易以冀，而終以定興，中又輪占青、静海、滄、鹽山所謂南告口岸者四年。每抵一岸，考地理，審民情，篤舊章，鈎宿弊，視與本業同無、因非創也，而環於境者貶其價，而浮其量者有焉，一其引而二三其鹽者有焉，其土於鄉者刺鹵於地，而構白出素者又有焉。齊以法，法有不行，聲其罪，罪有弗及。游手亡命之徒，乃獲逞其販賤走私之伎，策肥仗鋭，百十爲群，飄忽而來，飽囊橐而去，輕疾獷悍，莫敢誰何。府君精選巡士，密布偵騎，而表重賞於勇夫，運籌決勝，如行軍然，有其不動，動則未嘗不知，有其不至，至則迎剿遮擊，無所於逃。其尤著者，逃亦不得脱。先後置諸法凡若干人，夷其巢凡若干，所以清其流，以暢其源，以圖其新，以規其舊。分營並務，事必躬親。或枕席未温，又秣馬脂車他往，旦而劬暮而不休，裘而出葛而不反者，比比也。第以萬勞之事，加百病之身，愈勞愈病，愈孱以弱，久且至於靡歲不病，靡地不醫，靡日不藥，然終不以病，而弛其勞。身愈弱，心愈剛，至老而不懈憂勤惕厲，垂四十年。家雖不饒，債稍稍盡矣。

先是諸父與府君約，盡産所有具以辨債人，不撓爾權事，不分爾力，書於據名而諾於尾，信於故舊親知，幽於宗祏，以示不渝。然而府君委曲爲家謀者，甘旨之奉，無有不豐也，饔飧所需，無有不給也。歲時祭饗有常經，無不盡其物，婚嫁喪葬有定費，無不盡其禮，族有譜，一輯之，再輯之，無敢不詳。先壠之遠者修之，近者培之。或樹之木，或表之坊，無敢不慎。癸巳七月雨已上墓，車覆，傷右股，自是杖而後行，然自是仍以時往，無敢不勤。一生躬自節縮，食不擇腴，衣不擇華，然爲子弟延師授課，則擇之無敢不精，而禮之無敢不厚。有敏於學者勉之，有荒於嬉者戒之。兄弟有急，則稱事以周之。孤嫠衰疾，則順時以贍之。痛伯兄之早亡而無後也，循禮律一子二祧之説，命世奎兼承其宗。閔嫂之寡而母家貧而無依也，其老老之至於死，其幼幼之迄於成立。凡六姻九族之親，無不相維相繫。降而厮役、扈養之衆，無不知惠、知威。以故榮禄公考終七十餘，姜太夫人且九十餘，目睹其振廢而圖全者，蓋無事不釋於懷，而家之人倍於昔，身受其飲食教誨而各得其所者，又無人不心悦而誠服也。雖然，府君若欿然猶有憾者，病亟，呼世奎而詔之曰：「吾將死，餘債尚數萬未即除。寢祭逼且垢，久欲拓祠展敬，力不逮，未即爲。此吾内疚於心、愧見先人地下者也。爾其勉之。」其篤於家也如此。推之鄰里鄉黨，亦莫不然。瑣瑣不足言，言其犖犖大者。

去津城而南四里許地，有名西開者，故窶民叢葬所也。丁酉戊戌之交，有游宦、僑商共據其地，發冢起屋，遍布女閭，舉博戲其中，而爲盜賊逋逃淵藪，攘不義之利，釀無窮之禍。怨聲騰沸，置若罔聞。益規畫宏遠，土木之工大作，募泰西健兒爲守卒，恃與外邦商埸壤接，詭竊名義，造僞示牌而出之道左。別割縣符符其上，愚人、鄉人以爲大患，聚而告之官。滁人吕秋樵增祥知縣事，廉正有聲，既韙衆所告以鞫。盜果盜所伏也，牒捕之，匿弗面，命駕親往，拒弗納，揮黨衆蜂擁出環，噪毀其輿，民而耄者、士而愿者，咸激而怒，蓬然而起，不期而會八百人，盾吕之後班，更層上而窮告之。又延不切究，陽爲禁若，陰爲縱者。告者忿憤，抵府君問策。府君曰：「吁！此害之不除，吾無人焉矣。」立戒行相率北發，白諸風憲而聞之於朝。上諭繼任直隸總督裕禄曰：「刁民挾洋漁利，大爲地方之害，迅即查明，從嚴懲辦。」裕下其命所屬諸官，吕乃得張其權，肩進其牌而手成其獄，奸邪以戢，良善以安。歲庚子，山東驅妖民，畿甸蔓延構亂，開外釁，諸國兵並至，首攻天津城。居民驚避，府君與老母相守不去，一日城下，兵自南門入，人見之輒奔，奔輒擊，擊輒踣，頃刻，積骸梗路，血流火赤天，洶洶有玉石俱焚之勢。府君率群，從能彼語者，冒死迎説諸將。諸將意解頓兵，而策安民大計，條具六事，悉善而從。且設有門卒，俾安所居，贈有鈐章，俾行所便，於是見者、聞者識者、不識者，攜老弱躡踵來投，以食以處，而密與鄰者壁其門，門其壁，通於我，假道而行焉。兵既據城，戒出入，末由汲於河，人無所得飲亂作。四方之米，久不至。外兵扃浙漕三萬石，學宫戒勿問，人又無所得食，呼飢叫渴之聲相屬也。卒徇府君之議。弛禁以通汲，賤糶以散糧，蓋保全者十八九云。初，天津由衛改州升府，附府而縣，但仍衛城爲城，城中四達之衢，湫隘不能容旋馬，比益繁盛，肩相摩，轂相擊，動擁滯，相持不解，忿則相詈，繼以相毆，曠時廢事，甚無謂也。城陷之後，六國合置軍署，攝行府縣事，既墮其城，更欲寬其路以利遄行，圖有說也，界有識也，而其間列廛甍連户，向大不可以丈餘數尺耳。令下而梗之禍且不測，從之則長割短削，一舉而輟業者千家。府君熟權利害輕重，出而與爭，約緩其期。至亂定兵解民困蘇，由官斯土者，次第行悉依所具式，不分寸信縮。事諧，舉市大驩，勞者於途，禮者於門，將榜其額以彰其愛。府君謝曰：「俯首外人而以爲榮耶？苟安於目前而可恃以久耶？」堅却之乃止。河以東蘆綱屯鹽之所曰鹽坨，望之如萬山起伏，迤邐數里，外困以待出之鹽，率數百萬石之多，至是半没於法，半没於俄，而鹽有商，商有岸，岸有界，董其成有官，官有法，法請鹽有引，請引有課。府君歷歷言之軍署，俾暫執其官之權，而法其法，商其商，課其課，一仍其舊而爲之掌。其據無據者，擯弗與以鹽。均如議，順事恕施，秩如也。無端有所謂新商者出，不求端不訊末，惟利之是圖，乘間通款，紛紛貨無税之鹽，以儌幸嘗試，航載而途散之，不可官私，商受其困，法受其敝。直督李文忠公方主持和議北來而兼有督鹽之責者也。府君挈商衆，謁公京師，慷慨上書曰：「我鹽弃於彼久矣。鹽無商則病，商無鹽則死。今爲計，惟我輸資彼，彼反鹽我便，屢議屢沮，日勞而月無功。我公我父母，有孚於萬邦。敢請一言活我者。」公曰：「可卓舉也。惟予謀厥始，惟所司揆時克厥終，罔弗濟，其備贖金以待息入者，官爲承。」府君歸而布於衆，所用金數十百巨萬，不浹辰而具復往報且聽命，凡三四往以迄於成，而所屬長蘆南北諸引岸，實賴以保存至今日。

府君嘗有言曰：「天下無難事，祇慮心不專耳。何謂專？一也。何謂一？誠也。夫誠在心，所以誠者在學。」府君既冠，以往時引早歲廢學爲憾，間取《周易》，往復誦之。始則曰「以息吾心，却吾病耳」。繼乃恍然所謂《易》者，其象萬變，其理不變，而人事之萬變者，胥於其象呈焉，而人心之不變者，即於其理定焉。道在邇而求諸遠，道在易而求諸難，非也。嗜之愈益篤，攻之愈益專，終日聲琅琅徹户外，有時事而出，雖舟車傳舍，必挾而隨。歷代著作家言有與經義相發明者，雖孤本殘編，必搜而獲，必研而索。已有獨得，雖夜必燭而起，而以濃行細字，識諸簡端。人有同好，雖遠，但能往，必就而質疑而徵信焉。任邱邊氏育之自序《周易通義》，有云「四子之書，皆出於《易》」。府君然其言，並肆力於《大學》、《中庸》二書，繹取篇中《易》於體諸身、徵諸事者，與大《易》因事設教之旨，比而附之，貫而通之，著《學庸述易》一卷，《衛道編》一卷，《讀易隨筆》一卷，不沾沾前人成説，以誠爲本，以實用爲歸。即持此不變之理以應萬變之事。惜乎身不顯於世耳。然而用之一家，一家效。用之一鄉，一鄉效。即用之一名一物一材一藝之微，則亦時時而效。昔姜太夫人通繪事，府君盡得其傳，偶以竹石寄意，又工書，能篆刻，而於古靡所不好。室無凡設用，無俗物，然從不厚價而沽。布衣芒屨，緩步街衢，東拾而西掇，人弃而我取，希世之品，恒遇之荒檐敝簏之中，雖一身百役，歲鮮家居，踪迹所至，無問通都蕞壤，必攜一二事以歸。塵噬雨漬，至不可辨，一經刷蕩，光芒萬丈矣。居常所收古今書籍積二萬卷，與貞金、壽石、書人書、畫人畫、陶人陶器，參錯壁上。几席間，古香古色，粹然盎然。時其暇，焚香静坐，手摩目翫，怡然涣然，以是四海知名之士，過行寄止，必介而來觀。近而里秀鄉耆，益欽其實而器其人，咸樂與共游處。而與吾邑大師楊香吟先生光儀相知較早，相契較深，昕夕過從，老而彌摯。適劉桂生錫九、李蓤舟耀奎、陳挹爽塏，解官歸田里，乃益以李策勛淑銘、于振之鐸斐、允乎舉信、李仕林奉璋諸先輩年高而德卲者，援白樂天香山故事，作九老會於城東北隅會文書院月試孝廉之所。延賓之室，半畝之庭，攝影爲圖，而系以詩焉。每逢春秋佳日，輒呼童載酒，登河上小樓會飲，飲罷推窗，遠眺雲鳥風驅出没，或俯瞰游魚結隊戲水中爲樂。歲將暮，朔風起，則相次爲九九消寒雅集。應期偕至，圍鑪笑語，煦煦生春，如坐羲皇上人一堂，渺不知身世之累爲何事者，而實出之肩危蹈悴，惟日不足之人。蓋推其誠，無遠弗達也，故憂至能憂。斂其誠無微弗入也，故樂至知樂，樂樂也，憂亦樂也。故逆來順受，處變如常。所謂原始要終，歸於誠者，此也。

世奎不才，百不肖府君一二，然而府君孑然一子，愛之專，斯望之厚。望之厚，斯責之益重以周。溯自幼而學、而仕，既仕而歸，五十餘年，諄諄者教而已矣。於其幼而學也，密其課程，時其作輟，援古爲衡，證今爲說，百戒千箴，瘏於口敝於舌。書小道也，以準以繩，以圭以臬。違則長跪不得起，手抶之而墳，背鞭之而血，可謂嚴矣，而頑鈍者如故。於其仕也，則示之聖賢致身之道，務以遠大相期，毋逸而豫，毋苟而欺，毋國而家，而公而私。每擢一階，必寓一規：「器滿者易溢，居高者恒危。」月書數至，累千萬言，若不克盡其辭者，可謂勤矣，而庸碌者如故。迨其歸也，知事之不可爲而亂將不可止，曰「白不緇」、曰「朱不紫」，茫然無主於中，則亦隨波而靡耳。豈知清則夷，而盜則跖。無所謂可此而可彼也。冥鴻於天，潛鱗於水底，孰羅而致之，孰網而起。爾閟爾音，爾艮爾趾，爾不予從，予不爾子。是亦可謂峻厲而深切矣。而憧憧擾擾者，仍如故。而今已矣，終不復聞斯言矣。嗚呼，昊天不仁，禽獸中國。有老成人獨行其是，齵峙狂流，乃奪之年，而靳以期頤之壽，並爲之子者亦陷之無父無君之地，而使之不可爲人。豈不痛哉！豈不痛哉！雖然色笑不可親，而典型具在。上焉者述之以事，下焉者猶得永之以言。所懼者，莠言邪說，毒焰方張，諸狂悖少年，至顯謂高曾矩矱爲迂謬非人情，醜詆之，若芒刺之不容於口，唾弃之，若惟恐糞穢之污及於身，變其本加之厲。雖聖經賢傳家弦户誦於數千百年者，乃敢斥爲無用之書，不宜於時，不快於蔑倫蕩紀之心，不適於爲亂，悍然廢之，而美其名曰「新」教者以是教，學者以是學，則一人一家之事，誠在恍惚不可知之數。然而日月麗乎天，百穀草木麗乎土，綱常名教不能不麗乎人。秦火熄而漢學昌，五代畢而宋儒出。物極而反，理有固然。大亂之後，讀書秉禮之家，必有奉其祖若父之成規貽訓，篤信之而謹守之者，故列舉府君行己莅事之誠，必詳必覈，不憚其辭之繁，以冀後世子孫之賢且明者，有所考焉。世有同志君子，或閔其愚，不訾其妄竄之文字，以不朽其傳，則又馨香禱祀求之，而含感於生生世世者也。戊午秋七月，孤子世奎謹述，姻愚侄嚴修謹填諱。

先妣田太夫人行述

先考府君行述成，未及筆於書，吾母田太夫人又卒，去府君卒之日，甫三年尚十日弱也。嗚呼！不孝之罪上通於天矣。尚何言哉！雖然，太夫人生平猶是爲人所爲而人不盡能爲，頗爲人所知而人亦有知有不知。是烏能已於言。太夫人爲同邑二品封典刑部郎中，道光己酉拔貢，田公人諱世均字峰泉女。世居城東南田家嘴村。母陳太夫人無子，衹一女，而性又慧，父母鍾愛逾恒，而家又高於貲，食用惟所欲弗禁。女職所應爲者，習不習弗問。太夫人務樸持勤，一一能之，且敏而精。侍峰泉公京師，門内瑣務，與陳太夫人分任其勞，井井有條理。有時峰泉公散衙酬讌他所，篝鐙坐母旁，刺繡以待，父不歸不先寢。朝夕餐，母不箸不先食。嗣峰泉公養親歸里，則日日奉起居承色笑。祖父母之前，以娱悦老人心目。由是父母愛愈甚，選婿愈苛。凡以高門豪閥通者，峰泉公則曰：「膏粱文繡中，罕佳子弟。」概置弗論。一聞府君名，輒心許，適邂逅遇於市肆，與語，大奇之曰：「不圖少年沈毅若此！」遂因媒而受聘焉。

太夫人年十八來歸，裝送豐盛，或疑驕慣，不貧家女若，及覩其行，人人皆曰賢，試以事，人人皆曰能。先祖妣姜太夫人以其賢且能也，倚之獨重，責之亦獨備。太夫人甘任其難者，而讓其易者他人，略無愠辭矜色。虔事府君，小心翼翼，冥以契不言之意，而卑以承不怒之威。兼祧先考賓珊府君，娶妣張太夫人，逾歲而卒。府君事寡嫂加敬，太夫人事之愈加敬，日夕操作畢，輒往候對坐，説古往今來事，務破寂爲愉乃退。有所需，不求而給，有所欲，過量而償。有所不悦，盛氣相加，婉喻怡受，弗較也。叔父漱石公與藝圃公，均壯年喪耦。太夫人收兩叔母所遺女，撫之教之，如己女。女亦母太夫人如己母，不知其無母者。府君習賈成，薄有營殖。太夫人曰：「是區區者，奚足爲哉？」擇鬻匳中物大半，增進母錢，以張之試，果大效。歲有贏積，尋斥以紓家難。所蓄一空，乃遺老僕齎其半，鬻之京，圖再舉。夜遇盜於野，悉數攫以去，僕負重傷歸瀕危，志卒不讎，益困。會漱石公思以末秩奔走仕途自贍，而以納粟費要府君。府君難之。太夫人曰是：「無難。」立出所餘嫁衣二笥，質五百金，壯其行。市有鬻大木者，約可爲櫬二，質美且堅，奇貨也。府君謀致之家爲堂上百年之備，價殊昂，不易致。聞於太夫人，曰：「是又無難，吾尚有珠鈿二，事所值，當與埒其易，而購之勿遲。」而太夫人受於母家者，自此盡矣。自外祖峰泉公卒，母家亦口以貧，而我家業鹽屢有虧蝕，至此亦岌岌不可一日支，内外顧嗒焉無生氣。太夫人乃徐謂府君曰：「吾日聞君讀《易》，有所謂物不終否者，扶危定傾，此其時乎？」府君既任家政，姜太夫人亦舉閫以内事一委決太夫人。太大人承匱乏之餘，處繁難之地，綴畸緝斷，勵苦躬劬。晨先衆作，以理其紛。晦後家息，以補其遺，以豫其未至。府君歲歲經營於外，不遑家處。舉凡供祭，祀奉，滫瀡，敬禮賓師，饋問親黨，門户扃固，庭宇潔除，米、鹽、醯、醬、膏、薪、庖、炭，零雜之務，不時之需，太夫人悉手而營焉，目而閲焉，責無旁貸，心無暫休，事無違宜，物無妄費。每值冗忙，恒不克以時食。時過，掇殘羹冷炙啖之，無餘則泛購粗糲街頭以飽，甘之如飴。但有片刻暇，必從事縫紝纂組，盛暑濡巾承汗，隆冬擁小鑪，爇微火其中，十指拮据不輟，或至竟夜不眠。中歲遘目疾，瞳神生内障，幾盲，良久乃差。既差，仍數數爲之，莫之能止也。府君莅家嚴厲，餉遺有定額，取用有定期，不纖毫假借家人。值有急需，或不足於用，不敢與府君言者，胥與太夫人言之，不敢於府君索者，胥於太夫人索之。太夫人伺府君暇豫，擇其可者可於府君，府君可則可，不可不得復言。索者固言之不已也，太夫人迎拒兩難，往往量爲移，或質貸以爲與，祕不使府君知。知亦不問，卒未嘗有一人觖望，未聞有一語失和。即下至僕媪，亦未見有一時急遽形於言色。無大過，終其身不易。惠賚各足以贍其家，既不招人嫌怨，亦無嫌怨於人。人有嫌怨，解之，不使結，將然未然者，弭之，不使覺。同居百餘口，終歲無訢誶聲與，一家相孚以誠信。有事必來告，必諮而後行，決是非可否，論成敗，洞若觀火，然善者成之，能者進之，若不能必爲之所，或所爲不善，尤必深爲之諱，莫得持其後而短長之，而人益敬而服。歲時嘉會，蹌濟一堂，雍雍如也，日月存問，此往彼來，藹藹如也。藝圃公再娶再喪，其耦不復娶，太夫人閔其室無人，年且老，益拙於自謀，一飲一啄一衣一履，悉引爲己任，有美饌則推而食，有垢物則取而浣濯之，敝者爲之新。藝圃公善弈，喜儲秫釀餉人，一日弈罷，執爵酌太夫人曰：「吾願嫂康强壽百歲，匪惟一身之幸，抑亦闔族之福。」若喜若懼，情見乎辭。人謂吾叔痴，吾叔不痴也，質而已矣。閱時久，内外宗親屬疏屬日益衆，孤者、寡者、衰老者，廢疾者，飢無食，寒無衣窮。鰥無居者，男長不能婚、女多不能嫁者，生不能字以乳、死不能舉其喪者，愈親愈近愈不相能而悍不相顧者，時有所見聞，時有所補助，以輔府君耳目所不及，以成其志而節其慮，而讓其名不居。

庚子城陷，府君説止外兵焚殺，遠近聞風來托者填溢庭室。太夫人以一人謀數十家，安飽於人心皇皇茫無所措之時。至三四月之久，咸歡欣鼓舞而去。去之時猶依依若不忍釋者，其不惜己力以致厚於人類如此。身雖憊不言勞，小有不適不言病，曰：「胡恐人爲？」然當寒燠不時，恒惴惴焉，惟恐人病，逢人輒語飲、食、服、御、居處之宜。不幸家有罹於病者，一時一問狀，百思所以調護之者，篤摯逾於所親。至侍父母、舅姑之疾，視藥，將膳，禱天，問卜，或滌牏承不潔以爲常。最後姜太夫人病篤，太夫人且七十矣。衣不解帶者，五十餘晝夜，迄不須臾離。謂更班迭侍，施之常時則可，施之病時，大非所宜。倘伺而察者有間，則不能消息於其微而洞明真相。一事易數人爲之，或展轉失其意之所在，而無以即於安。凡此堅毅之行、敦篤之論，固天性使然，然亦由府君體弱多病，太夫人日在憂危兢惕之中，曲體默驗，積之久，研之精，故行之習，而又道之詳也。歷次居喪，盡哀盡禮，事前之備無或遺也，事後之施無或紊也。外曾祖父母實後峰泉公卒，鄉俗忌速葬，又以貧故，奄柩在堂二十餘年。洎外祖母陳太夫人卒，太夫人悉依次葬之如禮。歲值峰泉公、陳太夫人生卒之日不克往，必焚冥鏹户外遥祭。曰：「婦人祀及外家，非禮也，亦行吾情之不自已者而已。」自丙辰六月府君即世，不一年，藝圃公卒，又不一年，季父秋吟公卒。新悲夙疚，迭感交乘，太夫人不勝其戚，一病十閱月，偃卧在床，百藥閟其靈，遂頽然不復振。然在病中猶曰某日某物用若干，某時某物備若干，某日祭，祭以某，某某宜恤恤以某，更緣蓐掩金繒種種其下，見貧苦者至前，輒探而與之，有濫無吝，聞姻鄰某家有慶吊事，必曰某往賀否，某往吊否，瑣細不以聞者輒問。至病亟，神明弗衰。綜計佐府君、問家政以來，先後凡營老幼四十六喪，而童而殤者不與焉；理婚嫁八十有二事，而門以外者不與焉。府君以剛勝，太夫人則以柔勝。府君以義勝，太夫人則以仁勝。要之，逆來順受，處變如常，兢兢焉力持此家於不敝，而又從而振起之者，意一也。

太夫人以世奎官疊遇覃恩封宜人、恭人、夫人，復蒙恩賞誥封一品夫人。生於道光二十二年壬寅八月二十七日寅時，咸豐九年己未歸於府君，六十年，又己未五月二十五日酉時卒，年七十有八。於是年閏七月四日，合葬府君之墓。既卒之後，妻女輩檢收室中故物，所儲零縑、敗絮及筐、筥、瓿、甀之屬，且支十年之用而有餘，而篋無一襲新衣，囊無一錢私財，積年質券，尚纍纍塵簏中也。親族少長，聚而來觀，咸感嘆欷歔不置，若不覺其哭之哀云。

辛酉春三月，孤哀子世奎謹述。

華承彦集

周易古本

周易復古本説

書之古，未有古於《易》者。自訓詁、象數興，則古本云亡，無復求其大義者矣。至宋有古本之復，或言象義，或言卜筮，而經之次第，究非其舊，僅加之字釋句疏已耳。是以上下經篇章節旨不復能明於天下也久矣。彦因讀《學》、《庸》偶有所觸，及証之於《易》，無不相得，而各有合。惟易道甚大，百物不廢，懼以終始，其要無咎，然其範圍政教與天地准，而《學》、《庸》就好惡、欺慊、大明終始，以至配天合天，亦可謂獨得其宗，所以能証明經傳之次第焉。易道雖未必因此能明，庶亦不害其爲閑邪存誠之意也。然吾之所云「復古」爲何？曰就吾所讀之本，經還經之舊，傳還傳之舊，以及上古之學、帝工之教、孔子之贊，各還其舊，以堅吾之學也已耳。

天津華承彦屏周學

周易上經

䷀

乾：元、亨、利、貞。

䷁

坤：元、亨，利牝馬之貞。君子有攸往，先迷，後得主，利。西南得朋，東北喪朋。安貞吉。

䷂

屯：元、亨、利、貞。勿用有攸往，利建侯。

䷃

蒙：亨。匪我求童蒙，童蒙求我。初筮告，再、三瀆，瀆則不告。利貞。

䷄

需：有孚，光亨貞吉，利涉大川。

䷅

訟：有孚，窒惕，中吉終凶。利見大人，不利涉大川。

䷆

師：貞，丈人吉，無咎。

䷇

比：吉，原筮，元永貞，無咎。不寧方來，後夫凶。

䷈

小畜：亨。密雲不雨，自我西郊。

䷉

履虎尾，不咥人，亨。

䷊

泰：小往大來，吉亨。

䷋

否之匪人，不利君子貞。大往小來。

䷌

同人于野，亨，利涉大川，利君子貞。

䷍

大有：元亨。

䷎

謙：亨。君子有終。

䷏

豫：利建侯行師。

䷐

隨：元亨，利貞，無咎。

䷑

蠱：元亨，利涉大川。先甲三日，後甲三日。

䷒

臨：元亨利貞。至于八月有凶。

䷓

觀：盥而不薦，有孚顒若。

䷔

噬嗑：亨。利用獄。

䷕

賁：亨。小利有攸往。

䷖

剥：不利有攸往。

䷗

復：亨。出入無疾，朋來無咎。反復其道，七日來復，利有攸往。

䷘

無妄：元、亨、利、貞。其匪正有眚，不利有攸往。

䷙

大畜：利貞。不家食，吉。利涉大川。

䷚ 頤：貞吉，觀頤，自求口實。

䷛ 大過：棟橈，利有攸往，亨。

䷜ 習坎：有孚，維心亨，行有尚。

䷝ 離：利貞，亨。畜牝牛，吉。

周易下經

䷞ 咸：亨，利貞。取女吉。

䷟ 恒：亨，無咎，利貞。利有攸往。

䷠ 遯：亨，小利貞。

䷡ 大壯：利貞。

䷢

晉：康侯用錫馬蕃庶。晝日三接。

䷣

明夷：利艱貞。

䷤

家人：利女貞。

䷥

睽：小事吉。

䷦

蹇：利西南，不利東北。利見大人。貞吉。

䷧

解：利西南。無所往，其來復，吉。有攸往，夙吉。

䷨

損：有孚，元吉，無咎可貞，利有攸往。曷之用？二簋可用享。

䷩

益：利有攸往，利涉大川。

䷪

夬：揚于王庭，孚號有厲。告自邑，不利即戎，利有攸往。

䷫

姤：女壯，勿用取女。

䷬

萃：亨。王假有廟。利見大人，亨，利貞。用大牲，吉。利有攸往。

䷭

升：元亨，用見大人，勿恤。南征吉。

䷮

困：亨。貞，大人吉，無咎。有言不信。

䷯

井：改邑不改井，無喪無得，往來井井。汔至亦未繘井，羸其瓶，凶。

䷰

革：巳日乃孚，元亨利貞，悔亡。

䷱

鼎：元吉，亨。

䷲

震：亨。震來虩虩，笑言啞啞。震驚百里，不喪匕鬯。

䷳

艮其背，不獲其身，行其庭，不見其人，無咎。

䷴

漸：女歸吉，利貞。

䷵

歸妹：征凶，無攸利。

䷶

豐：亨，王假之。勿憂，宜日中。

䷷

旅：小亨，旅貞吉。

䷸

巽：小亨。利有攸往，利見大人。

䷹

兌：亨，利貞。

䷺

渙：亨。王假有廟，利涉大川，利貞。

䷻

節：亨。苦節不可貞。

䷼

中孚：豚魚，吉。利涉大川，利貞。

䷽ 小過：亨，利貞。可小事，不可大事。飛鳥遺之音，不宜上，宜下，大吉。

䷾ 既濟：亨小，利貞，初吉終亂。

䷿ 未濟：亨，小狐汔濟，濡其尾，無攸利。

周易爻辭

初九：潛龍勿用。九二：見龍在田，利見大人。九三：君子終日乾乾，夕惕若厲，無咎。九四：或躍在淵，無咎。九五：飛龍在天，利見大人。上九：亢龍有悔。用九：見群龍，無首，吉。

初六：履霜，堅冰至。六二：直方大，不習無不利。六三：含章可貞，或從王事，無成有終。六四：括囊，無咎，無譽。六五：黄裳元吉。上六：龍戰于野，其血玄黄。用六：利永貞。

初九：磐桓，利居貞，利建侯。六二：屯如邅如，乘馬班如，匪寇婚媾。女子貞不字，十年乃字。六三：即鹿無虞，惟入于林中。君子幾，不如舍，往吝。六四：乘馬班如，求婚媾，往吉，無不利。九五：屯其膏，小貞吉，大貞凶。上六：乘馬班如，泣血漣如。

初六：發蒙，利用刑人。用説桎梏，以往吝。九二：包蒙吉，納婦吉，子克家。六三：勿用取女。見金夫，不有躬，無攸利。六四：困蒙，吝。六五：童蒙吉。上九：擊蒙，不利爲寇，利禦寇。

初九：需于郊，利用恒，無咎。九二：需于沙，小有言，終吉。九三：需于泥，致寇至。六四：需于血，出自穴。九五：需于酒食，貞吉。上六：入于穴，有不速之客三人來，敬之，終吉。

初六：不永所事，小有言，終吉。九二：不克訟，歸而逋其邑。人三百户，無眚。六三：食舊德，貞厲，終吉。或從王事無成。九四：不克訟。復即命渝，安貞吉。九五：訟元吉。上九：或錫之鞶帶，終朝三褫之。

初六：師出以律，否臧凶。九二：在師中，吉，無咎，王三錫命。六三：師或輿尸，凶。六四：師左次，無咎。六五：田有禽，利執言，無咎。長子帥師，弟子輿尸，貞凶。上六：大君有命，開國承家，小人勿用。

初六：有孚比之，無咎。有孚盈缶，終來有它吉。六二：比之自内，貞吉。六三：比之匪人。六四：外比之，貞吉。九五：顯比。王用三驅，失前禽。邑人不誡，吉。上六：比之無首，凶。

初九：復自道，何其咎？吉。九二：牽復吉。九三：輿説輻，夫妻反目。六四：有孚，血去惕出，無咎。九五：有孚攣如，富以其鄰。上九：既雨既處，尚德載，婦貞厲，月幾望，君子征凶。

初九：素履往，無咎。九二：履道坦坦，幽人貞吉。六三：眇能視，跛能履。履虎尾，咥人凶。武人爲于大君。九四：履虎尾，愬愬，終吉。九五：夬履，貞厲。上九：視履考祥，其旋元吉。

初九：拔茅茹，以其彙，征，吉。九二：包荒，用馮河，不遐遺，朋亡。得尚于中行。九三：無平不陂，無往不復。艱貞無咎。勿恤其孚，于食有福。六四：翩翩，不富以其鄰。不戒以孚。六五：帝乙歸妹，以祉元吉。上六：城復于隍，勿用師。自邑告命，貞吝。

初六：拔茅茹，以其彙，貞，吉亨。六二：包承，小人吉，大人否，亨。六三：包羞。九四：有命無咎。疇離祉。九五：休否，大人吉。其亡其亡，繫于苞桑。上九：傾否，先否後喜。

初九：同人于門，無咎。六二：同人于宗，吝。九三：伏戎于莽，升其高陵，三歲不興。九四：乘其墉，弗克攻，吉。九五：同人先號咷，而後笑，大師克相遇。上九：同人于郊，無悔。

初九：無交害。匪咎，艱則無咎。九二：大車以載，有攸往，無咎。九三：公用亨于天子，小人弗克。九四：匪其彭，無咎。六五：厥孚交如，威如，吉。上九：自天祐之，吉無不利。

初六：謙謙君子，用涉大川，吉。六二：鳴謙，貞吉。九三：勞謙，君子有終吉。六四：無不利，撝謙。六五：不富以其鄰，利用侵伐，無不利。上六：鳴謙。利用行師征邑國。

初六：鳴豫，凶。六二：介于石，不終日，貞吉。六三：盱豫悔，遲有悔。九四：由豫，大有得。勿疑，朋盍簪。六五：貞疾，恒不死。上六：冥豫成，有渝無咎。

初九：官有渝，貞吉。出門交有功。六二：係小子，失丈夫。六三：係丈夫，失小子。隨有求得，利居貞。九四：隨有獲，貞凶。有孚在道以明，何咎？九五：孚于嘉，吉。上六：拘係之乃從，維之，王用亨于西山。

初六：幹父之蠱，有子考無咎，厲終吉。九二：幹母之蠱，不可貞。九三：幹父之蠱，小有悔，無大咎。六四：裕父之蠱，往見吝。六五：幹父之蠱，用譽。上九：不事王侯，高尚其事。

初九：咸臨，貞吉。九二：咸臨，吉，無不利。六三：甘臨，無攸利。既憂之，無咎。六四：至臨，無咎。六五：知臨，大君之宜，吉。上六：敦臨，吉，無咎。

初六：童觀，小人無咎，君子吝。六二：窺觀，利女貞。六三：觀我生進退。六四：觀國之光，利用賓于王。九五：觀我生，君子無咎。上九：觀其生，君子無咎。

初九：屨校滅趾，無咎。六二：噬膚滅鼻，無咎。六三：噬腊肉，遇毒，小吝無咎。九四：噬乾胏，得金矢。利艱貞吉。六五：噬乾肉，得黄金，貞厲無咎。上九：何校滅耳，凶。

初九：賁其趾，舍車而徒。六二：賁其須。九三：賁如濡如，永貞吉。六四：賁如皤如，白馬翰如。匪寇婚媾。六五：賁于丘園，束帛戔戔。吝，終吉。上九：白賁，無咎。

初六：剥床以足，蔑，貞凶。六二：剥床以辨，蔑，貞凶。六三：剥之，無咎。六四：剥床以膚，凶。六五：貫魚，以宫人寵，無不利。上九：碩果不食，君子得輿，小人剥廬。

初九：不遠復，無祇悔，元吉。六二：休復，吉。六三：頻復厲，無咎。六四：中行獨復。六五：敦復，無悔。上六：迷復，凶，有災眚。用行師，終有大敗。以其國君凶，至于十年不克征。

初九：無妄往，吉。六二：不耕穫，不菑畬，則利有攸往。六三：無妄之災，或繫之牛。行人之得，邑人之災。九四：可貞，無咎。九五：無妄之疾，勿藥有喜。上九：無妄行，有眚，無攸利。

初九：有厲利已。九二：輿説輹。九三：良馬逐，利艱貞。日閑輿衛，利有攸往。六四：童牛之牿，元吉。六五：豶豕之牙，吉。上九：何天之衢，亨。

初九：舍爾靈龜，觀我朵頤，凶。六二：顛頤，拂經于丘。頤，征凶。六三：拂頤，貞凶。十年勿用，無攸利。六四：顛頤，吉。虎視眈眈，其欲逐逐，無咎。六五：拂經，居貞，吉。不可涉大川。上九：由頤，厲吉，利涉大川。

初六：藉用白茅，無咎。九二：枯楊生稊，老夫得其女妻，無不利。九三：棟橈，凶。九四：棟隆，吉。有它吝。九五：枯楊生華，老婦得其士夫，無咎無譽。上六：過涉滅頂，凶，無咎。

初六：「習坎」，入于坎窞，凶。九二：坎有險，求小得。六三：來之坎坎，險且枕，「入於坎窞」，勿用。六四：樽酒簋貳，用缶，納約自牖，終無咎。九五：坎不盈，祇既平，無咎。上六：係用徽纆，寘于叢棘，三歲不得，凶。

初九：履錯然，敬之，無咎。六二：黄離，元吉。九三：日昃之離，不鼓缶而歌，則大耋之嗟，凶。九四：突如其來如，焚如，死如，弃如。六五：出涕沱若，戚嗟若，吉。上九：王用出征，有嘉折首，獲匪其醜，無咎。

初六：咸其拇。六二：咸其腓，凶。居吉。九三：咸其股，執其隨，往吝。九四：貞吉，悔亡。憧憧往來，朋從爾思。九五：咸其脢，無悔。上六：咸其輔、頰、舌。

初六：浚恒，貞凶，無攸利。九二：悔亡。九三：不恒其德，或承之羞，貞吝。九四：田，無禽。六五：恒其德，貞。婦人吉，夫子凶。上六：振恒，凶。

初六：遯尾，厲，勿用有攸往。六二：執之用黃牛之革，莫之勝說。九三：係遯，有疾厲，畜臣妾，吉。九四：好遯，君子吉，小人否。九五：嘉遯，貞吉。上九：肥遯，無不利。

初九：壯于趾，征凶有孚。九二：貞吉。九三：小人用壯，君子用罔，貞厲。羝羊觸藩，羸其角。九四：貞吉，悔亡。藩決不羸，壯于大輿之輹。六五：喪羊于易，無悔。上六：羝羊觸藩，不能退，不能遂。無攸利，艱則吉。

初六：晉如、摧如，貞吉。罔孚，裕，無咎。六二：晉如，愁如，貞吉。受茲介福，于其王母。六三：衆允，悔亡。九四：晉如鼫鼠，貞厲。六五：悔亡，失得勿恤，往，吉，無不利。上九：晉其角，維用伐邑。厲吉無咎，貞吝。

初九：明夷于飛，垂其翼。君子于行，三口不食。有攸往，主人有言。六二：明夷，夷于左股，用拯馬壯，吉。九三：明夷于南狩，得其大首，不可疾貞。六四：入于左腹，獲明夷之心，于出門庭。六五：箕子之明夷，利貞。上六：不明晦，初登于天，後入于地。

初九：閑有家，悔亡。六二：無攸遂，在中饋，貞吉。九三：家人嗃嗃，悔厲，吉。婦子嘻嘻，終吝。六四：富家，大吉。九五：王假有家，勿恤，吉。上九：有孚，威如，終吉。

初九：悔亡。喪馬，勿逐，自復。見惡人，無咎。九二：遇主于巷，無咎。六三：見輿曳，其牛掣。其人天且劓，無初有終。九四：睽孤，遇元夫。交孚，厲，無咎。六五：悔亡。厥宗噬膚，往，何咎？上九：睽孤。見豕負塗，載鬼一車，先張之弧，後説之弧。匪寇婚媾，往，遇雨則吉。

初六：往蹇，來譽。六二：王臣蹇蹇，匪躬之故。九三：往蹇，來反。六四：往蹇，來連。九五：大蹇，朋來。上六：往蹇來碩，吉。利見大人。

初六：無咎。九二：田獲三狐，得黄矢，貞吉。六三：負且乘，致寇至，貞吝。九四：解而拇，朋至斯孚。六五：君子維有解，吉。有孚于小人。上六：公用射隼于高墉之上，獲之，無不利。

初九：已事遄，往，無咎，酌損之。九二：利貞，征凶。弗損，益之。六三：三人行則損一人，一人行則得其友。六四：損其疾，使遄有喜，無咎。六五：或益之，十朋之龜，弗克違，元吉。上九：弗損，益之，無咎，貞吉，利有攸往。得臣無家。

初九：利用爲大作，元吉，無咎。六二：或益之十朋之龜，弗克違，永貞吉。王用享于帝，吉。六三：益之，用凶事，無咎。有孚中行，告公用圭。六四：中行，告公從，利用爲依遷國。九五：有孚惠心，勿問元吉。有孚，惠我德。上九：莫益之，或擊之，立心勿恒凶。

初九：壯于前趾，往不勝，爲咎。九二：惕號，莫夜有戎，勿恤。九三：壯于頄，有凶。君子夬夬，獨行，遇雨若濡。有愠，無咎。九四：臀無膚，其行次且。牽羊悔亡，聞言不信。九五：莧陸夬夬，中行無咎。上六：無號，終有凶。

初六：繫于金柅，貞吉。有攸往，見凶。羸豕孚蹢躅。九二：包有魚，無咎，不利賓。九三：臀無膚，其行次且，厲，無大咎。九四：包無魚，起凶。九五：以杞包瓜，含章，有隕自天。上九：姤其角，吝，無咎。

初六：有孚不終，乃亂乃萃。若號，一握爲笑，勿恤，往無咎。六二：引吉無咎，孚乃利用禴。六三：萃如，嗟如，無攸利。往無咎，小吝。九四：大吉，無咎。九五：萃有位，無咎，匪孚。元永貞，悔亡。上六：齎咨涕洟，無咎。

初六：允升，大吉。九二：孚乃利用禴，無咎。九三：升虚邑。六四：王用亨于岐山，吉，無咎。六五：貞吉，升階。上六：冥升，利于不息之貞。

初六：臀困于株木，入于幽谷，三歲不覿。九二：困于酒食，朱紱方來，利用亨祀。征凶，無咎。六三：困于石，據于蒺蔾，入于其宫，不見其妻，凶。九四：來徐徐，困于金車。吝，有終。九五：劓刖，困于赤紱，乃徐有説，利用祭祀。上六：困于葛藟，于臲卼，曰動悔、有悔，征吉。

初六：井泥不食，舊井無禽。九二：井谷射鮒，甕敝漏。九三：井渫不食，爲我心惻，可用汲，王明，並受其福。六四：井甃，無咎。九五：井洌寒泉，食。上六：井收。勿幕，有孚元吉。

初九：鞏用黄牛之革。六二：已日乃革之，征吉，無咎。九三：征凶，貞厲。革言三就，有孚。九四：悔亡，有孚改命，吉。九五：大人虎變，未占有孚。上六：君子豹變，小人革面。征凶，居貞吉。

初六：鼎顛趾，利出否，得妾以其子，無咎。九二：鼎有實，我仇有疾，不我能即，吉。九三：鼎耳革，其行塞，雉膏不食。方雨虧悔，終吉。九四：鼎折足，覆公餗，其形渥，凶。六五：鼎黄耳金鉉，利貞。上九：鼎玉鉉，大吉，無不利。

初九：「震來虩虩」後「笑言啞啞」，吉。六二：震來厲，億喪貝。躋于九陵，勿逐，七日得。六三：震蘇蘇，震行無眚。九四：震遂泥。六五：震往來厲，億無喪，有事。上六：震索索，視矍矍，征凶。震不于其躬，于其鄰，無咎。婚媾有言。

初六：艮其趾，無咎，利永貞。六二：艮其腓，不拯其隨，其心不快。九三：艮其限，列其夤，厲薰心。六四：艮其身，無咎。六五：艮其輔，言有序，悔亡。上九：敦艮，吉。

初六：鴻漸于干，小子厲，有言，無咎。六二：鴻漸于磐，飲食衎衎，吉。九三：鴻漸于陸。夫征不復，婦孕不育，凶。利禦寇。六四：鴻漸于木。或得其桷，無咎。九五：鴻漸于陵。婦三歲不孕，終莫之勝，吉。上九：鴻漸于陸。其羽可用爲儀，吉。

初九：歸妹以娣，跛能履，征吉。九二：眇能視，利幽人之貞。六三：歸妹以須，反歸以娣。九四：歸妹愆期，遲歸有時。六五：帝乙歸妹，其君之袂，不如其娣之袂良。月幾望，吉。上六：女承筐，無實，士刲羊，無血，無攸利。

初九：遇其配主，雖旬無咎，往有尚。六二：豐其蔀，日中見斗。往得疑疾，有孚發若，吉。九三：豐其沛，日中見沬。折其右肱，無咎。九四：豐其蔀，日中見斗。遇其夷主，吉。六五：來章有慶譽，吉。上六：豐其屋，蔀其家，闚其户，闃其無人。三歲不覿，凶。

初六：旅瑣瑣，斯其所取灾。六二：旅即次，懷其資，得童僕貞。九三：旅焚其次，喪其童僕，貞厲。九四：旅于處，得其資斧，我心不快。六五：射雉一矢，亡。終以譽命。上九：鳥焚其巢，旅人先笑後號咷。喪牛于易，凶。

初六：進退，利武人之貞。九二：巽在床下，用史巫紛若，吉，無咎。九三：頻巽，吝。六四：悔亡，田獲三品。九五：貞吉，悔亡，無不利。無初有終，先庚三日，後庚三日，吉。上九：巽在床下，喪其資斧，貞凶。

初九：和兑，吉。九二：孚兑，吉，悔亡。六三：來兑，凶。九四：商兑未寧，介疾有喜。九五：孚于剥，有厲。上六：引兑。

初六：用拯馬壯，吉。九二：涣奔其機，悔亡。六三：涣其躬，無悔。六四：涣其群，元吉。涣有丘，匪夷所思。九五：涣汗其大號。涣，王居無咎。上九：涣其血，去逖出，無咎。

初九：不出户庭，無咎。九二：不出門庭，凶。六三：不節若，則嗟若，無咎。六四：安節，亨。九五：甘節，吉。往有尚。上六：苦節，貞凶，悔亡。

初九：虞吉，有它不燕。九二：鳴鶴在陰，其子和之。我有好爵，吾與爾靡之。六三：得敵，或鼓或罷，或泣或歌。六四：月幾望，馬匹亡，無咎。九五：有孚攣如，無咎。上九：翰音登于天，貞凶。

初六：飛鳥以凶。六二：過其祖，遇其妣，不及其君。遇其臣，無咎。九三：弗過防之，從或戕之，凶。九四：無咎，弗過遇之，往厲必戒，勿用永貞。六五：密雲不雨，自我西郊，公弋取彼在穴。上六：弗遇過之，飛鳥離之，凶，是謂灾眚。

初九：曳其輪，濡其尾，無咎。六二：婦喪其茀，勿逐，七日得。九三：高宗伐鬼方，三年克之，小人勿用。六四：繻有衣袽，終日戒。九五：東鄰殺牛，不如西鄰之禴祭，實受其福。上六：濡其首，厲。

初六：濡其尾，吝。九二：曳其輪，貞吉。六三：未濟，征凶。利涉大川。九四：貞吉，悔亡。震用伐鬼方，三年有賞于大國。六五：貞吉，無悔。君子之光，有孚，吉。上九：有孚于飲酒，無咎。濡其首，有孚，失是。

周易彖傳

大哉乾元！萬物資始，乃統天。雲行雨施，品物流形，大明終始，六位時成，時乘六龍，以御天。乾道變化，各正性命。保合太和，乃利貞。首出庶物，萬國咸寧。

至哉坤元！萬物資生，乃順承天。坤厚載物，德合無疆。含弘光大，品物咸亨，牝馬地類，行地無疆。柔順利貞，君子攸行，先迷失道，後順得常。「西南得朋」，乃與類行。「東北喪朋」，乃終有慶。「安貞」之吉，應地無疆。

屯，剛柔始交而難生，動乎險中，大亨貞。雷雨之動滿盈。天造草昧，宜建侯而不寧。

蒙，山下有險，險而止，蒙。「蒙，亨」，以亨行，時中也。「匪我求童蒙，童蒙求我」，志應也。初筮告，以剛中也。再、三瀆，瀆則不告。瀆，蒙也。蒙以養正，聖功也。

需，須也，險在前也。剛健而不陷，其義不困窮矣。「需有孚，光亨貞吉」，位乎天位，以正中也。「利涉大川」，往有功也。

訟，上剛下險，險而健，訟。「訟有孚，窒惕中吉」。剛來而得中也。「終凶」，訟不可成也。「利見大人」。尚中正也。「不利涉大川」，入于淵也。

師，衆也。貞，正也。能以衆正，可以王矣。剛中而應，行險而順，以此毒天下而民從之，吉又何咎矣？

比，吉也。比，輔也，下順從也。「原筮，元永貞，無咎」，以剛中也。「不寧方來」，上下應也。「後夫凶」，其道窮也。

小畜，柔得位而上下應之，曰「小畜」。健而巽，剛中而志行，乃亨。「密雲不雨」，尚往也；「自我西郊」，施未行也。

履，柔履剛也。説而應乎乾，是以「履虎尾，不咥人亨」。剛中正，履帝位，而不疚光明也。

「泰，小往大來，吉亨」，則是天地交而萬物通也，上下交而其志同也。内陽而外陰，内健而外順，内君子而外小人。君子道長，小人道消也。

「否之匪人，不利君子貞，大往小來」，則是天地不交，而萬物不通也；上下不交，而天下無邦也。内陰而外陽，內柔而外剛，內小人而外君子，小人道長，君子道消也。

同人，柔得位得中而應乎乾，曰「同人」。同人曰：「同人于野，亨，利涉大川。」乾，行也。文明以健，中正而應，君子正也。唯君子爲能通天下之志。

大有，柔得尊位大中，而上下應之，曰「大有」。其德剛健而文明，應乎天而時行，是以「元亨」。

謙，亨，天道下濟而光明，地道卑而上行。天道虧盈而益謙，地道變盈而流謙，鬼神害盈而福謙，人道惡盈而好謙。謙尊而光，卑而不可踰，君子之終也。

豫，剛應而志行，順以動，豫。豫順以動，故天地如之，而況「建侯行師」乎？天地以順動，故日月不過，而四時不忒。聖人以順動，則刑罰清而民服。豫之時義大矣哉！

隨，剛來而下柔，動而説，隨。大亨貞無咎，而天下隨時。隨時之義大矣哉！

蠱，剛上而柔下，巽而止蠱。蠱，元亨而天下治也。「利涉大川」，往有事也。「先甲三日，後甲三日」，終則有始，天行也。

臨，剛浸而長，説而順，剛中而應，大亨以正，天之道也。至于八月有凶，消不久也。

大觀在上，順而巽，中正以觀天下。「觀盥而不薦，有孚顒若」，下觀而化也。觀天之神道，而四時不忒。聖人以神道設教，而天下服矣。

頤中有物，曰「噬嗑」。噬嗑而亨。剛柔分動而明，雷電合而章。柔得中而上行，雖不當位，「利用獄」也。

賁「亨」，柔來而文剛，故「亨」。分剛上而文柔，故「小利有攸往」。天文也。文明以止，人文也。觀乎「天文」，以察時變。觀乎「人文」，以化成天下。

剥，剥也，柔變剛也。「不利有攸往」，小人長也。順而止之，觀象也。君子尚消息盈虛，天行也。

「復，亨」，剛反動而以順行，是以「出入無疾」，「朋來無咎」，「反復其道，七日來復」，天行也。「利有攸往」，剛長也。復，其見天地之心乎。

無妄，剛自外來而爲主於内。動而健，剛中而應。大亨以正，天之命也。「其匪正有眚，不利有攸往」。無妄之往，何之矣？天命不佑行矣哉。

大畜，剛健篤實，輝光日新其德。剛上而尚賢，能止健，大正也。「不家食吉」，養賢也。「利涉大川」，應乎天也。

頤「貞吉」，養正則吉也。「觀頤」，觀其所養也。「自求口實」，觀其自養也。天地養萬物，聖人養賢以及萬民，頤之時大矣哉！

大過，大者過也。「棟橈」，本末弱也。剛過而中，巽而説行，「利有攸往」，乃亨。大過之時大矣哉！

「習坎」，重險也。水流而不盈，行險而不失其信。「維心亨」，乃以剛中也。「行有尚」，往有功也。天險不可升也，地險山川丘陵也，王公設險以守其國。險之時用大矣哉！

離，麗也。日月麗乎天，百穀草木麗乎土。重明以麗乎正，乃化成天下。柔麗乎中正，故亨。是以「畜牝牛，吉」也。

咸，感也。柔上而剛下，二氣感應以相與。止而説，男下女，是以「亨，利貞」，「取女吉」也。天地感而萬物化生，聖人感人心而天下和平。觀其所感，而天地萬物之情可見矣。

恒，久也。剛上而柔下，雷風相與，巽而動。剛柔皆應，恒。恒「亨，無咎，利貞」，久於其道也。天地之道，恒久而不已也。「利有攸往」，終則有始也。日月得天而能久照，四時變化而能久成，聖人久於其道而天下化成。觀其所恒，而天地萬物之情可見矣。

「遯亨」，遯而亨也。剛當位而應，與時行也。「小利貞」，浸而長也。遯之時義大矣哉！

「大壯」，大者壯也。剛以動，故壯。「大壯，利貞」，大者正也。正大而天地之情可見矣。

晋，進也。明出地上，順而麗乎大明，柔進而上行。是以「康侯用錫馬蕃庶，晝日三接」也。

明入地中，明夷。內文明而外柔順，以蒙大難，文王以之。「利艱貞」，晦其明也。內難而能正其志，箕子以之。

家人，女正位乎內，男正位乎外。男女正，天地之大義也。家人有嚴君焉，父母之謂也。父父、子子、兄兄、弟弟、夫夫、婦婦而家道正，正家而天下定矣。

睽，火動而上，澤動而下。二女同居，其志不同行。説而麗乎明，柔進而上行，得中而應乎剛，是以「小事吉」。天地睽而其事同也，男女睽而其志通也，萬物睽而其事類也。睽之時用大矣哉！

蹇，難也，險在前也。見險而能止，知矣哉。蹇「利西南」，往得中也。「不利東北」，其道窮也。「利見大人」，往有功也。當位「貞吉」，以正邦也。蹇之時用大矣哉！

解，險以動，動而免乎險，解。「解，利西南」，往得衆也，「其來復吉」，乃得中也。「有攸往，夙吉」，往有功也。天地解而雷雨作，雷雨作而百果草木皆甲坼。解之時大矣哉！

損，損下益上，其道上行。損而有孚，元吉，無咎可貞，利有攸往。「曷之用」？「二簋可用享」。二簋應有時，損剛益柔有時。損益盈虛，與時偕行。

益，損上益下，民説無疆。自上下下，其道大光。「利有攸往」，中正有慶。利涉大川，木道乃行。益動而巽，日進無疆。天施地生，其益無方。凡益之道，與時偕行。

夬，決也，剛決柔也。健而説，決而和。「揚于王庭」，柔乘五剛也。「孚號有厲」，其危乃光也。「告自邑，不利即戎」，所尚乃窮也。「利有攸往」，剛長乃終也。

姤，遇也，柔遇剛也。「勿用取女」，不可與長也。天地相遇，品物咸章也。剛遇中正，天下大行也。姤之時義大矣哉！

萃，聚也。順以説，剛中而應，故「聚」也。「王假有廟」，致孝亨也。「利見大人，亨」，聚以正也。用大牲，吉，利有攸往，順天命也。觀其所聚，而天地萬物之情可見矣。

柔以時升。巽而順，剛中而應，是以大亨。「用見大人，勿恤」，有慶也。「南征吉」，志行也。

困，剛揜也。險以説，困而不失其所亨。其唯君子乎？貞大人吉，以剛中也。有言不信，尚口乃窮也。

巽乎水而上水，井。井養而不窮也，「改邑不改井」，乃以剛中也。「汔至亦未繘井」，未有功也。「羸其缾」，是以凶也。

革，水火相息，二女同，居其志不相得，曰「革」。「巳日乃孚」，革而信之。文明以説，大亨以正，革而當，其悔乃亡。天地革而四時成，湯武革命，順乎天而應乎人。革之時大矣哉！

鼎，象也。以木巽火，亨飪也。聖人亨，以享上帝，而大亨以養聖賢。巽而耳目聰明。柔進而上行，得中而應乎剛，是以元亨。

「震，亨。」「震來虩虩」，恐致福也。「笑言啞啞」，後有則也。「震驚百里」，驚遠而懼邇也。出，可以守宗廟社稷，以爲祭主也。

艮，止也。時止則止，時行則行，動静不失其時，其道光明。艮其止，止其所也。上下敵應，不相與也。是以不獲其身。「行其庭，不見其人，無咎」也。

漸，之進也。「女歸吉」也。進得位，往有功也。進以正，可以正邦也。其位，剛得中也。止而巽，動不窮也。

歸妹，天地之大義也。天地不交，而萬物不興。歸妹，人之終始也。説以動，所歸妹也。「征凶」，位不當也。「無攸利」，柔乘剛也。

豐，大也。明以動，故豐。王假之，尚大也。「勿憂，宜日中」，宜照天下也。日中則昃，月盈則食，天地盈虛，與時消息，而況於人乎？況於鬼神乎？

「旅，小亨」，柔得中乎外，而順乎剛，止而麗乎明，是以「小亨，旅貞吉」也。旅之時義大矣哉！

重巽以申命。剛巽乎中正而志行。柔皆順乎剛。是以「小亨，利有攸往，利見大人」。

兑，説也。剛中而柔外，説以利貞，是以順乎天而應乎人。説以先民，民忘其勞；説以犯難，民忘其死。説之大，民勸矣哉！

「渙，亨」，剛來而不窮，柔得位乎外而上同。「王假有廟」，王乃在中也。「利涉大川」，乘木有功也。

「節，亨」，剛柔分而剛得中。「苦節不可貞」，其道窮也。説以行險，當位以節，中正以通。天地節而四時成，節以制度，不傷財，不害民。

中孚，柔在内而剛得中，説而巽，孚，乃化邦也。「豚魚吉」，信及豚魚也。「利涉大川」，乘木舟虛也。中孚以「利貞」，乃應乎天也。

小過，小者過而亨也。過以「利貞」，與時行也。柔得中，是以「小事」吉也；剛失位而不中，是以「不可大事」也。有「飛鳥」之象焉。「飛鳥遺之音，不宜上，宜下，大吉」，上逆而下順也。

「既濟，亨」，小者亨也。「利貞」，剛柔正而位當也。「初吉」，柔得中也。「終」止則「亂」，其道窮也。

「未濟，亨」，柔得中也。「小狐汔濟」，未出中也。「濡其尾，無攸利」，不續終也。雖不當位，剛柔應也。

周易大象

大行健，君子以自强不息。

地勢坤，君子以厚德載物。

雲雷屯，君子以經綸。

山下出泉，蒙。君子以果行育德。

雲上於天，需，君子以飲食宴樂。

天與水違行，訟。君子以作事謀始。

地中有水，師。君子以容民畜衆。

地上有水，比。先王以建萬國，親諸侯。

風行天上，小畜。君子以懿文德。

上天下澤，履。君子以辨上下定民志。

天地交，泰。后以財成天地之道，輔相天地之宜，以左右民。

天地不交，否。君子以儉德辟難，不可榮以禄。

天與火，同人。君子以類族辨物。

火在天上，大有。君子以遏惡揚善，順天休命。

地中有山，謙。君子以裒多益寡，稱物平施。

雷出地奮，豫。先王以作樂崇德，殷薦之上帝，以配祖考。

澤中有雷，隨。君子以嚮晦入宴息。

山下有風，蠱。君子以振民育德。

澤上有地，臨。君子以教思無窮，容保民無疆。

風行地上，觀。先王以省方觀民設教。

雷電，噬嗑。先王以明罰勑法。

山下有火，賁。君子以明庶政，無敢折獄。

山附於地，剥。上以厚下安宅。

雷在地中，復。先王以至日閉關，商旅不行后不省方。

天下雷行，物與無妄。先王以茂對時育萬物。

天在山中，大畜。君子以多識前言往行，以畜其德。

山下有雷，頤。君子以慎言語，節飲食。

澤滅木，大過。君子以獨立不懼，遯世無悶。

水洊至，習坎。君子以常德行，習教事。

明兩作，離。大人以繼明照于四方。

山上有澤，咸。君子以虚受人。

雷風，恒。君子以立不易方。

天下有山，遯。君子以遠小人，不惡而嚴。

雷在天上，大壯。君子以非禮弗履。

明出地上，晋。君子以自昭明德。

明入地中，明夷。君子以涖衆，用晦而明。

風自火出，家人。君子以言有物，而行有恒。

上火下澤，睽。君子以同而異。

山上有水，蹇。君子以反身修德。

雷雨作，解。君子以赦過宥罪。

山下有澤，損。君子以懲忿窒欲。

風雷，益。君子以見善則遷，有過則改。

澤上於天，夬。君子以施禄及下，居德則忌。

天下有風，姤。后以施命誥四方。

澤上於地，萃。君子以除戎器，戒不虞。

地中生木，升。君子以順德，積小以高大。

澤無水，困。君子以致命遂志。

木上有水，井。君子以勞民勸相。

澤中有火，革。君子以治歷明時。

木上有火，鼎。君子以正位凝命。

洊雷，震。君子以恐懼脩省。

兼山，艮。君子以思不出其位。

山上有木，漸。君子以居賢德善俗。

澤上有雷，歸妹。君子以永終知敝。

雷電皆至，豐。君子以折獄致刑。

山上有火，旅。君子以明慎用刑，而不留獄。

隨風，巽。君子以申命行事。

麗澤，兑。君子以朋友講習。

風行水上，涣。先王以享于帝立廟。

澤上有水，節。君子以制數度，議德行。

澤上有風，中孚。君子以議獄緩死。

山上有雷，小過。君子以行過乎恭，喪過乎哀，用過乎儉。

水在火上，既濟。君子以思患而預防之。

火在水上，未濟。君子以慎辨物居方。

周易小象

「潛龍勿用」，陽在下也。「見龍在田」，德普施也。「終日乾乾」，反復道也。「或躍在淵」，進無咎也。「飛龍在天」，大人造也。「亢龍有悔」，盈不可久也。用九，天德不可爲首也。

「履霜堅冰」，陰始凝也，馴致其道，至「堅冰」也。六二之動，直以方也。不習無不利，地道光也。「含章可貞」，以時發也，「或從王事」，知光大也。「括囊無咎」，慎不害也。「黄裳元吉」，文在中也。「龍戰于野」，其道窮也。用六「永貞」，以大終也。

雖「磐桓」，志行正也。以貴下賤，大得民也。六二之難，乘剛也。十年乃字，反常也。「即鹿無虞」，以從禽也。君子舍之，「往吝」窮也。求而往，明也。「屯其膏」，施未光也。「泣血漣如」，何可長也？

利用刑人，以正法也。「子克家」，剛柔接也。「勿用取女」，行不順也。「困蒙之吝」，獨遠實也。「童蒙之吉」，順以巽也。「利用禦寇」，上下順也。

「需于郊」，不犯難行也。「利用恒無咎」，未失常也。「需于沙」，衍在中也。雖小有言，以吉終也。「需于泥」，灾在外也。自我致寇，敬慎不敗也。「需于血」，順以聽也。「酒食貞吉」，以中正也。「不速之客來，敬之終吉」，雖不當位，未大失也。

「不永所事」，訟不可長也。雖「小有言」，其辯明也。「不克訟，歸逋竄也」。自下訟上，患至掇也。「食舊德」，從上吉也。「復即命」，渝，安貞不失也。「訟元吉」，以中正也。以訟受服，亦不足敬也。

「師出以律」，失律凶也。「在師中吉」，承天寵也。「王三錫命」，懷萬邦也。「師或輿尸」，大無功也。「左次無咎」，未失常也。「長子帥師」，以中行也。「弟子輿尸」，使不當也。「大君有命」，以正功也。「小人勿用」，必亂邦也。

《比》之初六，有它吉也。「比之自内」，不自失也。「比之匪人」，不亦傷乎？外比於賢，以從上也。「顯比」之吉，位正中也。舍逆取順，失前禽也。「邑人不誡」，上使中也。「比之無首」，無所終也。

「復自道」，其義吉也。「牽復」在中，亦不自失也。「夫妻反目」，不能正室也。「有孚」、「惕出」上合志也。「有孚攣如」，不獨富也。「既雨既處」，德積載也。「君子征凶」，有所疑也。

「素履之往」，獨行願也。「幽人貞吉」，中不自亂也。「眇能視」，不足以有明也。「跛能履」，不足以與行也。「咥人之凶」，位不當也。「武人爲于大君」，志剛也。「愬愬終吉」，志行也。「夬履貞厲」，位正當也。「元吉」在上，大有慶也。

拔茅征吉，志在外也。「包荒」、「得尚于中」，行以光大也。「無往不復」，天地際也。「翩翩不富」，皆失實也。

「不戒以孚」，中心願也。「以祉元吉」，中以行願也。「城復于隍」，其命亂也。

「拔茅貞吉」，志在君也。「大人否，亨」，不亂群也。「包羞」，位不當也。「有命無咎」，志行也。「大人之吉」，位正當也。否終則傾，何可長也！

「出門同人」，又誰咎也。「同人于宗」，吝道也。「伏戎于莽」，敵剛也。「三歲不興」，安行也。「乘其墉」，義弗克也。其「吉」，則困而反則也。同人之先，以中直也。大師相遇，言相克也。「同人于郊」，志未得也。

《大有》初九，無交害也。「大車以載」，積中不敗也。「公用亨于天子」，小人害也。「匪其彭，無咎」，明辨哲也。「厥孚交如」，信以發志也。「威如」之「吉」，易而無備也。《大有》上吉，自天祐也。

「謙謙君子」，卑以自牧也。「鳴謙，貞吉」，中心得也。「勞謙君子」，萬民服也。「無不利，撝謙」，不違則也。「利用侵伐」，征不服也。「鳴謙」，志未得也。「可用行師」，征邑國也。

初六「鳴豫」，志窮凶也。「不終日，貞吉」，以中正也。「盱豫」、「有悔」，位不當也。「由豫，大有得」，志大行也。六五「貞疾」，乘剛也。「恒不死」，中未亡也。「冥豫」在上，何可長也！

「官有渝」，從正吉也。「出門交有功」，不失也。「係小子」，弗兼與也。「係丈夫」，志舍下也。「隨有獲」，其義凶也。「有孚在道」，明功也。「孚于嘉，吉」，位中正也。「拘係之」，上窮也。

「幹父之蠱」，意承考也。「幹母之蠱」，得中道也。「幹父之蠱」，終無咎也。「裕父之蠱」，往未得也。「幹父」「用譽」，承以德也。「不事王侯」，志可則也。

「咸臨，貞吉」，志行正也。「咸臨，吉無不利」，未順命也。「甘臨」，位不當也。「既憂之」，咎不長也。「至臨，無咎」，位當也。「大君之宜」，行中之謂也。「敦臨」之「吉」，志在內也。

初六「童觀」，小人道也。「窺觀，女貞」，亦可醜也。「觀我生，進退」，未失道也。「觀國之光」，尚賓也。「觀我生」，觀民也。「觀其生」，志未平也。

「屨校滅趾」，不行也。「噬膚，滅鼻」，乘剛也。「遇毒」，位不當也。「利艱貞，吉」，未光也。「貞厲無咎」，得當也。「何校滅耳」，聰不明也。

「舍車而徒」，義弗乘也。「賁其須」，與上興也。「永貞」之「吉」，終莫之陵也。六四當位，疑也。「匪寇婚媾」，終無尤也。六五之吉，有喜也。「白賁，無咎」，上得志也。

「剥床以足」，以滅下也。「剥床以辨」，未有與也。「剥」之「無咎」，失上下也。「剥床以膚」，切近灾也。「以宫人寵」，終無尤也。「君子得輿」，民所載也。「小人剥廬」，終不可用也。

「不遠」之「復」，以脩身也。「休復」之「吉」，以下仁也。「頻復」之「厲」，義無咎也。「中行獨復」，以從道也。「敦復，無悔」，中以自考也。「迷復」之「凶」，反君道也。

「無妄」之往，得志也。「不耕穫」，未富也。行人得牛，邑人灾也。「可貞，無咎」，固有之也。無妄之藥，不可試也。無妄之行，窮之灾也。

「有厲，利已」，不犯灾也。「輿説輹」，中無尤也。「利有攸往」，上合志也。六四「元吉」，有喜也。六五之吉，有慶也。「何天之衢」，道大行也。

「觀我朶頤」，亦不足貴也。六二「征凶」，行失類也。「十年勿用」，道大悖也。「顛頤」之「吉」，上施光也。「居貞」之「吉」，順以從上也。「由頤，厲吉」，大有慶也。

「藉用白茅」，柔在下也。老夫女妻，過以相與也。「棟橈」之「凶」，不可以有輔也。「棟隆」之「吉」，不橈乎下也。「枯楊生華」，何可久也？老婦士夫，亦可醜也。過涉之凶，不可咎也。

習坎入坎，失道凶也。「求小得」，未出中也。「來之坎坎」，終無功也。「樽酒，簋貳」，剛柔際也。「坎不盈」，中未大也。上六失道，凶三歲也。

「履錯之敬」，以辟咎也。「黄離，元吉」，得中道也。「日昃之離」，何可久也？「突如其來如」，無所容也。六五之吉，離王公也。「王用出征」，以正邦也。

「咸其拇」，志在外也。雖凶居吉，順不害也。「咸其股」，亦不處也。「志在隨人」，所執下也。「貞吉，悔亡」，未感害也。「憧憧往來」，未光大也。「咸其脢」，志末也。「咸其輔頰舌」，滕口説也。

「浚恒」之「凶」，始求深也。「九二，悔亡」，能久中也。「不恒其德」，無所容也。久非其位，安得禽也。婦人貞吉，從一而終也。夫子制義，從婦凶也。「振恒」在上，大無功也。

「遯尾」之「厲」，不往何灾也？執用黄牛，固志也。「係遯」之「厲」，有疾憊也。「畜臣妾，吉」，不可大事也。君子好遯，小人否也。「嘉遯，貞吉」，以正志也。「肥遯，無不利」，無所疑也。

「壯于趾」，其孚窮也。「九二，貞吉」，以中也。小人用壯，君子罔也。「藩決不羸」，尚往也。「喪羊于易」，位不當也。「不能退，不能遂」，不詳也。「艱則吉」，咎不長也。

「晋如、摧如」，獨行正也。「裕無咎」，未受命也。「受兹介福」，以中正也。「衆允」之志，上行也。「鼫鼠，貞厲」，位不當也。「失得勿恤」，往有慶也。「維用伐邑」，道未光也。

「君子于行」，義不食也。六二之吉，順以則也。南狩之志，乃大得也。「入于左腹」，獲心意也。箕子之貞，明不可息也。「初登于天」，照四國也。「後入于地」，失則也。

「閑有家」，志未變也。六二之吉，順以巽也。「家人嗃嗃」，未失也。「婦子嘻嘻」，失家節也。「富家，大吉」，順在位也。「王假有家」，交相愛也。威如之吉，反身之謂也。

「見惡人」，以辟咎也。「遇主于巷」，未失道也。「見輿曳」，位不當也。「無初有終」，遇剛也。「交孚無咎」，志行也。「厥宗噬膚」，往有慶也。「遇雨之吉」，群疑亡也。

「往蹇來譽」，宜待也。「王臣蹇蹇」，終無尤也。「往蹇，來反」，內喜之也。「往蹇，來連」，當位實也。「大蹇，朋來」，以中節也。「往蹇，來碩」，志在內也。「利見大人」，以從貴也。

剛柔之際，義無咎也。九二貞吉，得中道也。「負且乘」，亦可醜也。自我致戎，又誰咎也？「解而拇」，未當位也。君子有解，小人退也。「公用射隼」，以解悖也。

「已事遄往」，尚合志也。九二利貞，中以爲志也。一人行，三則疑也。「損其疾」，亦可喜也。六五元吉，自上祐也。「弗損益之」，大得志也。

「元吉，無咎」，下不厚事也。「或益之」，自外來也。益用凶事，固有之也。「告公從」，以益志也。「有孚惠心」，勿問之矣。惠我德，大得志也。「莫益之」，偏辭也。「或擊之」，自外來也。

不勝而往，咎也。「有戎勿恤」，得中道也。「君子夬夬」，終無咎也。「其行次且」，位不當也。「聞言不信」，聰不明也。「中行無咎」，中未光也。「無號之凶」，終不可長也。

「繫于金柅」，柔道牽也。「包有魚」，義不及賓也。「其行次且」，行未牽也。無魚之凶，遠民也。九五含章，中正也。「有隕自天」，志不舍命也。「姤其角」，上窮吝也。

「乃亂乃萃」，其志亂也。「引吉，無咎」，中未變也。「往無咎」，上巽也。「大吉，無咎」，位不當也。「萃有位」，志未光也。「齎咨涕洟」，未安上也。

「允升，大吉」，上合志也。九二之孚，有喜也。「升虛邑」，無所疑也。「王用亨于岐山」，順事也。「貞吉，升階」，大得志也。「冥升」，在上消不富也。

「入于幽谷」，幽不明也。「困于酒食」，中有慶也。「據于蒺藜」，乘剛也。「入于其宮，不見其妻」，不祥也。「來徐徐」，志在下也。雖不當位，有與也。「劓刖」，志未得也。「乃徐有説」，以中直也。「利用祭祀」，受福也。「困于葛藟」，未當也。「動悔有悔」，吉行也。

「井泥不食」，下也。「舊井無禽」，時舍也。「井谷射鮒」，無與也。「井渫不食」，行惻也。求王明，受福也。「井甃，無咎」，修井也。寒泉之食，中正也。元吉在上，大成也。

「鞏用黄牛」，不可以有爲也。「巳日革之」，行有嘉也。「革言三就」，又何之矣！「改命」之「吉」，信志也。「大人虎變」，其文炳也。「君子豹變」，其文蔚也。「小人革面」，順以從君也。

「鼎顛趾」，未悖也。「利出否」，以從貴也。「鼎有實」，慎所之也。「我仇有疾」，終無尤也。「鼎耳革」，失其義也。「覆公餗」，信如何也！「鼎黄耳」，中以爲實也。玉鉉在上，剛柔節也。

「震來虩虩」，恐致福也。「笑言啞啞」，後有則也。「震來厲」，乘剛也。「震蘇蘇」，位不當也。「震遂泥」，未光也。「震往來，厲」，危行也。其事在中，大無喪也。「震索索」，中未得也。雖凶無咎，畏鄰戒也。

「艮其趾」，未失正也。「不拯其隨」，未退聽也。「艮其限」，危薰心也。「艮其身」，止諸躬也。「艮其輔」，以中正也。「敦艮」之「吉」，以厚終也。

「小子」之「厲」，義無咎也。「飲食衎衎」，不素飽也。「夫征不復」，離群醜也。「婦孕不育」，失其道也。「利用禦寇」，順相保也。「或得其桷」，順以巽也。「終莫之勝吉」，得所願也。「其羽可用爲儀，吉」，不可亂也。

「婦妹以娣」，以恒也。跛能履，吉相承也。「利幽人之貞」，未變常也。「歸妹以須」，未當也。愆期之志，有待而行也。「帝乙歸妹，不如其娣之袂良」也。其位在中，以貴行也。上六無實，承虚筐也。

「雖旬無咎」，過旬灾也。「有孚發若」，信以發志也。「豐其沛」，不可大事也。「折其右肱」，終不可用也。「豐其蔀」，位不當也。「日中見斗」，幽不明也。「遇其夷主」，吉行也。六五之吉，有慶也。「豐其屋」，天際翔也。「闚其户，闃其無人」，自藏也。

「旅瑣瑣」，志窮灾也。「得童僕，貞」，終無尤也。「旅焚其次」，亦以傷矣。以旅與下，其義喪也。「旅于處」，未得位也。「得其資斧」，心未快也。「終以譽命」，上逮也。以旅在上，其義焚也。「喪牛于易」，終莫之聞也。

「進退」，志疑也，「利武人之貞」，志治也。「紛若」之「吉」，得中也。「頻巽」之「吝」，志窮也。「田獲三品」，有功也。「九五之吉」，位正中也。「巽在床下」，上窮也。「喪其資斧」，正乎凶也。

「和兑」之「吉」，行未疑也。「孚兑之吉」，信志也。「來兑」之「凶」，位不當也。九四之喜，有慶也。「孚于剥」，位正當也。「上六，引兑」，未光也。

「初六」之「吉」，順也。「涣奔其机」，得願也。「涣其躬」，志在外也。「涣其群，元吉」，光大也。「王居，無咎」，正位也。「涣其血」，遠害也。

「不出户庭」，知通塞也。「不出門庭，凶」，失時極也。「不節」之「嗟」，又誰咎也？「安節」之「亨」，承上道也。「甘節」之「吉」，居位中也。「苦節貞凶」，其道窮也。

「初九，虞吉」，志未變也。「其子和之」，中心願也。「或鼓或罷」，位不當也。「馬匹亡」，絶類上也。「有孚攣如」，位正當也。「翰音登于天」，何可長也！

「飛鳥以凶」，不可如何也。「不及其君」，臣不可過也。「從或戕之」，凶如何也！「弗過遇之」，位不當也。「往厲必戒」，終不可長也。「密雲不雨」，已上也。「弗遇過之」，已亢也。

「曳其輪」，義無咎也。「七日得」，以中道也。「三年克之」，憊也。「終日戒」，有所疑也。「東鄰殺牛」，不如西鄰之時也。「實受其福」，吉大來也。「濡其首，厲」，何可久也！

「濡其尾」，亦不知極也。九二貞吉，中以行正也。「未濟征凶」，位不當也。「貞吉，悔亡」，志行也。「君子之光」，其暉吉也。飲酒濡首，亦不知節也。

周易文言

元者善之長也，亨者嘉之會也，利者義之和也，貞者事之幹也。君子體仁足以長人，嘉會足以合禮，利物足以和，義貞固足以幹事。君子行此四德者，故曰「乾，元、亨、利、貞」。

初九曰「潛龍勿用」，何謂也？子曰：「龍德而隱者也。不易乎世，不成乎名，遯世無悶，不見是而無悶，樂則行之，憂則違之，確乎其不可拔，『潛龍』也。」九二曰「見龍在田，利見大人」，何謂也？子曰：「龍德而正中者也。庸言之信，庸行之謹，閑邪存其誠，善世而不伐，德博而化。易曰：『見龍在田，利見大人。』君德也。」九三曰「君子終日乾乾，夕惕若厲，無咎」，何謂也？子曰：「君子進德修業。忠信所以進德也。修辭立其誠，所以居業也。知至至之，可與幾也。知終終之，可與存義也。是故居上位而不驕，在下位而不憂。故乾乾因其時而惕，雖危無咎矣。」九四曰「或躍在淵，無咎」，何謂也？子曰：「上下無常，非爲邪也。進退無恒，非離群也。君子進德修業，欲及時也，故無咎。」九五曰「飛龍在天，利見大人」，何謂也？子曰：「同聲相應，同氣相求。水流濕，火就燥，雲從龍，風從虎，聖人作而萬物覩，本乎天者親上，本乎地者親下，則各從其類也。」上九曰「亢龍有悔」，何謂也？子曰：「貴而無位，高而無民。賢人在下位而無輔，是以動而有悔也。」

「潛龍勿用」，下也。「見龍在田」，時舍也。「終日乾乾」，行事也。「或躍在淵」，自試也。「飛龍在天」，上治也。「亢龍有悔」，窮之灾也。乾元「用九」，天下治也。

「潛龍勿用」，陽氣潛藏。「見龍在田」，天下文明。「終日乾乾」，與時偕行。「或躍在淵」，乾道乃革。「飛龍在天」，乃位乎天德。「亢龍有悔」，與時偕極。乾元「用九」，乃見天則。

「乾元」者，始而亨者也。「利貞」者，性情也。乾始，能以美利利天下，不言所利，大矣哉！大哉乾乎，剛健中正，純粹精也。六爻發揮，旁通情也。「時乘六龍」，以御天也。「雲行雨施」，天下平也。

君子以成德爲行，日可見之行也。潛之爲言也，隱而未見，行而未成，是以君子弗用也。君子學以聚之，問以辨之，寬以居之，仁以行之。易曰：「見龍在田，利見大人。」君德也。九三，重剛而不中，上不在天，下不在田。故乾乾因其時而惕，雖危無咎矣。九四，重剛而不中，上不在天，下不在田，中不在人，故或之。或之者，疑之也，故無咎。夫大人者，與天地合其德，與日月合其明，與四時合其序，與鬼神合其吉凶。先天而天弗違，後天而奉天時。天且弗違，而況於人乎？況於鬼神乎？「亢」之爲言也，知進而不知退，知存而不知亡，知得而不知喪。其唯聖人乎，知進退存亡！而不失其正者，其唯聖人乎！

坤至柔而動也剛，至静而德方。後得主而有常，含萬物而化光。「坤」道其順乎？承天而時行！

積善之家，必有餘慶。積不善之家，必有餘殃。臣弒其君，子弒其父，非一朝一夕之故，其所由來者漸矣，由辨之不早辨也。易曰「履霜，堅冰至」，蓋言順也。

直其正也，方其義也。君子敬以直內，義以方外，敬義立而德不孤。「直方大，不習無不利」，則不疑其所行也。

陰雖有美，含之以從王事，弗敢成也。地道也，妻道也，臣道也。地道無成，而代有終也。

天地變化，草木蕃，天地閉，賢人隱。易曰「括囊無咎無譽」，蓋言謹也。

君子黄中通理，正位居體，美在其中，而暢於四支，發於事業，美之至也。

陰疑於陽必戰。爲其嫌於無陽也，故稱「龍」焉。猶未離其類也，故稱「血焉」。夫玄黄者，天地之雜也，天玄而地黄。

周易繫辭上

天尊地卑，乾坤定矣。卑高以陳，貴賤位矣。動静有常，剛柔斷矣。方以類聚，物以群分，吉凶生矣。在天成象，在地成形，變化見矣。是故剛柔相摩，八卦相蕩，鼓之以雷霆，潤之以風雨。日月運行，一寒一暑。乾道成男，坤道成女。乾知大始，坤作成物。乾以易知，坤以簡能。易則易知，簡則易從。易知則有親，易從則有功。有親則可久，有功則可大。可久則賢人之德，可大則賢人之業。易簡而天下之理得矣。天下之理得，而成位乎其中矣。

聖人設卦觀象，繫辭焉而明吉凶，剛柔相推而生變化。是故吉凶者，失得之象也。悔吝者，憂虞之象也。變化者，進退之象也。剛柔者，晝夜之象也。六爻之動，三極之道也。是故君子所居而安者，《易》之序也。所樂而玩者，爻之辭也。是故君子居則觀其象而玩其辭，動則觀其變而玩其占，是以「自天祐之，吉無不利」。

彖者，言乎象者也。爻者，言乎變者也。吉凶者，言乎其失得也。悔吝者，言乎其小疵也。無咎者，善補過也。是故列貴賤者存乎位，齊小大者存乎卦，辯吉凶者存乎辭，憂悔吝者存乎介，震無咎者存乎悔。是故卦有小大，辭有險易。辭也者，各指其所之。

《易》與天地準，故能彌綸天地之道。仰以觀於天文，俯以察於地理，是故知幽明之故。原始反終，故知死生之説。精氣爲物，游魂爲變，是故知鬼神之情狀。與天地相似，故不違。知周乎萬物而道濟天下，故不過。旁行而不流，樂天知命，故不憂。安土敦乎仁，故能愛。範圍天地之化而不過，曲成萬物而不遺，通乎晝夜之道而知，故神無方而《易》無體。

一陰一陽之謂道。繼之者善也，成之者性也。仁者見之謂之仁，知者見之謂之知，百姓日用而不知，故君子之道鮮矣。顯諸仁，藏諸用，鼓萬物而不與聖人同憂。盛德大業至矣哉。富有之謂大業，日新之謂盛德。生生之謂易，成象之謂乾，效法之謂坤，極數知來之謂占，通變之謂事，陰陽不測之謂神。

夫《易》廣矣大矣！以言乎遠則不禦，以言乎邇則静而正，以言乎天地之間則備矣。夫乾，其静也專，其動也直，是以大生焉。夫坤，其静也翕，其動也闢，是以廣生焉。廣大配天地，變通配四時，陰陽之義配日月，易簡之善配至德。

子曰：「《易》其至矣乎！夫《易》，聖人所以崇德而廣業也。知崇禮卑，崇效天，卑法地。天地設位，而《易》行乎其中矣。成性存存，道義之門。」

聖人有以見天下之賾，而擬諸其形容，象其物宜，是故謂之象。聖人有以見天下之動，而觀其會通，以行其典禮，繫辭焉以斷其吉凶，是故謂之爻。言天下之至賾，而不可惡也。言天下之至動，而不可亂也。擬之而後言，議之而後動，擬議以成其變化。「鳴鶴在陰，其子和之。我有好爵，吾與爾靡之。」子曰：「君子居其室，出其言善，則千里之外應之，况其邇者乎？居其室，出其言不善，則千里之外違之，况其邇者乎？言出乎身，加乎民。行發乎邇，見乎遠。言行，君子之樞機。樞機之發，榮辱之主也。言行，君子之所以動天地也，可不慎乎？」「同人，先號咷而後笑。」子曰：「君子之道，或出或處，或默或語。二人同心，其利斷金。同心之言，其臭如蘭。」「初六，藉用白茅，無咎。」子曰：「苟錯諸地而可矣，藉之用茅，何咎之有？慎之至也。夫茅之爲物薄，而用可重也。慎斯術也以往，其無所失矣。」「勞謙，君子有終，吉。」子曰：「勞而不伐，有功而不德，厚之至也。語以其功下人者也。德言盛，禮言恭。謙也者，致恭以存其位者也。」「亢龍有悔。」子曰：「貴而無位，高而無民，賢人在下位而無輔，是以動而有悔也。」「不出户庭，無咎。」子曰：「亂之所生也，則言語以爲階。君不密則失臣，臣不密則失身，幾事不密則害成。是以君子慎密而不出也。」子曰：「作《易》者其知盗乎？《易》曰『負且乘，致寇至。』負也者，小人之事也。乘也者，君子之器也。小人而乘君子之器，盗思奪之矣。上慢下暴，盗思伐之矣。慢藏誨盗，冶容誨淫。

《易》曰『負且乘，致寇至』，盜之招也。」

大衍之數五十，其用四十有九。分而爲二以象兩，挂一以象三，揲之以四以象四時，歸奇於扐以象閏。五歲再閏，故再扐而後挂。天數五，地數五，五位相得而各有合。天數二十有五，地數三十，凡天地之數五十有五。此所以成變化而行鬼神也。《乾》之策二百一十有六，《坤》之策百四十有四，凡三百有六十，當期之日。二篇之策，萬有一千五百二十，當萬物之數也。是故四營而成《易》，十有八變而成卦，八卦而小成。引而伸之，觸類而長之，天下之能事畢矣。顯道神德行，是故可與酬酢，可與祐神矣。子曰：「知變化之道者，其知神之所爲乎？」《易》有聖人之道四焉。以言者尚其辭，以動者尚其變，以制器者尚其象，以卜筮者尚其占。是以君子將有爲也，將有行也，問焉而以言，其受命也如響，無有遠近幽深，遂知來物。非天下之至精，其孰能與於此？參伍以變，錯綜其數。通其變，遂成天地之文。極其數，遂定天下之象。非天下之至變，其孰能與於此？《易》無思也，無爲也，寂然不動，感而遂通天下之故。非天下之至神，其孰能與於此？夫《易》，聖人之所以極深而研幾也。唯深也，故能通天下之志。唯幾也，故能成天下之務。唯神也，故不疾而速，不行而至。子曰「《易》有聖人之道四焉」者，此之謂也。

天一，地二，天三，地四，天五，地六，天七，地八，天九，地十。子曰：「夫《易》何爲者也？夫《易》開物成務，冒天下之道，如斯而已者也。」是故聖人以通天下之志，以定天下之業，以斷天下之疑。是故蓍之德圓而神，卦之德方以知，六爻之義易以貢。聖人以此洗心，退藏於密，吉凶與民同患。神以知來，知以藏往。其孰能與於此哉？古之聰明睿知，神武而不殺者夫。是以明於天之道，而察於民之故，是興神物以前民用。聖人以此齋戒，以神明其德夫。是故闔户謂之坤，闢户謂之乾，一闔一闢謂之變，往來不窮謂之通。見乃謂之象，形乃謂之器，制而用之謂之法，利用出入，民咸用之謂之神。是故《易》有大極，是生兩儀，兩儀生四象，四象生八卦，八卦定吉立凶，吉凶生大業。是故法象莫大乎天地，變通莫大乎四時，縣象著明莫大乎日月，崇高莫大乎富貴。備物致用，立成器以爲天下利，莫大乎聖人。探賾索隱，鈎深致遠，以定天下之吉凶，成天下之亹亹者，莫大乎蓍龜。是故天生神物，聖人則之。天地變化，聖人效之。天垂象，見吉凶，聖人象之。河出圖，洛出書，聖人則之。《易》有四象，所以示也。繫辭焉，所以告也。定之以吉凶，所以斷也。

《易》曰：「自天祐之，吉無不利。」子曰：「祐者，助也，天之所助者，順也。人之所助者，信也。履信思乎順，又以尚賢也，是以『自天祐之，吉無不利』也。」子曰：「書不盡言，言不盡意。」然則聖人之意，其不可見乎？子曰：「聖人立象以盡意，設卦以盡情僞，繫辭焉以盡其言，變而通之以盡利，鼓之舞之以盡神。」乾坤，其《易》之緼邪？乾坤成列，而《易》立乎其中矣。乾坤毁，則無以見《易》。《易》不可見，則乾坤或幾乎息矣。是故形而上者謂之道，形而下者謂之器，化而裁之謂之變，推而行之謂之通，舉而措之天下之民謂之事業。是故夫象，聖人有以見天下之賾，而擬諸其形容，象其物宜，是故謂之象。聖人有以見天下之動，而觀其會通，以行其典禮，繫辭焉以斷其吉凶，是故謂之爻。極天下之賾者存乎卦，鼓天下之動者存乎辭。化而裁之存乎變，推而行之存乎通，神而明之存乎其人。默而成之，不言而信，存乎德行。

周易繫辭下

八卦成列，象在其中矣。因而重之，爻在其中矣。剛柔相推，變在其中矣。繫辭焉而命之，動在其中矣。吉凶悔吝者，生乎動者也。剛柔者，立本者也。變通者，趣時者也。吉凶者，貞勝者也。天地之道，貞觀者也。日月之道，貞明者也。天下之動，貞夫一者也。夫乾，確然示人易矣。夫坤，隤然示人簡矣。爻也者，效此者也。象也者，像此者也。爻象動乎内，吉凶見乎外。功業見乎變，聖人之情見乎辭。天地之大德曰生，聖人之大寶曰位。何以守位？曰仁。何以聚人？曰財。理財正辭、禁民爲非曰義。

古者包犧氏之王天下也，仰則觀象於天，俯則觀法於地，觀鳥獸之文，與地之宜，近取諸身，遠取諸物，於是始作八卦，以通神明之德，以類萬物之情。作結繩而爲罔罟，以佃以漁，蓋取諸《離》。包犧氏没，神農氏作，斲木爲耜，揉木爲耒，耒耨之利，以教天下，蓋取諸《益》。日中爲市，致天下之民，聚天下之貨，交易而退，各得其所，蓋取諸《噬嗑》。神農氏没，黄帝、堯、舜氏作，通其變，使民不倦。神而化之，使民宜之。《易》窮則變，變則通，通則久，是以「自天祐之，吉無不利」。黄帝、堯、舜垂衣裳而天下治，蓋取諸《乾》、《坤》。刳木爲舟，剡木爲楫，舟楫之利以濟不通，致遠以利天下，蓋取諸《涣》。服牛乘馬，引重致遠，以利天下，蓋取諸《隨》。重門擊柝，以待暴客，蓋取諸《豫》。斷木爲杵，掘地爲臼，臼杵之利，萬民以濟，蓋取諸《小過》。弦木爲弧，剡木爲矢，弧矢之利，以威天下，蓋取諸《睽》。上古穴居而野處，後世聖人易之以宫室，上棟下宇，以待風雨，蓋取諸《大壯》。古之葬者，厚衣之以薪，葬之中野，不封不樹，喪期無數，後世聖人易之以棺椁，蓋取諸《大過》。上古結繩而治，後世聖人易之以書契，百官以治，萬民以察，蓋取諸《夬》。

是故《易》者，象也。象也者，像也。彖者，材也。爻也者，效天下之動者也。是故吉凶生而悔吝著也。陽卦多陰，陰卦多陽，其故何也？陽卦奇，陰卦耦。其德行何也？陽一君而二民，君子之道也。陰二君而一民，小人之道也。

《易》曰：「憧憧往來，朋從爾思。」子曰：「天下何思何慮？天下同歸而殊塗，一致而百慮，天下何思何慮？日往則月來，月往則日來，日月相推而明生焉，寒往則暑來，暑往則寒來，寒暑相推而歲成焉。往者屈也，來者信也，屈信相感而利生焉。尺蠖之屈，以求信也。龍蛇之蟄，以存身也。精義入神，以致用也。利用安身，以崇德也。過此以往，未之或知也。窮神知化，德之盛也。」《易》曰：「困于石，據于蒺藜，入于其宫，不見其妻，凶。」子曰：「非所困而困焉，名必辱，非所據而據焉，身必危。既辱且危，死期將至，妻其可得見邪？」《易》曰：「公用射隼于高墉之上，獲之，無不利。」子曰：「隼者，禽也。弓矢者，器也。射之者，人也。君子藏器於身，待時而動，何不利之有？動而不括，是以出而有獲，語成器而動者也。」子曰：「小人不耻不仁，不畏不義，不見利不勸，不威不懲，小懲而大誡，此小人之福也。」《易》曰：「屨校滅趾，無咎。」此之謂也。善不積不足以成名，惡不積不足以滅身，小人以小善爲無益而弗爲也，以小惡爲無傷而弗去也，故惡積而不可掩，罪大而不可解。《易》曰：「何校滅耳，凶。」子曰：「危者，安其位者也。亡者，保其存者也。亂者，有其治者也。是故君子安而不忘危，存而不忘亡，治而不忘亂，是以身安而國家可保也。《易》曰：『其亡其亡，繫于苞桑。』」子曰：「德薄而位尊，知小而謀大，力小而任重，鮮不及矣！《易》曰：『鼎折足，覆公餗，其形渥，凶。』言不勝其任也。」子曰：「知幾其神乎？君子上交不諂，下交不瀆，其知幾乎？幾者，動之微，吉之先見者也。君子見幾而作，不俟終日。《易》曰：『介于石，不終日，貞吉。』介如石焉，寧用終日，斷可識矣。君子知微知彰，知柔知剛，萬夫之望。」子曰：「顔氏之子，其殆庶幾乎？有不善，未嘗不知。知之未嘗復行也。《易》曰：『不遠復，無祇悔，元吉。』天地絪緼，萬物化醇，男女構精，萬物化生。《易》曰：『三人行，則損一人。一人行，則得其友。』言致一也。」子曰：「君子安其身而後動，易其心而後語，定其交而後求。君子修此三者，故全也。危以動，則民不與也。懼以語，則民不應也。無交而求，則民不與也。莫之與，則傷之者至矣。《易》曰：『莫益之，或擊之，立心勿恒，凶。』」

子曰：「乾、坤，其《易》之門邪？」乾，陽物也。坤，陰物也。陰陽合德而剛柔有體，以體天地之撰，以通神明之德。其稱名也，雜而不越，於稽其類，其衰世之意邪？夫《易》，彰往而察來，而微顯闡幽，開而當名辨物，正言斷辭則備矣。其稱名也小，其取類也大，其旨遠，其辭文，其言曲而中，其事肆而隱。因貳以濟民行，以明失得之報。

《易》之興也，其於中古乎？作《易》者，其有憂患乎？是故《履》，德之基也。《謙》，德之柄也。《復》，德之本也。《恒》，德之固也。《損》，德之修也。《益》，德之裕也。《困》，德之辯也。《井》，德之地也。《巽》，德之制也。《履》，和而至。《謙》，尊而光。《復》，小而辯於物。《恒》，雜而不厭。《損》，先難而後易。《益》，長裕而不設。《困》，窮而通。《井》，居其所而遷。《巽》，稱而隱。《履》以和行，《謙》，以制禮，《復》以自知，《恒》以一德，《損》以遠害，《益》以興利，《困》以寡怨，《井》以辯義，《巽》以行權。

《易》之爲書也，不可遠。爲道也屢遷，變動不居，周流六虛，上下無常，剛柔相易，不可爲典，要唯變所適。其出入以度外，内使知懼。又明於憂患與故，無有師保，如臨父母。初率其辭，而揆其方，既有典常。苟非其人，道不虛行。

《易》之爲書也，原始要終以爲質也。六爻相雜，唯其時物也。其初難知，其上易知。本末也，初辭擬之，卒成之終。若夫雜物撰德，辯是與非，則非其中爻不備。噫！亦要存亡吉凶，則居可知矣。知者觀其彖辭，則思過半矣。二與四同功而異位，其善不同。二多譽，四多懼，近也。柔之爲道，不利遠者。其要無咎，其用柔中也。三與五同功而異位。三多凶，五多功，貴賤之等也。其柔危，其剛勝邪？

《易》之爲書也，廣大悉備。有天道焉，有人道焉，有地道焉，兼三才而兩之，故六。六者，非它也，三才之道也。道有變動，故曰爻。爻有等，故曰物。物相雜，故曰文。文不當，故吉凶生焉。

《易》之興也，其當殷之末世，周之盛德邪？當文王與紂之事邪？是故其辭危。危者使平，易者使傾。其道甚大，百物不廢。懼以終始，其要無咎。此之謂易之道也。

夫乾，天下之至健也。德行恒易以知險。夫坤天下之至順也，德行恒簡以知阻。能説諸心，能研諸侯之慮，定天下之吉凶，成天下之亹亹者。是故變化云爲，吉事有祥。象事知器，占事知來。天地設位，聖人成能。人謀鬼謀，百姓與能。八卦以象告，爻象以情言。剛柔雜居，而吉凶可見矣。變動以利言，吉凶以情遷。是故愛惡相攻而吉凶生，遠近相取而悔吝生，情僞相感而利害生。凡《易》之情，近而不相得則凶。或害之，悔且吝。將叛者其辭慚，中心疑者其辭枝。吉人之辭寡，躁人之辭多，誣善之人其辭游，失其守者其辭屈。

周易説卦

昔者聖人之作《易》也，幽贊於神明而生蓍，參天兩地而倚數，觀變於陰陽而立卦，發揮於剛柔而生爻，和順於道德而理於義，窮理盡性以至於命。

昔者聖人之作《易》也，將以順性命之理。是以立天之道曰陰與陽，立地之道曰柔與剛，立人之道曰仁與義，兼三才而兩之，故《易》六畫而成卦。分陰分陽，迭用柔剛，故易六位而成章。

天地定位，山澤通氣，雷風相薄，水火不相射。八卦相錯。數往者順，知來者逆，是故《易》逆數也。

雷以動之，風以散之。雨以潤之，日以烜之。艮以止之，兑以説之。乾以君之，坤以藏之。

帝出乎震，齊乎巽，相見乎離，致役乎坤，説言乎兑，戰乎乾，勞乎坎，成言乎艮。萬物出乎震，震東方也。齊乎巽，巽東南也。齊也者，言萬物之潔齊也。離也者，明也，萬物皆相見，南方之卦也。聖人南面而聽天下，嚮明而治，蓋取諸此也。坤也者，地也，萬物皆致養焉。故曰致役乎坤。兑，正秋也，萬物之所説也，故曰説言乎兑。戰乎乾，乾西北之卦也，言陰陽相薄也。坎者，水也，正北方之卦也，勞卦也，萬物之所歸也，故曰勞乎坎。艮東北之卦也，萬物之所成終而所成始也，故曰成言乎艮。

神也者，妙萬物而爲言者也。動萬物者莫疾乎雷，撓萬物者莫疾乎風，燥萬物者莫熯乎火，説萬物者莫説乎澤，潤萬物者莫潤乎水，終萬物始萬物者莫盛乎艮。故水火相逮，雷風不相悖，山澤通氣，然後能變化既成萬物也。

乾，健也。坤，順也。震，動也。巽，入也。坎，陷也。離，麗也。艮，止也。兑，説也。乾爲馬，坤爲牛，震爲龍，巽爲鷄，坎爲豕，離爲雉，艮爲狗，兑爲羊。乾爲首，坤爲腹，震爲足，巽爲股，坎爲耳，離爲目，艮爲手，兑爲口。

乾，天也，故稱乎父。坤，地也，故稱乎母。震一索而得男，故謂之長男。巽一索而得女，故謂之長女。坎再索而得男，故謂之中男。離再索而得女，故謂之中女。艮三索而得男，故謂之少男。兑三索而得女，故謂之少女。

乾爲天，爲圜，爲君，爲父，爲玉，爲金，爲寒，爲冰，爲大赤，爲良馬，爲老馬，爲瘠馬，爲駁馬，爲木果。

坤爲地，爲母，爲布，爲釜，爲吝嗇，爲均，爲子母牛，爲大輿，爲文，爲衆，爲柄，其於地也爲黑。

震爲雷，爲龍，爲玄黄，爲旉，爲大塗，爲長子，爲決躁，爲蒼筤竹，爲萑葦，其於馬也爲善鳴，爲馵足，爲作足，爲的顙，其於稼也爲反生，其究爲健，爲蕃鮮。

巽爲木，爲風，爲長女，爲繩直，爲工，爲白，爲長，爲高，爲進退，爲不果，爲臭其於人也，爲寡髮，爲廣顙，爲多白眼，爲近利市三倍，其究爲躁卦。

坎爲水，爲溝瀆，爲隱伏，爲矯輮，爲弓輪，其於人也爲加憂，爲心病，爲耳痛，爲血卦，爲赤，其於馬也爲美脊，爲亟心，爲下首，爲薄蹄，爲曳，其於輿也爲多眚，爲通，爲月，爲盜，其於木也爲堅多心。

離爲火，爲日，爲電，爲中女，爲甲胄，爲戈兵，其於人也爲大腹，爲乾卦，爲鱉，爲蟹，爲蠃，爲蚌，爲龜，其於木也爲科上槁。

艮爲山，爲徑路，爲小石，爲門闕，爲果蓏，爲閽寺，爲指，爲狗，爲鼠，爲黔喙之屬，其於木也爲堅多節。

兑爲澤，爲少女，爲巫，爲口舌，爲毁折，爲附決，其於地也爲剛鹵，爲妾，爲羊。

周易序卦上

有天地然後萬物生焉。盈天地之間者唯萬物，故受之以《屯》。屯者盈也，屯者物之始生也。物生必蒙，故受之以《蒙》。蒙者蒙也，物之稚也。物稚不可不養也，故受之以《需》。需者飲食之道也。飲食必有訟，故受之以《訟》。訟必有衆起，故受之以《師》。師者衆也。衆必有所比，故受之以《比》。比者比也，比必有所畜，故受之以《小畜》。物畜然後有禮，故受之以《履》。履而泰，然後安，故受之以《泰》。泰者通也。物不可以終通，故受之以《否》。物不可以終否，故受之以《同人》。與人同者，物必歸焉，故受之以《大有》。有大者不可以盈，故受之以《謙》。有大而能謙必豫，故受之以《豫》。豫必有隨，故受之以《隨》。以喜隨人者必有事，故受之以《蠱》。蠱者事也，有事而後可大，故受之以《臨》。臨者大也，物大然後可觀，故受之以《觀》。可觀而後有所合，故受之以《噬嗑》。嗑者合也，物不可以苟合而已，故受之以《賁》。賁者飾也，致飾然後亨則盡矣，故受之以《剥》。剥者剥也，物不可以終盡，剥窮上反下，故受之以《復》。復則不妄矣，故受之以《無妄》。有無妄然後可畜，故受之以《大畜》。物畜然後可養，故受之以《頤》。頤者養也，不養則不可動，故受之以《大過》，物不可以終過，故受之以《坎》。坎者陷也，陷必有所麗，故受之以《離》。離者麗也。

周易序卦下

有天地然後有萬物，有萬物然後有男女，有男女然後有夫婦，有夫婦然後有父子，有父子然後有君臣，有君臣然後有上下，有上下然後禮義有所錯。夫婦之道不可以不久，也故受之以《恒》。恒者久也，物不可以久居其所，故受之以《遯》。遯者退也，物不可以終遯，故受之以《大壯》。物不可以終壯，故受之以《晋》。晋者進也，進必有所傷，故受之以《明夷》。夷者傷也，傷於外者必反其家，故受之以《家人》。家道窮必乖，故受之以《睽》。睽者乖也，乖必有難，故受之以《蹇》。蹇者難也，物不可以終難，故受之以《解》。解者緩也，緩必有所失，故受之以《損》。損而不已必益，故受之以《益》。益而不已必決，故受之以《夬》。夬者決也，決必有所遇，故受之以《姤》。姤者遇也，物相遇而後聚，故受之以《萃》。萃者聚也，聚而上者謂之升，故受之以《升》。升而不已必困，故受之以《困》。困乎上者必反下，故受之以《井》。井道不可不革，故受之以《革》。革物者莫若鼎，故受之以《鼎》。主器者莫若長子，故受之以《震》。震者動也，物不可以終動，止之，故受之以《艮》。艮者止也，物不可以終止，故受之以《漸》。漸者進也，進必有所歸，故受之以《歸妹》。得其所歸者，必大故受之以《豐》。豐者大也，窮大者必失其居，故受之以《旅》。旅而無所容，故受以以《巽》。巽者入也，入而後説之，故受之以《兑》。兑者説也，説而後散之，故受之以《涣》。涣者離也，物不可以終離，故受之以《節》。節而信之，故受之以《中孚》。有其信者必行之，故受之以《小過》。有過物者必濟，故受之以《既濟》。物不可窮也，故受之以《未濟》終焉。

周易雜卦

《乾》剛《坤》柔，《比》樂《師》憂。《臨》、《觀》之義，或與或求。《屯》見而不失其居，《蒙》雜而著。《震》起也，《艮》止也。《損》、《益》盛衰之始也。《大畜》時也，《無妄》灾也。《萃》聚而《升》不來也。《謙》輕而《豫》怠也。《噬嗑》食也，《賁》無色也。《兑》見而《巽》伏也。《隨》無故也，《蠱》則飭也。《剥》爛也，《復》反也，《晋》晝也，《明夷》誅也。《井》通而《困》相遇也。《咸》速也，《恒》久也，《涣》離也，《節》止也，《解》緩也，《蹇》難也，《睽》外也，《家人》内也。《否》、《泰》反其類也。《大壯》則止，《遯》則退也。《大有》衆也，《同人》親也，《革》去故也，《鼎》取新也，《小過》過也，《中孚》信也，《豐》多故，親寡《旅》也。《離》上而

《坎》下也。《小畜》寡也，《履》不處也，《需》不進也，《訟》不親也，《大過》顛也，《姤》遇也，柔遇剛也。《漸》女歸待男行也。《頤》養正也，《既濟》定也。《歸妹》女之終也。《未濟》男之窮也。《夬》決也，剛決柔也。君子道長，小人道憂也。

學庸述易

序

大易之道，主於變易。蓋天以陰陽生人，一消一息，而家國之事應之。故極治之時，亂機已伏。極安之時，危機已伏。而大亂至危之時，治安之機，即從此生。凡民日被旋轉於其中，而莫能少易。君子獨否，其於亂必求易以治，其於危必求易以安。己治己安，又思保之於恒久，而終於不易。此大易之所以爲用於天下。學之而不能施於人事，未足與言易也。屏周先生學《易》近二十年。其始，家值中落，所謂否極剥盡之秋，先生一以易道治之，卒能易否而泰，易剥而復，則其學具有體用，已經施之於事而大驗。晚又求之《大學》、《中庸》，悟其節次，上同於《易》，著爲一書。節節疏通，而證明之，俾確然無疑義。其視安溪諸人但以《大易》説《中庸》者，致有別矣。夫學者不能精研一經，自成一家之學，則其學必荒，然不能由一經以會通諸經，旁證百家之書，則其學必陋。愚治經差晚，從事國朝江、戴、錢、王諸家之學，然頗究心治亂安危之故，思施之於事，故於先生易學，心服尤深。嗟夫！滄海横流，時世多故，言者舍六經之道以求變易，是欲適越而北其塗也。光緒徒維淹茂夏四月望日，永平蔣藺作畬香農拜序。〔一〕

【校注】

〔一〕原本序後有篆書「香農」印。

好古歌有叙

吾友華子屏周，素好古器，所藏既富，辯之亦精，覈嗣乃致力於經。經莫古於《易》。鑽仰二十餘年，獨得其大旨，自來箋注家不得而囿之，於是又會通於《學》、《庸》二書。舉《大學》之本末終始、《中庸》之中和位育實，與《易》相表裏。因知人不可不學，學則爲日章之錦，不學則爲已朽之木。人顧可自弃乎？是以《大易》專爲人事而言，無事高談天道也。爰爲是歌以贈焉。

世人好古皆好奇，支離穿鑿多然疑。誰歟平心定所向，上溯羲軒神不疲。華子好古衡以道，道何今古何大小。羲皇畫卦配奇偶，六十有四皆圖考。胡又方圓紛作圖，漢秦箋注窮天樞。降及於宋更微渺，大極無極留形模。誠哉，書之古者莫如易。易之取象奇且賾，奇而有常，賾不過則，但能近返諸身。雖極之出王游衍，皆得隨時與位而各適所適。上下有鬼神，前後有繩尺。乃知《大易》一書古，聖人只因人而繹之。《大學》平治本在身，《中庸》誠明心之神。惟身心足括易之藴，舍身心遂失易之真。華子，華子，好古實好學，温故而知新。學以資閱歷，學以裕經綸。乃悔向之樽罍錢幣，雖所收已博，所辯必覈究，烏知尊經明道聖人教。天下後世以學也，實不外以人治人。

庸叟香吟〔一〕。

【校注】

〔一〕原文「香吟」二字爲印字。

自序

天命流行，萬物受之而爲性。至其隨生隨滅，以及百千萬年生死之不同，統謂之道。然萬物之中，人最靈。故能究萬物之所以生，天命之所以行，因而輔相裁成以爲學。蓋二氣之絪緼流行而爲日月，聚集而爲土地，其潤下炎上則謂之水火，乘陽氣而生物也則謂之木，乘殺氣而成物也則謂之金，人見萬物成終成始爲土之德也，孰知實一氣消息、盈虚之力哉？至其不息則謂之仁，利物則謂之義，無施受與奪之迹，在人則謂之性命。其理至平、至實、至易、至簡、至純、至粹，人能體之以自成，推之以成物。此乃終古《大學》之原，一天然之道，古聖約其當然以爲教耳。法地而驗諸天，栽培傾覆，聽人自招。天從無一言之妄。包犧開天以畫卦，箕子因之以衍箒，列聖廣之以爲經，周、孔述之以爲道。降自漢晋訓詁，則困於經，宋元理學則囿於道，乃後世分途，拘泥深文聚訟，各欲自立門户成一家之言者，迨均未詳求其本、默審其機。天下焉有身安化育，而心外生成之理？學術之患大矣哉。若肯遵經以率性，盡性以修道，心身國家天下則必得其正。知有何不致，物有何不格，意欲不誠，能乎？誠者，天之道也。誠之者，人之道也。此之謂「物有本末，事有終始。知所先後，則近道矣」。果能身體力行純篤，更何患不終於肫肫其仁，淵淵其淵，浩浩其天，忿欲又何由而興？是以上古揖讓必不行於後世，乃學術與世推移之過耳。歷觀已往政事，未有不隨學術爲轉移者，是其驗也。所以有家國天下者，但知擇術而不爲末俗所誤，其誠身必先慎乎德。天津華承彦屏周氏識。

學庸述易弁言

釋名

包羲始作八卦，文王衍易，因而重之，象在其中矣。乃重卦即衍易也。包羲氏没，神農氏作。神農氏没，黄帝、堯、舜氏作。通其變，使民不倦。此下繫所引十三卦。卦象乃「養生喪死無憾，王道之始也」。重卦無定解者何？實不始於文王，至文王衍易，則本列聖之象而推衍之，故易象大備，並逐卦繫以彖辭，分上下篇，各三節，首《乾》、《坤》，終《既濟》、《未濟》。上經言德，乃發欺慊之端；下經言道，乃詳隱微之辯。而全經之大義昭然。周公復繫之以爻，則象變無餘藴矣。蓋易之興，始終成於周，故易之名不得不繫之以周。顧名思義，理或然與。而孔子贊易獨詳，謂周易之名定於孔子，其孰曰不然？

釋聖經綱領

乾、坤。不易。泰、否。交易。噬嗑、賁。變易。坎、離。易簡。咸、恒。易簡。損、益。變易。震、艮。交易。既、未濟。不易。

釋上繫綱領

天尊地卑，乾坤定矣。卑高以陳，貴賤位矣。動静有常，剛柔斷矣。不易。方以類聚，物以群分，吉凶生矣。在天成象，在地成形，變化見矣。交易。是故剛柔相摩，八卦相盪，鼓之以雷霆，潤之以風雨，日月運行，一寒一暑。變易。乾道成男，坤道成女。乾知大始，坤作成物。乾以易知，坤以簡能。易簡。易則易知，簡則易從。易簡。易知則有親，易從則有功。交易。有親則可久，有功則可大。變易。可久則賢人之德，可大則賢人之業。不易。易簡而天下之理得矣，天下之理得而成，位乎其中矣。

釋下繫綱領

八卦成列，象在其中矣。易簡。因而重之，爻在其中矣。交易。剛柔相推，變在其中矣。變易。繫辭焉而命之，動在其中矣。不易。吉凶悔吝者，生乎動者也。不易之本。剛柔者，立本者也。交易之本。變通者，趣時者也。變易之本。吉凶者，貞勝者也。易簡之本。天地之道，貞觀者也。日月之道，貞明者也。天下之動，貞夫一者也。

釋大學綱領

「大學之道，在明明德。」不易。「在親民，在止於至善。」交易。止、定、静、安、慮、得。變易。本末、終始、先後。易簡。「古之欲明明德於天下者，先治其國」至「先修其身」。易簡。「欲修其身者，先正其心」至「致知在格物」。交易。「物格而后知至」、「至心正而后身修」。變易。「身修而后家齊」至「國治而后天下平」。不易。「自天子以至於庶人」至「此謂知本，此謂知之至也」。

釋中庸綱領

「天命之謂性。」易簡。「率性之謂道。」變易。「修道之謂教。」交易。「道也者」至「可離非道也」。不易。不睹不聞。不易。隱、微。交易。中和。變易。大本、達道。易簡。致中和，天地位焉，萬物育焉。

釋彖

《乾・彖》繫以「元、亨、利、貞」，即粲若四時。至《坤・彖》則以承乾爲象，故繫以「元亨，利牝馬之貞」，即利貞元亨也。其餘或用一字即足以貫四端，或元亨並用，或利貞並用，即顯仁藏用之義，或一二字有餘、不足，另繫他辭以進退之。至《否》之「不利君子貞」則時爲之也。如《觀》之並，一字不繫，則帝德如天，神道設教，其時、其象，幾於無可名狀，以駕乎元亨利貞之上，欲繫之而不可。此外顛倒互用，或貞下啟元，若君師之德，或逆推爲自修之準，或貞一爲天地萬物之歸宿，俱彖辭中之大義也。詳玩《十翼》，自得其要領。至《坤》之「西南得朋，東北喪朋」，又就顯仁藏用而反言之，即修身以道，修道以仁。

釋爻

爻辭，凡陽畫均以勿用爲本，其功夫則當沈潛如淵；凡陰畫俱以知止爲主，其存誠則當化育如天。其初果知止、勿用，及至於上時，究不免於亢，及戰之弊否，則其害於家國，何可勝言哉？有身心者，可不慎諸？至位則因人而貴，得其人，雖不當位，亦足以成事；不得人，即當位，必致於失事。故《大學》曰：「善則得之，不善則失之。」《中庸》曰：「其人存則其政舉，其人亡則其政息。」此之謂也。而爻辭未必以當位不當位能明，然不可不因其時。從當位不當位入想，則上下、中正，各有妙義存乎其間。六爻未必無承乘比應，究不可不因其時。逐爻以承乘比應觀玩，恐内外難免各起憤争不平之象。况彖之應，絶非爻之應，所乘之剛，非一爻之剛乎？

釋用

用九，用奇數之全，一三五七九，則九數最全。用六，用偶數之中，二四六八十，則六數居中。故九則變化莫測，所以象乾之健；六則執兩用中，所以象坤之順。此九、六之所以爲易之用也。知九、六之用，則闇然日章。不知九六之用，則的然日亡。闇然日章即泰之内陽而外陰、内健而外順。的然日亡即否之内陰而外陽，内柔而外剛。

釋圖

《本義》列周、邵之圖於聖經之前，實始於朱子，以爲圖學。直造先天，是以列於聖經之首，爲讀《易》之先導，意甚善也。卦體之有内外者，乃太極之分體也。乾、坤即一陰一陽之道也。統觀合較，即對待《河圖》之象。循序推移，即流行《洛書》之象。故《乾》内卦陽生於陰收之際，外卦陽長於陰藏之時。《坤》内、外卦，陰生陰長，陽收陽藏，亦如之。《河圖》者，乃就太極詳二氣之環，生陰陽之對，待土王四季，五行生成。《洛書》者，則詳其時序之推移、八方之遞遭。九宫者，特詳其本末終始、執兩用中。太極横列即太極兩儀，四象八卦之小横圖，因而重之，即六十四卦之大横圖，迭而方之即方圖，環而列之即圓圖。八卦者，即圖中之純體也。就父母、男女，觀之即一家之象。卦爻均根本於太極，足以詳其節目。果就此觀象，則乾坤之用行矣。圖即卦，卦即圖，無二理也。合卦爲圖，圖之不盡，因圖窮索索至無極。蓋卦乃先聖折中之定理圖本，後儒擬議之空言，如視圖爲一日推而至於一月一年一世，縮而及於一身一心一事。究屬一卦之象，何能逃人生日用之外？所以《乾》、《坤》兩卦，統三極，貫内外，爲兩間學修之本末。漢宋諸圖，雖無補於《易》，然用之者亦存乎其人，否則不爲術數所奪者幾希。

古本大学

大學之道，在明明德，在親民，在止於至善。乾元亨利貞。坤元亨。大哉乾元，萬物資始，乃統天。雲行雨施，品物流行。至哉坤元。萬物資生，乃順承天。坤厚載物，德合無疆，含弘光大，品物咸亨。知止而后有定，定而后能静，静而后能安，安而后能慮，慮而后能得。利牝馬之貞。大明終始，六位時成。牝馬地類，行地無疆。

物有本末，事有終始。知所先後，則近道矣。君子有攸往。時乘六龍以御天。柔順利貞。君子攸行。

古之欲明明德於天下者，先治其國。欲治其國者，先齊其家。欲齊其家者，先修其身。欲修其身者，先正其心。欲正其心者，先誠其意。欲誠其意者，先致其知。致知在格物。先迷後得，主利。乾道變化，各正性命。先迷失道，後順得常。物格而后知至，知至而后意誠，意誠而后心正，心正而后身修，身修而后家齊，家齊而后國治，國治而后天下平。西南得朋，東北喪朋。保合太和，乃利貞。西南得朋，乃與類行。東北喪朋，乃終有慶。

自天子以至於庶人，壹是皆以修身爲本。其本亂而末治者，否矣。其所厚者薄，而其所薄者厚，未之有也。此謂知本，此謂知之至也。安貞吉。首出庶物，萬國咸寧。安貞之吉，應地無疆。

所謂誠其意者，毋自欺也，如惡惡臭，如好好色，此之謂自謙。故君子必慎其獨也。小人閑居爲不善，無所不至，見君子而后厭然，揜其不善，而著其善。人之視己，如見其肺肝，然則何益矣？此謂誠於中形於外，故君子必慎其獨也。曾子曰：「十目所視，十手所指，其嚴乎？」富潤屋，德潤身，心廣體胖，故君子必誠其意。

《詩》云：「瞻彼淇澳，菉竹猗猗。有斐君子，如切如磋，如琢如磨。瑟兮僩兮，赫兮喧兮。有斐君子，終不可諠兮。」「如切如磋」者，道學也。「如琢如磨」者，自修也。「瑟兮僩兮」者，恂栗也。「赫兮喧兮」者，威儀也。「有斐君子，終不可諠兮」者，道盛德至善，民之不能忘也。《詩》云：「於戲，前王不忘。」君子賢其賢而親其親，小人樂其樂而利其利，此以没世不忘也。

《康誥》曰「克明德」，《大甲》曰「顧諟天之明命」，《帝典》曰「克明峻德」，皆自明也。湯之《盤銘》曰：「苟日新，日日新，又日新。」《康誥》曰：「作新民。」《詩》曰：「周雖舊邦，其命維新。」是故君子無所不用其極。《詩》云：「邦畿千里，惟民所止。」《詩》云：「緡蠻黄鳥，止於丘隅。」子曰：「於止，知其所止，可以人而不如鳥乎？」《詩》云：「穆穆文王，於緝熙敬止。」爲人君止於仁，爲人臣止於敬，爲人子止於孝，爲人父止於慈，與國人交止於信。子曰：「聽訟，吾猶人也。必也使無訟乎？」無情者不得盡其辭，大畏民志。此謂知本。

所謂修身在正其心者，身有所忿懥，則不得其正。有所恐懼，則不得其正。有所好樂，則不得其正。有所憂患，則不得其正。心不在焉，視而不見，聽而不聞，食而不知其味。此謂修身在正其心。所謂齊其家在修其身者，人之其所親愛而辟焉，之其所賤惡而辟焉，之其所畏敬而辟焉，之其所哀矜而辟焉，之其所敖惰而辟焉。故好而知其惡，惡而知其美者，天下鮮矣。故諺有之曰：「人莫知其子之惡，莫知其苗之碩。」此謂身不修，不可以齊其家。所謂治國必先齊其家者，其家不可教，而能教人者無之，故君子不出家而成教於國。孝者，所以事君也。弟者，所以事長也。慈者，所以使衆也。《康誥》曰：「如保赤子。」心誠求之，雖不中不遠矣。未有學養子而后嫁者也。一家仁，一國興仁。一家讓，一國興讓。一人貪戾，一國作亂。其機如此。此謂一言僨事，一人定國。堯、舜帥天下以仁，而民從之。桀、紂帥天下以暴，而民從之。其所令反其所好，而民不從。是故君子有諸己而后求諸人，無諸己而后非諸人。所藏乎身不恕而能喻諸人者，未之有也。故治國在齊其家。《詩》云：「桃之夭夭，其葉蓁蓁。之子于歸，宜其家人。」「宜其家人」，而后可以教國人。《詩》云：「宜兄宜弟。」「宜兄宜弟」，而后可以教國人。《詩》云：「其儀不忒，正是四國。」其爲父子、兄弟足法，而后民法之也。此謂治國在齊其家。所謂平天下在治其國者，上老老而民興孝，上長長而民興弟，上恤孤而民不倍，是以君子有絜矩之道也。所惡於上，毋以使下。所惡於下，毋以事上。所惡於前，毋以先後。所惡於後，毋以從前。所惡於右，毋以交於左。所惡於左，毋以交於右。此之謂絜矩之道。《詩》云：「樂只君子，民之父母。」民之所好好之，民之所惡惡之，此之謂「民之父母」。《詩》云：「節彼南山，維石岩岩。赫赫師尹，民具爾瞻。」有國者不可以不慎，辟則爲天下僇矣。《詩》云：「殷之未喪師，克配上帝。儀監于殷，峻命不易。」道得衆則得國，失衆則失國。是故君子先慎乎德。

有德此有人，有人此有土，有土此有財，有財此有用。德者，本也。財者，末也。外本内末，争民施奪。是故財聚則民散，財散則民聚。是故言悖而出者，亦悖而入，貨悖而入者，亦悖而出。《康誥》曰：「惟命不于常。」道善則得之，不善則失之矣。《楚書》曰：「楚國無以爲寶，惟善以爲寶。」舅犯曰：「亡人無以爲寶，仁親以爲寶。」《秦誓》曰：「若有一介臣，斷斷兮，無他技，其心休休焉，其如有容焉。人之有技，若己有之。人之彦聖，好之，不啻若自其口出，實能容之，以能保我子孫黎民，尚亦有利哉！人之有技，娼疾以惡之。人之彦聖，而違之，俾不通，實不能容，以不能保我子孫黎民，亦曰殆哉！」唯仁人放流之，迸諸四夷，不與同中國。此謂唯仁人，爲能愛人，能惡人。見賢而不能舉，舉而不能先，命也。見不善而不能退，退而不能遠，過也。好人之所惡，惡人之所好，是謂拂人之性，菑必逮夫身。是故君子有大道，必忠信以得之，驕泰以失之。生財有大道，生之者衆，食之者寡，爲之者疾，用之者舒，則財恒足矣。仁者以財發身，不仁者以身發財。未有上好仁而下不好義者也，未有好義其事不終者也，未有府庫財非其財者也。孟獻子曰：「畜馬乘，不察於鷄豚。伐冰之家，不畜牛羊。百乘之家，不畜聚斂之臣。與其有聚斂之臣，寧有盗臣。」此謂國不以利爲利，以義爲利也。長國家而務財用者，必自小人矣。彼爲善之，小人之使爲國家，菑害並至，雖有善者，亦無如之何矣。此謂國不以利爲利，以義爲利也。

古本中庸

天命之謂性，率性之謂道，修道之謂教。道也者，不可須臾離也，可離非道也。是故君子戒慎乎其所不睹，恐懼乎其所不聞。莫見乎隱，莫顯乎微，故君子慎其獨也。喜怒哀樂之未發謂之中，發而皆中節謂之和。中也者，天下之大本也。和也者，天下之達道也。致中和，天地位焉，萬物育焉。

仲尼曰：「君子中庸，小人反中庸。君子之中庸也，君子而時中。小人之中庸也，小人而無忌憚也。」子曰：「中庸其至矣乎！民鮮能久矣！」子曰：「道之不行也，我知之矣。知者過之，愚者不及也。道之不明也，我知之矣。賢者過之，不肖者不及也。人莫不飲食也，鮮能知味也。」子曰：「道其不行矣夫。」

子曰：「舜其大知也與？舜好問而好察邇言，隱惡而揚善，執其兩端，用其中於民，其斯以爲舜乎！」子曰：「人皆曰予知，驅而納諸罟擭陷阱之中，而莫之知辟也。人皆曰予知擇乎中庸，而不能期月守也。」子曰：「回之爲人也，擇乎中庸，得一善則拳拳服膺而弗失之矣。」子曰：「天下國家可均也，爵禄可辭也，白刃可蹈也，中庸不可能也。」子路問强。子曰：「南方之强與？北方之强與？抑而强與？寬柔以教，不報無道，南方之强也，君子居之。衽金革，死而不厭，北方之强也，而强者居之。故君子和而不流，强哉矯；中立而不倚，强哉矯；國有道，不變塞焉，强哉矯；國無道，至死不變，强哉矯。」

子曰：「素隱行怪，後世有述焉，吾弗爲之矣。君子遵道而行，半塗而廢，吾弗能已矣。君子依乎中庸，遯世不見知而不悔，唯聖者能之。君子之道，費而隱。夫婦之愚，可以與知焉。及其至也，雖聖人亦有所不知焉。夫婦之不肖，可以能行焉。及其至也，雖聖人亦有所不能焉。天地之大也，人猶有所憾。故君子語大，天下莫能載焉；語小，天下莫能破焉。《詩》云：『鳶飛戾天，魚躍于淵。』言其上下察也。君子之道，造端乎夫婦。及其至也，察乎天地。」

子曰：「道不遠人，人之爲道而遠人，不可以爲道。《詩》云：『伐柯伐柯，其則不遠。』執柯以伐柯，睨而視之，猶以爲遠。故君子以人治人，改而止。忠恕違道不遠，施諸已而不願，亦勿施於人。君子之道四，丘未能一焉。所求乎子以事父，未能也。所求乎臣以事君，未能也。所求乎弟以事兄，未能也。所求乎朋友先施之，未能也。庸德之行，庸言之謹，有所不足，不敢不勉，有餘不敢盡，言顧行，行顧言。君子胡不慥慥爾。君子素其位而行，不願乎其外。素富貴行乎富貴，素貧賤行乎貧賤，素夷狄行乎夷狄，素患難行乎患難。君子無入而不自得焉。在上位不陵下，在下位不援上。正已而不求於人，則無怨。上不怨天，下不尤人。故君子居易以俟命，小人行險以僥幸。」

子曰：「射有似乎君子，失諸正鵠，反求諸其身。君子之道，辟如行遠必自邇，辟如登高必自卑。詩云：『妻子好合，如鼓瑟琴。兄弟既翕，和樂且耽。宜爾室家，樂爾妻帑。』」子曰：「父母其順矣乎？」

子曰：「鬼神之爲德，其盛矣乎！視之而弗見，聽之而弗聞，體物而不可遺，使天下之人，齊明盛服，以承祭祀。洋洋乎如在其上，如在其左右。《詩》曰：『神之格思，不可度思，矧可射思。』夫微之顯，誠之不可掩，如此夫。」

子曰：「舜其大孝也與？德爲聖人，尊爲天子，富有四海之內，宗廟饗之，子孫保之。故大德必得其位，必得其禄，必得其名，必得其壽。故天之生物，必因其材而篤焉。故栽者培之，傾者覆之。《詩》曰：『嘉樂君子，憲憲令德。宜民宜人，受禄于天。保佑命之，自天申之。』故大德者必受命。」

子曰：「無憂者，其惟文王乎？以王季爲父，以武王爲子，父作之，子述之。武王纘大王、王季、文王之緒，壹戎衣而有天下，身不失天下之顯名，尊爲天子，富有四海之内，宗廟饗之，子孫保之。武王末受命，周公成文、武之德，追王大王、王季，上祀先公以天子之禮。斯禮也，達乎諸侯、大夫及士、庶人。父爲大夫，子爲士，葬以大夫，祭以士。父爲士，子爲大夫，葬以士，祭以大夫。期之喪，達乎大夫。三年之喪，達乎天子。父母之喪，無貴賤一也。」

子曰：「武王周公，其達孝矣乎！夫孝者，善繼人之志，善述人之事者也。春秋修其祖廟，陳其宗器，設其裳衣，薦其時食。宗廟之禮，所以序昭穆也。序爵，所以辨貴賤也；序事，所以辨賢也。旅酬下爲上，所以逮賤也。燕毛，所以序齒也。踐其位，行其禮，奏其樂，敬其所尊，愛其所親，事死如事生，事亡如事存，孝之至也。郊社之禮，所以事上帝也。宗廟之禮，所以祀乎其先也。明乎郊社之禮，禘嘗之義，治國其如示諸掌乎！」

哀公問政。子曰：「文武之政，布在方策，其人存則其政舉，其人亡則其政息。人道敏政，地道敏樹。夫政也者，蒲蘆也。故爲政在人，取人以身，修身以道，修道以仁。仁者，人也，親親爲大。義者，宜也，尊賢爲大。親親之殺，尊賢之等，禮所生也。在下位不獲乎上，民不可得而治矣。故君子不可以不修身。思修身，不可以不事親。思事親，不可以不知人。思知人，不可以不知天。天下之達道五，所以行之者三，曰君臣也、父子也、夫婦也、昆弟也、朋友之交也。五者，天下之達道也。知、仁、勇三者，天下之達德也。所以行之者一也。或生而知之，或學而知之，或困而知之，及其知之，一也。或安而行之，或利而行之，或勉强而行之，及其成功，一也。」

子曰：「好學近乎知，力行近乎仁，知耻近乎勇，知斯三者，則知所以修身。知所以修身，則知所以治人。知所以治人，則知所以治天下國家矣。」凡爲天下國家有九經，曰：修身也，尊賢也，親親也，敬大臣也，體群臣也，子庶民也，來百工也，柔遠人也，懷諸侯也。修身則道立，尊賢則不惑，親親則諸父昆弟不怨，敬大臣則不眩，體群臣則士之報禮重，子庶民則百姓勸，來百工則財用足，柔遠人則四方歸之，懷諸侯則天下畏之。

齊明盛服，非禮不動，所以修身也。去讒遠色，賤貨而貴德，所以勸賢也。尊其位，重其禄，同其好惡，所以勸親親也。官盛任使，所以勸大臣也。忠信重祿，所以勸士也。時使薄斂，所以勸百姓也。日省月試，既稟稱事，所以勸百工也。送往迎來，嘉善而矜不能，所以柔遠人也。繼絕世，舉廢國，治亂持危，朝聘以時，厚往而薄來，所以懷諸侯也。

凡爲天下國家有九經，所以行之者一也。凡事豫則立，不豫則廢。言前定則不跲，事前定則不困，行前定則不疚，道前定則不窮。

在下位不獲乎上，民不可得而治矣。獲乎上有道，不信乎朋友，不獲乎上矣。信乎朋友有道，不順乎親，不信乎朋友矣。順乎親有道，反諸身不誠，不順乎親矣。誠身有道，不明乎善，不誠乎身矣。

誠者，天之道也。誠之者，人之道也。誠者不勉而中，不思而得，從容中道，聖人也。誠之者，擇善而固執之者也。博學之，審問之，慎思之，明辨之，篤行之。有弗學，學之弗能，弗措也。有弗問，問之弗知，弗措也。有弗思，思之弗得，弗措也。有弗辨，辨之弗明，弗措也。有弗行，行之弗篤，弗措也。人一能之，己百之。人十能之，己千之。果能此道矣，雖愚必明，雖柔必强。

自誠明謂之性，自明誠謂之教。誠則明矣，明則誠矣。

唯天下至誠，爲能盡其性。能盡其性，則能盡人之性。能盡人之性，則能盡物之性。能盡物之性，則可以贊天地之化育。可以贊天地之化育，則可以與天地參矣。

其次致曲，曲能有誠，誠則形，形則著，著則明，明則動，動則變，變則化。唯天下至誠爲能化。

至誠之道，可以前知。國家將興，必有禎祥。國家將亡，必有妖孽。見乎蓍龜，動乎四體。禍福將至，善必先知之，不善必先知之。故至誠如神。

誠者，自誠也，而道自道也。誠者物之終始，不誠無物。是故君子誠之爲貴。誠者非自成己而已也，所以成物也。成己，仁也。成物，知也。性之德也，合外内之道也。故時措之宜也。故至誠無息，不息則久，久則徵，徵則悠遠，悠遠則博厚，博厚則高明。博厚所以載物也，高明所以覆物也，悠久所以成物也。博厚配地，高明配天，悠久無疆。如此者，不見而章，不動而變，無爲而成。天地之道，可一言而盡也。其爲物不貳，則其生物不測。天地之道博也，厚也，高也，明也，悠也，久也。

今夫天，斯昭昭之多，及其無窮也，日月星辰繫焉，萬物覆焉。今夫地，一撮土之多，及其廣厚載華嶽而不重，振河海而不泄，萬物載焉。今夫山，一卷石之多，及其廣大，草木生之，禽獸居之，寶藏興焉。今夫水，一勺之多，及其不測，黿鼉蛟龍魚鱉生焉，貨財殖焉。《詩》云：「維天之命，於穆不已。」蓋曰天之所以爲天也。「於乎不顯，文王之德之純。」蓋曰文王之所以爲文也，純亦不已。

大哉聖人之道，洋洋乎發育萬物，峻極于天。優優大哉，禮儀三百，威儀三千，待其人而後行，故曰：「苟不至德，至道不凝焉。」

故君子尊德性而道問學，致廣大而盡精微，極高明而道中庸，温故而知新，敦厚以崇禮。是故居上不驕，爲下不倍。國有道，其言足以興。國無道，其默足以容。《詩》曰：「既明且哲，以保其身。」其此之謂與？

子曰：「愚而好自用，賤而好自專，生乎今之世，反古之道，如此者，灾及其身者也。非天子不議禮，不制度，不考文。今天下車同軌，書同文，行同倫。雖有其位，苟無其德，不敢作禮樂焉。雖有其德，苟無其位，亦不敢作禮樂焉。」

子曰：「吾説夏禮，杞不足徵也。吾學殷禮，有宋存焉。吾學周禮，今用之，吾從周。王天下有三重焉，其寡過矣乎！上焉者，雖善無徵，無徵不信，不信民弗從。下焉者，雖善不尊，不尊不信，不信民弗從。故君子之道，本諸身，徵諸庶民，考諸三王而不繆，建諸天地而不悖，質諸鬼神而無疑，百世以俟聖人而不惑。『質諸鬼神而無疑』，知天也。『百世以俟聖人而不惑』，知人也。是故君子動而世爲天下道，行而世爲天下法，言而世爲天下則。遠之則有望，近之則不厭。《詩》曰：『在彼無惡，在此無射，庶幾夙夜，以永終譽。』君子未有不如此而蚤有譽於天下者也。」

仲尼祖述堯舜，憲章文武，上律天時，下襲水土。辟如天地之無不持載，無不覆幬。辟如四時之錯行，如日月之代明。萬物並育而不相害，道並行而不相悖。小德川流，大德敦化。此天地之所以爲大也。唯天下至聖爲能。聰明睿知，足以有臨也。寬裕温柔，足以有容也。發强剛毅，足以有執也。齋莊中正，足以有敬也。文理密察，足以有别也。溥博淵泉，而時出之。「溥博」如天，「淵泉」如淵，見而民莫不敬，言而民莫不信，行而民莫不説。是以聲名洋溢乎中國，施及蠻貊，舟車所至，人力所通，天之所覆，地之所載，日月所照，霜露所隊，凡有血氣者，莫不尊親，故曰「配天」。唯天下至誠，爲能經綸天下之大經，立天下之大本，知天地之化育。夫焉有所倚，肫肫其仁，淵淵其淵，浩浩其天。苟不固聰明聖知達天德者，其孰能知之。《詩》曰「衣錦尚絅」，惡其文之著也。故君子之道，闇然而日章；小人之道，的然而日亡。君子之道，淡而不厭，簡而文，温而理，知遠之近，知風之自，知微之顯，可與入德矣。《詩》云：「潛雖伏矣，亦孔之昭。」故君子内省不疚，無惡於志。君子之所不可及者，其唯人之所不見乎？《詩》云：「相在爾室，尚不愧於屋漏。」故君子不動而敬，不言而信。《詩》曰：「奏假無言，時靡有争。」是故君子不賞而民勸，不怒而民威於鈇鉞。《詩》曰：「不顯惟德，百辟其刑之。」是故君子篤恭而天下平。《詩》云：「予懷明德，不大聲以色。」

子曰：「聲色之於以化民，末也。」《詩》口：『「德輶如毛。」毛猶有倫。『上天之載，無聲無臭。』至矣。」

學庸述易

包羲仰觀俯察，畫卦以通德類情。

文王繫彖

上經

乾 ䷀

坤 ䷁

屯 ䷂ 蒙

需 ䷄ 訟

師 ䷆ 比

小畜 ䷈ 履

泰 ䷊ 否

《乾》、《坤》以健順爲體，以安貞爲用。《屯》、《蒙》開君師之道。《需》、《訟》勉其反觀内省。加之《師》、《比》有容。然終須《小畜》、《履》，文德以柔之，夫然後能安。安則通《泰》，而《否》即隨之。是以求慊必本乎戒欺，致知在格物。

第一章道長道消　在明明德

同人 ䷌ 大有

謙 ䷎ 豫

隨 ䷐ 蠱

臨 ䷒ 觀

噬嗑 ䷔ 賁

《同人》、《大有》即物格而后天下平。《謙》、《豫》即忠信以得之，驕泰以失之。故《隨》、《蠱》迭用柔剛，及《臨》、《觀》之化育行，乃噬已嗑，而《賁》飾亨，又當戒文盛之弊，蓋由來親民始終以修身爲本。

第二章觀乎人文以化成天下　在親民

剝 ䷖ 復

无妄 ䷘ 大畜

頤 ䷚

大過 ䷛

坎 ䷜

離 ䷝

《剝》、《復》、《無妄》、《大畜》、《頤》、《大過》、《坎》、《離》即大學之道在明親至善，故足以包舉全體，然《習坎》「有孚，維心亨，行有尚」。《離》「利貞，亨。畜牝牛吉」，非堯舜之德，其孰能當之？是以《坎》、《離》爲上經之終，開下經之始。

第三章重明以麗乎正乃化成天下　在止於至善

下經

咸 ䷞ 恒

遯 ䷠ 大壯

晉 ䷢ 明夷

家 ䷤ 睽

蹇 ䷦ 解

損 ䷨ 益

《咸》、《恒》、《遯》、《大壯》、《晋》、《明夷》、《家人》、《睽》、《蹇》、《解》即男女、夫婦、父子、君臣、家道、朋友之離合，統系乎《損》、《益》。盈虚與時偕行，所以達道達德，以三近九經爲盛衰之始。

第一章損益盈虚與時偕行　天命之謂性

夬 ䷪ 姤

萃 ䷬ 升

困 ䷮ 井

革 ䷰ 鼎

震 ䷲ 艮

《夬》、《姤》之一陰消則必息，是以懲忿窒欲。君子之道，費而隱，均杜漸防微，克復精純，以至如天。及歷《萃》、《升》之朝市，自安《困》、《井》之修省，然後可云革故鼎新、氣質變化，庶乎《震》、《艮》之動静，不失其時。

第二章動静不失其時其道光明　率性之謂道

漸 ䷴ 歸妹

豐 ䷶ 旅

巽 ䷸ 兌

渙 ䷺ 節

中孚　小過　既濟　未濟

《漸》、《歸妹》乃進退之樞，是以見善則遷，有過則改。夫微之顯，俱財成輔相，盡性潛伏以至如淵。迨經《豐》、《旅》之升沈，《巽》、《兑》必因之伏見宜乎？處《涣》、《節》合乎時措之宜，而《中孚》、《小過》有不誠明並進者乎？《既濟》、《未濟》之治亂，如四時更代，故人貴識時，所以《坤·象》首繫以「利牝馬之貞」。

第三章進退存亡而不失其正　修道之謂教

周公繫爻，以當位不當位，驗時義之得失。

孔子十翼

十翼卷上

彖、傳、贊篇章大義，以天地之道，驗人事之得失。

大象贊節旨

君子以自强不息。君子以厚德載物。

后以財成輔相以左右民。君子以儉德辟難不可榮以禄。

君子以明罰勑法。君子以虚受人。

君子以立不易方。君子以懲忿窒欲。

君子以見善則遷有過則改。君子以恐懼修省。

君子以明庶政無敢折獄。君子以常德行習教事。

大人以繼明照於四方。君子以思不出其位。

君子以思患而豫防之。君子以慎辯物居方。

全經大象本責成人事者也，故各具本末終始先後之序。兹僅列綱領節旨以見時用之義。

小象贊戒欺求慊，以言行、出處、語默、動静、互勘。

文言贊進德修業，足以統貫全經。

十翼卷中

上繫分贊辭變象占，以《易》與天地準爲樞。

下繫合贊卦爻變動，以乾坤其《易》之門耶爲樞。

説卦贊八卦體用象變。

十翼卷下

上序贊修德。

下序贊凝道，其次序若有定。

雜卦贊大學之道，其次序若無定，而反覆則有定。極言學業進退、離合、大小、遠近，或同，或不同，而慎獨則無不同。以一字約卦義爲十二節分五類統之以道長道憂。

學庸

子思子作《學》、《庸》，以一誠該體用，是以易簡，而天下之理得矣。古昔聖賢傳述其理，著於事物，從不托諸空言。如《大學》「知止」節，乃溯至「明德」之先。「古之欲明明德」節，又溯至「知止」之先。而止、定、静，乃意、心、身之理得，是以謂之致知。安、慮、得，即齊、治、平之理得，所以謂之格物。「致知在格物」者，原以後兩項總前六項而釋明德也。若推言家、齊，未有不本諸身修者也。故首釋誠意，以好惡、欺慊，辯知止之端倪，此之謂在明明德。而以《衛風》、《周頌》包舉學、修之全體，證明以誠爲本。復引《書》、《詩》，以驗古聖之德業均一誠之充周。至身、家、國、天下由來以一心之誠僞、離合爲得失，是故君子必先慎乎德。此之謂在親民。終於義利之辯，此之謂在止於至善。故《中庸》首繼云道也者，不可須臾離也。可離非道也。及以君子中庸，小人反中庸，嘆道之不行。非誠僞之辯乎？然君子每藉道之費，以成其未發之隱，緣與知、與能即道。道原不遠於人耳，但素其位而行卑高遠邇，由微之顯，便能發皆中節。大舜、文、武、周公其驗也。此之謂致知在格物，即率性之謂道。其中權以問政，囊括道體之本末。其範圍不過修身以道、修道以仁。後半以至誠、至曲，推闡功效，終於配天。合天即修道之謂教，末復引《詩》作結，首亦欺慊之端。餘六詩回應知止節，兼内外包小大，爲始終敬慎之明驗。蓋學離道則不足以爲學，道離學即不成其爲道，二而一，一而二。此大賢分《學》、《庸》爲二，正指示體用一源之妙。其顯微無間之象見，乃述易理之藴奧。見仁見智，則存乎其人。至曾子曰、仲尼曰，尤尊師重道之特筆，亦大賢家學淵源之所自。夫復何疑？天命之謂性，反諸己之謂學。學至達天，統可謂之致知在格物，無二致也。學修不先格身、心、意之物，則無以立上達之基，天下之理得，而成位乎其中矣云何。

跋

上古結繩而治，後世聖人易之以書契。百官以治，萬民以察。包羲畫卦，因時設教，純任自然，非得已也。文、周繫辭，以剛柔相推，驗時行之象，本政教之因，仍創學修之本末。孔子贊《易》，始發篇章節旨、觀玩之法，謂之《十翼》，則《易》道備。子思子之《學》、《庸》，以學業經緯《易》理，乃尊師重道之文，「知止」節即致知在格物，及費隱微顯，修身以道，修道以仁。此二書，互爲體用之明徵。一以《衛風》、《周頌》爲樞，一以《問政》章爲樞；一終於義利之辯，一終於聖神功效。《中庸》末復七引詩首明治亂，餘六詩釋「知止」節，即六爻之定解，乃慎獨之終始，亦《學庸述易》之宗旨也。是以上經可考其爲明德親民，下經可推其爲率性修道，統以外内順逆，而爲文。故《説卦》云「和順於道德而理於義，窮理盡性以至於命」者，此之謂也。上下經，各分三節，有《彖傳》逐節結語可證。仲尼祖述堯舜，憲章文武，絶非高遠，皆庸言庸行。是以舍《學》、《庸》古本而讀《易》，宜乎？未有能通其大義者矣。蓋《易》也、《十翼》也、《學》、《庸》也，皆修凝之道，勉下學而上達者也。天地以生生爲本，聖人以成物爲要。是以《易》逆數也。《易》既分《經》、《傳》，合《學》、《庸》章段，反覆並觀，精義粲然。凡生天地之間者，何莫由斯道也。惟自智、自賢、自任、自專及囿於性情、風氣，而能慎之於隱微、始終如一者，鮮矣。是以唯聖者能之。而《易》自周末以來，分漢、宋兩途。我朝則集其大成，字釋、句疏，可謂毫無遺議。惟《經》、《傳》節旨及三才觀象之法，尚欠分明，亦先儒之所略。無如三書久非其舊，苦無善本，惟《欽定三禮義疏》中，《學》、《庸》古、今本並列，是以後學得見原書。即此可見我朝遵朱子者，乃御世之微權；存古本者，誠作聖之常經。所以我朝德化，足與三代比隆也。兹各録本文，同《周易》而回旋互證，真一貫之學也。遵此而學，本立道生，則身心家國天下有治無亂也，明矣。蓋由來聖賢之遞相祖述者，實先天憂患無已之心也。而程朱生漢唐之後，由《禮記》提出《學》、《庸》，合《論》、《孟》爲四書，其功不在禹下。至其分經補傳，其賢智之過歟。蓋朱子私淑周程，以孔孟之學爲學，其功過又何待抑揚？然讀書既有所見，則不應遷就其詞。庶後之人有定評焉。蓋無極而太極，乃由無入有之稱，即微顯也。惟其另創名目，既非傳述之體，益滋後人之惑。是以我高宗純皇帝，洞見無形，存古本《學》、《庸》於全盛之際。其補救之方，亦「待其人而後行」「後天而奉天時」之廟算也。其有功《易》也，大矣。後之學者，其可不盡心乎？兹本先賢遵師重道之文、至聖讀《易》之法，略引其端，以補缺漏。華承彥謹志。

附　録

詩文輯佚

華世奎晚年將其詩作結集爲《思闇詩集》，但並非收入所有詩作。現將華世奎散佚他處之詩文等輯録如下。

薰風簾幕篆煙青〔一〕

不卷晶簾坐，煙青嫋半空。篆方縈繡幕，詩合詠薰風。爽籟瓊鈎觸，香痕寶鼎融。色分朝靄碧，光漏夕陽紅。微漾鰕鬚活，濃描鳥迹工。琴聲流檻外，筆意幻鑪中。清欲飄金屋，凉還拂綺櫳。棗花開更好，珠箔透玲瓏。

【校注】

〔一〕此詩見於孟繼坤選輯《詩星閣同人試律鈔》卷上，天津社會科學院圖書館藏清光緒戊子年（一八八八）中秋之月詩星閣刊本。

風定鑪煙直〔一〕

斜裊金鑪篆，煙輕易惹風。定時看焰直，坐處喜香融。睡鴨猶餘火，懸烏罷轉銅。無聲初入静，有影恰當中。似翦痕難覓，從繩義可通。但教簾窣地，不作練横空。柳重親添緑，花閑偶落紅。記穿墟里上，林外白濛濛。

【校注】

〔一〕此詩見於孟繼坤選輯《詩星閣同人試律鈔》卷上，天津社會科學院圖書館藏清光緒戊子年（一八八八）中秋之月詩星閣刊本。

飯後鐘〔一〕

一飯謀非易，關心預聽鐘。如何逾午漏，尚未設朝饔。貧久投齋慣，僧多款客慵。蒲牢驚乍吼，笋簣竟先供。俗眼慚遭汝，枯腸笑負儂。鉢香遲領略，金奏太從容。風裊茶煙細，霜添竹院濃。他年邀鼎養，重訪白雲踪。

【校注】

〔一〕此詩見於孟繼坤選輯《詩星閣同人試律鈔》卷上，天津社會科學院圖書館藏清光緒戊子年（一八八八）中秋之月詩星閣刊本。

厥貢鹽絺〔一〕

自古吴鹽重，名還並越絺。書誰稽禹貢，物轉屬嵎夷。潤下形堪築，乘凉服可披。波熬探渤海，絲染出臨淄。衣食真源裕，朝廷大利資。桃花紅糝後，蘿月白涵時。積雪張融賦，含風杜甫詩。和羹原待用，黼黻侍彤墀。

【校注】

〔一〕此詩見於孟繼坤選輯《詩星閣同人試律鈔》卷上，天津社會科學院圖書館藏清光緒戊子年（一八八八）中秋之月詩星閣刊本。

魚味勝江南〔一〕

魚自歌南有，江村味獨腴。問誰探丙穴，那便勝丁沽。垂釣河臨衛，辭家郡去吴。肥還兼稻蟹，香不憶松鱸。此地鮮能給，何人食竟無。戲休蓮葉羨，産豈析津輸。春暖波千頃，秋高酒一壺。幸依天闕近，斫膾薦堯厨。

【校注】

〔一〕此詩見於孟繼坤選輯《詩星閣同人試律鈔》卷上，天津社會科學院圖書館藏清光緒戊子年（一八八八）中秋之月詩星閣刊本。

十月小春梅蕊綻〔一〕

獨冠群芳品，暄妍屋角梅。蕊逢陽月綻，香逐小春來。枝尚黄花剩，聲偏翠羽催。臘前先得氣，嶺上早呈材。暖喜冬初送，肥疑雨後開。霜林驚甲坼，斗柄誤寅回。寒異中秋竹，侵無半點埃。紅鑪妝閣外，索笑幾徘徊。

【校注】

〔一〕此詩見於孟繼坤選輯《詩星閣同人試律鈔》卷上，天津社會科學院圖書館藏清光緒戊子年（一八八八）中秋之月詩星閣刊本。

平臺賜彩〔一〕

敢惜元黄彩，登臺望若神。無慚千乘耦，長保四城春。仙境殊銅雀，兵符握玉麟。綺羅新誥命，巾幗舊經綸。制比萊衣巧，光争蜀錦匀。九層階不遠，五百段俱陳。忠順三娘子，奢香一婦人。何如邀厚賜，平賊共推秦。

【校注】

〔一〕此詩見於孟繼坤選輯《詩星閣同人試律鈔》卷上，天津社會科學院圖書館藏清光緒戊子年（一八八八）中秋之月詩星閣刊本。

立馬望雲秋塞静〔一〕

漫比吴山立，秋清獨望雲。客心沈絶塞，馬首静斜曛。野色茫無際，笳聲悄不聞。一鞭摇樹影，萬里掃塵氛。

爲想江東暮，曾空冀北群。霜鼙今歇響，露布昔書勛。地迥人煙少，天高雁路分。射鵰原上好，極目入蒼雯。

【校注】

〔一〕此詩見於孟繼坤選輯《詩星閣同人試律鈔》卷上，天津社會科學院圖書館藏清光緒戊子年（一八八八）中秋之月詩星閣刊本。

山色城池近〔一〕

別擅金湯勝，城池疊嶂環。望中多秀色，近處有名山。境喜空濛接，情偏去住關。雨餘青滿郭，雲外碧成灣。蠟屐登臨後，雄區指顧間。浮嵐迎雉堞，倒影印螺鬟。俯仰都如畫，岧嶤竟可攀。盱眙誰作尉，拄笏興應閑。

【校注】

〔一〕此詩見於孟繼坤選輯《詩星閣同人試律鈔》卷上，天津社會科學院圖書館藏清光緒戊子年（一八八八）中秋之月詩星閣刊本。

花樹滿春田〔一〕

春色平郊滿，歸耕幸有田。花環無剩地，樹秀欲參天。桃李成蹊早，枌榆夾道連。一畦紅雨潤，百畝緑陰圓。露草時眠犢，風枝未動蟬。水村山郭外，槐夏麥秋前。掩映家三兩，招尋耦十千。悤悤櫻笋熟，耘又向南阡。

【校注】

〔一〕此詩見於孟繼坤選輯《詩星閣同人試律鈔》卷下，天津社會科學院圖書館藏清光緒戊子年（一八八八）中秋之月詩星閣刊本。

紫蟹初肥緑橘香〔一〕

看遍楓林紫，時鮮佐緑觴。蟹肥初入簍，橘熟暗生香。野水明幽火，人煙釀晚凉。詩成酬酒白，景好伴橙黄。圓上松江月，寒遲楚岸霜。秋心拚一醉，風味話重陽。稻雁輸前日，蒓鱸勝故鄉。客來償小約，搓手喜同嘗。

【校注】

〔一〕此詩見於孟繼坤選輯《詩星閣同人試律鈔》卷下，天津社會科學院圖書館藏清光緒戊子年（一八八八）中秋之月詩星閣刊本。

迴溪抱竹庭〔一〕

似往仍迴勢，幽溪簇錦萍。寺深藏古竹，岸轉抱間庭。瀟灑消人俗，栽培托地靈。波環三面緑，座擁萬竿青。引入琉璃界，張開翡翠屏。清流真曲水，佳景勝柯亭。石磴泉輕瀉，風篁韻可聽。漣漪寒碧外，秋欲撼疏櫺。

【校注】

〔一〕此詩見於孟繼坤選輯《詩星閣同人試律鈔》卷下，天津社會科學院圖書館藏清光緒戊子年（一八八八）中秋之月詩星閣刊本。

蓼花游〔一〕

獨抱防邊策，偷閑此壯游。地開雲水窟，人對蓼花秋。緑老藏深岸，紅疏映小舟。畫圖神外領，形勢望中收。有客當筵醉，何人借箸籌。河山新壁壘，簫管舊吟謳。句踐仇吴意，平原禦賊謀。瓦橋今在否，垂穗滿汀洲。

【校注】

〔一〕此詩見於孟繼坤選輯《詩星閣同人試律鈔》卷下，天津社會科學院圖書館藏清光緒戊子年（一八八八）中秋之月詩星閣刊本。

焚香宴坐晚窗深〔一〕

宴息何須卜，焚香偶一吟。鳥啼空院晚，人坐小窗深。半炷朝曾爇，重簾暝又侵。篆青環竹榻，紗碧轉蕉陰。讀每攜周易，薰難到鄂衾。鑪心微火活，屋角夕陽沈。寶鴨灰猶積，銀蟾影漸臨。綺櫳閑倚遍，無事理瑤琴。

【校注】

〔一〕此詩見於孟繼坤選輯《詩星閣同人試律鈔》卷下，天津社會科學院圖書館藏清光緒戊子年（一八八八）中秋之月詩星閣刊本。

淇水〔一〕

悠悠淇水自情深，引灌田疇具匠心。猶是周官溝洫意，孰云古法不宜今？我曾伸脚動星辰，寄迹煙波學富春。好共老農興水利，勝無一事坐垂綸。

〔一〕此詩見於《浚县志》（浚县地方志編纂委員會編，中州古籍出版社一九九〇年版）附録「地方文獻」部分。原詩無題，僅在詩末署「戊辰冬十二月天津華世奎」，筆者加題爲「淇水」。

壽趙幼梅六十二首丁卯十二月朔〔一〕

昔年識面甫成童，文酒縱横氣吐虹。不屑衣冠爲傀儡，竟將筆墨老英雄。書名盛似蘇髯叟，詩樣多於陸放翁。鄉校巍然繼絶學，狂瀾共障百川東。

天寒相率守冬藏，獨善居鄉抱熱腸。四座春風常客滿，一車終日爲人忙。魯連不仕圍頻解，柳下雖和行自方。六十老翁餘勇在，當筵仍復醉千觴。

【校注】

〔一〕此詩見於趙元禮《藏齋詩話》卷二。原詩無題，今爲筆者所加。

輓華學涑〔一〕

亂世患才多，亦既爲亡國大夫，百變終歸窮到死；累代以學顯，竟斬斷讀書種子，一家相與哭斯文。

【校注】

〔一〕華學涑（一八七二至一九二七），字實甫，號石斧，直隸天津人。華世奎族侄。二十歲入庠。光緒二十三年（一八九七）舉於鄉，入刑部爲主事。爲學頗肆力於理化博物，尤專研小學訓詁，嘗以提倡新學爲己任。庚子後，在津從事化學制造工業。創自立小學堂，繼而擴充爲初等工業學堂。光緒二十八年（一九〇二）考取商部章京，授商部主事，旋改農工商部主事。繼爲高等實業學堂監學官，兼博物化學教授，復兼順天中學堂化學教授。曾聯合鄉人於北京設畿輔實業學堂，並主持其教務。復創設植基農業公司、桃蒙公司於張家口，經營墾殖事業，並設一鳴玻璃工廠於北京。入同盟會。民國肇建，益致力於實業學術。一九一二年任工商會議直隸代表，次年任直隸商品陳列所調查員，未幾改編輯主任。一九一六年與嚴智怡、陸文鬱等人創設天津博物院，任副院長。晚年更致力於金石甲骨文字之學。著有《文字系》、《秦書集存》、《秦書八體原委》、《國文探索一斑》、《董理文字之我見》、《己小篇》等。

《㵎于集》序〔一〕

國朝名臣奏議極盛於光緒初，而吾師〔二〕中丞公爲之最，世所稱「四諫」〔三〕之一也。嘗讀其責任恭親王疏，請樞臣兼行譯署疏，論伊犁、越南、朝鮮諸疏，皆能言其大。又若閩海諸章奏，合前後諭旨〔四〕觀之，而當時誣構之詞、蒙蔽之罪，出於二三執政者，皆昭然矣。自來樞府，手巨柄，依阿親貴，動關天下安危。因創得失之交，世所見者，已然之迹耳。至機宜隱秘、憲制森嚴、分曹别部者，不得知，况閭里耶？使當時恭忠親王不去職，或不至生中法之釁。使師是時不力争，亦不致冒觸忌諱。不幸師獨蒙其咎而國是遂日以陵夷也。悲夫！方其引孤軍墊危地，腐心焦慮以求萬一之安全固已難矣，然而利竄攸分，首尾掣頓，終以不支。且以飛語上聞，虚鍜罪戾而船廠固自完也。昔《春秋》清之役，師入齊師，右師奔潰，而主右者孟武伯，主左者冉子也。冉子用矛於齊師，是以能入。夫子許其得禮。孟之反從，孟氏之後奔而居殿。夫子稱其不伐。馬江之役，水師灰燼，武伯之右師也。師既不肯自言，人亦無以是爲言者。非特不言，又從而下石焉，必使其沈冤莫白而後快。吁，酷矣！而卒之是非論定，功罪自明，殆亦有天道也。

夫奎少肄業問津，得廁門墻。師繩課嚴，岸岸彌峻，敬憚而已，未知師也。及橐筆樞垣。直廬夜宿，輒發師奏議，讀之始服其忠誠鬱結，直合賈長沙、董江都爲一人，而嘆嚮者知師之不盡也。師以癸卯卒江寧。越歲甲辰哲嗣仲炤以書來告，謀先刊奏議，苦無副本，因録方略所貯者，悉郵畀之。丁未以還，詔行憲政，設編查館，奎與仲炤同參館務，新進後學競騖紛更，當軸亦以變法爲時宜，舉列祖列宗所留貽摧折殆盡。二人者争致不獲，往往孤燈深夜，慷慨時艱，相與道師曩時謀國之苦心幾不諒於天下，輒爲泣下欷歔而嘆。僅於奏議求之猶未足以概師生平也。會奏輯光緒政要，二人又同預纂修，因取前寄諸奏議證以實録，參之檔案，共相校讎，未半而國變作，遂别去。今七八年矣。此七八年中，禍亂相尋，陸沉無日，回思與仲炤東華夜語時猶若有承平之風不可復得者，而益嘆老成憂危，極言深慮固已洞矚乎。數十年之後而預知有河決魚爛之一日也。論世者欲求一代政治得失之關焉，於此編又豈可第以奏議觀耶。宣統十年歲在戊午秋七月受業世愚侄華世奎謹叙。

【校注】

〔一〕該序載於張珮綸《澗于集》（民國十三年精刊本）卷首。

〔二〕 序中原文「師」字均平抬空一格。

〔三〕 晚清張之洞、寶廷、張佩綸、黄體芳被稱爲「翰林四諫」，號爲清流派。

〔四〕 序中原文「諭旨」、「詔行」、「列祖」、「實録」等字均平抬提行。

修輯《通四晴雲公支華氏宗譜》序〔一〕

自宗法廢而譜學興。譜也者，發乎情，止乎禮，世愈亂而用愈大者也。我華氏受姓於春秋。宋譜則始於趙宋。祖歷先世自南齊孝祖公世居無錫，爲無錫人，厥後遷汴四世。宋既南渡，三一公復歸於錫，是乃華氏統譜第一世。祖歷七世，分通、奇十五大支。我通四支，至九世祖栖碧公，子孫益繁衍，又析爲小支若干。我天津分支，不過小支中一小支耳。支派既繁，大小支裔多於統譜之外，别立支譜。我十世祖晴雲公後裔，鄉居業農者多，離鄉久者又散漫，猝難踪迹，以是支譜闕焉未修。族弟叔琴引爲大憾，一日自錫北來，謂世奎曰：「吾有志支譜久矣，遠徵曲訪，促促至今，猶十不八九。世變亟遲，無復遲矣，將卒成之。」奎曰：「善。」亟舉吾從祖梅莊公所輯天津分支單行譜，吾父屏周公又尾而續焉者，授之。而歸不一載，蘇浙構釁。甲子秋，兵事熾，無錫適當其衝，焚掠誅求，慘毒無人理。時方救生避死之不暇，遑問其他。今年四月，忽走書來報曰譜成矣，屬爲序，並以其所自爲序及凡例見示。展而誦之，體嚴而義正，語重而心長，幾無復置辭之地。雖然叔琴之苦心、毅力，正有不容没者。方在國家無事，聖教昌明，人無異學，學無異説，所謂情無異情，所謂禮無異禮，一家如是，家家如是，當是時人不慮無家，家不慮無譜。迨世風一變，異學遂盛，異説遂張，家族舊制遂不可行。無何父子異爨、兄弟鬩墻者，比比皆是。遠而宗族，途人而已。内無情，外無禮。久之，父子兄弟亦途人而已。當是時，家雖有譜如無譜然，人雖有家如無家然，家雖有人如無人然，於是人道絶，天下大亂。大亂之後，天下容有完善之家。我家亦家也，且十倍百倍於人之家，可懼也。然而家有我，我有責，我即有權可爲也。語焉有弗通，履焉有弗遍。此譜之所由作歟。且夫峻堤防於盛漲之時，不能不争旦夕之功也。拒烈焰於狂風之下，不能不奮雷霆之鋭也。欲善其家而不早爲計，吾恐族愈大，丁愈多，情愈涣，知禮愈難，惑邪説愈易。近則相欺也，相慢也，相争相奪也，愈擾攘不休；遠者愈遠愈相忘不相顧，其不隨俗變化者幾何矣。非敢謂正家之道一譜盡之也，是亦先其所急，俾受而讀者，無遠無近，咸瞭然一本之親長幼尊卑之序，不覺油然生愛，肅然起敬，自戢其偷薄趨競之心，忠厚遺風庶幾不墜。抑又有説焉。自學校廢經不讀，循是以往，竊恐國無識字之人。不於此時觀譜之成，後之人有欲爲之而不能者矣。即不然不於此時先爲之備，後之人有雖能焉，而無從爲之者矣。天意不可知，設亂不數年即定，所慮誠不必如此之深；設亂不百年而不定，所顧亦不及如此之遠。萬一至其時，其風雖邈，其事可行，其情可合可離，其禮可存可廢，則我祖宗所創而垂者，與我子孫所承而接者，今其樞紐也。蓋一髮繫千鈞之重矣。緯絶而經不屬，璞缺而玉不完，不我咎，將誰咎？此又激於守先待後之誠。雖極之顛沛流離，猶復日夜黽勉從事，而不敢斯須濡滯者也。鼓鼙喧於門，毫楮瘁於室。吁，苦矣，然而其功偉矣、烈矣。故曰：「譜也者，發乎情，止乎禮，世愈亂而用愈大也。」或曰南有統譜，北有單行譜足矣，汲汲支譜胡爲者。曰不然，譬之統譜，海也。支譜，江河也。單行譜，溝瀆也。循序遞進者，理也。萬流成滙者，勢也。是三者相輔而行，缺一不可。而盡情盡禮之微意，則並無異同、廣狹於其間。嗟乎，自元明以來人，稱家族模範者皆曰無錫華氏。迄今敬祖敦宗，煌煌盛舉，踵而行者，代不乏人，日增而月進，我輩輾轉遷在遠者，求仿效一二而不可能。即今編訂校讎諸役，猶是始終坐享其成，未嘗效尺寸微勞，與叔琴少分責任。是則奎五夜徬徨，撫衷滋愧者也。若吾弟叔琴者，亦卓然可以風矣。乙丑六月，二十七世孫世奎謹序。

【校注】

〔一〕該序見於華堂輯民國十四年（一九二五）木刻本《華氏宗譜》卷首。

華承彦自繪小像識

含章可貞，居德則忌。天下何思何慮？

余病既瘳，幽居静坐，彷彿見真吾。適案頭堆素紙，濡染立就，援鏡自照，不覺啞然失笑。是耶，非耶？吾不得而知之。非吾者又烏得而知耶？

辛卯嘉平屏周自識，命兒子世奎書〔一〕。

【校注】

〔一〕羅按：此文見於《先考屏周府君行述·先妣田太夫人行述》一書卷首。「書」字後有「小直沽人」印。

華承彦自繪小像又識

余幼以多病廢學，不免貽父母憂，且於聖人之所以教人者，茫然無所遵循，則觸處皆苦境矣。閑居無俚，乃自寫小照，作執筆構思之狀。王晋賢先生見之大笑曰：「是胡爲者？徒自苦耳。」夫人不讀書，何有於樂。因思孔子之繫《易》曰：「作《易》者，其有憂患乎？」是聖人以有憂患而作《易》，即善處憂患者莫過於《易》。數年以來，得暇即讀《易》，久之若有所得，乃恍然曰：「憂患原無害於樂。余之執筆構思，未始不可尋孔顔樂處。」質之晋賢先生其謂之何。

壬辰新正，屏周又識，命侄孫學瀾書。〔一〕

【校注】

〔一〕羅按：此文見於《先考屏周府君行述·先妣田太夫人行述》一書卷首。「書」字後，有「一笠叟」印。

師友唱和

華世奎《思闇詩集》中多師友唱和詩，故酬和華氏之詩作亦應不在少數。現僅就目力所見，蒐集於此。

璧臣親家同年六十壽　嚴修

昔日朱顔兩少年，轉瞬相對俱成翁。所經上元一周甲，身世遭際約略同。惟均志節我弗若，能壹表裏貫始終。我於接物常詭隨，君則能介兼能通。我於決事多迴惑，君則至明由至公。始吾與君或異議，久之乃使吾説窮。始吾謂君太盡言，久之乃審君言忠。或爲緇衣或巷伯，惟其歷勝斯氣充。天賦剛德本殊衆，至老不渝鐵石衷。君年少我僅四歲，我如蒲柳危秋風。君則松柏耐歲寒，凝然根石柯青銅。我以孱軀早嗜酒，至今疾疢紛來攻。君身誠健亦少困，近喜北海樽長空。平原公子豈足法，未必病中勝愁中。再周甲子仍一瞬，所期愛此清明躬。百頌一規倘見頷，尚無笑我詞未工。（載於嚴修撰，楊傳慶整理：《嚴範孫先生古近體存稿》卷二，天津古籍出版社，二〇一五）

海濱病困因憎其地作詩詆之記華璧臣詩有類此者也　嚴修

聒耳濤聲日夜聞，眼前處處見荒墳。翻騰鷹鶚爭求食，散漫牛羊不合群。土曠盡容閑草木，天遥時有惡風雲。向來此地稱名勝，祇可人云吾亦云。（載於嚴修撰，楊傳慶整理：《嚴範孫先生古近體詩存稿》卷二，天津古籍出版社，二〇一五）

書華璧臣六十詩後　吴昌碩

屏周老友笑解頤，有子有子民義熙。壽詩百讀當奉手，天醉一問爲攢眉。忠孝兼資楹傳舊，節氣獨抱瓢飲宜。長君廿載歸未得，誓不浮海將何之。（載於吴昌碩撰，童音點校《吴昌碩詩集》，華東師範大學出版社，二〇〇九）

贈華璧臣癸酉　陳寶琛

剛峻天留度海桑，耆英出處故堂堂。帝閽鳳諾親承旨，臣里龍潛習近光。碑版晚猶騰遠裔，尊壘聞自記真鄉。年家耳熟趨庭語，夙信平生本義方。（載於陳寶琛《滄趣樓詩文集》，上海古籍出版社，二〇〇六）

二月初九日華璧臣先生招飲城南席散同過楊子若書齋小坐　陳中嶽

亂後重勞問起居，况當九死一生餘。直從未坐狂塵酒，肯向侯門浪曳裾。文字只今真賈禍，湖山無處更逃虚。回車小憩差堪味，若薅新烹月亡初。（載於沈其光《瓶粟齋詩話三編》）

哭璧臣　高凌雯

紅塵滚滚涴朝衣，變態風雲悵羅輝。未筑新巢方毁室，衝天一鶴已南飛。
甲子紀年秋復春，厭聞漢臘已更新。鬻書聊當橋亭卜，遺觀知爲後世珍。
君父由來稱並尊，兩鬢不去記親恩。王綱墜後無人問，獨有千鈞一髮存。

黄巾猶不犯賢鄉，時輩遍思毁廟堂。費盡生前回陳力，不教魯殿失靈光。
北方學者久凋零，劫後重修問字亭。羞幸伏生猶未老，日攜多士聽談經。

（載高凌雯《剛訓齋詩集》）

天津華璧臣閣丞七十歲贈言

章鈺

服己氏以世臣之後挾下臣之心，怙恃詐力，躐登要路。其假公濟私，得逞異志，卒釀成振古以還未有之變局者，其操術有二：屬於武者，以練兵爲名，其餘荼毒爲軍閥，授反對者以藉口，勇内鬨而怯外禦，民殘國削，歸之劫數，無如何也；屬於文者，愚弄親貴，交結權要而外，凡夫負有時望者，引援薦剡，以功名動之。於是根本淺薄之徒少不自持無不入其籠絡。淄夫始借民意後干天位，昔之拜恩私室者亦明知其不可也，背之不能，拒之不敢，惟有相與淪胥，無從自拔。論者謂氏之得廁於拖紫之運者，由據北洋形勢之地，養成羽翼，而恬静一隅之士大夫氣節尤被蹂躪者也。若夫以幹濟之才登清切之地，獨荷彼深情厚貌，若將引爲臂助，一旦情狀大異，則搴裳去之，無所顧藉，則惟我執友華君璧臣一人。

君由内閣中書考入軍機處，洊升領班章京。光緒季年，氏在樞臣職耳。君負北中人人望折節相待，殷勤伊甚。辛亥變作，朝廷召氏充内閣總理大臣，時君官閣丞。閣丞爲新設專缺，職守略如漢丞相府長史，所以承總理之命而布政於中外各衙門者也。總理權特重閣丞，責亦特重。時氏方高揭政治革新名義。我有官守亦姑安之。未幾而圖窮匕見。君乃以省親謁假返里。時則徵召之使絡繹道上，慫君挾君近在親故而君赤石不奪，以北海逸民自署。氏既顛覆而承氏衣鉢者皆君平昔交游之□□，仗舊誼盡情牽引而君一意孤行，至今昆山顧氏稍理鬢毛之感。蓋君平生大節如此。鈺嘗讀君所述封光禄公遺訓矣。大致斥滅倫蕩紀之輩而歸本於綱常名教不能不麗諸人。鈺敬題像贊，獨以教忠二字闡之。有是父乃有是子。視陳太邱之後有群，荀朗陵之後有彧，其家法爲何如？君之克承家法而爲有清一代讀書人少少留面目者又何如也？

癸酉仲夏，届君七旬眉慶，敬就鈺最欽重者書之於册，俾夫後世尚論之士於振古奇局中緬想夫《易》所云「獨立不懼，遁世無悶」者之尚有其人。於物爲碩果，於地爲砥柱，於天爲啟明，傳人完人，巋然推畿南遺獻之宗焉。是則君之所以爲瘦者，固别有在矣。意所不盡，綴以長句，詞曰：

我聞書家顔真卿，英風浩蕩挾以行。南園肖之騰直聲，到今君也艱且貞。書者如也如平生，要以人重爲定評。忠義堂帖此後勍，世俗譽之猶蚊虻。南齊孝子名宗英，畫像終古頭鬅鬙。君亦不髡報有清，一髮所寄千鈞輕。年來止酒師淵明，矧復玉貌鶩圜城。請歌急就老復丁，歲寒松柏此尋盟。（載於章鈺《四當齋集》卷九）

華世奎年譜

爲方便讀者瞭解華世奎及其所處的時代，而編撰華世奎年譜。其以時間爲序，羅列華氏一生的大概事迹。需要特別説明者：其一，年譜編纂史料主要來自華世奎《思闇詩集》與書法作品，其好友著作中的相關記載，以及當代學者的研究論述，爲避免繁瑣而略去考證；其二，年譜主要以公元紀年爲時間依據，一些重要的事迹，則在括弧内兼標夏曆日期；其三，年譜雖以華氏爲主，同時也臚列與其有直接關係的人物的部分事迹；其四，對於當時中國、天津以及天津文壇的部分相關大事，亦同時采列，但不分行書寫。

一八六四年　甲子　清同治三年　一歲

是年夏曆五月二十三，華世奎生。

一八六七年　丁卯　清同治六年　四歲

是年，華世奎從父華承彦學書，宗顔真卿，每日必仿影二十字，後臨摹各家碑帖，寒暑不輟，終生未懈。

是年，華世奎族伯華光煒於天津鹽運使衙門後購地，設保赤牛痘公局，免費爲兒童試種。

一八七九年　己卯　清光緒五年　十六歲

三月，華世奎參加己卯科試，取入天津縣學，爲附學生。時學政祁世長主持考試，對華世奎頗多贊賞。

是年春，因光緒初年家道中落，家族推舉華世奎之父華承彦主持家族事務。以至放榜之日，報喜人歡呼而至，而索債人正在華家室内喧嘩。後經華承彦苦心經營數十年，家道中興。

一八八一年　辛巳　清光緒七年　十八歲

是年，華世奎與浦氏完婚。後育有二男四女。長子華澤宣，娶嚴修次女。次子華澤傳。長女華澤忻，嫁涿州馮溭。次女華澤愉，嫁齊燮元。三女華澤怡，嫁山東濟寧孫照。四女華澤恂，嫁錢能訓次子錢承祜。

一八八三年　癸未　清光緒九年　二十歲

是年，楊光儀《碧瑯玕館詩鈔》四卷及《碧瑯玕館詩續鈔》四卷，私刻本行世。

一八八五年　乙酉　清光緒十一年　二十二歲

是年，華世奎被拔爲乙酉科優貢。

一八八六年　丙戌　清光緒十二年　二十三歲

五月二十四日，華世奎爲鄭孝胥題扇，書五言律一首。

是年冬，華世奎祖父華長治逝世。

是年，海管道周馥、長蘆鹽運使季邦楨與天津道萬培因，創辦集賢書院，地址在天津河東（今河北區）獅子林。

一八八八年　戊子　清光緒十四年　二十五歲

五月四日，天津地區發生七點五級地震。

華世奎曾與孟廣慧、孟繼坤、高凌雯、華世銘、華學淇、華承勛等，組織詩星閣詩社。是年，孟繼坤編選結集《詩星閣同人試律鈔》二卷並刻印行世。

是年，袁思韡逝世，華世奎爲《清故誥授中議大夫鹽運使銜廣西補用知府袁君墓志銘》書丹。該碑由羅文彬撰文並篆額。

一八九〇年　庚寅　清光緒十六年　二十七歲

五月二十一日，天津因暴雨發生水灾，人畜多爲淹斃。

是年夏，華世奎祖母長蘆蔣氏逝世。

一八九一年　辛卯　清光緒十七年　二十八歲

是年，梅寶璐逝世，終年七十五歲。

一八九二年　壬辰　清光緒十八年　二十九歲

是年，華世奎書「大道留天地，雄風傳子孫」對聯。

是年，楊光儀七十一歲，自集「人瘦乃壽，詩正而葩」聯語，命華世奎書以小篆而懸於壁間。

一八九三年　癸巳　清光緒十九年　三十歲

是年，華世奎考中恩科舉人，升翰林院編修。

一八九四年　甲午　清光緒二十年　三十一歲

八月一日（夏曆七月），華世奎爲《重修天津保赤堂記》書丹。

是年，慈禧太后六旬萬壽，華世奎進呈賀表，因内容得體、字迹端正，爲慈禧所看中。

是年，華世奎任内閣中書。

是年，華世奎出資請張福順開辦寶文堂書坊，地址在天津故城城根，除專營古舊書外，兼售華氏刻書及其他名家刻書。此爲天津較早開辦的書店之一。

一八九五年　乙未　清光緒二十一年　三十二歲

四月二十五日（夏曆四月初一），與衙門侍讀奎華等呈奏折，反對與日本簽訂和約，勸光緒帝拒絶對日賠款、割地、屯兵等要求。

五月二十五，華世奎母田氏逝世。

一八九九年　己亥　清光緒二十五年　三十六歲

一月十三日（夏曆戊戌年十二月初二），史夢蘭逝世，華世奎爲其墓碑書丹。該碑由王樹枏撰文。

一九〇〇年　庚子　清光緒二十六年　三十七歲

十月，華世奎寓居朱鱟家，直到一九〇二年四月。

是年冬，有鵲營巢於朱鱟宅樹上，如斗大。朱鱟戲謂華世奎曰：「此君入軍機之兆也」。

是年，華世奎撤走寶文堂書坊資金，寶文堂隨之歇業。

是年，楊光儀逝世，終年七十九歲。

是年，義和團在天津興起。

一九〇一年　辛丑　清光緒二十七年　三十八歲

七月二十五，《辛丑條約》在北京簽訂。

是年，因八國聯軍洗劫天津，鼓樓由梅寶璐所書「高敞快登臨，看七十二沽往來帆影；繁華誰喚醒，聽一百八杵早晚鐘聲」對聯被毀。華世奎於是補書此聯，復懸於柱。

一九〇二年　壬寅　清光緒二十八年　三十九歲

四月，華世奎選爲軍機處章京，旋升軍機章京領班。隨之迎家眷移居北京。

五月四日，清政府授袁世凱爲直隸總督兼北洋大臣；七月十二日，袁世凱由京到津，率部前往八國聯軍都統衙門辦理接受手續，自此結束都統衙門對天津兩年的軍事統治。同時，天津成爲直隸省省會。

一九〇四年　甲辰　清光緒三十年　四十一歲

是年，華世奎書唐代李白《黄鶴樓送孟浩然之廣陵》：「故人西辭黄鶴樓，煙花三月下揚州。孤帆遠影碧空盡，唯見長江天際流。」

是年，華世奎收到張志潜所寄張珮綸奏議稿。

約於是年，華世奎結交楊以德。其《壽楊敬林以德五十》云：「我與楊仲子，締交二十年。」

一九〇六年　丙午　清光緒三十二年　四十三歲

六月三日，華世奎拜訪賀葆真。時華世奎以户部員外郎充軍機章京。昔賀葆真父與華世奎伯父華學瀾相善，亦與華世奎相過從。

十一月六日（夏曆九月二十），華世奎在湖廣館祝祖翁九十大壽。惲毓鼎等人道賀。

一九〇七年　丁未　清光緒三十三年　四十四歲

十月二十日，《政治官報》創辦於北京，是爲我國歷史上第一份由中樞部門直接主辦和公開出版發行的政府機關報，由華世奎主持編輯。

十一月一日（夏曆九月二十六），華世奎祖太夫人過壽，惲毓鼎等人道賀。

十一月，據《順天時報》一九〇七年十一月二十六日第一千七百三十一號《華世奎之開缺》載：軍機處三品領班章京華世奎因事故，已由軍機處大臣奏請開缺矣。

是年，華世奎兼任政治官報局局長。屬下印刷科科員爲傅範初。

一九〇八年　戊申　清光緒三十四年　四十五歲

三月二十六日（夏曆二月二十四），華世奎在嚴修家與惲毓鼎等人共商津浦鐵路債票事。

約於是年之前，華世奎參加《光緒政要》編纂。同時，整理張珮綸奏議書稿。

一九〇九年　己酉　清宣統元年　四十六歲

二月二十二日（夏曆二月初三），應朱崇蔭（字伯勛）約，華世奎與許寶蘅、王少庭、林海瀲、楊少泉、易貞

十月二十八日（夏曆九月十五），華世奎與朱崇蔭、錢能訓、徐宗溥（字博泉）等人約談。

十一月十四日（夏曆十月初二），應朱启鈐約，華世奎與許寶蘅、段書雲、錢能訓、劭希同等人，於廣和居午餐。

是年，溥儀即位。華世奎頗受隆裕太后倚重，常被召問事。

一九一〇年　庚戌　清宣統二年　四十七歲

三月九日（夏曆正月二十八），軍機處奏稱：「前領班章京華世奎服闋，請仍以三品章京在領班上行走。」宣統旨批：「知道了。欽此。」

三月十八日（夏曆二月初八），華世奎與吴廷燮、沈侶昆局長，招飲汪榮寶於官報局。

九月七日（夏曆八月初四），華世奎與許寶蘅等人在官報局，商酌特派員會坐位安排事宜。

十一月十五日（夏曆十月十四），因軍機處擬覆吴賜齡質問説帖，華世奎到汪榮寶處商酌。

一九一一年　辛亥　清宣統三年　四十八歲

二月（夏曆正月），華世奎書唐代張祜《題杭州孤山寺》「樓臺聳碧岑，一徑入湖心。不雨山長潤，無雲水自陰。斷橋荒蘚澀，空院落花深。猶憶西窗月，鐘聲在北林」條幅。

五月八日，清政府宣布裁撤舊内閣和軍機處，任命新内閣，是爲「皇族内閣」。其置承宣廳以軍機處改、制誥局以舊内閣改、叙官局以吏部改、法制局以憲政編查館之法制處改、統計局、印鑄局。内閣總理大臣爲慶親王奕劻；協理大臣爲徐世昌、那桐；大臣之下置閣丞，爲華世奎；承宣廳長爲趙敬忱。以次置僉事等官，仍以軍機處舊人留用，凡二十九人。

五月二十七日（夏曆四月二十九），華世奎與徐世昌，找那桐商議公事。

七月二十三日，華世奎謝改罰俸一年。

十月十日（夏曆八月十九）晚，武昌起義爆發，又稱「辛亥革命」。清政府決定實施武力鎮壓，但在派誰統兵南下問題上出現争議。那桐不主張由陸軍大臣蔭昌親自督剿，華世奎則提議由段祺瑞率清江浦混成協乘軍艦到湖北，如此既快又近。

十月三十一日，嚴修赴京找華世奎探問政局，華世奎在内閣印鑄局等候。嚴修詢問政府近日情況及態度。華世奎認爲，政府系真心改革並言近日清廷主政者，那桐之力最强，而那桐則甚納華世奎之言。後，嚴修由京返津。

十一月一日，清廷攝政王載灃宣布解散皇族内閣，免去奕劻内閣總理大臣一職，任命袁世凱入内閣，爲内閣總理大臣。内閣協理大臣及國務大臣均辭職，政府重新組織責任内閣。時内閣所屬部門聽命於閣丞。華世奎出任閣丞，並升爲軍機處章京領袖，授正三品，同時仍兼政治官報局局長。

是年，馮國璋致函華世奎。函云：「璧臣仁兄大人閣下，天津各路軍統聯名奏請、飭親歸大臣將存放銀行款項提回，借充軍用一電，事前雖未與弟會商，而發電以後則已得有通告。此爲支持危局起見，斷無不表同情。且軍隊不認共和，弟已表同情於先矣。漢卿軍門與弟情事相同，自亦絶無異議。特此布復，衹請籌安。愚弟馮國璋頓首。」

一九一二年　壬子　民國元年　四十九歲

一月一日，南京臨時政府成立，孫中山就任臨時大總統。

二月六日（夏曆辛亥年十二月十九），華世奎爲《徐嘉賢妻劉氏墓表》書丹。此碑由賜進士出身誥授資政大夫典禮院學士柯劭忞撰文，誥授資政大夫學部國子丞徐坊篆額。

二月七日，清廷召開内閣會議，磋商優待皇室條件。與議者爲外部、民部、郵傳部、商部、海軍部、度支部等部長。時民軍對此大部分認可，對於每年四百萬兩皇室經費則擬減少，宜減爲常年二百萬。袁世凱以爲，清室既將政權讓出，若再減優待費，無以對太后，即命閣丞華世奎起草電文駁回。

二月十二日（夏曆辛亥年十二月二十五），清帝溥儀宣布退位，清亡；據張達驤回憶，退位詔書由華世奎謄寫，蓋印後，裝裱卷軸，放入匾亭，由太監抬進太和殿。時攝政王載灃主持退位儀式，宣布宣統帝退位。清室遜位後，華世奎退居天津，自號北海逸民。

二月十六日（夏曆辛亥年十二月廿九），華世奎於公署告訴許寶蘅：袁世凱命廳員及各參議員，皆移至外務部署内辦公，留許寶蘅在原處傳話接洽，大約須俟移動後再實行。

二月十三日，袁世凱通電贊成共和，孫中山向臨時參議院提出辭職；十五日，參議院選舉袁世凱爲臨時大總統；九月二十一日周馥去世。

三月二日（夏曆正月十四），華世奎到天津；四日，許寶蘅寄書信給華世奎；十二日，許寶蘅代華世奎向臨時大總統辭職。

八月，華世奎與榮德會晤。

十一月二十五日，華世奎與榮慶、喬保衡等人，到幼鐵岳父家，榮慶爲其題主，華世奎與喬保衡題襄。

十二月十一日，榮慶拜訪華世奎，兩人約飯於薈芳羊肉館。

十二月，華世奎與嚴修、劉嘉琛、高凌雯、林兆翰、王守恂、趙元禮等人聯名向臨時大總統遞送呈文，要求在天津爲周馥建立專祠，以爲紀念。受此影響，山東、安徽等地亦先後提出各在當地爲周馥建立祠堂。

一九一三年　癸丑　民國二年　五十歲

九月一日，張勛攻陷南京，「二次革命」失敗；十月六日，袁世凱威迫國會選其爲正式大總統。

一九一四年　甲寅　民國三年　五十一歲

一月二十日，華世奎約那桐於泉聚樓。

二月二十七日，袁世凱任命朱家寶爲直隸民政長兼署直隸都督。朱家寶由京到津。

三月二十四，清時外務部尚書鄒嘉來、郵傳部左侍郎吴鬱生、典禮院副總裁郭曾炘與閣丞華世奎等，合詞呈請内務府代奏，爲翁同龢加謚。

是年春，袁世凱派吴笈蓀到青島請徐世昌出任國務卿。徐世昌過天津時，下車小住。直隸省民政長劉若曾於聚合成飯莊設宴款待，並約華世奎、嚴修、高凌霨作陪。華世奎席間勸説徐世昌不要辜負清室。

五月一日，袁世凱廢除《中華民國臨時約法》，公布《中華民國約法》；六月，參議院成立。

九月，華世奎赴北京，作《甲寅九月入都有感》。

十一月，華世奎作《甲寅冬十一月自題小照二首》。

十二月十四日午後，華世奎到那桐處談訪。

一九一五年　乙卯　民國四年　五十二歲

夏曆正月初九，史夢蘭繼室田夫人九十壽辰。華世奎書聯以賀。聯云：「九日恰逢正月吉，十年再進百齡觴。」

三月，日軍侵占奉天省城瀋陽。

是年秋，徐世昌以「鄉邦文獻日就湮滅，倡議修志」，曾邀華世奎、嚴修、趙元禮與高凌雯等知名人士會商，定議於次年開志局搜集資料，而由高凌雯主其事。該志自民國八年（一九一九）開始編纂，歷時三年，至民國十一年（一九二二）脱稿。

十二月十二日，袁世凱恢復帝制，改國號爲「中華帝國」，以次年爲洪憲元年。

約於是年，華世奎作《閑居》詩。詩云：「避戈冥鴻脱餌魚，田園三載賦閑居。」

是年，華世奎與嚴修等參與編纂由徐世昌主持的《大清畿輔先哲傳》四十卷附《烈女傳》六卷。

一九一六年　丙辰　民國五年　五十三歲

三月二十二日，袁世凱下令撤銷帝制。

三月，天津發生雙烈女案。華世奎爲《南皮張氏雙烈女廟碑》等書丹，並作《雙烈女一百韻並序》長詩。

六月六日，袁世凱死。

六月七日，黎元洪宣布就任代理大總統職，直隸各界代表嚴修、華世奎、卞蔭昌等人聯名致電祝賀，並要求從速取消中國銀行、交通銀行兩行不兑現的閣令，以維持金融。至七月，因擠兑而爆發的天津金融危機宣告結束。

七月四日（夏曆六月初五），華世奎父華承彦逝世。夏曆六月二十八，約吊，翁斌孫、錢能訓等人來赴。二十九日，移殯。

十二月二十九日（夏曆十二月初五），華世奎與翁斌孫等人於張貞午家座談，至夜分方歸。

一九一七年　丁巳　民國六年　五十四歲

一月十六日（夏曆丙辰年十二月二十三），華世奎與翁斌孫、齊照岩、高少農、渠楚南、秦子樵等人，應朱經田之約，共飲其家，啜食松花江魚。二十日，華世奎與翁斌孫、渠楚南宴請錢能訓、楊味雲、張貞午等人。

七月，張勛擁清廢帝溥儀復辟。三日，下第十九道僞諭，宣召華世奎、鄭孝胥、秦炳直、陳濟唐、吴慶坻、趙啟霖、翁斌孫入京。華世奎以足疾爲由，不就。段祺瑞組「討逆軍」進入北京，驅逐張勛，復任國務總理。

七月十六日，華世奎與徐世昌至北京，爲開脱溥儀復辟罪責以及保住清室優待條件充當説客。

九月十三，天津書畫慈善會職員劉家楨、趙寶智，勸募徐世昌、華世奎、嚴修、趙元禮等九人書畫，陳列銷售，以籌賑災款。

是年，天津水災，翁斌孫攜家眷自英租界到華世奎家避水，寓居華家樓上。

一九一八年　戊午　民國七年　五十五歲

三月春，華世奎題寫「天津總商會」匾額。

三月二十九日，賀葆真到天津縣志局會晤華世奎。華世奎對賀葆真所出《大清畿輔先哲傳》目録頗有微詞，嫌所録太濫，稱大臣如齊承彦等，不惟無功德，且人有微詞，而以金剛滑公之卓卓反廁於循吏中，亦未能愜人意。

七月，華世奎爲張珮綸《澗于集》作序。

八月十二日，安福國會在北京開幕；九月四日，選舉徐世昌爲大總統；徐世昌《水竹邨人集》十二卷由天津徐氏自家私刻行世。

自是年至一九二三年，華世奎在天津主持舉辦數屆天津縣「周濟文貧」活動。時天津縣及周邊地區的一些文人墨客，於每年夏曆春節前舉行一次文筆盛試。應試者則皆津門著名墨客。大會遴選其中優等文章予以獎勵，其獎品皆爲實物，米麵肉油等年貨。活動經費由天津著名商賈八大家捐資，其目的在於讓貧苦文客怡度佳節。歷届周濟文貧活動中的最佳文選第一名，皆爲王慶坨人王猩酋之杰作。

一九一九年　己未　民國八年　五十六歲

一月，巴黎和會召開，中國代表在和會上提出取消「二十一條」、歸還山東、取消列强在華特權等要求。

一月三十日，華世奎與華漱石（羅按：此處華漱石，疑即華學涑。華學涑，字實甫，號石斧。曾與嚴智怡、陸文郁等創設天津博物館。）家務涉訟，聲請再審。

四月十二日（夏曆三月十二），嚴修生日，華世奎作《壽嚴範孫親家六十》壽詩。

四月二十日，先哲祠春祭，到者八十餘人，劉仲魯代總統主祭，華世奎擔任鳴贊。

五月二十五日，華世奎母田氏亡。華世奎撰祭母孝幃，略云：「喜則心與俱喜，戚則心與俱戚，息則心與俱息，游則心與俱游。溯自學而仕，仕而歸，總似孩提襁褓……最是孤兒……忽忽焉椿萱萎盡，晨昏樂境此生無。」

十一月六日，華世奎與華漱石的家務涉訟抗告案宣告判決。

自是年至一九二二年，張克家《如法受持館詩》、《如法受持館詩續》、《如法受持館詩餘》各一卷，及《如法受持館文集》四卷相繼行世。

一九二〇年　庚申　民國九年　五十七歲

八月，張作霖、曹錕控制北京政府，以靳雲鵬爲國務總理。

十月，李純死，出殯時，由華世奎任點主，曹錕爲祭門。

十二月十八日，天津急賑會開董事會議，楊以德報告稱，華紳璧臣捐雙烈女碑帖一千本，每本售洋一元，得價均行助捐賑濟。

是年，金鉞《戊午吟草》木板刻印行世。

是年，高凌雯六十歲，華世奎作《壽高彤皆凌雯同年六十》。

一九二一年　辛酉　民國十年　五十八歲

一月二十六日，據一九二一年一月二十七日《順天時報》第六千一百〇號《元首傅見華世奎》報道，是日徐世昌大總統會見華世奎，商定北五省賑灾事宜。華世奎捐獻頗多。

是年春，城南詩社成立。城南詩社爲民國年間天津享有盛名、持續多年的舊文學社團。詩社由嚴修宣導主持。參加者多是朝野名流、息影遺老或地方縉紳，有吴壽賢（字子通）、王武禄（字緯齋）、盧吏田（字子修）、李金藻、高凌雯、林兆翰、趙元禮、劉雲若等百餘人。華世奎是其中重要人物之一。詩社初定每月活動一次，或招飲私第，或宴集於飯莊，必有飛箋走筆，賭酒敲詩，題贈唱合，拈鬮分韻，也有時爲射覆、詩鐘之戲。

十二月，華世奎與李士鉁、嚴修、高凌雯、林兆翰、王守恂、趙元禮等十七人，聯名呈文《直隸請建專祠》，請徐世昌總統批准爲周馥建立祠堂。

是年，天津天妃宫擴建修葺，華世奎書正殿匾額「碧霞元君」。

是年，華世奎著書《先考屏周府君、先妣田太夫人行述》石印本行世。

是年，天津鼓樓東大費家胡同口牌坊重修，華世奎爲其題書「明費宫人故里」。

一九二二年　壬戌　民國十一年　五十九歲

三月，華世奎從北京返回天津。曾作《壬戌三月自京返津早起登車途中作》詩。

四月二十九日，第一次直奉戰爭爆發。

六月二日，徐世昌被迫去職，居於天津英租界後，成立編書處，與華世奎、林紓、嚴修、趙衡等，成立晚清簃詩社，以編書、賦詩、寫字、作畫遣興。

十二月一日，溥儀大婚，迎娶婉容爲皇后，納文繡爲淑妃。華世奎入都朝賀，受賞朝馬，作詩《壬戌十月恭遇大婚入都朝賀蒙賞朝馬紀恩二首》。

是年，溥儀爲華世奎家祠題寫「望閥高華」匾額。華世奎作詩《大婚禮成蒙頒賞家祠御筆望閥高華匾額一方紀恩四首》。

是年孟冬，華世奎書「隨遇而安」中堂。

是年冬，華世奎在其宅爲王育楚陳説當年與袁世凱交往之事。

是年，林兆翰生日，華世奎作壽詩《壽林墨青兆翰六十四首》。

是年，翁斌孫逝世，華世奎爲其墓表書丹。該碑由言敦源撰文，羅振玉篆額。

是年，華世奎囑嚴修爲其父自畫白描小像題辭。嚴修作詩《華屏周姻伯自畫白描小像璧臣屬題》：「海闊胸襟嶽峙身，畫師取貌或遺神。教人確識春風面，白染霜毫自寫真。朝朝遺像對遺孤，豈與生前定省殊。況是生前親手畫，傳家似此古來無。」

一九二三年　癸亥　民國十二年　六十歲

三月，黎元洪被迫離職，國務院宣告攝行大總統職權。

十月五日，曹錕以賄賂當選總統。

二月二日（夏曆壬辰年十二月十七），鄒廷廉招隱，華世奎赴席，並作詩《癸亥上元鄒學勤廷廉招飲席間以詩見示次韻和之》。

七月六日（夏曆五月二十三），華世奎生日，作詩《六十生日述懷四首》及《潤台以詩箋爲壽和韻書箋報之》。

十二月十日（夏曆十一月初三），王守恂生日，華世奎作詩《壽王仁安表弟守恂六十》。

是年秋，朱家寶逝世。華世奎作《輓朱經田同年四首並序》。

是年冬，華世奎書「韓退之詩云水作青羅帶，山爲碧玉簪。柳子厚詩云海上群山若劍鋩，秋來處處割愁腸。陸道士云二公當時不相計，會好做成一屬對。東坡爲之對云系悶豈無羅帶水，割愁還有劍鋩山。此可編入詩話也」四條幅。

是年，爲史夢蘭神道碑書丹。

約於是年，華世奎作詩《和學勤原韻》、《和學勤大風原韻》、《和學勤春雨原韻》、《和學勤喜雨原韻》等。

一九二四年　甲子　民國十三年　六十一歲

一月三十日（夏曆癸亥年十二月二十五），華世奎作詩《壽曹梅訪同年廣楨六十》。

二月二日（夏曆癸亥年十二月二十八），張克家生日，華世奎作詩《壽張仲佳克家六十》。

六月，華世奎撰《修輯〈通四晴雲公支華氏宗譜〉序》。

是年夏，錢能訓逝世。華世奎作《輓錢幹臣同年親家五首並序》。

九月，第二次直奉戰爭爆發；十月，馮玉祥發動北京政變；十一月，馮玉祥驅逐溥儀出宫。華世奎聞訊垂涕痛哭。

是年，王守恂編選城南詩社成員自一九二一年至一九二三年間詩作，結集爲《城南詩社集》出版。

是年，孫雲《夢僊詩稿》刊行。

是年，楊以德生日，華世奎作《壽楊敬林以德五十》詩。

一九二五年　乙丑　民國十四年　六十三歲

一月，天津廣智館董事會成立，嚴修爲董事長，林兆翰爲館長，李金藻爲副館長。館内設有總務部、徵集調查部、陳列部、技術部、編輯部、圖書部等，乃「依照社會教育實施方案，以廣開民智爲教育宗旨」。華世奎亦參與其中。

二月二十四日，溥儀到天津，住日租界張園。華世奎每逢朔望必恭請聖安。溥儀聘請華世奎每日教授一小時楷書。

五月二十一日，寧世福逝世，華世奎爲其墓志銘《誥授榮禄大夫一品封典花翎三品銜候選知府青縣寧君墓志銘》書丹。該碑由章鈺撰文。

六月，華世奎監督整理修輯《華氏宗譜》。

七月，中華民國國民政府成立。

八月，渠本翹母喬氏生日，華世奎作詩《壽渠母喬太夫人八十四首》。

十月三十日，凌福彭生日，華世奎作詩《壽凌潤台前輩同年福彭七十四首》。

十一月，華世奎書「震雷不能細其音，以協金石之和；日月不能私其耀，以變曲照之惠；大川不能促其涯，以適速濟之情；五嶽不能削其峻，以副陟者之欲。故廣車不能脅其轍，以苟通於狹路，高士不能撙其節，以同塵於隘俗」條幅。

十二月二十二日，報稱李景林軍已從北倉、楊柳青、軍糧城等地退出，不久即撤離天津。馬千里與劉夢揚、時子周籌備天津善後維持會，推定職員爲嚴修、華世奎等人。

十二月二十八日，華世奎與嚴修致函地方善後維持會李實忱，辭去該會理事職務。

除夕，華世奎作詩《乙丑除夕》。

是年仲冬，書「幽亭清聽槐間雨，高閣平收屋上雲」對聯。

是年，孫雲《夢僊詩稿續集》刊行。

是年，段書雲逝世。華世奎作詩《輓段少滄前輩同年》。

是年，華世奎述並書《祖父母遺事存略》石印本行世。

一九二六年　丙寅　民國十五年　六十三歲

一月一日，華世奎作詩《丙寅元旦》。

一月，馮玉祥、張作霖戰爭爆發。

三月二十二日，直魯聯軍前敵司令李景林侄李書鳳率二百敢死隊突入天津，與國民三軍巷戰，三軍戰敗，李軍占領督署。華世奎作爲天津士紳代表，與李書鳳商定天津善後辦法：（一）李暫委項惠年代員警廳長維持秩序。（二）迎李景林入津。

三月三十日，華世奎與友人夜酌，作詩《三月三十日與友人夜酌》。

六月十二日（夏曆丙寅年五月初三），陳夔龍生日，華世奎作詩《壽陳筱石制軍夔龍七十四首》。

七月，蔣介石就任國民革命軍總司令，國民革命軍出師北伐。

是年仲冬，華世奎書「人之稟才，遲速異分，文之制體，大小殊功。相如含筆而腐毫，揚雄輟翰而驚夢，桓譚疾感於苦思，王充氣竭於思慮，張衡研京以十年，左思練都以一紀。雖有巨文，亦思之緩也。淮南崇朝而賦騷，枚皋應詔而成賦，子建援牘如口誦，仲宣舉筆似宿構，阮瑀據案而制書，禰衡當食而草奏。雖有短篇，亦思之速也」共六條幅。

是年仲冬，華世奎書「書實記言，而訓詁汒昧，通乎爾雅，則文意曉然。故子夏嘆書，昭昭若日月之明，離離如星辰之行，言昭灼也」條幅。

是年，奉系褚玉璞統治天津。有人勸迎張宗昌、褚玉璞軍入城，華世奎就此詢問嚴修意下如何。嚴修不語。

是年，趙元禮陪同作爲褚玉璞代表的劉桐軒司令拜訪嚴修，一周後嚴修偕華世奎、趙元禮等，在明湖春飯莊宴請劉桐軒。

是年，天津軍亂，人心惶惶，華世奎向嚴修借貸，以濟燃眉之急。

一九二七年　丁卯　民國十六年　六十四歲

一月（一九二六年夏曆十二月），吕海寰於天津病卒，華世奎贈輓聯：「閉户閑居，多看幾出文明新戲；趨朝行右，又少一個忠藎老臣。」

一月，國民政府定都武漢。

二月一日（丙寅年除夕），李金藻創作白話韻文《過年嘆》。

四月十八日，南京國民政府成立。

五月，潘守廉、華世奎、徐世光、王占元、王景禧、趙元禮、嚴修等津門名流，致函福禄林飯店股東李贊侯，力勸其取消跳西洋交際舞，以維持風化。由之引發熱議。

八月，華世奎與嚴修、林兆翰、趙元禮、劉嘉琛、高凌雯、徐世光、王守恂、李金藻等人發起創立「崇化學會」。學會以「延國學之墜緒，衍固有之文化」，「爲童年儲師資，爲學子謀深造」，「講求國學，補學校之不及」等爲宗旨。分義理（程朱理學）、考據（古文經學派）、詞章（桐城派古文）三科。

九月三十日，華學涑逝世。華世奎作輓聯：「亂世患才多，亦既爲亡國大夫，百變終歸窮到死；累代以學顯，竟斬斷讀書種子，一家相與哭斯文。」

九月二十六日，嚴修與華世奎一同拜訪章梫，章梫稱免收崇化學會「修敬」與「執敬」講課費。

十二月二十四日（夏曆十二月初一），趙元禮六十歲生日，華世奎作壽詩二首，並工楷書扇以贈。

是年，楊菊芬與乃姊菊秋組班演出。華世奎、章梫、巢章甫等刊印《雙菊集》，爲之揄揚。

是年，華世奎作《吕鏡宇尚書海寰丁卯重逢鄉舉賀詩四首》。

是年，華世奎爲崇化學會捐款五百五十元，並打電話給嚴修，稱其已會晤天津道吴道尹，吴甚贊成崇化學會之舉，並允諾先捐五百元。同時讓嚴修再送六份《捐啟》，以爲其募捐之用。

是年，華世奎聽聞軍隊欲在文廟蓋兵房，政務廳已批准，急找嚴修商議，並約幾位士紳前往拜會政務廳吴蘊山廳長。吴蘊山言絶無此事，並當即表示有其在，決不允許此事發生。其間，華世奎又請吴蘊山爲崇化學會捐款，並約請吴蘊山光臨星期日城南詩社於明湖春所辦的早茶會。後文廟駐兵不退，吴蘊山亦無奈，於是由華世奎執筆，嚴修與趙幼梅潤飾，擬函致褚玉璞都督，反對將文廟改作兵房。

一九二八年　戊辰　民國十七年　六十五歲

一月，蔣介石復任國民革命軍總司令，繼續率師北伐。

是年春，崇化學會正式開學。

六月，張作霖在皇姑屯被日軍炸斃，國民革命軍克復北京，國民黨中央政治會議議決將北京改稱北平。

六月十二日，華世奎與嚴修等天津紳商，公推徐源泉任天津臨時保安總司令，作爲和平過渡時代的臨時機構。後徐源泉未及上任，旋被南京國民黨政府委爲第十二軍團總指揮。十三日，天津與北平實現「京津易幟」。奉軍和平讓出北平和河北省的大部分。二十八日，根據國民政府行政法令，天津被確定爲特別市，直屬於南京國民政府管轄。

九月，應凌福彭約，到凌家賞菊，並作詩《戊辰九月潤台約賞菊與潤台馨庵仲遠壘韻唱和》。

十月，國民黨中常會通過《中國國民黨訓政大綱》，蔣介石就任國民政府主席。

十月，華世奎打電話給嚴修告其南京國民黨政府下令天津市公安局拘捕鹽商五綱總一事。五綱總即蘆綱公所五位負責人：首席剛總李贊臣，綱總王君直、楊丹忱、郭少嵐、李少舫。

十一月，華世奎書「分輪別轍，馳聘霄漢；博識遠覽，淹貫古今」對聯。

十二月二十九日，東北易幟，全國統一。奉系退出北平。

十二月，高星橋等投資興建的天津勸業場落成開業，華世奎爲其題「天津勸業場」。

十二月，作詩：「悠悠淇水自情深，引灌田疇具匠心。猶是周官溝洫意，孰云古法不宜今？我曾伸腳動星辰，寄迹煙波學富春。好共老農興水利，勝無一事坐垂綸。」

除夕，華世奎作《和潤台戊辰除夕偶成四首律即次其韻》。

是年，華世奎爲王新銘《嘯園楹聯録》十卷作序。序中稱其「爲文縱横多奇氣，不束縛於繩墨之句，其爲聯亦如此。」

是年，王仁治生日，華世奎作詩《壽王郅卿仁治六十二首》。

是年，錢駿祥生日，華世奎作《錢新甫同年駿祥以八十自述詩四首屬和詩用文端韻依韻和之》。

是年，因素患耳聾，華世奎逐漸失聰。

是年，杜善堂死後，其所主事的八善堂遂告瓦解。其存款餘糧，由華世奎領銜成立的華北義賑會接管。其中南善堂爲趙元禮接辦，改名積善社。所謂八善堂，爲當時南善堂、北善堂、崇善堂東社、引善社、工善社、備濟社、濟生社、體仁社八家慈善團體組成的聯合機構。

是年，華世奎患頭風，「頭骨時凹時凸，痛徹心脾」。

是年，耿仲敭師從華世奎研習書法及詩文。

一九二九年　己巳　民國十八年　六十六歲

一月三日，華世奎致電嚴修匯報「五綱總被綁事件」。《嚴修日記》云：「璧臣電話兩次，初次言綱總即上船；旋又報告，得北平電，暫緩南解。」

一月，嚴修病稍愈，華世奎作《己巳正月範孫以病小差自輓詩見示步原韻陸續和四首》。

三月十五日，嚴修逝世。華世奎倡議私謚移嚴修爲「崇化先生」，意爲「崇鄉黨之化以厲賢才」。

四月二十九（夏曆三月二十），吴均金生日，華世奎作詩《壽吴閏生歙七十二首》。

六月三日，黎元洪逝世周年紀念，天津英租界黎宅，舉行各界公祭典禮，華世奎到黎宅吊唁。

九月十四日（夏曆八月十二），高凌霨生日，華世奎作詩《壽高澤畬凌霨六十四首》。

十一月八日（夏曆十月初八），王新銘生日，華世奎作《和王吟笙新銘六十自述四首並步原韻》。

十一月，翁斌孫母親蔡氏生日，華世奎作《翁母蔡夫人七十壽詩》。

是年，徐世昌匯輯《晚清簃詩匯》二百卷完成。

是年，徐世光生日，華世奎作詩《壽徐友梅世光七十四首》。

一九三〇年　庚午　民國十九年　六十七歲

一月二十九（夏曆己巳除夕），華世奎作《己巳除夕二首》。時全國厲行新曆，嚴禁夏曆。

二月六日（夏曆正月初八），劉嘉琛生日，華世奎作詩《壽劉幼樵嘉琛七十四首》。

四月，華世奎應約於王懷慶家賞牡丹，並作詩《王懋宣園中觀牡丹歌》。

五月，蔣閻馮大戰爆發；六月，天津特別市改爲天津市，直隸於國民政府行政院；九月，張學良發表擁蔣通電，並派兵入關。

六月十九日（夏曆五月二十三），華世奎生日。華世奎作《庚午五月生日承潤台馨庵仲遠宣懋虞生諸君招飲虞生寓中馨庵即席出詩二首依韻和之》。

十一月七日（夏曆九月十七），華世奎故交曹錫甯，於津購得新宅，又逢其生日，華世奎作詩《老友曹雲階錫甯貧困一生今年庚午始得買宅而居九月十七日適值其六十九歲生辰爲賦四律志慶》。

是年，遼寧水災。華世奎作詩《題菊人畫松直幅朱君慶瀾屬題攜赴東三省募賑得重價而歸》。

一九三一年　辛未　民國二十年　六十八歲

一月一日，華世奎作詩《辛未元旦》。

二月十六日（夏曆庚午除夕），華世奎作詩《庚午除夕》。

四月二十九日，南京實業部秘書長鄭洪年致電張伯苓與華世奎，稱北平實業博覽會籌委會定於五月四日在實業部舉行第一次會議，敬請惠臨。

九月，之前北洋政府行政院頒布《修志事例概要》，通令各省設局修各省志書。河北省籌備成立志館，設局修史志。至本年九月，正式成立志館，劉善錡爲館長，聘請華世奎及王樹枏、谷鍾秀、高凌霨、張志譚、張國淦、賈恩紱爲總裁。

十一月八日，日本在天津策動「便衣隊暴亂」。十一日，日本大佐土肥原劫持溥儀由天津乘艦至大連，後轉吉林，並籌組僞滿洲國。二十六日，日軍再次組織便衣隊暴亂。同日，京津滬達萬人到南京請願，要求對日宣戰。

是年，華世奎作詩《自題小照》。

是年，徐世昌《水竹邨人詩選》二十七卷以徐氏家刻本行世。

是年，高凌雯纂修、金鉞刻本《天津縣志》出版。

一九三二年　壬申　民國二十一年　六十九歲

一月（夏曆辛未十二月），張錦芳生日，華世奎作《張馨庵絅庵七十六十生日徵詩贈以二律》。

一月二十八日，日軍進攻上海，爆發「一・二八」事變，十九路軍奮起淞滬抗戰；三月一日，僞「滿洲國」成立，國民政府宣言否認東北僞組織。

三月二十日，水灾書畫展覽會在大華飯店開幕，華世奎之字幅列於其中。

四月，華世奎列席姚敵照家翻新舊宅並雨香亭建成紀念儀式。時首座趙元禮，其余依次爲華世奎、李符曾、祁景頤、李宗俊及姚品侯等。

六月二日，華世奎與熊希齡、張伯苓等共同發布《與天津各界人士八十餘人致上海廢止内戰大同盟電》。

十一月七日（夏曆十月初十），張志譚生日，次日其長子張夷介完婚，華世奎作《壬申十月初十日遠伯生日次日又爲其長子夷介完婚賀以四律》。

是年，徐世昌《海西草堂集》二十七卷以徐氏家刻本行世。

是年，華世奎參加十老會，並作詩《壬申花朝亦香約集同鄉舊好年六十以上者九人爲十老會酒罷攝影爲圖爰作長歌以紀之並録同人姓字年歲於左》。

是年，華世奎作《陳筱石制軍寄示壬申重游泮宫七律四首用趙甌北重游泮宫詩韻依韻和之》。

是年，劉鳳翰逝世，華世奎爲其墓志銘《清故中憲大夫山西壺關縣知縣劉君墓志銘》書丹。該碑由章鈺撰文，李經畬篆額。

一九三三年　癸酉　民國二十二年　七十歲

一月，長城抗戰爆發。

二月二十二日，河北省政府聘請華世奎、王樹枏、高澤畬、賈恩紱、張志譚、谷鍾秀、張國淦等九人同修河北通志。

三月，日軍攻占熱河；五月三十一日，《塘沽協議》簽訂。

四月七日，林兆翰逝世，終年七十二歲。

五月，陳寶泉生日，華世奎作《陳筱莊寶泉六十壽詩》。

五月十日，天津水西莊遺址保管委員會推定委員及籌備委員，華世奎爲保管委員。

是年，高凌雯作《壽璧臣》以贈華世奎。詩略云：「橐筆我曾江左游，羡君洗耳在清流。生平未肯巨人下，此事輸君豈一籌。」

是年，華世奎爲陳寶泉所著《退思齋詩文存》署簽。

是年，華世奎爲同仁堂題寫榜書「同仁堂」。

是年，王守恂編選《祭西曆重陽水西莊酬唱集》影印本問世。

是年，華世奎次子華澤傳畢業於北方交通大學鐵路管理本科車務門。

是年，華世奎爲《續修藤縣志》題耑。張元濟《續修藤縣縣志跋》稱：「遜清遺老華璧臣精卿，素負書名，聞而嘉之，爲之題耑以彰其盛。」

一九三四年　甲戌　民國二十三年　七十一歲

三月十九日，蔣介石在南昌發起新生活運動。

是年，華世奎爲慶德酒樓匾額題寫「慶德樓」。

是年，華世奎爲《林君興學碑記》書丹，該碑由高凌雯撰文。

是年，華世奎爲河間光明劇院書寫匾額：「光明」。

一九三五年　乙亥　民國二十四年　七十二歲

三月三日（夏曆正月二十八），華世奎次女華澤愉（人稱「十三姑」）與齊燮元舉辦婚禮。

六月，華世奎爲正興德書匾額「正興德」。

九月，日本策劃華北「五省自治運動」；十月，漢奸殷汝耕組織僞冀東防共自治委員會。

十月六日（夏曆九月初九），華世奎未能參加李金藻主持的水西莊城南詩社活動，作詩《乙亥重陽李琴湘金藻招飲水西莊爲風所阻步山字韻却寄》。

十二月，冀察政務委員會成立。

十年秋，華世奎書「曳杖東岡信步行，夕陽偏向竹間明。丹楓吹盡鴉聲樂，又得霜天一日晴」條幅。

是年，華世奎爲李東山德順興造鐘廠題寫「德順興」。

是年，金鉞與高凌雯合輯《天津詩人小集十二種》，由天津金氏刊刻行世。

是年，嚴智怡逝世，華世奎作《哭慈約》。

是年，秦華生日，華世奎作詩《秦伯秋華五十生日有詩自述喜其武人能詩步韻四首爲壽》。

一九三六年　丙子　民國二十五年　七十三歲

四月，章遏云來津演出，章梫作詩兩首贈之，華世奎等人有唱和之作。

五月，日本向華北大量增兵。

六月八日，水西莊遺址復興委員會增華世奎爲委員，以積極共同進行復興及保管事項。

十月二十三（夏曆九月初九），華世奎因病未能參加城南詩社活動，作詩《丙子重九水西莊雅集因病未赴分韻得黃字》。

十二月十二日，張學良、楊虎城發動西安事變。

是年，王守恂逝世，終年七十二歲。

是年，張志譚逝世，華世奎作《哭遠伯》。

一九三七年　丁丑　民國二十六年　七十四歲

三月二十一日，天津舉辦丁祀孔典禮，華世奎任陪祭官。

四月二十二日，張自忠等赴日訪問前，華世奎等人在國民飯店爲其餞行。

七月七日，盧溝橋事變發生，中日全面戰爭開始，史稱「七七」事變；十一月二十日，國民政府發表遷都重慶的宣言。

十一月，章梫在永安飯店做壽。華世奎與王揖唐、方若、曹汝霖等均到場祝壽。

是年，陳寶泉逝世，終年六十四歲。

是年，華世奎之妻逝世。

一九三八年　戊寅　民國二十七年　七十五歲

一月二日（夏曆丁丑十二月朔），華世奎作《和趙幼梅元禮七十自述原韻二首》。

一月，華世奎爲李子星書《李子星先生墓表》。

四月三日（夏曆三月初三），華世奎到潘守廉花園雅集，作詩《戊寅上巳潘園修禊分得先韻》。

四月，臺兒莊戰役，中國軍隊大捷。

六月，華世奎犯風痹舊症，手足循環作痛，間以他疾，後經十餘月始漸痊。

十二月，汪精衛逃出重慶，叛變投敵。

一九三九年　己卯　民國二十八年　七十六歲

夏曆三月，華世奎與李鐘璘重游天津文廟，作組詩《乙卯三月重游泮水感賦十首》。

八月五日（夏曆六月二十），華世奎作詩《張少元鴻來博學善教乃士之有恒者兹值其六十生日贈以長歌》。

九月一日，僞蒙疆聯合自治政府在張家口成立。

是年夏，華世奎爲崇貞學園題寫校訓「老實」「宜强」。

是年，趙元禮逝世。終年七十二歲。

是年，天津水灾。華世奎捐資千元，分交天津救灾市分會，並作詩《和庸庵尚書天津水灾感賦韻並謝寄賑款千元》、《章一山梫交來庸庵尚書賑款千元並以寄詩見示依韻和之》，還爲《天津義租界水灾難民救濟委員會徵信録》題簽。

是年，爲長女婿馮溭題聯。聯云：「多識前言往行以蓄其德；若農服田力穡乃亦有秋。」

一九四〇年　庚辰　民國二十九年　七十七歲

三月三十日，汪精衛僞政權成立，僞華北政務委員會成立。

夏，華世奎書陸游詩《雜感五首以不愛入州府爲韻》「莘渭二老人，耕釣俱白首，功烈在人間，如天有北斗。方其未遇時，自處固不苟，夫豈邀虚名，欲眩千載後？降及秦漢王，望古猶培塿，猶能守所聞，外物不得誘。君看魯二生，亦豈聖人偶；凜然諸儒間，人可我獨不」四條幅。

是年秋，華世奎書「春空靄靄莫雲低，飛過山前雨一犁。明日却尋歸去路，馬蹄猶踏落花泥」條幅。

是年冬至，華世奎書「白藤交穿織書笈，赤鱗狂舞撥湘弦」對聯。

一九四一年　辛巳　民國三十年　七十八歲

三月，日軍在華北推行治安强化運動；十二月，日本發動太平洋戰争。

是年，華世奎書「不辭著處尋山水，還後物外起田園」對聯。

是年，爲姚孟起（字鳳生）書「珊瑚筆架珍珠履，翡翠屠蘇鸚鵡杯」對聯。

是年，書「水紋細起春池碧，日脚插入秋波紅」對聯。

約於是年，張紹光拜謁華世奎，得書學指教。

一九四二年　壬午　民國三十一年　七十九歲

二月，華世奎舊疾已發，猶日日揮毫，且作徑尺大字及細楷。嘗笑語人曰：「吾兩股艱於行，左手不能舉物，獨右手無恙，殆楮墨之緣，猶有未盡也。」

四月二十三日（三月初九）酉時，華世奎卒於天津。

津門遺老聯名具疏僞滿州國皇帝溥儀，溥儀賜謚號「忠節」。

次年，其詩集《思闇詩集》刊印行世。

諸家雜評

華世奎以書名，論其書者多，而論其詩文者尤爲寥寥。評論其書者，所言大致相近。現擇其代表性評論，大致以時間爲序，彙編於此。

程卓澐《識夷盦隨筆》（一九三六年刊本）云：嚴範孫、華璧臣、趙幼梅主津門騷壇。

陳中嶽《蟫香館别記》云：公（按：嚴修）不以書名，而自具一種醇穆之氣。鄉人論書家者，每以華孟嚴趙並舉，蓋兼謂華璧臣、孟定生、趙幼梅三君子也。

羅亞蒙等主編《中國歷史文化名城大辭典》（人民日報出版社，一九九八）稱：「華世奎書法走筆取顔字之骨，氣魄雄偉，骨力開張，功力甚厚。手書的『天津勸業場』五字巨匾，字大一米，蒼勁雄偉，可謂其代表作。書法作品小至蠅頭小楷，大至徑尺以上榜書，結構都很凝重舒放，晚年更加蒼勁挺拔。居近代天津四大書法家之首。」

郭則澐《南屋述聞》（載於莊建平主編《近代史資料文庫》第一卷，上海書店出版社，二〇〇九）：楊蔭北光禄、華璧臣閣丞，皆及與先公（按：郭曾炘）同直，國變後俱抗節遁居，翛然不滓，今尚健在，每酒次相值，適話禁廷舊事，如天寶之白髮宫人也。

司惠國、張愛軍、王玉孝主編《楷書通鑑》（藍天出版社，二〇一二）稱：華世奎書法宗顔真卿，道潤健雄，骨力開張，雍容華麗，豐道俊美圓潤，蘇軾之灑脱，錢灃之凝重，形成樸茂剛健的獨特風格。

單國强《陸潤庠、華世奎與劉春霖書法作品鑒識》（載於《書畫鑒賞與收藏》，印刷工业出版社，二〇一三）稱：「民國時期，書壇湧現了以楷書見長的一批書法家，代表人物有陸潤庠、華世奎和劉春霖等，筆法圓勁端莊，結體厚重圓潤，書風從顔真卿、歐陽詢、虞世南等化出，獨領風騷……綜觀華世奎的書法，大致可以分爲三個時期：二十歲以前屬於基礎期；二十至五十歲則專攻顔真卿，同時兼學其他堂題書家，深得顔書之妙；五十歲以後，開始吸取所學諸家之長，試圖創出自家的風貌。華世奎擅長多種書體，但成就最高的還是他的楷書。其楷書結體方正，用筆圓轉厚重，骨力内含，雖然未能徹底擺脱顔真卿的影響，但還是形成了自己的風格，後人稱其楷書爲『華體』。」

傳記資料

爲增强讀者與研究者對華世奎的瞭解，現將有關華世奎的傳記資料彙編如下。需要説明者：一、傳記資料來源於民國報刊、後人回憶録、史書方志、人物辭典等；二、諸條資料小目爲筆者所加；三、相關的資料文字盡量保持原狀，但也根據需要有所删改；四、傳記資料大致按照華氏生平、他人評論，以及弟子傳人等進行分類，然後再以時間爲序進行排列。

華氏宗譜

華世奎曾親自監督整理修輯《華氏宗譜》，並作序。其於譜中自叙生平如下：世奎，字璧臣，行七，縣學庠生。光緒乙酉科優貢。特用教職，考取八旗官學教習，内閣中書。癸巳，恩科舉人，本衙門撰文，萬壽慶典撰文，國史館校對，方略館校對，委屬侍讀典籍廳幫稿兼管稽查房事務，管理誥敕房事務，文淵閣檢閲軍機章京，起居注主事，方略館纂修，外務部兼行軍機處幫領班，方略館幫提調户部江南司員，外郎兼湖廣司廣東司北檔房行走，軍機處領班，方略館提調政務處幫總辦，總辦考察政治館行走，賞加三品銜軍機領班，三品章京，會議政務處幫提調憲政編查館行走，政治官報局局長，賞加二品銜，恩賞三代一品封典，内閣閣丞，誥授榮禄大夫，善工書法。經輯本派支譜。生同治三年甲子五月二十三日，配浦氏誥封一品夫人，生同治六年丁卯五月十六日。子二：長澤宣承大宗後。次澤傳承本生後。女四：長適祥符馮漍。次女適齊燮元。三適濟寧孫照。四適嘉善錢承祜。

華氏宗譜・華承彦小傳

華承彦，字屏周，行五，國學生，候選部寺司務，敕授修職郎，覃恩誥封奉政大夫、中憲大夫、資政大夫，恩賞一品封典，誥封榮禄大夫。著有《學庸述易》一卷，《衛道編》一卷，《讀易隨筆》一卷。生道光十九年己亥十二月十五日辰時，卒民國五年丙辰六月初五日亥時，壽七十有八。配田氏，母家田家嘴，敕封孺人，覃恩誥封宜人恭人夫人，恩賞一品封典，誥封一品夫人，生道光二十二年八月二十七日寅時，卒民國八年己未五月二十五日酉時，壽七十有八，祔葬汪家莊塋，次昭三六。子一世奎，嗣承瀛後，兼祧本生。

王育楚憶華世奎與袁世凱交往

清政府不得已任袁世凱爲總理大臣時，華世奎以舊軍機處領班章京資格，居閣丞之位。華傾心清廷，誓不負清。武昌兵起，袁世凱稱其爲「小孩子胡鬧」，而不作切實籌劃，華世奎見其不顧安危，而對其頗有疑心。故每於公務閑暇，輒欲以扶持社稷、保衛幼主爲由，向袁披瀝陳訴。而袁世凱預知其意，而不待華開口即搶先言堂皇大話，稱受恩比華深，憂患絶不比華淺。華慮欲言，而屢遭袁拒絶。未幾，清室攻克漢陽，華世奎私心慶幸。得捷報之次日，向晚下班時，袁世凱忽派人送一便條交華過眼歸檔。條内書：「萬急軍密，漢口馮軍統國璋賞號另頒，速停前進，違令者斬。」華世奎不解，以爲此時理應趁勝進取，何以電令不許進軍，且閣丞之務，總辦一切文件，此爲大事，何以不令己起稿，且不令與聞，遂急急尋袁質問。袁世凱知其來意，令左右傳話：「因連日疲乏太甚，有事明日再談。」自此連續五六日，竟不與華一面。華問何故，袁答稱：「外交團警告中國不要再延長内戰，否則不予借款。而内亂昌熾如此，軍費不借即無法開支。」華又問：「然則何以應對？」袁世凱倉急回答：「派使講和而已。」言未畢而起身入内。知華心有不足，行數步，顧言：「某會竭力保全皇室尊嚴。」華世奎自此死心，知清祚已無苟延之望。至南北議和告成，局面轉變，華向袁請假省親。袁問何時歸來，華未遽答。袁復云：「汝此去當不能回，即汝愿來，老伯也決不許。」華辭歸津。終袁之世，對華不再聞問。蓋華任閣丞，系循資格取得。袁世凱知其一心忠清，故凡不利於清室之計議，皆不使華知，免泄露阻撓。且料華世奎必然心有不甘，特以鄭重面談，拒其多言逆耳，徒亂聞聽。而衡量華之爲人，不能爲彼禍福，故不强華爲彼用，亦不加以陷害。

民國十一年（一九二二）冬，華世奎在其宅爲王育楚陳説當年往事，時正值故宫後部遭火，華更傷清室凋零，言語間痛詈袁氏不置。（參見王育楚《袁世凱與王育楚》，載於吴長冀編《八十三天皇帝夢》，文史資料出版社，一九八三）

《河北近現代歷史人物辭典》之「華世奎」條

華世奎（一八六四年五月二十三日至一九四二），著名書法家。字璧臣。祖籍江蘇無錫，明永樂年間遷至浙江紹興，康熙二年（一六六三）移居天津。父華承彦，以營鹽爲業，飽讀詩書，喜交文人雅士。他深得傳統文化薰陶，幼在家塾讀書，每日上午背誦書課，下午臨帖習字。光緒五年（一八七九）參加天津縣科舉，被取爲附學生。光緒十一年（一八八五）中舉，先在清官任内閣中書，負責繕寫工作。庚子事變後不久，入軍機處作「京章」，掌管機要文書，後被提升爲「答拉密」（即京章領班）。清廷改制，設閣丞一人，他得此任命，官階二品。辛亥革命後，辭職歸里。寓居天津期間，以賣字爲生，同時積極參與地方文化教育和公益事業。同嚴修（範孫）、王恂（仁安）等名流舉辦崇化學會、國文觀摩社、城南詩社等團體。此時是他書法藝術得到升華的時期，骨力開張，莊重古樸，贏得人民的喜愛，成爲天津著名書法家之一。一生所書碑版墓志甚多，如《天津祠堂碑》、《南皮雙烈女碑》等。他雖以遺老自居，但當溥儀就任僞滿皇帝時，力拒他人慫恿，不肯參與。日本侵占天津成立維持會時，亦稱老不出。一九四二年病逝於天津。（參見《河北近現代歷史人物辭典》，香港亞洲出版社，一九九二）

《河北區志》之「華世奎」條

華世奎（一八六四至一九四二），字璧臣。著名書法家。出身於鹽商家庭。十六歲考取天津縣學附生入泮，二十二歲考取拔貢，三十歲應順天鄉試考中癸巳科舉人。入仕歷任内閣中書、軍機處章京，掌管文書，後提升爲「答拉密」（領班）。實行「新政」，設内閣，華世奎任閣丞。因與徐世昌沾親，更爲得意。後又與袁世凱共事相知，官定正二品。辛亥革命，清帝退位，華世奎書寫退位詔書。以後離京返津，一度寓居意租界（今光復道），自稱「北海遺民」。華世奎思想保守，忠於清廷，連辮子都帶到棺材裏，立誓「不負先朝知遇之恩」。一九二五年，溥儀潛來天津，華世奎到張園向宣統「恭請聖安」。但一九三二年溥儀去長春做滿洲國傀儡時，華世奎却不屑一顧，拒絶上「賀表」。一九三七年，日軍占領天津，或請華世奎出頭維持天津政局，華世奎婉言謝絶，堅守晚節。後家境艱困，鬻書度命。華世奎書法功底深厚，峻偉端凝，一生寫過不少碑匾。現存有「南皮雙烈女碑」（現存中山公園内）、「天津勸業場」匾等。一九四二年春，華世奎逝世於里第，終年七十九歲。曾留下親手書寫的端楷詩稿《思闇詩集》，極爲名貴，已精印傳世。（參見天津市河北區地方志編修委員會編著《河北區志》，天津社會科學院出版社，二〇〇三）

華世奎故居

華世奎出生於天津東門内大街原一四一號的華家大院，因他家大門外有六層臺階，故稱「高臺階華家」。此院坐南朝北，占地面積兩千五百八十平方米，建築面積爲兩千一百平方米。院門内設一影壁，中間爲一胡同式箭道，東西兩側均建有跨院（四合院、三合院不等），有的跨院内有套院，共有大小跨院二十個。西側一跨院内有家祠。房屋建築爲磚木結構，墻體爲一色青磚，屋内隔斷墻原爲木隔板。整個大院内共建有大、小房舍一百五十餘間。華世奎與族人同居於此。現今，華家大院大部已爲民居，基本框架猶存。（參見來新夏、郭鳳岐主編《天津大辭典》，天津社會科學院出版社，二〇〇一）

華澤宣與華澤傳《哀啟》

哀啟者，先嚴氣體素健，幼時家塾讀書，長而歷應諸試，莫不精力過人。逮出仕京朝，儤值樞密，日披星以出，黽勉從公，退值後，復酒食周旋，友朋慶吊，往往歸以暮夜，從無倦容。惟時患足跟腫痛，出入禁中，甚或需人扶掖。辛亥歸里，身已安閑，而斯疾轉劇，每歲一發，輒累日經旬，不能動轉。及年過六十，漸減於前。方幸宿疾就瘳，得免苦楚，豈知脾虛失統，積濕旁溢，既不下注，遂作祟腸胃間也。偶爾感寒，輒作燒冷。有時便秘，稍爲之通利，則又瀉泄頻數，因之痹痛諸症，乘虛迭起，或在髁際，或在手指，變象極多，腹瀉實爲主病，針藥雖效，根蒂不除。先嚴素性好强，每力疾摒擋家事，或出門酬酢如常。連年就醫北京，往返長途，不以爲苦。今年二月，舊疾已發，猶日日揮毫，且作徑尺大字及細楷。嘗笑語人曰：「吾兩股艱於行，左手不能舉物，獨右手無恙，殆楮墨之緣，猶有未盡也。」。方訂期北上，忽於二十九日情形大變，晝夜下二十餘次，飲食不進。亟請京醫，凡三次來津，診謂命門火衰已極，宜急救中下焦之陽。連服熱補峻劑，迄無一效。更延西醫救人，亦皆束手，但注射而已。至三月初八日，神昏音啞，屢下不禁，已入危境。翌晨，脉搏斷而復續，手温亦漸回，似略見轉機。俄而，喉間隱隱有痰聲。延至酉時，遂弃不孝等而長逝矣。嗚呼，痛哉！不孝等奉養多虧，臨疾失措，負疚難逭，死不避辜。只以窀穸未安，不得不苟延殘喘，以應大事而妥先靈。苦塊昏迷，語無倫次，伏氣矜鑒。棘人華澤宣、傳稽顙。（參見繆志明《華世奎資料新發現》，載於賈長華、陳柏齡、陸國明主編《老城舊事》，天津古籍出版社，二〇〇四）

反對與日締結和約

光緒二十一年四月初一，華世奎與奎華等人聯名上奏，反對與日妥協。稱：「伏見和議條款，流弊無窮。倭人犯順渝盟，披猖已極；皇上如天之度，不憚屈己隱忍聯和，以期四海乂安、同登衽席。今聞倭人藉端要挾，有賠款、割地、屯兵各款；此誠五大洲未有之奇聞、三千年所無之變局也。倭人用兵變詐百出，計其所得，祇海、蓋、金、復數城，以中國版圖計之，不過九牛之一毛、面上之黑子；然猶惴惴然恐我復得，故開地營、築堅壘，竭力經營以抗王師。欲解海城之圍，則攻遼陽以緩之；欲分援師之力，又攻澎湖以撓之。師速而疾，不能久留；支絀情形，已可概見。今割臺灣、割遼東，不能易其已陷之一城一邑，復舉其力所不能得者割以畀之，是益寇兵而齎盜糧也。昔秦之誤六國也，脅之以兵、誘之以講；故六國之地，卒并於秦。然其時，六國兵力形勢皆不如秦，故其君臣苟求旦夕之安，不顧滅亡之禍。今以中國之大、士民之衆而制於區區之島夷，所謂冠履倒置也。況今之環而視者有六、七强秦，尤非一秦之可比！金之以和餌宋也，亦稍還侵地，畫江、畫淮；兵力所不能加者仍爲宋有，未聞歲幣增至數千百萬也。今則停戰有費、補償有費，養兵又有費；我之卑屈愈甚，則彼之要挾愈多。今日割五城、明日割十城，竊恐欲爲南宋之偏安不可得也！觀於歐洲近事，戰事敗而不割地，雖危而不亡，如波斯、埃及是也；輕於割地則瓦解土分，禍不旋踵，如土耳其是也。國家徵賦，歲有常經；每歲關税所入二千萬悉予倭人，勢不能不取償於民。行一切苟且之政，搜括既盡，貧弱難支；人心涣離，不可收拾！語有之：「漏脯救饑，鴆酒止渴。」非不暫飽，禍亦及之；今日情形，復何以異！況又内地駐兵，藩籬盡撤；微瑕細故，動輒寒盟。一旦風塵有警，未審何以禦之！歐洲各國虎視眈眈，將欲於此覘我强弱。若屈辱已甚，必啟戒心；法人窺粤、英人窺滇，俄則西窺新疆、東窺三省，四夷交侵，各求所欲，未審又何以給之！至於勒我籌餉代彼養兵，則不特不視爲與國，且並不得比於藩封；是鄙我也。一國啟其端，各國踵其後；欲隱忍圖存，其可得乎？縱使含垢忍尤，僥倖無事，豈復能靦然與諸國締邦交、修鄰好乎！況抑遏已甚，則士氣不揚；悲憤既深，則人心思變。歷觀往事，大抵皆然。竊恐修和之國書猶未盡諾，而潢池之盜弄已遍寰區。彼時雖欲用兵，誰復樂爲盡力！言念及此，可爲寒心。職等秩居微末，朝廷大計何敢與聞；然當危急存亡之秋，不能無哀痛迫切之論。既有所見，不忍不言。伏祈皇上乾綱獨斷，萬勿批准約章；飭下王大臣再行妥議，毋貽後悔。宗社幸甚！天下幸甚！」臣等公同閱看，實屬慨念時艱，敬陳管見；不敢壅於上聞，謹據呈代奏，伏祈皇上聖鑒！謹奏。

光緒二十一年四月初一日，大學士臣額勒和布、臣張之萬、臣宗室福錕（假）、協辦大學士臣宗室麟書、臣徐桐（入闈）、待讀臣奎華……臣華世奎……臣雷鎮華。（參見臺灣銀行經濟研究室編《清光绪朝中日交涉史料選輯》卷三十八，臺灣銀行經濟研究室，一九六五）

李叔同《贈津中同人》詩

李叔同作《贈津中同人》詩贈予華世奎等人。詩云：「千秋功罪公評在，我本紅羊劫外身。自分聰明原有限，羞從事後論旁人。」（參見金梅《悲欣交集：弘一法師傳》，上海文藝出版社，一九九七）

陳贛一《奕劻軼事》

慶親王（奕劻）領袖軍機，垂十餘載。性好貨，所舉之人，靡不以賄進，賢否不問也。軍機處改組，内閣設閣丞一缺，奕劻屬意滿領班三品章京英秀，那桐、徐世昌同舉薦官報局局長華世奎，攝政載灃以華資深於英，而才幹過之，准那、徐所請，調英爲承宣廳長。詔下，奕劻大怒，謂：「內閣由總理大臣負責，閣丞一缺應用總理親信之人。醇王不明此理，那、徐更不應越權干涉。」那、徐聞而恐慌，婉詞謝過。華既就任，奉令惟謹，深得奕劻歡，嘗曰：「璧臣（華字）遠過華卿（英字）也。」（參見陳贛一《向齋秘録》，文明書局，一九二三）

華世奎道袁世凱被重新啟用内幕

華世奎告訴張國淦袁世凱被重新啟用内幕：八月十九日，武昌新軍起事。二十一日，命蔭昌督師赴鄂剿辦。二十三日，起用袁世凱爲湖廣總督，督辦剿撫事宜，相距僅二日。蔭昌督師，在當時已有點勉强。蔭雖是德國陸軍學生，未曾經過戰役，受命後編調軍隊，頗覺運調爲難。其實此項軍隊，均是北洋舊部，人人心中只知有「我們袁宮保」。慶（慶親王奕劻）、那（桐）、徐（世昌）等素篤袁黨，武昌事起，舉朝皇皇，慶等已連日私電致袁，並派員至彰德秘密商議大計，信使絡繹。他們本無應變之才，都認爲非袁不能平定，且是袁出山一絶好機會。乃於二十三日，由奕劻提議起用袁，那、徐附和之。攝政不語。片刻。慶言：「此種非常局面，本人年老，絶對不能承擔。袁有氣魄，北洋軍隊，都是他一手編練，若令其赴鄂剿辦，必操勝算，否則畏葸遷延，不堪設想。且東交民巷亦盛傳非袁不能收拾，故本人如此主張。」澤公（載澤）初頗反對，鑒於大勢如此，後亦不甚堅持。攝政言：「你能擔保沒有別的問題嗎？」慶言：「這個不消説。」攝政蹙眉言：「你們既這樣主張，姑且照你們的辦。」又對慶説：「但是你們不能卸責。」於是發表袁湖廣總督。在慶、袁秘密接洽時，袁曾言非純用兵力所能勘定，當一面主剿，一面主撫，故二十三日有督辦剿撫事宜之。（參見張國淦《辛亥革命史料》，龍門聯合書局，一九五八）

華世奎與政治官報

《政治官報》一九〇七年十月二十六日創辦於北京，爲我國歷史上第一份由中樞部門直接主辦和公開出版發行的政府機關報。二十世紀初，清廷推行新政時，需要一份公布檔案和影響國民視聽的報刊，於是由憲政編查館（原爲考察政治館）創辦該份報，報爲十六開大小，日出一册，每册二十餘頁不等，開辦經費兩萬兩銀及常年經費由中央和地方共同承擔。報由軍機處章京華世奎主持編輯。其宗旨：「使紳民明悉國政預備立憲之意，凡有政治文牘，無不詳慎登載，期使通國人民開通政治意識，發達國家之思想。以成就立憲國民之資格。」其内容：「凡一切立法行政之上諭及内外臣工折件、電奏，並咨牘、章程等類，除軍機、外交秘密不宜外，所有軍機處發抄及各衙門隨時咨送事件，依類分門，悉心選録。」（參見張雪根著《從〈邸報〉到〈光復報〉：清朝報刊藏記》，浙江工商大學出版社，二〇一四）

華世奎參與編纂《大清畿輔先哲傳》

《大清畿輔先哲傳》四十卷附《烈女傳》六卷，爲有清一代畿輔（直隸）著名人物傳記，凡一千八百六十六人，分名臣、名將、師儒、文學、高士、賢能、忠義、孝友八門。此外又附烈女一門。在徐世昌主持下，王樹枏、嚴修、李煜瀛、華世奎、馮恕等均參加編輯或采訪等工作，並於一九一七年編纂完成。（參見中國社會科學院近代史研究所《近代史資料》編譯室主編《太平軍北伐資料選編》，知識産權出版社，二〇一三）

慈善會勸募書畫

天津書畫慈善會職員劉家楨、趙賓智現以本年辦理冬賑，昨已勸募各方家書畫如徐世昌、鐵良、袁大化、朱家賨、華世奎、嚴修、趙元禮、惲毓鼎、吕鏡宇、于澤九諸君書畫，以便擇定地址，陳列銷售而籌賑捐云。（參見《大公報》一九一七年九月十三日）

關於賑灾之要訊

天津急賑會於月之十八日下午四點開董事會議。首由楊敬林報告各方捐助之情形，並報告莊君樂峰捐助三百五十六元。華紳璧臣捐雙烈女碑帖一千本，每本售洋一元，得價均行助捐賑濟。（參見《益世報》一九二〇年十二月二十一日）

華世奎與城南詩社

城南詩社是民國年間天津享有盛名的舊文學社團。嚴修宣導主持。一九二一年成立。參加者多是朝野名流、息影遺老或地方縉紳，有吴壽賢、王緯齋、盧子修、李擇廬、高彤皆、林墨青、趙元禮、華世奎、劉雲若等百餘人。詩社每月活動一次，或招飲私第，或宴集於飯莊，「必有飛箋走筆，賭酒敲詩、題贈唱和、拈鬮分韻，也有時爲射覆、詩鐘之戲。詩作内容，無非是上巳修禊，重九登高，即興抒懷，賞心樂事之什；也間有憤世嫉俗之作。再有就是一些祝壽、祖餞、接風一類的應酬文字。」印行詩集有《戊寅重九分韻》、《芷香館詩鐘》、《城南詩社詩集》等。一九二九年，嚴修病逝，詩社先後由趙元禮、李擇廬、孫學曾主持，每況愈下。一九四七年秋爲紀念剛剛故去的李擇廬先生舉辦最後一次聚會，遂逐漸不興。（參見來新夏、郭鳳岐主編《天津大辭典》，天津社會科學院出版社，二〇〇一）

大直沽之貧民小學

大直沽公民趙佩衡等，組織慈善貧民小學校，附設於志修堂公所内，已於本年正月間正式開學。該校宗旨，專爲補助貧苦兒童得受教育，將來謀其一生之自立，故家道充裕者概不容納。凡兒童書筆文具等均由校内供給，不取分文。自開學後，除由本校學董並服務員等，分頭代募基金外，頗蒙各界熱心惠助，如開灤礦務總局王少泉先生，益世報館、泰晤士報館、大中華商報館等，並紳商各界皆有惠助。該校又蒙前國務總理孫公賓琦賜多心經文一篇。曹大總統、黎大總統、那琴軒、華世奎、孟定生、劉道原、李學曾、王廷楨（本校學董），皆賜有匾額。該校開學半年，成績頗佳，將來造福於地方貧兒，當不可限量。深望該校學董服務員等，熱心維持，始終如一，得最後之美滿結果也。（參見《益世報》一九二四年七月二十六日）

溥儀在津最近之言動

清廢帝溥儀自來津後，下榻張園。一般前朝遺老，往見不絶。而溥儀不勝其接待之煩，每日多出門步行日界各街，藉以避囂，兼曠眼界。據聞溥儀曾語其左右云，今復居有生以來未至之地域，身心較在宫中清爽多矣。並聞溥儀已聘定津紳華璧臣，每日教彼習一小時楷字云。（參見《益世報》一九二五年三月五日）

嚴範孫函辭理事

地方善後維持會前曾推舉嚴範孫、華璧臣爲該會理事。日昨該會李君實忱接嚴、華二君來函，請辭去理事各義。其函云：昨讀大示，並簡章一份，敬悉。修等年老多病，自揣章内所列各條，均非才力所能勝任，敢祈我弟獨力主持，將修等理事名義注銷，是所至禱。再此會原爲青黄不接而設，現在地方秩序已有人維持，此會已在應解散之列。

是否有當，並候卓裁云云。（參見《益世報》一九二五年十二月二十九日）

華世奎與崇化學會

崇化學會是以提倡國故，研究講授經史舊學爲目的的民間學術團體。由嚴修等倡議，創建於一九二七年。設董事會募集經費，總理一切，選嚴修爲首席董事。禮聘蘇州經史名家章鈺爲主講。學員修業期三年，不收學費，成績優秀者酌給獎學金。講習科目分義理、訓詁、掌故三類。以二十世紀四十年代課程爲例，其涉及「四書」、「三禮」、《尚書》、《毛詩》、《春秋左氏傳》、《説文解字》、《資治通鑑》、《學統》等。嚴修死後，由華世奎主持會事。一九三七年後得鳳祥鞋帽店東張譽聞資助，維持到一九四九年，後適應新需要，於會址改建崇化中學，學會結束。（參見來新夏、郭鳳岐主編《天津大辭典》，天津社會科學院出版社，二〇〇一）

嚴修等請求土房草房免捐

（嚴修與華世奎等）致函房産特捐局，稱「土房草房，上年雖訂十間以內，一概免捐，現在調查，不但土房草房十間以內，難以納捐，即十餘間自建土草房者，亦屬無力繳納，應請特別減免，以恤窮黎」。（參見《大公報》一九二八年二月八日）

津市各界昨公祭黎黄坡

前大總統黎元洪氏，昨日（三日）爲逝世周年紀念，天津英租界黎宅，舉行各界公祭典禮，天津市長崔廷獻，警備司令傅作義，及紳商華世奎等，均於午前八時，到黎宅吊唁，由女公子黎紹芬等，接待如儀，北平昨晨來津參加吊唁者，有何成浚代表陳彰珩，旅平鄂人範熙壬、陳定遠、殷學璜、萬嗣甫等百餘人云。（參見《益世報》一九二九年六月四日）

華世奎對清廷的態度

據同時代人回憶：華世奎一生終其所執，歷久不變其宗，心有必不去者，口有必不言者。而去留之標準，就是對清廷的態度如何。（參見李志剛《華世奎和他的〈思闇詩集〉》，《天津文史叢刊》一九八九年第十一期）

華世奎不上賀表

一九三二年三月，溥儀在日本的扶持下成立僞滿洲國。曾有遺老來勸華世奎上賀表。華世奎答：「掌櫃的雖是舊人，字號改了，可以不必。」來者黯然而退。（參見《華世奎》，載於天津市河北區委員會文史資料文化藝術委員會《天津河北文史》第七輯《天津大悲禪院》專輯，一九九四）

水災畫展會昨日已開幕，名家作品甚多

一九三二年三月二十日，水災書畫展覽會在大華飯店開幕，前往參觀者頗踴躍，内多名家作品，李石君指畫山水，氣魄雄渾，尤稱難得，此外尚有馮玉祥之對聯，程硯秋之《柿》、《牡丹》，均使人注意，至於潘對鳧所書《心經》，趙元禮、華世奎之字幅，及其他惲派工筆人物、翎毛等，滿目琳琅，會集一堂，當場並發行結束慈善券，由許芩伯司其事，售出成績頗不惡云。（參見《益世報》一九三二年三月二十一日）

齊燮元鸞膠初續，華世奎擇婿東床

六六老人熊希齡與三三女士毛彦文，北平五三老人張翰林（海若）與三三女士楊嗣馨，先後結婚，社會傳爲佳話，今又有本市前江蘇督軍齊燮元，齊現年五十六歲，其夫人於去冬病故，年後始行出殯，旋經本市聞人作伐，定妥前清老翰林名書家華世奎之次女爲繼室，華女現年四十有一，精通文學，善書畫，書法效仿其父，雖年已四十，而尚待字閨中，此次訂婚約，可稱門當户對，聞婚期已定本星期日（即三月三日夏曆正月二十八日），禮堂在英租界齊自宅内，不驚動親友云。齊燮元字撫萬，年五十六歲，河北寧河人，北京陸軍大學畢業，歷任陸軍第六師師長，江寧鎮守使，蘇皖贛巡閱副使，督辦江蘇軍務善後事宜，蘇皖贛巡閱使，現住津英租界。（參見《益世報》一九三五年二月二十八日。）

查蓮坡先生水西莊别業故址

本市芥園南運河神廟一帶，爲清代文人查蓮坡先生西莊别業故址，共地現爲南運河河神廟，聚興面店，貧民小學校、自來水公司所分用。該處遺址，今雖荒廢，惟尚有故地可尋，遺碑可撫，如再弃置不顧，日久定必荒渺難稽。本市中山公園董事會，擬就其地加以建設，辟爲公共游覽之區，不但古迹得以永久保存，且可招致市民隨時瞻覽，爰即函請天津市政府，擬即先由該會組織天津水西莊遺址保管委員會，就現有狀況，先行加以保管，嗣奉市政府函覆，認此項建設有關本市文化，應準備案，該會接函後，隨即提出第四十六次常務董事會議，討論組織辦法，當經決議，先行推定委員及籌備委員，計保管委員三十五人，兼任籌備委員六人，起草組織大綱，並辦理籌備事宜，均由籌備委員辦理，該會昨已抄送原函及各委員名單，分函各委員及機關知照，計保管委員查隽丞、高彤皆、高澤畬、華壁臣、齊斐章、趙幼梅、吴象賢、李琴湘、王仁安、劉竺生、劉雲生、劉幼樵、喬亦香、楊子若、姚品候、華芷芳、華海門、陳誦洛、羅雲章、劉雲孫、張果候、天津縣長徐仲輔、天津市長周二爲、天津市公安局長寧向南、天津中山公園董事會常務董事嚴芘玥、鄧澄波、陳筱莊、婁雲青、時子周、李少軒、卞淑成、劉孟揚、王劍鋒、張品題、俞品三等共計三十五人，並由該保管委員中，推陳筱莊、俞品三、高彤皆、吴象賢、李琴湘、嚴芘玥等六人兼任籌備委員。（參見《益世報》一九三五年五月十日）

水西莊復興委員會加聘委員積極進行興修

津紳陳寶泉、李金藻、陳中嶽、吴象賢、俞品三、姚品候、高彤皆等，發起組織之水西莊遺址復興委員會，自已故委員嚴志怡逝世後，屢未按期開會，復興工事，時作時輟，頃悉發起人等，以水西莊遺址，關係三津文化極巨，現擬增約華壁臣、趙幼梅兩氏爲委員，積極共同進行復興及保管事項，並定期每月開會一次。按水西莊爲前清雍正年間，查慕園别業，在天津城西三里，乾隆帝曾經幸臨，賜名芥園，後因失修，日漸荒蕪，最近復興之勝迹，如廟門題額，系前大總統徐東海所書，西院改建槐廳，系由嚴志怡捐助工料，尚未動工云。（參見《益世報》一九三六年六月八日）

平津春丁祀禮昨晨隆重舉行

津市春丁祀孔，昨晨六時十分，在東門内文廟大成殿，隆重舉行，文廟左近東馬路一帶，有嚴密戒備，市長張自忠、市府秘書長馬彦翀、各局局長、市府各科科長、及陪祭官華壁臣、陳寶泉等三百餘人。五時許先後到齊，另有私一小學之樂舞生一百六十名參加，與祭人員均著長袍馬褂，因前日一度演禮，故儀節頗爲嫻熟，鼓初嚴後，就位，儀式一如報載，僅免去三跪九叩古禮，而以鞠躬代之。首由承祭官馬彦翀致祭崇聖祠，次由主祭官致祭大成殿。

祭祀開始之前，樂舞生作二舞，又樂，寓古香古色於天真燦爛之中。市府樂隊，則在二門以外，奏古樂以相應，極肅穆莊重之至。迄七時許禮畢。自九時起至十二時止，自下午二時起至五時止，由各學校師生整隊往祭，市民亦可任意參加云。（參見《益世報》一九三七年三月二十二日）

華世奎爲張自忠訪日餞行

冀察平津國外旅行團明晨赴日本，一行共十七人，張自忠任團長，預定在日考察一個月，士紳華世奎等定今晚假國民飯店□餞。（參見《益世報》一九三七年四月二十二日）

華世奎拒事日僞

天津淪陷後，有人以維持地方局面爲名，邀華世奎出面事之，華世奎當面拒絕之：「吾老矣，不能用矣！」退而私下對人説：「風燭殘年，蠟頭能燃幾時。何必添彩！」（參見《華世奎》，載於天津市河北區委員會文史資料文化藝術委員會《天津河北文史》第七輯《天津大悲禪院》專輯，一九九四）

華世奎講鬼

郭則澐《洞靈小志》之「張家灣客店」條載：往時京津舟程，必經張家灣，故其地爲巨鎮，柳陰夾水，略似江鄉。華璧臣年丈言：曩有旅行者宿灣前某店，夜半見鬼，深目高鼻，語侏離莫辨，奔擾竟夕，鷄鳴乃隱。後有客居之亦然。客好奇，欲窮其異，就所隱處掘之，得尸，果深目高鼻如所見。事聞於官，逮訊店主，競吐實。蓋有賈胡挾貲孤行，宿此，店主利所有，謀斃之，倉卒掩埋，事無知者，不圖其能爲祟也。遂置諸法。光緒中年事也。（參見

郭則沄著，欒保群點校《洞靈小志續志補志》，東方出版社，二〇一〇）

榜書天津華世奎

民間流傳「草書三原于右任、榜書天津華世奎、核桃楷北京潘齡皋」之俗語。不過，論名氣，潘氏未必能和華世奎、于右任並列。（參見鄒典飛《民國時期的北京書風》，故宮出版社，二〇一四）

天津寫家説得清

李星北、卞月庭，天津紳士真有名。嚴範孫、李士珍，天津翰林這二人。華世奎、李學增，天津寫家説得清。孟廣慧、魏恩錫，天津寫家真出奇。張秀岩、寧星譜，先貧後富可説古。……高臺階，華家門，冰窟胡同李善人。（參見《天津地理買賣雜字》，墨润堂刊行本）

新四大书法家

時有新四大書法家之説。四大書法家即：擅長顔字體的華世奎、柳字體的杜之堂、歐字體的干眠羊、趙字體的趙幼梅。這四人名冠天津，聞名北國。（參見河北省廣宗縣地名辦公室《廣宗縣地名志》，一九八四）

顔書宗師

華世奎晚年學黄庭堅，書中多顫筆，更富蒼勁雄强，而有金石之趣。華世奎所創「華體」代表著民國時期顔體書法發展的新嘗試，與同時期的譚廷闓並稱爲顔書宗師。（參見鄒典飛《民國時期的北京書風》，故宮出版社，

二〇一四）

近代四大書法家

張裕釗與康有爲、華世奎、鄭孝胥齊名，被稱爲近代四大書法家。（參見張通主編《荆楚文脉》，湖北人民出版社，二〇一三）

華世奎筆單

耿仲歘稱，其師華世奎在外有筆單，書寫書法作品按尺寸收費。如果需加上款再加收錢；如果買家本人在社會上名聲不佳，即使加錢也不寫上款。（參見姜維群著《文房雅玩録》，百花文藝出版社，二〇一四）

華世奎書法象徵發財

天津華世奎的書法正享盛名。論者認爲華書豐滿多肉，象徵發財致富。（參見常樹《書法家胡宗照事略》，載於中國人民政治協商會議河北省委員會文史資料委員會編《河北文史資料（第二十七輯）》，河北人民出版社，一九八八）

華世奎謝世後幾十年身價大跌

華世奎民國時期號稱「華北第一書法家」，活著時千金萬金有人要。華世奎謝世後幾十年，身價大跌，甚至一千、幾百都没人看一眼。（參見文先國《求鼎齋文稿》，文物出版社，二〇一三）

作爲小學書法課臨本

我上過小學，小學有一門書法課，我寫的成績雖不算最糟，也不够中上等。同學中寫得好的有幾位，他們有臨華世奎的顔體字的，有學魏碑體的。（參見啟功《啟功叢稿·藝論卷》，中華書局，二〇〇四）

劉炳森憶學書華世奎

在這三種學科中最令我感到津津樂道的，那便是寫大字。老師教我最初學的就是顔體楷書範疇中的華世奎所書《南皮張氏雙烈女廟碑》，這一册用木板夾著的楷書範本，是先父在上海當我兩三歲時就已經爲我買下的，希望我在讀書時學寫這本字帖。果真，我在村塾的兩年啟蒙讀書期間，學寫大字就是依賴於這本《雙烈女廟碑》。那時我非常同情和崇敬碑文中所記述張氏姐妹的堅貞剛烈，並且深深爲之感動；對於華老先生所寫的顔體楷書，由於先入爲主，不僅在當時令我由衷崇拜，迄今也仍有感情。（參見劉炳森《歲月》，載於全國政協文史委員會編輯《丹青風骨當代著名美術家自述》，中國文史出版社，二〇〇一）

周恩來書學華世奎

華世奎顔體在當時影響很大，青年學書多私淑其字。周恩來較多學習顔體書法，亦受其影響。周恩來嘗爲同學鄭思寧題詞「志在四方」，與華世奎所書《林君興學碑》十分相似。（參見潘新明《周恩來書法藝術簡介》，載於《周恩來墨迹》編輯委員會編《周恩來墨迹》，遼寧人民出版社，一九九八）

北華南王

王訥（一八八〇至一九六〇），字墨僊、默軒，山东安丘人。清末举人。曾任山東省教育廳廳長。擅長書畫詩詞文章，書法長於顔體，尤善行草，並著有《書法指南》、《宜園筆記》、《宜園詩稿》等，被書法界譽爲「北華南王」。北華爲天津華世奎，南王即濟南王訥。（參見張福山主編《濟南市志》，中華書局，一九九七）

王文光

王文光（一八九七至一九六七），字斗瞻，天津人。華世奎門人，曾編次華氏《思闇詩集》。早年入嚴修所辦民立第十九學堂，後考入直隸省第一中學。畢業後入天津社會教育辦事處任職員，並擔任社會教育《星期報》和其他有關改良社會的課本編輯工作。及天津社會教育處結束，又於廣智館任職。嚴修去世後，華世奎主持崇化學會，王斗瞻則追隨輔助。抗戰勝利後，曾應天津《大公報》之約，撰有大量有關天津文史的文章，尤其是對地方人物頗多傳記，足可彌補高凌雯《天津縣新志》之闕，後結集爲《天津近賢見聞脞録》。「文革」伊始，家藏字畫古籍被視爲「四舊」，痛苦付炬，不久抑鬱而卒。時年七十一。（參見劉炎臣《王斗瞻事略》，《天津文史資料選輯天津老城忆舊》一九九七年第四輯）

張新曾

張新曾（一八六八至一九四七），字焕宸，别號夢松。清進士。其書學清代館閣體，以工整爲主。退居博山後，專攻顔體楷書，尤好天津華世奎書風。平日臨書不斷，多浏覽華世奎《兩烈女碑》與《劉石庵書帖》石印本。（參見《張焕宸書法軼事，載於政協博山區委員會編《博山文史資料選輯第三輯》，山東人民出版社，一九八二）

吴世俊

吴世俊，字昇之，河北大名人。擅長顔體，尤精華世奎體，清末活躍於天津、大名一帶。（參見大名縣縣志編纂委員會編《大名縣志》，新華出版社，一九九四）

衛萬庭

衛萬庭（一八九〇至一九六一），字舞僊，安陽人。工書法，曾鬻字爲生，字肥而緊湊，綜合魏、顔、華世奎特點而自成一家，人稱「疙瘩衛」。（參見喬曉軍編《中國美術家人名辭典補遺一編》，三秦出版社，二〇〇七）

王尚翰

王尚翰（一八九三至一九五八），字墨林，號龍泉居士。師從鄭其光、華世奎，畫工花草魚鳥。在京、津、濟南、煙台頗有影響。（參見喬曉軍編《中國美術家人名辭典補遺一編》，三秦出版社，二〇〇七）

穆子荊

穆子荊，號炳炎，生於一九〇〇年。幼年師從華世奎、嚴範孫學習經傳、詩詞、書法。（參見曹柏崑《心正則筆直——追念穆子荊先生》，載於政協天津市紅橋區文史委員會編《紅橋文史資料選輯第二輯》，二〇〇一）

邵富訓

邵富訓，字嘉謨，後改字言川，生於一九〇三年，河北武安人。有才氣，喜藝事，擅翰墨，工書法，大有所成，而立之年即聲名顯赫。初習歐陽詢《皇甫君碑》，又學顔魯公《多寶塔》、《雙鶴銘》、《争座位》，後陶醉於津門華世奎《雙烈女碑》、《靈飛經》及潘齡皋行書《梅花詩江南野録》等。書法唯古是師，氣格超邁，神骨凛然，尤善匾額大字，丈尺無滯筆，作品雄渾古厚，意境蒼茫，巍巍聳立中有丈夫氣在。（參見黄魁生《南門外頭桿筆邵富訓》，載於武安市政協學習文史委員會編《文史資料第七輯・武安文學藝術人物録》，二〇〇一）

耿仲敭

耿仲敭（一九一〇至一九九三），天津人。自幼酷愛金石書畫，一九二八年師從華世奎研習書法及詩文。擅楷書，尤善榜書，兼作篆、隸，所作含蓄藴藉，舉重若輕，筆斷意連，端莊雄健。亦擅篆刻，印學上承秦漢，近法趙之謙，古樸清新，瀟灑自然。著有《耿仲敭印存》、《談世奎先生軼事及書法》等。（參見金通達主編《中國當代書法家辭典》，浙江人民出版社，二〇〇一）

張紹光

張紹光，字鏡遠，號伴龍，又號伴翁，生於一九一三年，山東濰縣人。自幼酷愛書法，七歲描紅，繼而臨帖。三十歲時曾往天津拜謁華世奎，並得其指教。（參見《老書法家張鏡遠》，載於中國人民政治協商會議山東省濰坊市濰城區文史資料委員會編《濰城文史資料第八輯》，一九九三）

龔望

龔望（一九一四至二〇〇一），原名望濱，字作家、迂公，天津人。自幼從秀才陳雅林、翰林劉嘉琛習書法碑帖，青年時於天津國學研究社從陳萬洲研習書法，繼之從師於章梫、華世奎諸名家。兼融津門前輩之長，形成一家風格。（參見李玉香《書法家龔望》，載於天津市北辰區委員會文史資料研究委員會編《北辰文史資料第十一輯北辰人物》，二〇〇六）

張黎波

張黎波，號柳村，生於一九一四年，滑縣道口鎮人。自幼酷愛書法和國畫，尤其對顔真卿、華世奎的碑帖，日夜臨習，愛不釋手。（參見政協濮陽市區學習文史委員會編《濮陽市區文史資料第二輯》，一九九六）

程克剛

程克剛（一九一八至一九三三），又名程毅，祖籍浙江湖州，久居西安。曾隨樊云門、華世奎習楷書。（參見倪文東編著《二十世紀陝西書法簡史》，陝西人民美術出版社，二〇〇〇）

蘇道立

蘇道立，字菊農，生於一九二〇年，山東章丘人。自幼酷愛書法，擅大字楷書及行草。楷書取法清曹鴻勛和華世奎，並糅以魏法，行草取法二王功法，並對歷代名家作品潛心研究。（參見晋隅主編《世界美術書法家世紀末成就大典》，中國人事出版社，一九九八）

趙復秋

趙復秋，生於一九二一年，河北武清人。自幼酷愛書法，楷書初臨趙、柳、顔及華世奎《南皮張氏兩烈女廟碑》，後研習魏碑。草書學褚遂良、懷素及二王。以小楷見長。（參見金通達主編《中國當代書法家辭典》，浙江人民出版社，二〇〇一）

齊文波

齊文波，字清泉，生於一九二一年，祖籍河北省豐潤縣，後隨父母落籍天津。幼受家學薰陶，喜愛書畫，並啟蒙於遜清舉人付耀庭、拔貢武向晨習經，史學書法（真、草、隸、篆）。年事稍長後，時常蒙受華世奎、嚴範孫、吴伯年、杜寶楨等書畫前輩垂教、指點。（參見晋隅主編《世界美術書法家世紀末成就大典》，中國人事出版社一九九八）

譚秀漢

譚秀漢（一九二三至一九九五），河北青縣人。自幼習書法，青年時得華世奎所書《千字文》、《食魚帖》和《兩烈女碑》，刻苦臨摹，深得華世奎書法神韻，形成「譚派」顔體，耿仲敭對其頗爲贊賞。（參見李大廣《譚秀漢的書法人生》，載於王慶安主編，劉國鋒、王中超編輯《青縣文史資料第四輯》，二〇〇一）

劉庚三

劉庚三（一九二三至一九九三），河南安陽市人。自幼勤習書翰，對顔魯公《元次山碑顔家廟碑大唐中興頌自書告身》和華世奎《兩烈女碑》用工尤勤，並將顔、華二家融於一體，自成一格，世稱「庚三」體。其楷書端莊秀麗，清雅大方，厚重有力，結構勻稱，法度嚴謹。（參見趙心田著《河南書法五千年》，河南美術出版社，二〇〇九）

唐玉潤

唐玉潤，字秋山，號德君、冰清館主，生於一九二四年，陝西咸陽人。學習顔體，從近代顔書大家華世奎入手，遍臨顔字名貼。於顔字用功最勤，幾乎一生都與顔字相伴，致晚年也不改其習，故於顔字收益也最大。（參見唐海《不藉天風自展旗——父親唐玉潤的書畫生涯》，載於全國政協文史資料委員會編《丹青風骨：當代著名美術家自述》，中國文史出版社，二〇〇一）

李守誠

李守誠，字明善，生於一九二四年，河北大名人。從其父李松年潛心精研張裕釗書體，又兼習顔柳、魏碑、何紹基、華世奎等，形成了自己清迥拔俗、超邁時流的書風。其書魏碑小楷，俊秀飄逸。（參見劉瑞軒、吴三無《中國當代書畫家大辭典》，黄河出版社，一九九〇）

傅樂善

傅樂善，生於一九二七年，河南博愛人。幼年家貧，求學刻苦。先臨歐陽詢《九成宫》、柳公權《玄秘塔》、王獻之《十三行》和褚遂良《聖教序》。十六歲開始臨寫顔魯公《多寶塔》及各個時期的碑書字帖，如《東方朔畫贊》和《大小麻姑仙壇記》。二十五歲又接觸天津華世奎所書《南皮張氏雙烈女廟碑》，愛不釋手，臨池苦研以至廢寢忘食。三十歲以後，更是遍臨漢隸各家，兼收並蓄。書法以顔揉華世奎知名。（參見閻正《情寄八荒之表》，上海書店出版社，二〇〇三）

郝幼權

郝幼權，字秀原，生於一九二七年。初臨華世奎。（參見王玉彬《翰墨馨神州——九臺籍著名書法家郝幼權》，載於九臺市政協文史資料委員會編《九臺文史資料》第四輯，一九九七）

石憲章

石憲章，生於一九三〇年，天津武清人。偏好榜書，青年時代受書法大家華世奎影響，且勤勉有加，變華氏圓潤爲寬博，遒勁而成雄健。（參見《書法家石憲章》，《法治與社會》二〇〇四年第八期）

田書林

田書林，字硯農，生於一九三一年。自幼酷愛書法，幾十年來無師自學，筆耕不輟。曾習王羲之、顔真卿、柳公權、何紹基、華世奎等名家墨迹，力求融衆家之長。其書體擅長行草，瀟灑流暢。（參見喬曉軍編《中國美術家人名辭典補遺一編》，三秦出版社，二〇〇七）

馬龍翔

馬龍翔，字雲生，生於一九三一年，河南省商丘縣人。幼年家貧，弱冠輟學，因獲一部顔真卿書《東方先生畫贊碑》而刻苦臨習。後又遍臨顏體名家何紹基、華世奎墨迹及唐宋楷書之名帖。（參見商丘市文化局編《商丘市文化志》，商丘市文化局，一九九一）

王福昭

王福昭，生於一九三二年，山東龍口人。學書從柳入手，後學顏楷和華世奎法帖，多年潛心研摹，臨池不輟。（參見晋隅主編《世界美術書法家世紀末成就大典》，中國人事出版社，一九九八）

李葆源

李葆源，字一泉，生於一九三二年，天津人。自幼愛書，臨顏魯公《多寶塔》入階。家中藏有天津大書法家華世奎墨寶。愛其字結構敦方，用筆園轉而臨習不輟。十七歲時，即寫得一手華體好字，爲津門商店題寫匾額，其書幾可亂真，受到世人稱許。（參見政協天津市南開區文史委員會編《南開春秋文史叢刊總第四輯》，一九八九）

鄭品一

鄭品一，一九三三年生，河北唐山人。中國書畫社畫師。幼讀私塾，開蒙受業於鄭宗翰。九歲學書法，臨習顏真卿《多寶塔》、華世奎《雙烈女廟碑》。（參見盛春熠主編《二〇〇九書畫家圖典》，四川美術出版社，二〇〇九）

張啟明

張啟明，一九四一年生，祖籍天津市。書法以楷、隸爲主，楷書習顏真卿、華世奎帖，嚴謹渾厚，頗有力度，隸書拙稚古樸，追求金石味。近年來又由楷隸轉寫行草，遒勁瀟灑，放而不野。（參見郭翔主編《中國當代書畫家名人大辭典》，河南美術出版社，一九九三）

李華鈞

李華鈞，生於一九四四年，天津人。自幼喜愛書法。十幾年來研習楷體，專攻榜書。尤善大字。楷書上溯魏晋風骨，近取隋唐之法，特别對顔真卿、錢南園、華世奎諸家獨有會心。（參見陳新良主編《當代書畫家作品鑒賞》，新疆美術攝影出版社，一九九三）

李尚齋

李尚齋，字宇昊，號戲銅苦鶴，生於一九四八年，山東萊西人。師從楊再春，主要臨習顔真卿《東方朔畫贊》、華世奎書《墓表》、孫過庭《書譜》、懷素《小草千字文》及王羲之《聖教序》，工楷、行草，所作楷書遒勁，雄强、深邃，行草蒼勁奔放。（參見金通達主編《中國當代青年書法家辭典》，新華出版社，一九九二）

郭振華

郭振華，一九四九年生。其書法自舒體入手，堅持以顔、柳兩帖爲本體，廣臨何紹基、華世奎等諸家墨迹，藝取百家長，追求以文化視覺探研書理，將行草書法飛動圓勁筆意使轉，融入顔、何、舒諸體沉雄渾厚鐘鼎禮器感之中。（參見盛春熠主編《二〇〇九書畫家圖典》，四川美術出版社，二〇〇九）

姚惠敏

姚惠敏，字廣德，號願爲布衣者，室名静德齋，生於一九五二年，河北青縣人。師從譚秀漢，主要臨習顔真卿《多寶塔》、《東方朔畫贊》、《麻姑仙壇記》及華世奎《兩烈女碑》、《任先生墓表》等。工楷、行，用筆厚實，追求端嚴雄健之風貌。（參見金通達主編《中國當代青年書法家辭典》，新華出版社，一九九二）

范廣仁

范廣仁，一九五二年生，室名净心廬，江蘇濱海人。主要臨習顔真卿《勤禮碑》、華世奎《雙烈女傳》及《張遷碑》、《石門頌》、《書譜》、《王鐸草書》等。工草、隸，追求生動自然、險峻高古之情趣。（參見金通達主編《中國當代青年書法家辭典》，新華出版社，一九九二）

董治國

董治國，生於一九五五年，河南鄭州人。書法初從顔真卿、柳公權、歐陽詢入手，繼而傾心於鄭道昭、何紹基、錢南園、華世奎等，近年來痴迷李北海、王鐸。亦書亦畫，尤擅長畫牡丹。（參見河南省地方史志辦公室等編《河南書畫名家志》，中州古籍出版社，二〇〇〇）

傳言雲

傳言雲，生於一九六〇年，河南新鄉人。師從傅樂善，主要臨習《多寶塔勤禮碑》及華世奎《雙烈女廟碑》等。

工楷書，追求端嚴雄秀之致。（參見金通達主編《中國當代青年書法家辭典》，新華出版社，一九九二）

孫國慶

孫國慶，生於一九六三年，室名寸草齋，安徽蕪湖人。學書由華世奎《南皮張氏雙烈女廟碑》轉而習顔真卿《勤禮》及文徵明行草諸帖。工行書，用筆秀勁，章法謹嚴。（參見金通達主編《中國當代青年書法家辭典》，新華出版社，一九九二）

研究論著匯目

爲方便研究者瞭解與掌握華世奎研究的歷史與現狀，現將截止到目前的華世奎研究論著目録彙編如下。需要説明者：一、研究論著包括華世奎詩集書法集、生平考證、思想研究、書法評論、成就估衡等多個方面，力求其全；二、匯目分爲三類，即專著類、期刊類（包括專著中的章節）與報紙類；三、研究論述以時間爲序，其期限始於一九八九年止於二〇一八年。

專著類

華世奎撰《思闇詩集》，一九四三年石印本。

孫國勝、郭振栓主編《華世奎書法作品集》，人民美術出版社，二〇一四。

華世奎撰《思闇詩集》，天津美術出版社二〇一四年影印出版。

期刊論文類（含專著章節）

一　李志剛：《華世奎和他的〈思闇詩集〉》，見天津市文史研究館編《天津文史叢刊》一九八九年第十一期。

二　草兀：《華世奎出資辦書店》，見孫五川等主編《天津出版史料》第二輯，百花文藝出版社，一九九〇。

二　劉炎臣：《華世奎生平事略》，見中國人民政治協商會議天津市河北區委員會文史書畫委員會編《天津河北文史》第六輯，一九九二。

四 高學謙：《「伏虎居士」華世奎》，見寧夏回族自治區文史研究館編《寧夏文史》第十輯，一九九三。又見徐夢麟等主編《寧夏述聞》，上海書店出版社，一九九四。

五 李鴻臣：《華世奎醉寫「勸業場」》，見韓文彬主編《話説勸業場》，百花文藝出版社，一九九四。

六 陳祥嘉：《華世奎先生的幾件事》，見政協天津市南開區文史委員會天津市南開區文化局編《南開春秋 文史叢刊》總第六輯，一九九三。

七 劉炎臣：《華世奎拒任僞職》，見王大川、陳嘉祥主編《津沽舊事》，上海書店出版社，一九九四。同見蕭乾主編，姚以恩、劉華庭編選《新筆記大觀》，上海書店出版社，一九九六。

八 華澤咸：《天津華世奎其人其事》，見中國人民政治協商會議天津市委員會文史資料委員會編《天津文史資料選輯》第六十輯，天津人民出版社，一九九四。

九 王文玉、安迅、劉金泉：《華世奎揮毫書「勸業」》，見《勸業史話》，百花文藝出版社，一九九七。

十 董嘉田、李志剛：《華世奎和他的書法藝術》，見中國人民政治協商會議、天津市河西區委員會文史資料委員會編《河西文史資料選輯》第二輯，一九九七。

十一 華澤咸：《華世奎軼事》，見南開區委員會文史資料委員會編《天津文史資料選輯》第四輯，天津人民出版社，一九九七。

十二 張達驤、劉炎臣：《華世奎的故事》，見中國人民政治協商會議天津市委員會文史資料委員會編《天津文史資料選輯》第二期，天津人民出版社一九九九。

十三 華澤咸：《華世奎家地厨房》，見中國人民政治協商會議天津市委員會文史資料委員會編《天津文史資料選輯》第二期，天津人民出版社，一九九九。

一四　王育楚：《袁世凱與華世奎》，見吴長翼編《魂斷紫禁城：袁世凱秘事見聞》，中國文史出版社，二〇〇一。

一五　郁三陽、張景米：《華世奎在意租界的生活》，見郭長久著《意式街風情》，百花文藝出版社，二〇〇一。

一六　許杏林：《天津名書法家華世奎》，見郭長久著《意式街風情》，百花文藝出版社，二〇〇一。

一七　蘇更新：《清朝遺老華世奎》，見《天津檔案》二〇〇一年第三期。

一八　余明善：《〈華世奎先生書作〉跋》，見余明善著，傅傑編訂《余明善文稿》，齊魯書社，二〇〇三。

一九　《風暖雨濃——華世奎七言聯鑒賞》，見沈鴻根著《歷代楷書名作鑒賞》，重慶出版社，二〇〇三。

二十　繆志明：《華世奎資料新發現》，見賈長華、陳柏齡、陸國明主編《老城舊事》，天津古籍出版社，二〇〇四。

二一　朱雪塵、王曉岩：《天津八大家系列三：高臺階華家》，見《英才》二〇〇四年第九期。

二二　信志剛：《華世奎與〈林君興學碑記〉》，見《收藏》二〇〇五年第一期。

二三　郭景山：《張伯英與華世奎夜話大士岩》，見中國人民政治協商會議江蘇省徐州市委員會文史委員會編《徐州文史資料》第二十六輯，二〇〇六。

二四　羅文華：《敦方厚重的華世奎》，見羅文華著《七十二沽花共水》，南京師範大學出版社，二〇〇七。

二五　黄衛：《流落民間的華世奎手寫家譜》，見《天津檔案》二〇〇七年第十期。

二六　戚元敬：《袁世凱與華世奎》，見顧子靈主編《項城文史資料第十二輯袁世凱軼事》，中國人民政治協商會議項城市委員會，二〇〇七。

二七　過耀華等：《津沽椽筆：華世奎》，見《無錫書畫》第五章《京津風流》，鳳凰出版社，二〇〇九。

二八　王家葵：《形容：華世奎》，見《近代書林品藻録》，山東畫報出版社，二〇〇九。

二九　章用秀：《濡染相習獲益多——華世奎、李才繁及王氏兄弟》，見《大德善緣李叔同師友遺墨品讀》，天津古籍出版社，二〇一〇。

三十　于珍：《「永和詳」牌匾與華世奎書法作品》，見《蘭臺世界》二〇一〇年第六期。

三一　牛一兵、王宏主編《華世奎舊居：津沽名筆潤纖毫》，見《天津小洋樓名人故居完全檔案》第四卷，天津教育出版社，二〇一一。

三二　姜德明：《思闇詩集》，見《遠東精選夢書懷人録》，上海遠東出版社，二〇一二。

三三　章用秀：《骨力内含——華世奎》，見《民國書法鑒藏録》下編《民國名人的書法鑒賞》，上海遠東出版社，二〇一三。

三四　章用秀：《近代寫顔第一家》，見《天津書法三百年》，天津人民美術出版社，二〇一三。

三五　侯福志：《華世奎生平事略及與高凌雯之交誼研究》，《天津檔案》二〇一四年第三期。

三六　井振武：《華世奎：沽上寫家第一人》，見《天津政協》二〇一四年第十二期。

三七　楊傳慶：《蓋棺不變此心丹——清遺民華世奎詩歌略論》，見《新文學評論》二〇一五年第一期。

三八　王建濤：《書法家華世奎的北京行迹》，見《中華書畫家》二〇一五年第二期。

三九　羅海燕：《近代學人華世奎詩文中的都市現代性呈現》，見《理論與現代化》二〇一五年第四期。

四十　王建濤：《華世奎河北行迹》，見《藝術品》二〇一六年第十一期。

四一　羅海燕：《近代書家華世奎及其「朋友圈」的詩歌活動》，見《名作欣賞》二〇一七年第十五期。

四二　羅海燕：《清亡後華世奎的心路歷程與詩歌創作》，見《名作欣賞》二〇一七年第十八期。

四三　羅海燕：《論華世奎詩歌對陶淵明的接受》，見《名作欣賞》二〇一七年第二十一期。

四四　張孝玉：《津沽榜書第一家——華世奎書法研究》，見《書法》二〇一七年第十一期。

四五　馬騁：《南皮張氏兩烈女碑》，見《檢察風雲》二〇一八年第十期。

報紙類

一　《韓疃村展出華世奎手迹》，《東營日報》一九九二年七月四日。

二　《冀發現羅振玉華世奎合書墓碑》，《光明日報》二〇〇四年十二月二十一日。

三　《華世奎墨寶留潮汕》，《潮州日報》二〇〇九年四月二十九日。

四　《華世奎書法藝術》，《牛城晚報》二〇〇九年四月三十日。

五　《淺談華世奎的書法藝術出版發行》，《邢臺日報》二〇〇九年四月三十日。

六　《近代著名書家華世奎長卷亮相我市》，《京江晚報》二〇〇九年六月七日。

七　華紹棟：《「發軔黌宮六十年」——華世奎〈思闇詩集〉》，《今晚報·今晚副刊》二〇一〇年三月七日。

八　華紹棟：《「今餘一發難從割」——華世奎〈思闇詩集〉》，《今晚報·今晚副刊》二〇一〇年三月十四日。

九　《我市發現華世奎書〈孝經〉石刻版》，《滕州日報·人文視窗》二〇一〇年十二月二十一日。

十　張玥、王建一：《華世奎：津沽名筆潤纖毫》，《城市快報·小樓春秋·全民養生》二〇一〇年十二月二十七日。

十一　張希：《華世奎題字》，《渤海早報·渤海潮副刊》二〇一一年三月三十一日。

十二　柴波等：《紅橋區文化和旅游局：華世奎大師作品亮相呂祖堂》，《城市快報・城市新聞》二〇二一年五月一日。
十三　《華世奎的生辰年月》，《每日新報・副刊生活廣記》二〇一二年八月五日。
十四　《賞津門名家華世奎》，《滄州晚報・新周迅》二〇一二年十一月十一日。
十五　《學古不泥自出機杼——讀民國書法家華世奎行楷七言詩軸》，《平原晚報・牧野文藝》二〇一三年二月十九日。
十六　趙學筠：《華世奎與小站「太極觀」牌匾》，《中老年時報・歲月》二〇一三年四月二十四日。
十七　王新利：《厚重挺拔拙中藏巧——華世奎書法藝術欣賞》，《汴梁晚報・翰墨藝苑》二〇一三年五月三十日。
十八　《華世奎名作〈南皮雙烈女碑〉——背後有段凄慘往事》，《滄州日報・人文》二〇一三年八月九日。
十九　華克齊：《華世奎與鹹水沽》，《今晚報・今晚副刊》二〇一四年二月二十三日。
二十　侯福志：《華世奎之父華承彦軼事》，《中老年時報・歲月》二〇一四年三月二十五日。
二一　《本市舉辦系列活動紀念書法家華世奎》，《今晚報・文化新聞》二〇一四年四月四日。
二二　劉莉莉：《本市紀念華世奎誕辰一五〇周年》，《天津日報・文娱》二〇一四年四月五日。
二三　侯福志：《華世奎留辮念親》，《中老年時報・副刊》二〇一四年四月二十三日。
二四　《華世奎榜書第一家》，《每日新報・生活廣記》二〇一四年五月十八日。
二五　《今晚報・文化新聞》，《華世奎誕辰一五〇周年座談會舉行》二〇一四年〇六月二十一日。
二六　《華世奎雕像揭幕》，《每日新報・副刊・品鑒》二〇一四年六月二十三日。

二七　華克齊：《津沽鄉賢華世奎》，《天津日報·文史》二〇一四年六月二十三日。
二八　回振岩：《〈思闇詩集〉還原真實華世奎》，《每日新報·副刊·品鑒》二〇一四年八月十一日。
二九　姜維群：《館閣體書法纛旗：華世奎》，《天津日報·滿庭芳》二〇一四年〇九月一日。
二十　由國慶：《鄭孝胥、華世奎題書鳳祥號》，《中老年時報·歲月》二〇一四年九月二十二日。
二一　《華世奎書法展將舉辦——〈華世奎書法作品集〉同時發行》，《中老年時報·要聞》二〇一四年十月十四日。
二二　趙潤琴：《華世奎書法作品展將舉行》，《天津日報·文娛》二〇一四年十月十七日。
二三　《華世奎書法作品展出》，《今晚報·文化新聞》二〇一四年十月二十一日。
二四　姜維群：《「館閣體」與華世奎》，《今晚報·今晚副刊》二〇一四年十一月三日。
二五　《華世奎書法展延至月底》，《中老午時報·要聞》二〇一四年十一月二十日。
二六　《天津問津書院舉辦紀念華世奎討論會》，《渤海早報·天津新聞》二〇一四年十二月五日。
二七　姜維群：《華世奎書法上款多稱「人人」》，《中老年時報·副刊》二〇一四年十二月八日。
二八　劉鏹《龔望與華世奎二題》，《中老年時報·歲月》二〇一四年十二月二十九日。
二九　《華世奎的文廟情結》，《天津日報·滿庭芳》二〇一五年二月九日。
四十　王振德：《華世奎的書法風格》，《中老年時報·副刊》二〇一五年九月二十一日。
四十一　姜維群：《華世奎在五大道一副諧聯》，《天津日報·滿庭芳》二〇一六年一月二十五日。

後記

每每想起王振良先生，我就想朝自己肚子上捅一刀。時在二〇一三年冬，被派往韓國任教之前，振良先生於今晚報大厦將民國書法大家華世奎的《思闇詩集》復印本交於我，叮囑要在教學之餘盡快將此集標點出來，至於出版事宜則由他聯繫，並提出一個小要求：因爲華世奎爲書學名家，其所謄寫詩集字體尤爲豐富且多變化，故整理時需盡量保持字體原貌。我當時已在計劃整理天津詩文別集叢書，並在查洪德師的指導下完成了出版整理的書目和凡例，又與天津古籍出版社編輯接洽，故對振良先生的囑托，大有心若靈犀之快意。當時思忖，兩卷《思闇詩集》不過三百餘首詩作，整理起來能有何難，即對振良先生作出滿口允諾。可是萬没想到，延宕到二〇一九年冬，仍未兑現六年前的承諾。做事不靠譜如斯，實非君子所爲。

而之所以拖延如此之久，稍一思索，便能找出十萬八千條理由。初是感覺此事甚易，半月即可完成，放一放又何妨。及至韓，前半年手機不能用遂與國内失聯，後半年電腦故障而不能録校。回國後，斷斷續續完成初稿，又感於整理成果單薄，故自作主張增加了注釋、年譜、輯佚、研究資料彙編等内容。諸事也均不難，惟是卡殼在了年譜編撰之上。華世奎自辛亥革命之後，肆力於書，頗多題寫之作，這些書法作品雖多記日期，但散佚過多，更真僞混雜，故極難全部係之於年月日，整理工作由之進展頗緩。其間，振良先生已是多次組織有關華世奎的研討會，相關的研究空間，得以極大拓展。從某種意義上講，華世奎詩集的整理已經失去了振良先生本意的「時效性」。愧疚與懊惱交戰於心，實難再叨擾振良先生去安排出版，遂申請天津社會科學院的學術著作後期資助。獲立項資助後，蒙張利民先生不弃，更爲書稿賜贈序言。但這時的出版費用已經水漲船高，非資助的三萬元所能支撑。在尋求更多的經費支持中，又是數年蹉跎。至二〇一八年初，華氏後人華克純先生在見到我的數篇華世奎論文後，跟我聯繫。我之後將書稿給克純先生看，先生對之細細校對，並將所藏的多種華氏族譜提供給我，其認真與熱心令我深爲感動。殷切激勵之下，我又將書稿再作大的增補。一是增加了華世奎青年時的詩作。二是補録了華世奎爲父母所撰的行述。三是填充了華世奎、華承彦的傳記材料。需要一提者，雖然我已經整理了華氏族譜，但由於族譜表格較多，且關涉華氏人員過衆，故未將之全部收録書稿中，僅擇其直接相關者附録書後。同時，因爲出版經費不足，書稿就一直停滯在出版社。

後歷經過多年籌備，至二〇一九年，天津社會科學院正式實施天津文脉傳承工程，其内容之一就是整理出版《天津歷代文集叢刊》。借此機會，我又將華世奎之父華承彦的文集也加以整理，並將兩者合爲一册。按照情理，是書應爲《華承彦集》在前，《華世奎集》在後，但是基於實際，華世奎聲名成就更爲卓著，而華承彦著述留存又相對較少，故在出版編撰時安排成現在的「子前父後」。而此時，振良先生及其問津書院在推動天津文化發展上已是多面開花，建樹喜人。其中，華世奎《思闇詩集》的影印本與標點本，也都出版行世。相比之下，這一册華世奎集則是「起了個大早，趕了個晚集」，不敢亦不甘稱後出轉精，惟願衆流合匯，九河入海，爲華世奎研究，爲天津歷史文脉之傳承和發展，能貢獻一份綿薄之力。亦爲多年來辜負振良先生的深情厚誼，略作些許救贖。熟料當年的率爾一放，竟是　放而海河之水已然六次冰結復六次消融。

本書的整理出版，離不開衆多師友的係心關懷和鼎力襄助，在此一並致以萬分之感激。此外，書稿正式出版前又遭遇了兩大難題。一是《華世奎集》將之前盡力保留的異體字等又多還原爲現代規範的繁體字。二是《華承彦集》

將《學庸述易》等中的直引、轉引文字依據《十三經注疏》（整理本）等加以調整。這無疑加重了出版社編輯的工作量。在此，亦向認真、負責又耐心的杜文婕老師等道聲辛苦。

羅海燕

己亥年立冬日於天津

圖書在版編目(CIP)數據

華世奎集 / （清）華世奎著；羅海燕整理. 華承彥集 /（清）華承彥著；羅海燕整理. -- 北京. 社會科學文獻出版社，2020.8

（天津歷代文集叢刊 / 閆立飛，羅海燕主編）

ISBN 978-7-5201-6504-4

Ⅰ. ①華… ②華… Ⅱ. ①華… ②華… ③羅… Ⅲ. ①中國文學－古典文學－作品綜合集－清代 Ⅳ. ①I214.92

中國版本圖書館CIP數據核字（2020）第061077號

天津歷代文集叢刊

華世奎集·華承彥集

著　　者 / （清）華世奎　（清）華承彥
整　　理 / 羅海燕

出 版 人 / 謝壽光
責任編輯 / 杜文婕
文稿編輯 / 李　偉

出　　版 / 社會科學文獻出版社
地址：北京市北三環中路甲29號院華龍大廈　郵編：100029
網址：www.ssap.com.cn
發　　行 / 市場營銷中心（010）59367081　59367083
印　　裝 / 天津千鶴文化传播有限公司

規　　格 / 開　本：787mm×1092mm　1/16
印　張：20.5　字　數：305千字
版　　次 / 2020年8月第1版　2020年8月第1次印刷
書　　號 / ISBN 978-7-5201-6504-4
定　　價 / 98.00圓

本書如有印裝質量問題，請與讀者服務中心（010-59367028）聯繫

版權所有 翻印必究